忽惊春到小桃枝
贰
黍宁 著
天津出版传媒集团
天津人民出版社

此时，一轮圆月，
月色如霜，洒落蜀山群峰，
极目远眺之下，夜雾中山影绰绰，
一重又一重，云雾滔滔，气象万千，
亭台轩榭直切入云海月色之中。
神仙红尘外，不外如是了。
这是他第一次背她。

他走到松馆，点起了那半盏残灯。
她就坐在他对面，灯光落在了她发间，
朦胧的微光在她眼里跳跃。
小姑娘撑着下巴，聚精会神地看着他，
有一搭没一搭地和他说着话，
忽而又大笑起来，笑得几乎直不起腰。

目录

常清静

壹

凤陵仙家

百年

第 1 章

跑着跑着，宁桃终于跑不动了，开始走，一边漫无目的地胡乱走着，一边还在淌眼泪，脑门儿一抽一抽地疼，又气得七窍生烟。

这算什么啊?

她不只气吴芳咏和苏甜甜，更气自己——气死了气死了气死了!

宁桃瞪着通红的兔子眼，气得直打转。

和苏甜甜相比，她现在可算是孤家寡人了。

早在他们到凤陵没多久，玉真和玉琼就请辞离开凤陵，回了蜀山。他们和常清静不一样，常清静这回下山，张浩清就是存着让常清静历练的心思。

他这个小徒弟被架得太高，总要在尘世里走一遭，受过伤，将来才能得证大道。

孟玉琼和孟玉真辈分太低，还轮不到历练的机会，楚昊苍这事儿一了结，便回转蜀山交任务。

何其亦然，回到了阆邱。

只有宁桃他们四个没什么束缚，干脆在凤陵仙家暂住下来。

凤陵仙家所在的江栾城，奇花异草多，常清静本就有请求谢迢之帮忙在城内找离恨天解药之意。

总而言之，宁桃如今，算是萧萧瑟瑟，凄凄惨惨戚戚。

夜风吹来，宁桃摸了摸胳膊上的鸡皮疙瘩，抽了抽鼻子，从来就没有像现在一样这么想回家。

她必须回家，爸妈就生了她一个女儿，还等着她给他们养老呢。她又像无头苍蝇似的走了几圈，直到一声熟悉的冷哼骤然炸响。

“哼！没用的东西！”

宁桃睁大了眼，脸上还滑稽地挂着点儿泪，怔怔地看着不远处屋檐上的那道伟岸的身影。

这道声音是——老头儿！

在月光的照耀下，银色的鬓发微扬，斑驳的光影间露出那威严又轻狂的眉眼。

老头儿来凤陵干什么？！

他从来都不知道他们是这么看待宁桃的。

常清静面无表情地握紧了手里的长剑。

苏甜甜愣愣地看了他一会儿，被常清静这浑身戾气吓得一个哆嗦，眼泪夺眶而出，下意识地想上前解释："小牛鼻子，我……"

"滚开。"

"我……"苏甜甜不肯放弃，又往前走了一步。

"滚开！"常清静厉声道！

就在苏甜甜脚步一动，上前的刹那，剑光破空一亮，"嗖"的一声，飞旋着抽在了她手臂上，血花飞溅！

苏甜甜跌坐在地，难以置信地捂着胳膊看着他，鲜血沿着她白皙的肌肤，透过指缝滑落下来，一时间，她疼得好像连哭都忘记了。

看到这一幕，苏妙吓得倒吸了口凉气，难以置信地看着他："你！"

柳易烟柳眉倒竖，斥道："常清静，你在干什么？！"

常清静微不可察地僵直了身形，眼神落在苏甜甜身上，顿了顿，转身就走，脚步很快。

他在干什么？

常清静薄唇紧抿，夜风吹乱了这缎子一般乌黑的长发——怪不得，怪不得宁桃不要和他一起了，怪不得她说影响不好。他走得很快，下颌的线条越发冷硬，脸上却露出了点儿青涩的迷惘和痛苦，或是为了宁桃，或是为了爱上了苏甜甜的自己。

走着走着，常清静停住了脚步，极力压抑了一会儿，幽黑的眼看向夜色中的凤陵仙家。

"楚、楚前辈！"宁桃差点儿蹦起来。

楚昊苍不满地看着她，怒喝如雷："没用的东西！哭能解决问题吗？"

"哼哼，倘若哭能解决问题，那你就哭吧。"楚昊苍居高临下地俯视着她，

"哭，哭得再大声儿点，看看这事情可有任何改变！"

宁桃几乎被这一大段话砸蒙了。

碰上楚昊苍的喜悦战胜了之前的难过，宁桃擦擦眼泪，张大嘴："楚前辈，你怎么在这儿？"

"我来看看，看看谢迢之死了没有。"楚昊苍的目光看向夜色下的凤陵仙家，冷笑，"总有一日我要杀了他，烧了这凤陵仙家。"

宁桃明智地觉得自己还是不要发表任何意见的好。

楚昊苍又看向她，恨铁不成钢地说："你就当真那么喜欢那个蜀山的牛鼻子？"

宁桃面红耳赤。

"三条腿的蛤蟆不好找，这两条腿的男人不多的是？"楚昊苍鄙薄道，"倘若你足够强，这世上就有无数男人对你投怀送抱。看你，为一个男人哭成这样，有什么出息！男人这东西，普天之下还少吗？只要你够强，就算三妻四妾，三宫六院，养三千面首，看谁敢多嘴！"

宁桃立刻被震住了，只见他双眼炯炯有神，万万没想到楚昊苍竟然走在了时代的前列。

老头儿说得对，宁桃伸出袖子擦干了眼泪，只要她足够有能力，完全可以找个"小鲜肉"！

目光落在宁桃那两只核桃眼上，楚昊苍沉声拂袖："你跟我来。"

宁桃看着眼前的屋顶，犹豫了一下，一跃而上。楚昊苍头也不回，踩在琉璃瓦上，飞也似的出了凤陵仙家。宁桃乖乖地跟在他身后，冲入拥挤的人潮，左拐右拐间，拐进了一条巷子里，最终在一处民居前停了下来。

楚昊苍直接推开门："进来。"

宁桃好奇地跟着跨过了门槛，才发现原来这民居里面别有洞天：一进门，院门两侧是寺庙里的四大天王像——白色的东方持国天王，手持琵琶；青色的南方增长天王，手持宝剑；红色的西方广目天王，手缠赤龙；绿色的北方多闻天王，手持宝伞。再往前，院子正中摆了一座浑天仪。

屋里更是别有洞天，地面上铺设着圆形的地砖，是仿照的周易六十四卦。一抬头，屋顶上星斗璀璨，宛若天河倾漏，漫天星辰倒悬，玉衡参差。而在墙面四周竟然是几尊斑驳的巨大佛头，纱幔飘扬。

"这里原本是个寺庙，后来被改造成了这样。"

四周烛火明照，有不少或年轻或苍老的男人、女人，正用放大镜看着手里的东西，还有少男少女正垂着头，神情专注地伏案抄写着什么。

楚昊苍踢了一脚地上散乱的零件，带着宁桃看向屋里一个巨大的长筒状的东西。

“那是西边儿传来的望——”

宁桃想都没想地脱口而出：“望远镜！”

那是望远镜！

她嗓门儿可能有点儿大，屋里的人纷纷抬起头，看了她一眼。

宁桃红了脸，忙躬身道歉：“不、不好意思！前辈，这里是什么地方？”

楚昊苍环顾了一圈儿，果决沉声：“这是太初学会。”

“太初学会？”宁桃茫然地念了一遍。

就在这时，从内室里款款走来一个女人，女人年纪有点儿大了，满头银发整齐地束成发髻，用一支朴素的骨簪簪起来，穿着件松柏绿的裙裳，鼻梁上竟然也架了副眼镜。

老妇人一看到楚昊苍，便笑起来：“楚昊苍，你来这儿做什么？”

楚昊苍冷冷地说：“我带她来看一看。你不是喜欢这些东西吗？这些不比男人有趣？！”

宁桃原地愣了好一会儿，终于回神，原来她在山洞里偷偷背书上的知识点的时候被老头儿听到了。

这些人好像她在历史书上看到过的那种明清时期的科学家，大多是由士大夫组成，聚在一起研究西方的天文地理知识。

宁桃忍不住问：“前辈，你们是在研究西方的天文地理吗？”

老妇人讶异地看了她一眼，温和地反问：“是。你知道这些？”

宁桃激动地涨红了脸，大声说：“我、我知道！”

来到这里那么长时间，还是第一次接触到这些令人怀念的东西，宁桃的眼泪都快要掉下来了。

据老头儿说，这位老妇人姓王，叫王芝英，这太初学会就是她一手创立的。她从小就对这些西洋的东西感兴趣。

楚昊苍曾救过她一命，太初学会建立伊始也没少得楚昊苍的助力。

得知楚昊苍是带宁桃来四处看看的，王芝英温和地带着宁桃出屋，走到了那个巨大的浑天仪下面。

“会用吗？”

宁桃摇摇头。她只在天文馆看过星星，但不会用浑天仪。

王芝英笑了笑，温柔地手把手教宁桃怎么用。

"这是窥管，将窥管对准你想要测量的星星。"

天色微蓝，长河闪耀，宁桃几乎看入迷了。

"我知道，我知道很多的！我知道地球是圆的！"

王芝英和楚昊苍看起来都很惊讶。

宁桃激动得眼睛闪闪发光，激动到心都好像微微热起来。

"前辈，您知道吗，这些星星的光其实是来自好多好多年前。"宁桃将窥管对准了天上的星斗，雀跃地说，"这些星星离我们太远了，它们发出的光走过来都要花上几百年的时间。所以等这些星光落在我们身上的时候，那就是它们几百年前的光了。"

楚昊苍皱着眉，震惊地看着她，像是发现了新大陆，没想到她还有这般的见识，眼神不知不觉温和了点儿。

楚昊苍虽然一向性格高傲，但赞许那些有自己目标、性子坚忍的人。这样的人才入得了他的法眼。

看完浑天仪后，宁桃又看到屋里那些少男少女抄写的东西。他们翻译的是从西洋传来的《算经》，看到纸上这些熟悉的几何图案，宁桃激动得几乎都快哭了。

这些少男少女都很亲和："宁姑娘，你对这些东西感兴趣？"

"你会做这道题吗？"一个姑娘笑眼弯弯地递来一张纸，"试试看？"

宁桃一看，这是一道平面几何题。

她不只会做平面几何，还会做立体几何呢！

宁桃信心满满地接过笔。

其他人都好奇地围上来，看着这其貌不扬的小姑娘，动手在纸上沙沙沙写了几笔之后，就捧起了纸："我写好啦。"

那姑娘接过纸一看，惊讶地说："对！这答案是对的！"

宁桃不好意思地挺直了脊背。

这一晚上，她都在太初学会。

只用了一个晚上的时间，她就和太初学会里的人混熟了。

太初学会的成员，大多是乡野出身，当然也有士人，不过大家并没有寻常读书人的酸腐气息，他们平易近人，似乎怕她紧张，刻意放缓了语气，其中有的人甚至穿着破旧的棉衣，说话间带着浓重的口音，大手如蒲扇一般，看着不像读书人，更像是乡野村夫。屋里坐卧也十分随意，有不少姑娘穿着围裙，绑着个马尾，嘴里咬着笔，摆弄地上的零件。

太初学会里的成员也都很喜欢她，喜欢这姑娘眼睛闪闪发光，眼里满是跃动的喜悦。

这些姐姐捏着她的圆脸，乐不可支。

“小乖乖，你真可爱！”

之前递给她几何题的那个姑娘叫张琼思，生着张鹅蛋脸，乌黑的长发松松垮垮地用了个红色的发带绑了起来，清丽娴静。

宁桃：“琼思姐姐，你伸出手。”

张琼思好奇地伸出手。

宁桃认真地在她掌心一笔一画地写了几个字母，J-o-n-e-s。

张琼思抬眼：“这是什么？”

宁桃：“这是西洋话。琼思姐姐，你的名字正好和西洋话里的 Jones 一个发音。”

“你还懂西洋话？”张琼思更惊讶，或者说更惊喜了。

“不算懂。”宁桃心虚地说。

到半夜，楚昊苍这才拎着她回到了凤陵仙家，是真的拎着她的领子回去的。

“楚前辈！”刚一站稳，宁桃就忍不住诚恳地说，“谢谢您！”

楚昊苍冷笑：“与其谢我，倒不如你自己学着出息点儿！”

宁桃早就知道老头儿是什么个性，非但没生气，反倒还鼓起勇气，跳起来抱了他一下。

亲亲抱抱只在西方人中比较常见，宁桃抱完了，自己也觉得害臊。

楚昊苍被她抱呆了，霸道猖狂的老头儿怔在原地。

在楚昊苍怒喝之前，宁桃一溜烟儿地冲进了屋，关上了门。

宁桃打算回屋就收拾好自己的书包。她恨不得马上回到太初学会，把自己的书包拎过去。虽然学的都是很基础的东西，但宁桃知道这些基础科学的价值。

不过，凤陵仙家的课还是要上的。刚跨进门槛，宁桃就是一愣。

她屋里的灯竟然是亮着的。

灯下坐着个熟悉的身影，挺直如松，面容俊美，眼神低垂着。

“桃桃。”

宁桃蒙了，怔在原地，“小……”却在脱口而出的刹那间，鬼使神差地由原本亲昵的“小青椒”，变成“常清静”。

“你来干什么？”宁桃问。

常清静上下唇一碰，如画般俊秀的面孔竟然有些剔透的苍白：“我来找你。”

宁桃抱着张琼思给她的几何书站在原地，头发也几乎快奓开了，在常清静开口前，率先脱口而出：“如果是因为晚上的事的话，对不起！我没说清楚，我……”

“该说对不起的是我。”常清静打断了她，顿了顿，垂下了眼，浑身上下紧绷得像张弓，“桃桃，对不起。”

他说这话时，眼里竟然露出了点儿迷惘和痛苦，还有一抹显而易见的愧疚与慌乱。

在打伤了苏甜甜之后，他无处可去，心里像被堵住了，鬼使神差地就走到了宁桃的住处。

事已至此，常清静无论如何都只能承认，是他可笑的爱情，牵连了自己的朋友。

宁桃抱紧了书，哑口无言地看着常清静。

少年肤色白净，细腻得像覆着层白雪，剑眉总是皱起，有种坚韧强硬之感。

“桃桃。”

看向宁桃，常清静不只面色苍白，唇瓣也苍白了，捏紧了袖中的指尖：“桃桃，我们重新开始吧。”

“我们重新做朋友，”常清静动了动唇，那宛如昆山玉碎般的嗓音缓缓响起，“就我们两个一起玩儿。”

那种只有他俩的，天底下顶好顶好的朋友。

他不要那些可笑的爱情，只要这段友情。他舍不得，放不下这段友情。

宁桃有些恍惚地看着常清静。他不说倒还好，这一说，宁桃又抿了抿唇，有点儿想笑，眼睛也胀胀的、烫烫的。

她忍不住想，常清静真的知道她想要什么？

不可否认的是，就在常清静开口的刹那间，她心里隐约地生出了点儿期待，然而“朋友”“一起玩儿”这几个字又好像把她打入了谷底。

宁桃，你真贱——宁桃在心里喃喃地说。

她如今算是明白啦，重点根本不是友情，而是常清静根本不知道她想要什么。

就算没有苏甜甜，常清静也不会喜欢她的。

喜欢就是喜欢，不喜欢就是不喜欢，常清静只把她看作他很好的朋友。和常清静当朋友也很好，可这并不是她想要的。或者说，不是她现在想要的。

毕竟还是要脸的，被人这么说闲话，就算是宁桃也受不了。

宁桃脸上还是没有什么表情，喉咙却好像翻涌着黏稠的腥甜，疼得她连呼吸都好像受惊般地屏住。

“我不想和你做朋友了，你走吧。”宁桃眼眶酸涩，尽量平静地说出了这句话。

常清静受惊般地猛然一个哆嗦，错愕地抬起眼。

那一直冲他笑的、活力满满的圆脸姑娘，这时候却冷硬地推着他往外走。

“你走！你快走！我不想看到你！”

虽然想狠心一点儿，可是她做不到那么狠心和决绝。宁桃只是眨了眨眼，豆大的泪水就落了下来，眼泪鼻涕糊了一脸，狠狠地抽了抽鼻子。

在小虎子、苏甜甜，甚至在常清静看来，宁桃就像田野上那些随处可见的灯笼草，随遇而安，温和开朗，关心每一个人。

但她也有刺。

每个姑娘都有刺。

如今她的刺朝他竖起来了，常清静狼狈地、踉踉跄跄地被赶出房门，往后退了几步，一直退到栏杆前，后背抵住冰凉的栏杆，总是梳得端端正正的发冠散落了。

从散乱的乌发间，常清静错愕又震惊地抬眼看她，天青色的眸子牢牢地锁定在了她身上。

他冷不防心跳快了几分，生出了种不祥的预感。

常清静伸出手，猛地攥住了宁桃的手，像扇子一样的眼睫毛轻颤：“宁桃！”

宁桃却甩开了他的手，跑到屋里去了，大声喊：“你走吧！我们绝交了！”

廊下的灯火摇曳两下，照在了常清静身上。

草叶间传来细微的虫鸣声，唧唧的、细微的清鸣，好像穿透了凤陵的月色与柳影。常清静像是猛然被惊醒了，那双眼里没有了迷惘的痛苦，没有了执剑小师叔的威严。在月光下，他脸色苍白得像一捧雪。

和宁桃相处久了，常清静显得青涩又好脾气，但是作为不少蜀山弟子畏惧如猛虎的小师叔，他也有自己的高傲。

被宁桃决绝地推出了房门，常清静怔在廊下，脊背缓缓地挺直了点儿，影子落在廊下的地板上，显得孤冷又清寂。

他的高傲不允许他弯着膝盖再去求人了。

常清静转身离开，神色依然是冷的，脑子里却嗡嗡的一片混乱。

他一会儿想到苏甜甜，一会儿又想到宁桃。

从来没有过感情经验的常清静，几乎快被对苏甜甜的感情折磨疯了。

一股强烈的自我厌弃感如同潮水般从四面八方袭来，厌恶喜欢上了苏甜甜的自己，既然做不到真真正正的忘情——常清静沉默地垂下眼，再一睁开的时候，眼里只剩下了无波无澜的清静，如同冰雪。

说是不和常清静玩了，宁桃其实也不好受，就连琼思姐姐给她的西洋算筹都没有心思看了，然而，第二天一早，门口突然传来了啪啪用力拍门的动静。

宁桃一打开门，苏甜甜提着裙子扑倒在宁桃怀里，哭得上气不接下气："桃桃！你一定要帮帮我。小牛鼻子不记得我了！"

吴芳咏扶着苏甜甜，神情复杂，急得满头是汗。

"什……什么？"宁桃脑子里"嗡"的一声炸响，抬手扶住了苏甜甜的肩膀，"你慢慢说。"

苏甜甜呜咽了一声，眼泪顺着下巴尖儿往下啪嗒直掉。

"谢前辈说小牛鼻子喝了忘情水，他不记得我了！是我的错，我这几天的确和溅雪走得太近了。"

苏甜甜喉头哽咽，眼眶通红地重复："是、是我错了。"

明明她只是为了替溅雪治病，为什么会搞成这样子呢？苏甜甜神情恍惚，心如刀绞，只要一想到刚刚少年那漠然的神情，几乎难受得快喘不上气来了。

起初，她只是无意中听到了"心头血"能救溅雪，可这一路走来，事情的发展好像脱离了她的控制，苏甜甜狼狈地咬住了下唇。

她好像真的喜欢上了常清静。

她的摇摆不定终于伤害了这个严谨端正的小道士。

宁桃脑子里一片空白，顿了两三秒，这才重新找回理智。

吴芳咏还在为昨天的事感到羞愧，根本不敢正眼看她，咬牙道："桃子，清静背着我们找来忘情水喝了下去，第二天就不认得甜甜了。"

忘情水，功效在于忘情，饮下忘情水后，只会忘记一人，忘记那个令自己痛苦的爱慕之人。

小青椒喝了忘情水，忘记了苏甜甜。

原来、原来常清静真的喜欢苏甜甜啊。

当这个答案被摆在自己面前时，宁桃怔怔地想，心口像是被什么东西撞了一下，鼻尖微微发酸，顿时又无地自容，为了自己这么多天来小心翼翼的期待。

虽然如此，宁桃却还是强打起精神，扶住苏甜甜："我这就去看看。"

这一路上，宁桃和苏甜甜都没有说话，主要是宁桃单方面的。倒是苏甜甜一会儿哭，一会儿又是看着她怔怔出神。

"对不起。"苏甜甜看着看着，突然"哇"的一声，嘴唇哆嗦着号啕大哭，羞得抖如筛糠。

“桃桃，对不起，我明明知道你不是那个意思，她们说你的时候，我没有辩解，甚至还顺着她们的意思说了。”

苏甜甜眼睫被泪水濡湿了：“对不起。真对不起桃桃。”她哭得上气不接下气，“都是我的错，是我故意的，故意顺着她们的意思，我也不知道怎么了，我不该在背后说你坏话的。”

宁桃这个时候却不太想谈这个。

虽然清楚地看见了苏甜甜眼里的羞愧、恐惧和期待，但宁桃还是平静地说：“再说吧。”

等赶到常清静住处的时候，宁桃只看到个少年端坐在桌前，身姿挺拔，如松如鹤，如山巅雪，如高天月，乌发垂落在肩侧。

毕竟昨天才和他吵了一架，宁桃站在门口，也有些犹豫。

“小、小青椒？”

屋里的少年突然动了，常清静转过身，面露错愕，紧紧皱着眉快步走上前来。

“桃桃？你怎么来了？”

看样子，常清静是完全不记得昨天吵架这事儿了。

眼看常清静的确还记得自己，宁桃不知道是该哭还是该笑。

苏甜甜却突然走上来，眼里蒙了层水雾，鼓起勇气走上前捉住了常清静的手：“小……小牛鼻子。”

常清静眉心抽动，看着苏甜甜的眼里，滑过了点儿厌恶和茫然。

“放开。”

这是之前那个野狐狸，说是认识他的，叫什么，苏甜……还是苏咸？

苏甜甜瑟缩了一下，不肯放，委屈地掉眼泪。

“小牛鼻子，你真的不认识我了吗？”

常清静脸色更冷了点儿，皱眉，厉声：“放开！”额角青筋跳动，看上去“行不得哥哥”就要出鞘了！

吴芳咏脸色微变，差点儿跪下：“清静！”

宁桃也吓了一大跳，赶紧拉着常清静往一边儿去。

常清静倒没有反抗，任由她拉着。

“小青椒，”宁桃咽了口口水，迟疑地问，“你，你真的不记得甜甜了吗？”

“我不认识她。”少年下颌角冷硬得像是一块儿玉石，就算生气也好像散发着淡淡的耀目的光晕，“是这野狐狸一直纠缠于我。”

“那我呢？”宁桃也有些蒙了，不可思议地伸手指了指自己。

常清静定定地看了她一会儿，顿了顿：“桃桃。”

“那他呢？”宁桃指向吴芳咏。

“芳咏。”

常清静看他俩的目光倒是正常的，看苏甜甜的目光却是明晃晃不加掩饰地厌恶。

“这是谁你还记得吗？”

“她说她叫苏咸……苏咸咸？”

第 2 章

宁桃心里五味杂陈。

主角喝下忘情水忘记所爱之人什么的，这看上去更像是男女主角的剧本了！

一瞬间，宁桃有些迷茫。

宁桃斟酌着语句解释：“那个小狐狸叫苏甜甜，也是我们——”话到嘴边，顿了顿，改了口，“是你的朋友。”

“不可能！”常清静想都没想，断然否认，冷着脸，“我绝不可能与个妖精同行。”

完了。

“现在怎么办？”远远地看了一眼一个人站在一边儿的常清静，苏甜甜哭道，“小牛鼻子不记得我了。”

宁桃张了张嘴，想说点儿什么，话却又卡在了嗓子眼儿里。

之前她还心存侥幸，现在事实摆在眼前，常清静喝了忘情水忘了苏甜甜这事儿，无异于明晃晃地告诉所有人，常清静喜欢苏甜甜。

吴芳咏脑子转得快，皱着眉提议：“要不，我们先去找找谢前辈吧，看看谢前辈有没有办法？”

于是三人只能先去找谢迢之。

谢迢之得知他们的来意后，怔了一怔。

“他喝了多少？”

“一瓶，玉真说是一瓶。”

“他要忘记甜甜，那是他的本意，他自己的选择，我无权干涉。”谢迢之合上眼，却是看都不看他们几个小的一眼了。

没有办法，苏甜甜只能又找到凤陵仙家的其他几位长老，万万没想到的是，中途正好碰上了谢溅雪。

宁桃有一搭没一搭地想，温柔男二出场了。自己十分上道儿地默默往后退了一步。

少年听到了消息，急忙赶来，裹着白色的貂裘，站在廊下，笑容苍白："甜甜。"

苏甜甜茫然地喃喃："溅雪。"

少年走上前来，轻轻牵住了她的手："别担心，没事儿的，我这就同你们一道去。"

不知道这位竹马兄安慰苏甜甜的时候心里是怎么想的，反正宁桃对这位竹马兄生出了一股敬佩之意。

有谢溅雪主动求情，其他长老倒是给了他们一瓶药。

"这药或许能解忘情水的药效，但要什么时候才想起来，还全靠他自己。还有就是你们要记住，这药副作用不小，倘若真能恢复记忆，他服药前后的记忆也会受到不同程度的损伤。"

吴芳咏皱眉："前辈，您的意思是？"

那凤陵长老也皱起了眉头："我的意思是，倘若他能侥幸恢复记忆，临近吃药时的那段记忆和失忆这段时间的记忆，可能都会受到不同程度的损伤。"

宁桃主动询问："那，要是带他多看看从前的东西、重温从前的经历，能不能起到刺激作用？"

吴芳咏三人微微侧目。

面前的这位凤陵长老想了想："许是有帮助的，你们不妨试一试。"

一听有办法，苏甜甜终于不哭了，哑着嗓音，惶急地说："那，那先试一试吧。"

吴芳咏不忍再看，主动道："这药我先放到清静茶水里。"

"明天，明天我们一道去帮清静找回原来的回忆。"

"桃桃，"苏甜甜原本红润玲珑的唇，如今苍白哆嗦，"你，一定要帮帮我，求你了。"她又要哭了。

宁桃拍拍苏甜甜的肩膀，移开了视线，任由苏甜甜埋在她颈侧哭。宁桃动了动唇，却没有说多余的话来安慰。

苏甜甜的眼泪顺着衣领，一直淌进了宁桃胸口的位置，微凉。

宁桃茫然地看了一眼窗外的天色，觉得那凉意好像渗入了心里。

等吴芳咏气喘吁吁地赶来说那茶水常清静已经喝下去后，四人才开始了紧急的动作。

围着一张圆桌，宁桃回忆着之前在王家庵的一幕幕，举起手说："当时常清静和苏甜甜第一次见面，是常清静误会苏甜甜是恶妖，打断了苏甜甜的腿。"

吴芳咏张大了嘴："那……那要还原这个场景吗？"

谢溅雪眉头已经皱了起来，看着苏甜甜的眼里含了点儿怜惜之意。

少女缩成了小小的一团，乌黑的发顶低垂着，毛茸茸的，让人心生怜惜。

"试试吧。"半晌，苏甜甜浓重的鼻音这才传来，她抬起眼，眼神坚定，好像有火焰在里面燃烧，"无论如何，我都要试一试。"

可是，谁来打断苏甜甜的腿，或者说干脆省去这一步？

在宁桃与吴芳咏犹豫间，苏甜甜却决绝地站起身："我有办法！"

少女飞也似的跑进了屋里，叫他们先等着。

等了片刻，宁桃心里突然涌起了一股不祥的预感，拔腿就冲向那间紧闭的屋子，却在门口冷不防地听到了一声惨叫。

"甜甜！"宁桃急忙推开了门，顿时被眼前的一幕镇住了。

苏甜甜跌坐在血泊中，两条腿软绵绵地垂着。

她打断自己的腿，又双手握着剑柄刺穿了自己的胸口。

少女扬起苍白的脸露出个笑："桃桃，"每说一句，她唇角就有血沫呛出，"做戏做全套，这样总可以了吧。"

桃桃脑子里"嗡"的一声炸了，睁大眼震惊地看着苏甜甜。

由于场面太震撼，她一时间反而不知道要做何反应了。

她非但没有感动，反而生出了点儿淡淡的无力感，只能说，不……不愧是女主角，对自己这么狠，这么决绝吗？

就这样，还敢喜欢上常清静，宁桃，你太弱了。

闻声赶来的吴芳咏和谢溅雪也被苏甜甜的决绝镇住了。

吴芳咏静默良久，深深地看了一眼自己喜欢的姑娘："我去找清静。"

谢溅雪上前将苏甜甜打横抱起，轻轻摸了摸她额角的乌发："常清静一定能想起你的。"

凤陵仙家家规森严，祠堂不允许外人随便进。没有办法，宁桃一行人只能在外面找了个祠堂，又请来了一堆群众演员。

被谢溅雪抱到了祠堂里，苏甜甜很是不安。

“桃桃，你说能行吗？要是小牛鼻子想不起来怎么办？”不等宁桃回答，苏甜甜又自顾自地说，“要是小牛鼻子想不起来，我就重新追他，早晚有一天，他一定会重新爱上我的！”

就在这时，祠堂外面终于传来了点儿脚步声。

宁桃立刻绷直了脊背，是常清静和吴芳咏回来了！

被吴芳咏拉来的常清静，凌厉的目光一扫，一看到跌坐在地上的苏甜甜，几乎面无表情地抬脚就走。

“欸！清静，你等等！”吴芳咏一把拉住了他。

失忆后的少年，对身为狐妖的苏甜甜冷淡，却对宁桃和吴芳咏很好。

少年僵了僵，忍住了，停住脚步。

吴芳咏循循善诱：“你不觉得面前这一幕很眼熟吗？”

常清静的目光再度落在了苏甜甜身上：“没有。”

吴芳咏立刻向宁桃使了个眼色。

知道是自己的主场了，宁桃慌忙站起身，磕磕绊绊地朝着请来的群众演员说：“三爷爷，你听我说，这只小狐狸她有不在场的证据……”

常清静的耐心终于耗尽了，眉头紧紧皱起，冷声：“你们在做什么？！”

苏甜甜眼里那原本希冀的光，一点一点地暗了下去。

“小牛鼻子，你真的，真的一点儿都想不起来吗？”

少年眉头皱得紧紧的，觉得烦躁，又觉得莫名其妙。

他不认识这只野狐狸，这只野狐狸却一直纠缠着他不放，而宁桃与吴芳咏又一口咬定他失忆了，原因竟然是他喝忘情水忘记了这只野狐狸。

一想到这儿，常清静面色就更冷。

其实，他心里也隐隐察觉出来不对劲，宁桃是不会骗他的，可让他相信自己真的为了只狐妖搞得如此狼狈，他宁愿选择真的想不起来。

跪在舅舅一家尸体前的时候，他便立下誓言，今生一定要以斩尽妖孽为生。

少年皱着眉，狠狠地剜了苏甜甜一眼，高傲又冷淡地转身就走。

苏甜甜跌坐在地上，感觉全身上下都好像被寒意渗透了。

就在少年即将转身走出祠堂的刹那间，苏甜甜鼓起勇气，含着眼泪，大喊道：“就算，就算你现在讨厌我也没关系。”少女身形单薄，身下的裙摆如同花一样铺展开，泣不成声，“小牛鼻子，我一定会让你想起我来的！”

这爱意不加矫饰，澎湃又直白。

常清静身形猛地一震，晃了晃，但也只是停顿了一瞬，转身就走。

“这样也不行。”吴芳咏和谢溅雪一道扶起苏甜甜，吴芳咏如同远山一样秀气的眉毛也皱起来，“清静他抗拒妖怪，这样无异于让他心里更生厌恶之意。”

“那……”苏甜甜痴痴地问，“那能怎么办？”

苏甜甜这样看着自己，吴芳咏心里也不好受。一向秀气的少年微微一僵，闭上眼：“先和清静从朋友做起吧。

“桃桃，你说呢？

“桃桃？”

宁桃眨眨眼，用力将飘出去的恍恍惚惚的心神收了回来。

“啊？啊！”眼神复杂地看了眼苏甜甜，宁桃沉默地摸了摸胸口。

虽然没办法理解，但还是不可避免地被震动了，心头猛地一颤，宁桃眩晕了半秒，这才茫然地发现——她其实毫无和苏甜甜竞争的资格，从一开始她就输了。

苏甜甜为常清静做了这么多，他们的爱情如此跌宕起伏，又如此轰轰烈烈，坚不可摧，再也容不下第三个人。

那是独属于他们的故事，独属于他们的爱情。

而她的暗恋，输得如此无声无息。

晚上，宁桃回到屋里把头埋在枕头下面哭了一场。

擦干眼泪，宁桃重新振作，深深地反思了一番自己的问题。

就像之前那样，虽然伤心，但觉得爱情不是人生的全部，她并没有那种要死要活的感觉。

这难受，是缓慢的，像虫子啃噬叶子，一点一点，侵蚀着心脏；是细微的、漫长的痛楚，最后，胸膛里空落落的，像漏风一样。

宁桃抱着膝盖在床上坐了一会儿，心里很清楚，常清静昨天喝了忘情水，肯定是那天晚上受了她的刺激——于情于理，她都要帮他俩找回回忆。

努力甩了甩脑袋，宁桃默默下定了决心。

就算是配角也要努力发挥配角的作用，等到男女主角差不多能在一起了，她也就能功成身退了！

常清静失忆这事儿，打乱了宁桃以及所有人的节奏。

接下来的这几天时间，宁桃和吴芳咏铆足了劲儿，努力帮助常清静与苏甜甜相处，而苏甜甜也变着法儿地天天往常清静那儿跑。

她后悔了，想要挽回常清静，但几乎每一次都会灰头土脸，吃个闭门羹。

“桃桃，我真的害怕，”苏甜甜不止一次颤着声，哭道，“我真的害怕小牛鼻子不记得我了。”

“没事。”宁桃咬了咬牙，“再试一次，再试一次看看。”

余光一瞥，正好看到廊下有海棠花，宁桃顺手掐了一朵塞到苏甜甜手里，精神满满地鼓励：“试试送朵花呢！”

在她的鼓励下，苏甜甜深吸一口气，站起来走到那扇紧闭的门前，敲了敲门。

宁桃迅速躲到海棠花后面去了。

在苏甜甜坚持不懈的敲门下，那扇门终于“吱呀”一声，开了。

少年穿一身板正的长袍，神色冷淡，居高临下地看着面前的少女。

苏甜甜有些害怕，却硬着头皮挤出个笑来：“小牛鼻子你看，这是今天我摘的花！你喜不喜欢？”

少年没有动，也没有开口说话。

时间嘀嘀嗒嗒地走过，伴随着微风吹过面前这朵海棠。

昨晚下了一夜的雨，海棠花上落着些露水，纤弱的花瓣微颤，仿佛少女小心翼翼的希冀。

随着时间的流逝，常清静终于第一次正眼看向了这个总是纠缠在自己身侧的小狐妖。

明明是害怕的，但是迎上他目光的刹那，她的眼睛立刻就亮了，常清静呼吸微微一滞，收回视线，不动声色地继续往前走。

藏在海棠花后面的宁桃，一颗心几乎被高高吊起来了。

然而就在常清静经过苏甜甜身侧的时候，少年上下唇一碰，好像说了句什么，苏甜甜的眼睛“噌”的一下就亮了。少年转动脖颈，又冷淡孤寂地逐级而下。

目睹常清静离去之后，苏甜甜激动地红着脸，大声喊道：“桃桃！”

“桃桃！”苏甜甜感激地看着她，眼里的喜悦喷薄而出，“小牛鼻子和我说多谢呢。”

常清静总共说了两句话。

第一句：“多谢。”

第二句：“我不需要，你自己拿着。”

光这两句话，苏甜甜就已经心满意足了，感激地看向替她出主意的宁桃，真情实意地说：“桃桃，谢谢你！”

宁桃也没想到送花能成，挠挠头：“其实我觉得主要还是你这几天的坚持打动了常清静吧。”

苏甜甜不好意思地吐吐舌头，又蹦了一下，尾巴在身后摇了摇：“那我要更加努力才行！”

凤陵仙府内，宁桃和吴芳咏，几个小朋友在忙忙碌碌地布置场景。

“准备好了没？”吴芳咏探出个头问。

“准备好了！”宁桃深吸了一口气，朝着吴芳咏和苏甜甜比了个“OK”的手势。

谢溅雪：“那开始？！”

宁桃大手一挥：“开始！”

之后宁桃迅速走人，和吴芳咏、谢溅雪两人挤到了一块儿。三个人一个脑袋叠着一个，眼睛炯炯有神地看向走廊拐角下的那棵桃花树。

帮助常清静找到回忆大作战之二——夜晚告白。

据苏甜甜说，当初在王家庵，她跑出去后就和常清静告白了。

苏甜甜坚持不懈，小道士也并非真的是那种铁面无私、不近人情之人。

伴随着两人关系日渐缓和，寻找记忆这事儿又被提上了日程，就像这一次，在常清静下课后，苏甜甜上前拦住他，红着脸，眼中水光潋滟：“小牛鼻子，你带上我一道儿好不好？”

苏甜甜拽起常清静的袖子，擦了擦脸上的眼泪，低下平日里那一直活跃灵动的嗓音，那乌黑的瞳仁里的光也暗了下去。

“可是！”苏甜甜惶急地抬起眼，“我是小狐狸，我的嗅觉可灵敏了！我也能帮桃桃找解药，而且我会法术，不会拖你们后腿的！我真的，真的不想和你们分开。”

少女哭得抽抽搭搭的，眼角挂着泪，大声道：“最重要的是，最重要的是，我喜欢你啊小牛鼻子！”

“怎么样？”演完这一场，苏甜甜焦急地抬起脸，看向面前的常清静，“小牛鼻子，你真的没有想起什么吗？”

天太黑了，宁桃那儿看不清常清静的表情。

常清静几乎快晕了，眼睛都快成了豆豆眼。

小狐狸这又是在搞什么名堂！

然而第一次被人这么火辣辣地告白，常清静还是不可抑制地微微红了耳根，几乎有些焦躁恼怒地皱紧眉，垂下眼：“没有。”

说完，常清静定了定心神，很快整理好情绪，眼神凌厉，蕴含着点儿“妖怪勿近”的可怕气场。

“不要再做无用功了。”抛下这一句，少年冷冷地转身离去。

吴芳咏愣了愣：“这是又失败了。”

宁桃张大嘴：“好像……”

原本走到一半的少年，突然像是察觉了什么，脚步一顿，微微侧目，那凌厉的双眼，隔着夜色牢牢地锁定在了那拥挤的三人身上。

“出来。”

唰——视线所及之处，宁桃、吴芳咏和谢溅雪三人纷纷石化。

常清静皱眉，耐着性子重复了一句，月光落在他眉眼上，珠蕴光含，一派仙姿玉骨。

“出来。”

慌乱中不知道是谁先没出息，踩了谁一脚。

吴芳咏：“桃子，你踩我脚了！”

宁桃如临大敌，头皮发麻：“不是我！”

谢溅雪：“也不是我！”

三个人推推搡搡间，如同多米诺骨牌稀里哗啦地从角落里摔了出来。

呃——

一抬头正好对上常清静的视线，宁桃和吴芳咏立刻手忙脚乱地爬起来，抬头挺胸站直，一齐开口：

“小青椒（清静）！”

常清静微微一顿，清冷如冰似霜的视线落在了宁桃和吴芳咏身上。

或许是心虚使然，面对暗恋的小男神，宁桃无法控制地再度矫揉造作起来，瞪了一眼吴芳咏：“你的错！”

吴家小少爷跳起来：“明明是你踩我的！刚刚你还摔倒在我身上了。”

他们却都没看到常清静将脸转过去了。

他觉得宁桃与吴芳咏都很奇怪，好像，宁桃不愿再与他亲近了。

少年颊侧肌肉抽动了两下，两扇纤长的眼睫毛轻轻一颤。

比起他，宁桃与吴芳咏走得很近。

他甚至都不清楚这是因为什么，是为了那野狐狸吗？

“欸，”谢溅雪愣愣地突然开口，“常道友人呢，怎么走了？”

宁桃茫然地抬起头，常清静站的地方，只剩下一地月色，海棠花零落，像小鹤一样的小道士却已经不见了踪影。

或许是因为快入夏了，这几天雨水变多，而且每次下雨，几乎都是电闪雷鸣、黑云覆压的倾盆暴雨。回去之后，就下了大雨，宁桃撑着下巴，卷起窗前的竹帘幔，看着窗外的电蛇，大雨噼里啪啦地砸在青石板上，溢起一层薄薄的雾气，如同天公投向人间愤怒的一瞥。

雨水倾下，雷电大作。

宁桃有个不为人知的癖好——喜欢暴雨天气，喜欢电闪雷鸣。就是这里没有避雷针，让她有点儿紧张。

夜里微凉，枕簟生寒。宁桃只穿了件单薄的春衫，觉得有些冷，搓了搓胳膊上的鸡皮疙瘩，就在这时，门口却传来了有条不紊的敲门声，一短一长、一短一长，十分有规律。

大晚上谁会来找她？疑惑地走上前打开了门，一看到门口站着的人影，宁桃一惊，竟然是常清静。

少年可能也没想到她来得这么快，敲门的手顿在半空中，微有些僵硬："桃桃？"

宁桃也"唰"的一下脸色僵了，如临大敌地问："小、小青椒，你怎么来了？"

少年垂下眼，英挺的眉眼看着有些紧张，不自觉地舔了舔干涩的唇角："我、我来看看你。"

"啊、哦！那你请进！"

一步迈进了异性的屋里，常清静紧张得同手同脚，眼睛也不敢四处乱瞟，目光直直地落在了窗畔的小桌上，桌子上搁着宁桃的数学书，还有太初学会的哥哥姐姐们给的西洋算筹、西洋几何原本，涂画着几何图形的草稿纸胡乱堆叠着。除此之外，还有一本练习册，那本练习册还是邻居家姐姐早上撞见送给她的。

屋子里就只有她和常清静，宁桃也紧张，心中警铃当当作响。

"你、你坐！"

明明之前，她和常清静的相处还是很自然的，为什么会变成现在这样啊？宁桃心中哀叹。

常清静可能也觉得不自在，窘迫地胡乱逮住个话题就问："你在看书吗？"

"是！"宁桃精神一振，找到话题，话匣子终于打开了，指着桌上的书说，"这个，这个是数学。"

来到这里之后，宁桃一直没敢在学业上松懈。在寻药的路上，她都在勤勤恳恳地背书、自学。在这里耽误这么长时间，万一能够回去继续学业，又要从基础开始复习，光这么一想，宁桃就紧张到头皮发麻，焦虑到想打转了。

“嗯——”

“嗯——”

隔着一张桌子，她和常清静一左一右坐在椅子上。

窗外大雨倾盆，屋里青灯如豆。两个人身板儿挺得笔直，两只手搁在膝盖上，攥紧了衣裳，豆豆眼乱瞟，脸红得像两个大番茄。

宁桃磕磕绊绊地开口：“小、小青椒，你真的一点儿都没想起来吗？”

常清静微微一顿，张了张嘴，神情专注地看着她，有些迟疑，又有些忐忑：“桃桃，你希望我想起来吗？”

宁桃愣了一下，条件反射地开口：“我当然是希望你能想起来啊！”

常清静的神情看上去有些暗淡。

“我觉得想不出来倒没什么不好的。”少年移开目光，昏黄的烛光落在他脸上，冷峻的侧脸显出几分柔和。

宁桃蒙了。

常清静深吸了一口气，好像也格外紧张，攥着衣裳的指节都微微发白。

“桃桃。”他琉璃色的、浅淡的眸子看向她，眼里好像有许多说不清道不明的情绪。

“我——”

夜雨敲在屋檐上，宁桃心口猛地一颤，对上少年眉眼的刹那，心里无端涌出了一股莫名的错觉——如果这一路走来，没有苏甜甜的出现，她和常清静说不定真的会走到一起。

那一瞬间，风雨大作，狂风骤雨惊急飒飒，夜雨梧桐落叶，阶下青苔暗滋生，好像只要她开口说出那句话，她就有机会了。

宁桃唇干舌燥，忽然觉得一阵眩晕，胸口打鼓一般怦怦怦直跳，就好像魔鬼捧着鲜艳的果实，突然降临在她身侧。魔鬼大声地狞笑，在引诱着她一步一步走向不可知的深渊，只要她说出“喜欢你，想做你的新娘子”，她就有机会了。就算常清静日后恢复记忆，以他的性格，在没有和苏甜甜做出承诺之前，也一定会对她负责的。

“我当然希望你想起来了。”最终，宁桃还是神采奕奕，故作坦然地笑起来，“因为我们是好朋友啊！而且，虽然小青椒你没办法接受这一点，但是甜甜和你关系真的……真的不大一样。”

“作为朋友，我发自内心地希望你不要忘记和苏甜甜的这段感情。”

随着夜雨潇潇，宁桃清楚地看到了常清静骤然苍白的面色。

常清静并不知道自己经历了什么，只知道出了王家庵之后，宁桃不再愿意和他接触了。看到宁桃和吴芳咏他们接触，他觉得心里不痛快，但又为那小狐狸的话心生慌乱之意。

他，当真喜欢过那只小狐狸吗？

常清静怔怔出神。

那他宁愿不要那段感情。

他只想要宁桃。

灯火在两人的眉眼间闪烁，烛花毕剥，屋檐下的雨线断了又续。少年思绪不明地垂下眼，结结巴巴地移开了视线：“是，是吗？”

宁桃蓦然惊起，将桌子上的本子往常清静的方向推了推：“小青椒，你知道几何吗？！你看，这道题你会做吗？”

少年闻言，沉默地倾下身子去看桌上这道几何题。

就这样，宁桃和常清静看了整整一夜的西洋算筹，等到雨渐渐地小了，就坐在石阶上一道儿看夜雨潇潇。

常清静垂着眼，目光落在面前这一席裙摆上；宁桃撑着下巴，看着面前的雨帘，裙角被夜雨沾湿了，像海棠花。

青灯如豆，在身后漾开温暖的光，就这一点温暖的光，好像驱散了夜雨的凉意。

第3章

过了十多天，常清静的记忆恢复依然没有任何起色，倒是凤陵仙家所在的江栾城快到花灯节了。江栾的花灯节每年春季、冬季各一次，冬季的在元宵节。

而春季的，不同于立春时拜春、迎春的花灯节，江栾城真正的花灯节在暮春。据说这与凤陵仙家某位先祖有关，具体原因已经不可考。

总而言之，每到这时，各家各户都会把花盆放在廊前阶下，互相比拼，并且在花间悬挂一盏琉璃灯，或者在花盆间插下高低不一的烛火。

光影错落间，暗香浮动。

早在几天前，谢迢之就安排着凤陵仙家的弟子，搭设彩棚、灯山。灯山上绘有神仙故事，文殊、普贤菩萨等肌肤丰润，眉眼细腻。

灯山最高处，有水按时放下，如同瀑布，映照着灯影，如飞雪溅玉，琼冰玉沫，灯光耀耀，长街两侧，又有草编的龙灯蜿蜒起伏，一直延伸出百余丈的距离。

花灯会当前，宁桃几人干脆将之前那些不愉快统统抛之脑后，一个个神采飞扬，兴高采烈地跑出去看灯。

这还是宁桃第一次看到这种花灯节，走在人群中的时候，激动得脸都红了。

之前去过一趟南京的夫子庙，但那儿人流量实在有点儿大，从那之后，宁桃就对灯会这种事彻底丧失了兴趣。

吴芳咏今天穿了件青色的袍子，唇红齿白，目若点漆，风度翩翩；常清静则换上了一件便服，圆领袍、蹀躞带；至于竹马小兄弟谢溅雪今天则十分温柔。

一路上有不少少女，看到了这三位性格、风姿迥异的小郎君，纷纷羞红了脸，笑吟吟地往他们怀里砸水果零食，霎时间瓜果如雨般噼里啪啦全落在了三人怀里。

至于苏甜甜，今天也打扮得漂漂亮亮的，乌发垂髫，脸儿化着淡妆，肌莹雪腻。

“我好久没有看到城里的花灯节啦！”

苏甜甜走到一个摊位前，拿起一支蝴蝶状的春胜，往鬓角比了一下，抿起唇甜甜地笑着问：“好看吗？”

谢溅雪温柔地摸摸她脑袋：“好看。”

吴芳咏一口答道：“好看！”

苏甜甜有点儿紧张，转过身，眼睫毛微颤，扶着鬓角，期期艾艾地去问常清静：“小牛鼻子，你觉得好看吗？”

少年目光淡淡扫过，略一迟疑。

或许是这灯火太美了，让常清静也不大好意思再对这只狐狸冷着脸，只好移开目光，生硬地说了句：“不错。”

苏甜甜小心翼翼地觑着他的脸色，旋即又抿起唇，目的达到，见好就收，喜滋滋地一笑：“嘻！”

她又拿起另一支春胜，递给宁桃：“桃桃，这个给你。”

“啊？”宁桃有些始料未及，蒙蒙地问，“给、给我的？！”

苏甜甜嘟起嘴：“你不喜欢啊？”

宁桃觉得有些头痛，其实这段时间，虽然答应帮助常清静找回记忆，但她已经和苏甜甜疏远了不少。

这种女孩子她应付不来，只能不再推辞。

但苏甜甜好像浑然未觉她的疏远，依然拉着她开开心心地递给她一支春胜。

在这种环境和气氛下，宁桃不好再拒绝，拿着这春胜往脑袋上一别，笑了一下：“谢谢。”算是接受了。

谢溅雪柔和地夸赞：“宁姑娘戴着这个也好看。”

“是啊，桃子你长得本来就很好看！”

小姑娘哪有不喜欢打扮的，就是不大好意思直接表现出来而已，宁桃心里也想打扮。苏甜甜往她脑袋上别着的是个燕子样式的。

扶了扶脑袋上的春胜，刹那间，好像有蝴蝶蜻蜓点水般地落在了心湖上，轻轻振翅，鳞粉扑簌簌而下，宁桃心尖猛地颤了一下，从脖子到脸都忍不住红了。

花灯会的娱乐活动主要还是猜灯谜什么的，竹马兄和吴芳咏猜出来不少，宁桃沾了苏甜甜的光，也混到了一只兔子灯。

走了大半截路，苏甜甜有些撑不住了，不好意思地扯了扯宁桃的袖口：“桃桃、溅雪，我们能不能歇歇啊？”

宁桃原本屁颠屁颠地提着灯笼，嘴里叼着个糖人如脱缰的野狗般正在往前挤，听到这话，下意识地放缓了步子。

于是五人在石阶上歇脚。

石阶下是河水，水面漂浮的花灯汇聚成了一条耿耿的星河。天上的烟花落在水里，水面霎时被晕染成了紫色、红色、橙色。

烟花庆典太美了，宁桃看着水中的倒影忍不住怔怔地出神。

“桃桃？”常清静留意到她微微出神。

宁桃看着河面上的烟花倒影，心绪激荡起伏，一是因为，从小基本看不到这么热闹的场景；二是因为，这个场景，特别像她玩过的一款游戏。

“我在想，我之前看到的一个故事，故事里的主角们在一起看了花灯。”

“那里面有个角色姓慕容。”宁桃看了一眼常清静，开开心心地说，“其实我觉得，你有点儿像他。”

常清静已经长得很高了，鼻眼英挺，身后背负着长剑。此时河面上的微风，轻轻吹动了少年的袍角，少年肩宽腿长，踩着长靴站在河畔。

“一样是冷漠的棺材冰山脸！一样是剑仙。”宁桃掰着手指，激动地说。

吴芳咏好奇地凑过脸来：“那个故事讲的是什么？”

吴芳咏主动问，宁桃立刻打起了精神，摆出了推销的姿态，两眼炯炯有神，滔滔不绝、口若悬河：“这说起来就比较麻烦了，就是从前有个少年……”

宁桃坐在石阶上，常清静略一犹豫，垂着眼看了眼面前的石阶。

这样不顾仪态地坐在石阶上，对于他而言是种挑战。但最终，常清静还是掀起长袍，和宁桃一道儿席地而坐。

苏甜甜撑着下巴，好奇地催促：“那后来呢？！”

吴芳咏：“对啊！那后来呢？”

谢溅雪莞尔：“不要急，让宁姑娘慢慢说。”

宁桃指着天上的烟花说：“后来四个人相伴走江湖……就像今天一样，一道看烟花。在那个故事里，看烟花这个情节其实是个分水岭，到后面，实在令人伤感。”

那时候，故事里的主角们对未来的行侠仗义满怀憧憬，有朋友在一起，能一道踏遍千山，可是最后都物是人非了，只剩下烟花逐流水，就像烟花一样，在最美好的一刻，分崩离析。

在听到主角四人组不同的命运、听到最后柳梦璃与慕容紫英的对话时，四周沉默了。

半晌，苏甜甜这才轻声说：“我不喜欢这个故事，太伤感了。”

常清静沉声：“生尽欢，死无憾。”

“对！”宁桃一个哆嗦，恍然，“生尽欢，死无憾。”

宁桃说：“我们那儿有句话，叫‘不在乎天长地久，只在乎曾经拥有’。”

“啊，对了。”宁桃猛然想起来，“还有另一个叫‘古剑’的游戏，故事里也有花灯，可好看啦。”

可惜最后的结局一样令人伤感。

“其实我一直觉得，‘古剑’这个故事里的师尊，就是第一个故事里的主人公。”宁桃喃喃地说着，虽然不大好意思，但还是转了个方向，看向了常清静。

少年站在花灯下，乌发如墨在肩头流泻，眉眼如画般动人，肌肤如同薄雪般细腻，肌莹骨润或许就是如此了，只是太冷了，袍角袖口好像都散发着微不可察的寒意。

“小青椒，你以后也会成为那种威风凛凛的剑仙的，但是我不希望你像故事里的师尊一样，高处不胜寒，那样太孤独了。”

“桃桃，”常清静动了动唇，指尖也跟着动了动，微不可察地几乎想凑近一点，凝视着少女侧脸的轮廓，好像有什么东西在心底蠢蠢欲动，即将破土而出，“我——我——”

宁桃移开视线："所以，所以你一定要尽快想起来，想起来甜甜！"

四目相接中，常清静面色又微不可察地白了点儿。

他看向了宁桃。

少女今天穿着件浅黄色的上襦裙，月白色的下裙，裙子上绣着大片大片的杭菊，脑袋上别着春胜，葡萄般的眼在灯光的映照下，流转着宛如蜜糖般的颜色，笑起来就像月牙儿，在眼镜镜片下熠熠生辉。

看了宁桃半晌，常清静移开视线，沉默地盯着这花灯逐波流。

"这烟花真好看。"宁桃故作懵懂未觉地指着烟花，默默闭上眼，嘴里念念有词，"真希望年年有今日，岁岁有今朝。"

她很喜欢小青椒，但正因为喜欢，才知道自己不能那么自私，不能窃取小青椒的喜欢。

她不能做小偷，偷走苏甜甜与常清静之间的回忆。

看完烟花之后，五个人继续往前逛。

宁桃觉得浑身都是劲儿，倒着往后走，看到什么新鲜的东西，都忍不住朝常清静他们挥手。

当然这次花灯出游，还有一件特别重要的事，那就是继续帮助常清静恢复记忆。这次模仿的是苏甜甜在芦苇荡里不小心滑倒，摔在了常清静怀里。

本来宁桃他们计划得很好的，然而计划赶不上变化。他们走着走着，前面突然响起来一阵惊叫声——"妖怪！"

霎时间地动山摇，人群朝四面八方奔逃开，灯笼掉在地上，呼啦一声，烧开了。

宁桃茫然又震惊地看着面前这一幕："妖，妖怪？！"

众人只见远处，突然有一条碧绿的巨蟒，从地上蹿升而起，长有十丈，电目血舌，鳞片覆身，腾空而起，蟒颚大张，一口几乎就是一个人头。

宁桃站在原地，眼睁睁地看着这条巨蟒，呼啸着从人头顶蜿蜒掠过，一直往前方飞去。

"桃子！小心！"危急之时，吴芳咏从身后一把拽住了宁桃，往旁边一扯。

四散开的人群很快冲散了五人。

伴随着人潮涌来，苏甜甜猝不及防真的被绊了一跤，"啊"地叫了一声，苏甜甜往后倒退了几步，差点儿摔倒的刹那，却落入了个温暖的怀抱，像是微风细雪。

苏甜甜抬起脸，愣愣地看着接住她的常清静："小……小牛鼻子？"

常清静双手猛地一顿，目光触及少女柔美的面庞时，心上好像被什么东西狠狠地撞了一下，喉头一滞，紧跟着，额头传来一阵剧痛。

搁下手，等苏甜甜站稳了，常清静面色惨白地步步往后退，捂着脑袋，拢紧了眉峰，面前好像闪过无数零碎的画面，脑袋一阵被挤压的疼。常清静疼得面色沉郁，太阳穴突突地跳，感觉头快要爆炸了。

"小牛鼻子？！"

半晌，常清静惨白的面色这才慢慢恢复了点儿血色，慢慢直起腰，摇了摇头，嗓音微哑："我没事。"

他又目光灼灼地看向了远处的巨蟒，反手将"行不得哥哥"拿在了手中。

"快追。"

"等等我！"苏甜甜提着裙子，飞奔上前，一把攥住了常清静的手。

常清静一怔。

苏甜甜用力攥住了他的手，目光坚定："我陪你一起去！我也能帮得上忙的！"

情况危急，常清静来不及多说什么，只能深深地看了苏甜甜一眼，抿着唇拔腿冲了上去。

眨眼间，那巨蟒就已经冲到了两人面前！

宁桃眼睛一眨，想到自己这几天经过艰苦的学习，已经能熟练运用了不少技能，刀法也进步了不少，立刻撸起袖子就要冲上去帮忙，没想到却被吴芳咏一把拉住了。

"桃子！"吴芳咏急得额头冒汗，"你别去。"

宁桃也急了："我为啥不去啊？！"

"甜甜妹子不是说，她之前和清静在祠堂里遇到了渔妇吗？"吴芳咏神情一点一点严肃下来，"我看刚刚清静好像有恢复记忆的意思了。"

"这妖怪，清静能对付得了。如果让他俩再共患难一次，说不定清静就能想起来了呢！"

"可是——"

宁桃张张嘴，看向常清静和苏甜甜的方向。

在这四散的人群中，他俩是逆流而上的，格外显眼。

苏甜甜一跃而起，"腾"的一声，就化为只火红的赤狐，四爪狂奔，追上了巨蟒，一个急刹车，拦在了巨蟒面前。

小狐狸两只前爪撑着地面，龇牙咧嘴："嗷——"

这条碧青色的巨蟒果然被面前这狐狸吸引了注意力。权衡了一下吃凡人和吃道士的利弊，巨蟒果断地掉转了方向，朝着这只狐狸呼啸而去。

虽然拦着宁桃没让她上去，吴芳咏却也急得冒冷汗了。

小狐狸上蹿下跳，身形灵活，但毕竟体力有限，巨蟒长尾一摆，立时将苏甜甜从半空中打落了下来。半空中，那只火红的狐狸扑腾了两下，眼看就要砸在地上摔成一摊肉泥时，一道黑色的光芒陡然划过。

常清静脚步一转，一个滑步及时赶到，张开手臂去接苏甜甜。

苏甜甜从天而降，坠落，坠落，落入了常清静怀中。

看着小道士英挺的眉眼，苏甜甜睁大了杏子眼。

隔着吵闹的沸腾的人声，常清静面色微变，上下唇一碰，怔怔开口，说了句什么。就在这时，巨蟒逮住了机会，旋身摆尾，朝着常清静背心重重拍去。

苏甜甜尖叫：“小牛鼻子！”

常清静迅速回神，转身放下了苏甜甜，一个侧身的工夫，忙着回护苏甜甜，却被打飞出去数丈远，从宁桃的方向能清楚地看到常清静的左臂软绵绵地垂了下来。

“不行。”宁桃咬牙甩头，掌心爆发出一团耀眼的雷光，“我得上去帮忙！”

虽说断了左臂，但常清静面色不变，再度迎面对上了这条巨蟒，神色镇定，眼神凌厉，锁定了巨蟒，且口中念念有词。眨眼间，数十张明黄色的符箓抛出，常清静迅速咬破指尖，以血为墨，动作飞快地画上了几笔。

数十张符箓上下左右地浮在空中，猎猎作响。符箓腾空而起，环绕蟒身，每一张都如同一道枷锁，将巨蟒牢牢困在了锁链中，动弹不得。

少年脊背挺直，眉目冷如罗刹，抬手招出一道剑气！霎时间，头顶这方寸的天空，雷电皆下，激绕其身，天雷轰隆隆仿佛空谷奔流。

宁桃冲上前，朝着常清静的方向厉声大吼：“我来帮你！”紧跟着就拎起腰间的大刀，跟着蟒的攻势翻滚，上蹿下跳，将这把刀舞得虎虎生威，刀气舞成了一张密集的大网。

蟒蛇见状，奋力想要突围，眼看一口就要咬碎宁桃脑袋。抓住间隙，宁桃用尽全部力气，将手里的刀用力往巨蟒身上一掷，刀刃狠狠嵌入了它坚硬的皮肉中。逮住这么一瞬间的喘息机会，宁桃抓住刀柄，身子在空中一晃，把自己吊起来，险险躲过致命的一击。

而常清静也十分有默契地另发出了一道剑气，吸引巨蟒的注意力。

见它的注意力慢慢被常清静吸引过去，宁桃咽了口唾沫，后腿在巨蟒巨大的身躯上狠狠一蹬，心惊胆战地借力向上爬去。

拔出深嵌入巨蟒鳞片中的大刀，宁桃整个人都骑在蟒头上，使出吃奶的力气，握紧了刀柄狠狠往蟒脑袋上一戳，企图透过坚硬的蟒鳞，刺穿血肉。

不过戳了一下，宁桃就明智地放弃，改成刺蟒眼，刀柄一翻动，鲜血就浇了宁桃一手，腥臭味儿在她鼻尖迅速弥漫开来。

蟒眼被刺瞎，大蟒怒吼着想要把宁桃甩下来。宁桃见机行事，咽了口唾沫，看了眼地面，大概四米高。在落地的一刹那，宁桃便觉得双腿发抖，一阵疼痛酸麻直冲膝盖。

没时间照顾自己的伤势，在她落地的下一秒，巨蟒摆动身躯，似乎想要把她压成肉泥。

而常清静这里，有了宁桃帮忙，压力骤减，剑气接二连三地打在蟒蛇身上。

“咳咳咳！”跳下地面，宁桃剧烈地咳嗽两声，踉跄着，拼命躲到一边去了。

拼命地奔跑让她的胸腔像要炸开，冲到常清静身侧，宁桃看了眼常清静，感觉已经说不上话，只好使了个眼色。

少年会意，目光如炬，气势如冰冷的修罗，长剑所向之处，天雷轰隆隆砸下。蟒蛇痛苦地扭动挣扎，张大了蟒颚，嘴里嗞嗞作响，然而，最终还是被一道剑气贯穿了蟒头，断了气。

伴随着巨蟒轰然到地，整条长街地动山摇，宁桃一个踉跄，没想到就在这时四周却传来一阵如雷鸣般的掌声。

“打得好！”

“漂亮！”

宁桃发蒙地看向前方，悚然发现，原来不知何时，四周已经站了一圈儿围观群众！

众人赞叹地看着面前这两个小少年。

古代人民多欢乐，心大，宛如看了一场十分精彩的戏法，争相吆喝起来，像是完全不记得之前逃跑的时候有多紧张。

“果然英雄出少年啊。”一位老爷爷摸着胡子感叹。

宁桃微窘。

看热闹果然是古往今来人的共性吗？

“桃子！清静！”吴芳咏拨开人群，急急忙忙地走了进来。前去求救的谢溅雪也带着凤陵弟子赶到。看到这倒地毙命的巨蟒，金桂芝惊讶地睁大了眼：“宁姑娘，常道友，这是你们杀死的？！”

宁桃不好意思地挠挠头："不算我，我只是帮忙的。"

金桂芝看着她，越看越觉得面前这圆脸姑娘可爱，忍不住揉了揉宁桃的脑袋："宁姑娘已经很棒了。这吸引蟒蛇注意本来就是极危险的活儿。"

接下来的善后工作交由凤陵弟子处理，宁桃想到常清静，忍不住看了他一眼。

苏甜甜刚刚摔下来的时候，虽然被常清静接住了，但还是扭伤了脚。她坐在地上，仰起脸看向常清静。

灯火和烟花落在少年身上，只能看到常清静的侧脸，宁桃心里突然冒出了点儿古怪的感觉。

苏甜甜说着说着什么，突然笑了，眼睛里好像落了漫天的烟花。她不顾脚伤，跳起来，长发飞扬在半空，投入了常清静的怀抱，如幼鸟归林，环住了少年的脖颈。

她笑得太开心了，笑声如银铃；而自从失忆以来，一直厌恶苏甜甜，抗拒和她接触的常清静，却出乎意料地没有反抗。

宁桃终于知道，这古怪的感觉是源自哪里了。

就在这时，常清静好像才注意到她，侧身看向了她，眼里澄澈清冷，如一捧雪，眼睫毛落了珠玉般的光辉。

与常清静四目相对的刹那间，宁桃一时间口干舌燥，喉咙像是被什么东西堵住了。

小青椒……恢复记忆了。

就在刚刚，小青椒恢复了记忆。

常清静看向她，微微抿唇，眼中掠过了无数复杂的情绪，然而这目光里并无爱意，清明得残酷。

宁桃理解般地朝他微微颔首，一瘸一拐地默默走进了人潮中。

巨蟒被降服后，长街又开始热闹起来：有人在耍杂技，口中喷吐出火焰；有人在吞铁剑；有人在玩蹴鞠；有人在击丸；有人在弹琴吹箫。

笛管笙箫响起，妇女们靓装丽服，笑意盈盈，手执纨扇，灯山上流下的瀑布锦绣灿烂。

宁桃走在街上，逆流而上，身旁无数人熙熙攘攘，擦肩而过。她捏着伤痕累累的掌心，眼泪却不争气地淌了下来，这段时间压抑在心头的情绪终于在此刻喷涌而出。

烟花在头顶绽放开了，如同花瓣层层铺展，流金溅玉，紫色的、黄色的、红色的、橙色的烟火落在她发顶。宁桃一边走一边哭，哭得上气不接下气，像是有一枝海棠，生出了柔软的枝蔓，渐渐地裹住了心脏，细细密密。

她要如何走入人群，回到这熙熙攘攘的灯夜中?

她其实可以骗小青椒的。

失忆后，常清静表达出了对她的好感，她明明可以顺着他的意思……

可是她不能。

她撒过一次谎，就在祠堂那一次，她很后悔，她不能再撒谎了。

这十多天，是她偷来的一场梦。

如今梦结束了，她也该醒来了。

恢复记忆后，常清静好像就和苏甜甜和好了，凤陵仙府经常能看到两人出入成双；至于宁桃，哭了一场之后，就迅速打起精神，重新将注意力放在学习上。

她把自己的教科书带到了太初学会，王芝英女士果然十分震惊，拿着放大镜，细细地看了很久。张琼思和其他人一块儿挤在一张桌子上看，看得惊叹连连，瞠目结舌。

“这……这是真的吗？”

“原来这世界竟然如此奇妙。”

宁桃自豪地说：“这是我们那儿的书！我们那儿的学生都要学的。”

这书里面的东西和西洋传来的那些书，有许多不谋而合之处，但明显更加系统，更加基础，还有那“地理书”上的地图，这当真就是这个世界的全部面貌?

“这里……这里，我记得西洋人都没测绘出来。”

“这又是何处？”

宁桃凑过去一看：“这……这是海城。”

“海城？”

一帮人啧啧称奇，一个个眼睛都亮了。

张琼思红着脸，羞涩地问：“桃桃，你能不能暂且把这些书借给我们啊？”

“对啊对啊，桃桃能不能借给哥哥姐姐们看几天呀？”

“一天，一天也行。”

宁桃想都没想，一口答应了下来。这些教科书放在她这儿，肯定没有放在太初学会的意义大。

王芝英搁下放大镜，神情严肃，竟然直起身子，躬身行了一礼。

“桃桃，你今日带来的东西对我们太初学会影响甚大，不，甚至，对这个世界影响都很大。”

宁桃腾地涨红了脸，头摇得像拨浪鼓：“王、王先生客气了！”

拿到这些教科书后，张琼思和其他成员都一脸兴奋地捧着教科书，三五成群地比照研究去了，独留宁桃一个人坐在位子上……

不过才坐了三五分钟，受这浓郁的知识气息的熏陶，宁桃心理压力山大地翻出书，找了张桌子，趴在桌子上勤勤恳恳地学习。

在这种堪比图书馆的学习氛围下学习，时间总是过得很快的，一连几天的时间，宁桃都沉浸在学习之中。

楚昊苍倒是来过几次。老头儿为人虽狂放不羁了点儿，但也是十分好学的个性，懂得不少，对这些生物、化学、物理、地理知识都十分感兴趣。

这十几天里，常清静未曾找过她。宁桃理解常清静与苏甜甜。这就像男女主角破除艰难险阻，解开误会，终于要携手奔向大结局了，肯定是嫌时间不够多的。

直到某天，她背着书包“放学”回家，在门口被吴芳咏拦住了。

吴芳咏看着她，张张嘴，像是留意着她的脸色，纠结要不要说。

宁桃茫然：“出什么事儿了？”

“也不是。”吴芳咏摇摇头，深吸一口气，神情严肃地说，“桃桃，谢前辈决定为清静和甜甜妹子主持婚事了。”

宁桃呆了。

“婚事？！这就要结婚，会不会太早了点儿？”

常清静和苏甜甜这才多大啊？

吴芳咏没想到宁桃的关注点竟然在这个上，更惊了：“哪里早了？桃桃你……你不难受吗？”

在听到这个消息的时候，作为苏甜甜的拥趸之一，吴家小少爷当然也黯然神伤了一会儿，又想到宁桃这几天天天往外跑，也不知道在忙活着些什么，就想着来通知她了。本来都做好宁桃痛哭一场的准备了，没想到她的关注点竟然这么特别。

“当然早了。”宁桃眼镜差点儿惊掉，“小青椒和甜甜，这才十五六岁……”

“我先去问问！”

扶了一下眼镜，宁桃背着书包，气喘吁吁地往前跑，跑得书包肩带直往下掉，坠在身后。

冲到廊下的时候，宁桃就刹住脚步，屏住了呼吸。

她看到了常清静和苏甜甜，两个人正并肩坐在石阶上，说着些什么。

苏甜甜笑得很甜，嘴角高高地翘起：“谢前辈想订锦绣衣庄家的嫁衣，可我不喜欢她家嫁衣上的凤凰。”

常清静素来冷清的眉眼，此刻看上去很温柔，虽不善言辞，但眼里的冷意被那温柔渐渐地冲淡了、冲散了。

少年干咳了一声，有点儿不好意思地移开了视线。

“敛之！

“敛之！”

他穿着白色的衣袍，红色的海棠花落在他肩头、袖口，他的眉眼看上去比海棠花更光华动人、耀眼夺目。

“嗯……”少年顿了顿，脸色又红了点儿。

昨夜下了一场雨，雨疏风骤，那些海棠花就落在他们的衣襟上，花落满地，美不胜收。

少男和少女，就像是一对憧憬未来生活的小夫妻。那清冷的、高高在上的小道士，为小狐狸沾染了红尘，入了红尘。

阶下青草蔓蔓，那青草沾湿了裙角，宁桃有些恍惚：不久之前，她和小青椒还坐在石阶上看夜雨；更久之前，她结结巴巴地喊他“敛之”。

那一幕幕，多近啊，近得就像昨天一样。

“敛之”这称呼多亲密啊，她喊不出口，几乎不怎么喊，只喊他“小青椒”。可是现在，宁桃有些后悔了，如果之前喊了“敛之”就好了。

敛之，敛之。

她知道不属于自己的永远都不要勉强，看了一会儿，定了定心神，悄悄地转身离开。

常清静和苏甜甜的婚事是谢迢之主持督促的，两人都同意在凤陵仙家举办仪式，之后再回到蜀山一同生活。

婚礼请了不少人，蜀山的弟子早就接到了消息。

一大早，宁桃就听到了窗外传来的鹤唳，推开窗户一看，十多个蜀山少年站在庭院里大声说笑。

他们是骑鹤从蜀山赶来的。这些小道士骑鹤下江栾，赶到凤陵仙府，来参加常清静和苏甜甜的婚宴。那些白鹤就落在庭院里，脖颈修长，羽翼如雪，朝天而唳。这还是第一批，之后宾客们会陆陆续续地赶到。

宁桃刚转身，就看到吴芳咏拍了拍她肩膀，神情复杂：“甜甜妹子明天就成亲了，今天晚上大家要一块儿喝酒，桃子，你也不打扮一下？”

宁桃茫然地摸了摸自己的脸。她很憔悴吗？有那么明显吗？

可是她也不会打扮啊。

按理说，小青椒和甜甜结婚，她也得打扮得好看一点儿。

等在太初学会一天的学习结束后，宁桃扭捏地站起来，睁大了眼，面红耳赤地问张琼思。

“琼思姐姐，你知道哪儿有化妆品卖吗？”

“化妆品？”

“就是胭脂水粉。”

张琼思惊讶：“桃桃，你要打扮吗？！”

惊讶之后，一向素面朝天、沉浸于学习的张琼思也蒙了：“我、我也不知道。”

倒是她喊的这一嗓子，顿时吸引了不少成员的围观。

众人围着宁桃，一个个都像是发现了新大陆：“桃桃，你要打扮？！”

“也是，桃桃是大姑娘啦，确实该打扮啦。”

被一众人眼神促狭地围观调侃，宁桃的心狂跳、脸色通红：“因为，因为我好朋友要结婚了！”

话音刚落，四周却突然安静了下来，宁桃定睛一看，却看到了一双靴子，目光一路往上，楚昊苍面色不善地看着她。

美大叔长鬈发披散，脖颈间围着狐裘，上唇的胡楂儿短短的、淡淡的。

这鸦雀无声的清场效果，也只有格外凶残的度厄道君能做到了。

“哼。”

宁桃：“……”

“你要打扮？”

宁桃嗫嚅：“稍微……稍微打扮一下。”

在宁桃的注视下，楚昊苍毫不留情地表达了自己的嘲讽：“怎么？小娃娃也到了注重仪容的时候了？”

宁桃羞恼地大声说：“打扮一下又怎么了！常清静都……都要成亲了……”

本来是不想哭的，可是说着说着，宁桃眼泪都快掉下来了。

她真的、真的很喜欢常清静，虽然已经彻底放下了，但伤心还是要伤心几天的。

“哭什么！吵死了！再哭我就一掌拍死你！

“你过来！”楚昊苍阴沉着脸，粗暴地将宁桃扯出了屋门，拽着她一路往街上走。

楚昊苍一直扯着她到了一个看上去十分像花街一样的地方，并且不认为带一个年纪能做自己女儿的小姑娘，来这种风月场所有什么不对。

门口的龟公和丫鬟一个个都愣了，犹豫着要不要上前迎接，奈何这位堂而皇之地走进去，冷着脸，一上来就把宁桃推了出去。

“去！给她好好打扮！”

老鸨接到了消息，急急忙忙地从楼上下来了：“客官，我们……我们这儿是寻欢作乐的地方，哪有带姑娘来这儿打扮的？”

“上品灵石。”

“不是，你看这……”女人一脸为难。

“三百颗上品灵石。”

“这……这真的没有那个规矩啊。”

“三千颗上品灵石！”楚昊苍面露不耐。

宁桃瞠目结舌地看着原本拿乔的老鸨，迅速变了脸色，喜笑颜开。

“好嘞！妥！”

半刻后，她就被摁在了镜子前，几个好看的小姐姐团团围住了她，轻声细语地问：“小姑娘啊，你想如何打扮呢？”

宁桃有些不在状况：“就、就简单地打扮一下？”

没想到第一次来风月场所，竟然是老头儿带她来的。

从青楼出来后，宁桃不自在地扯了扯裙摆，脸上火辣辣的，老是忍不住舔嘴唇上的口脂。

楚昊苍眯着眼看了她半秒，移开视线：“哼，打扮之后，倒也颇有几分姿色。我的狗，倒也不能输给旁人，邋里邋遢。”

“对了，”楚昊苍打量了她一会儿，突然从袖子里摸出个什么东西，“这个给你。”

宁桃接过去一看，竟然是枚小剑一样的簪子，桃花枝如同藤蔓一样顺着剑身蜿蜒向上，在剑刃绽放出朵朵胭脂色的桃花，美得有点儿凛冽。

“前辈？”

楚昊苍面无表情：“顺手买的，算是赏你的。”

宁桃眉开眼笑、小心翼翼地捧着簪子，别在了鬓角：“多谢前辈！”

楚昊苍一直把她送到凤陵仙府门口，宁桃站在门前，有点儿恍惚，一想到待会儿大家看到她打扮后的样子，简直想掉头就走。

宁桃内心挣扎一会儿，磨磨蹭蹭地跨过大门，走在凤陵仙家弯弯绕绕的长廊下。

今天晚上是凤陵仙家的家宴，凤陵弟子都是脸上带笑，盛装出席，男的俊俏，女的漂亮，看到大家都好好拾掇了一番，宁桃轻轻地松了口气，混迹在这些人里。

屋子里，觥筹交错，灯烛高擎，照耀着大红漆柱上的凤凰纹样。

凤陵仙家的弟子一个个喝得兴致大起，围着锅吃得红光满面。

“欸！吃饭！喝！”

“谁输了跳支舞怎么样？”

“玩这么大吗？”

“诸位道友，你们的节操呢！”

吴芳咏喝了一口酒，努力压下心头的不安。

桃子怎么还没来？总不会是因为喜欢清静，受不了，赌气就不来了吧？越想，吴芳咏就觉得越有可能，眉心忍不住突突直跳，视线又不自觉地落在了不远处的常清静与苏甜甜身上。

化解误会之后，两人并肩而坐，无疑一对金童玉女。

常清静身姿如松、如竹，腰肩的线条匀称清瘦，就算在这衣香鬓影的地方，依然有种如雪般的出尘孤冷。

苏甜甜坐在他身侧，喝多了桌子上的果子酒，醉得有些迷蒙了，脸蛋红扑扑的，显得特别娇憨。

就在这时，楚沧陵冷不防地皱着眉低喝了一声：“鬼鬼祟祟的干吗呢？还不快进来？”说着一把就将还在门口的宁桃扯了进来，于是所有人的目光都落在了被楚沧陵扯着的少女身上。

吴芳咏霍地站起来，目瞪口呆，结结巴巴：“啊！这这这！”

吴家小少爷手指着面前的姑娘，指尖抖个不停，哑巴了半天，终于脱口而出：“桃子？！

“桃子，你你你，你真是桃子？！”

面前的少女，被楚沧陵扯着，尴尬得脸蛋通红，头顶几乎要冒烟。

她穿着件嫩黄色的襦裙，胸口前的雪白色诃子上绣的金线杭菊大朵大朵地铺展，披着件暗绿色的披帛，裙褶上绣着柿蒂花；唇角点着妆靥，皮肤白而温润，斜红与胭脂有些微醺的娇憨，豆豆眉张扬得可爱；鬟发高高地梳着双丫髻，颊侧又像是双垂髻。用红色的发带扎着，垂落在颊侧，活生生地像个唐朝的小仕女。

那眼镜也被青楼的姑娘们嫌弃地换成了带链子的那种，十分之洋气。

总而言之，就是可爱到爆了好吗？！

楚沧陵刚刚没注意看，如今扯过来一看，愣了半秒，皱起眉狐疑地问：“宁桃？”

吴芳咏脸色也红了，看着面前这活泼可爱、青春靓丽的少女，少女鬓角的红发带被夜风吹得微扬，吴小少爷的心也好像跟着这发带一起一落。

吴芳咏涨红着脸，猛地扭过头。

他才不承认是被萌化了！宁桃实在可爱到犯规了！

原本喝得酩酊大醉的凤陵弟子们，一个哆嗦，全都清醒了，巴巴地凑上去，不可思议地睁大了眼。

“宁姑娘？！”

这是宁姑娘？！

可爱得像桃子成了精一样，顾盼间，张扬又浓艳，偏偏鼻梁上的眼镜又多了点儿怯意和书香气，这真是宁桃？！

常清静微微侧目，也是一愣，竟然有些恍惚，但旋即又收回了视线，伸手去扶苏甜甜。

苏甜甜站起来，冒冒失失地差点儿摔了一跤：“桃桃！你今天真好看！”

常清静的眉眼是很细长的，看着凌厉，剑眉斜飞入鬓，乌黑的发披散在肩头，眼睛如同冰湖般璀璨。

少女裙角的柿蒂花落在他眼里，常清静不由得微微出神。他好像……好像在什么时候，曾经和什么人一起坐在石阶下，数着夜雨连绵，那人裙角被夜雨沾湿了，像海棠花瓣。

常清静握紧酒杯，恍惚了一瞬，下意识地看向苏甜甜，目光触到苏甜甜柔美的面庞时，他心神略定，就好像心里的花被人用手揉皱了，攥紧了，又舒展开，花瓣层层开放，心里流淌着点儿淡淡的脉脉温情。

他心里微微叹了口气，好像落在实地，踏实又安心。

就算之前再不愿意承认，如今他如同一个败将一样，不得不承认，他对苏甜甜的确束手无策。

她以爱为利刃寸寸瓦解了他身上的盔甲，他忘不掉她背着他，一步一步往前，跌跌撞撞，号啕大哭。

那温度暖和，踏实，心安。

他的心湖为她泛起波澜，他那些故作冷肃的模样在她面前溃不成军，为了她焦躁、不安、忌妒，贪、嗔、痴三毒缠身。他忌妒谢溅雪，甚至喝下了忘情水。

就算他喝了忘情水，她依然不肯放弃，甚至不惜亲手打断了自己的腿，她痴缠着他，直白热烈到他终于招架不住了。

常清静微微抿唇，心好像裂开了一个细细的缝隙，挤进去了一个小小的苏甜甜。在那之后，再容不下旁人。

骄傲的天之骄子，终于为一人低下了头。

凤陵仙家的其他弟子，一个个张大了嘴，搁下了筷子。

被众人围在中间夸赞，宁桃也不好意思，喝下了不少酒，唯独不敢抬眼看常清静。

按理说常清静要和甜甜成亲了，她也要保持距离了，再也不能称呼他“小青椒”了。

酒过三巡，众人起哄。

“欸！宁姑娘打扮得这么漂亮，必须得表演一个是不是？”

“对！我们刚刚可都表演啦！”

宁桃有些晕乎乎的，张张嘴：“可我、可我不会跳舞。”

至于唱歌，词曲根本不是一个风格。

但是抵不过大家的热情，宁桃只好糊里糊涂地站起身，拔出了腰间的大刀。

“那我给大家耍个刀吧！”

宁桃晕乎乎地走上前，一个踉跄，脚下那高高的粉色白底的翘头云履，露出可爱的鞋尖，绊住裙角，差点儿摔一跤。

众人赶紧去扶，宁桃豪气冲天地拨开了其他人的手，醉醺醺地举起刀就开始舞，招式大开大合，沉稳勇猛，时而刀快如风，时而稳如耸峙的山岳，时而如流星，时而如浩荡的江河。

宁桃明明穿着一身襦裙，偏偏动作干净利落，像仕女一样可爱的脸上透着几分凝重和认真。

宝刀刀身荡出一道刀气，刀气一荡，竟然直直地削下了半截小烛，宁桃跳起来递出了刀，将那半截小烛捧在了刀刃上，裙摆的柿蒂花好像也飞扬起来了，悠悠落下，柿蒂花好像就朦胧在这片流霞般的烛火之下了。

这一刻，在座的凤陵弟子俱怔了一怔，吴芳咏、苏甜甜、谢溅雪、常清静四人目瞪口呆。

老实说，宁桃不大会舞刀，但这刀舞得就是好看，利落、刚正、豪爽。刀就是该这样舞的，龙吟虎啸，豪情万丈，卷着的是风沙朔雪，舞出的是万里江山。

喝多了的结果就是，第二天宁桃头痛欲裂，好不容易从床上爬起来，路过的凤陵弟子看着她的神情都有点儿复杂。

“唉，要是宁姑娘你能日日都做昨日的打扮就好了。”

还有就是竟然有几个凤陵少年，红着脸，互相推搡着笑嘻嘻地来和她打招呼。

宁桃揉着脑袋，陷入了沉思。虽然如此，但宁桃还是脸上红扑扑的，精神满满，笑着打了招呼：“早啊！”

将昨天那些乱七八糟的想法统统抛之脑后，宁桃顺着长廊开始了自己这一天的锻炼。自从学了刀之后，为了让身体素质跟上刀式，她每天都会在院子里跑跑跳跳，呼吸呼吸新鲜空气什么的。

走到谢迢之住处的时候，她正在犹豫要不要上前请安，却听到了门内传来了隐约的交谈声——或者说争执声。

宁桃发誓自己没有偷听的习惯，但这声音依然透过墙面传到了耳畔。

宁桃惊讶地睁大了眼，听声音……好像是甜甜？

苏甜甜哭着说了什么。

谢迢之的嗓音传来，沉静又有点儿清冷。

“蜀山那儿我自会善后，你无须挂心。若蜀山无意，这么多年，张浩清不至于用数不清的丹药喂着他，将他喂成这副血脉。不过是一碗血……伤不得他性命。”

“可是……”苏甜甜哭着又说了点儿什么。

谢迢之合上眼，又睁开，眼里的光冷得令人心悸。

“谢溅雪与常清静两人中，你必须选择一个。你若选了常清静，那就救不得谢溅雪，你若选了谢溅雪……常清静性子高傲，将来迟早与他形同陌路。两个都想要，两个都想选，这世上哪有这种好事？”

“谢前辈！”苏甜甜终于失声痛哭。

“你姥爷当初为度厄道君所杀，你姥姥终日以泪洗面，要如何选，”谢迢之手指微微一动，“你自有主张。”

宁桃心里担心，犹豫地往前走了两步，结果刚往前，门就从里面“砰”的一声被撞破了！

苏甜甜红着眼睛，从屋里冲出来。

撞见宁桃，两人都愣了一下。

宁桃有点儿“偷听”被抓包的尴尬，又有点儿蒙地皱起了眉：“甜甜？”

苏甜甜眼睛红得像个兔子，看到她，滚烫的眼泪顺着尖尖的下巴直往下掉：“桃桃，你、你都听到了？”

宁桃抿了抿唇，皱皱眉：“听到了一点儿，没听清楚，你与谢前辈？”

苏甜甜一边哭一边摇摇头：“不关你的事，桃桃，我没事，你不用担心。”说完又提着裙子，埋头冲了出去。

苏甜甜浑浑噩噩，如幽魂般地走在凤陵仙家内。

事到如今，她真的不知道如何才好。

她眼眶通红，双手颤抖，走走停停，干脆在廊下坐了下来，痛哭出声。

她做不到，她真的做不到——是溅雪死，还是欺骗敛之？

她不知哭了多久，突然，一个温和的嗓音在头顶响起：“甜甜？你在这儿作甚？”

苏甜甜颤抖着嘴唇，愣愣地抬眼看向了来人。

谢溅雪温和地弯下腰，关切地看着她：“甜甜？”

少年皱了皱眉，如玉的脸上露出了点儿错愕：“你哭了？”

少年穿着身青色的圆领袍，乌发束在脑后，眉眼间好像流转着太阳的光芒。

苏甜甜咬着唇，呜咽一声，终于控制不住，扑到了谢溅雪的怀里。

“溅雪，怎么办？我该怎么办？我不知道敛之……敛之他究竟要怎么看我……”

谢溅雪无奈地笑了一下，将少女搂在怀里，轻轻地拍拍她的脊背。

如果在往常，谢溅雪一定会温和地说“没关系，遵从本心就好”；然而这一次，少年不疾不徐地拍着她脊背，等着她哭完。

一直等到苏甜甜抬起红肿的眼，谢溅雪这才温和地空出一只手，细致地揩去了苏甜甜脸上的泪痕。

“溅……溅雪……”苏甜甜不敢再对上他的眼。

少年眼睫微微一扬，摸着她的脸，语气依然是轻柔的：“甜甜，说出来不怕你笑话，可是我想活。这么多年，我一直想活。平常人再习以为常不过的跑步、跳跃、打闹，对我而言反倒是奢求。我想像个正常人一样生活，为此我能付出任何代价。”

第 4 章

这一下午，宁桃苦思冥想不得，又不好意思主动去问，好在等到下午的时候，苏甜甜好像就又想通了，开始笑着准备成亲的东西。

宁桃依然有些不放心地问："你没事了？"

苏甜甜愣了一下，看着她出神了半秒，又笑起来："嗯！我与谢前辈和好啦。"

宁桃认真地端详了一眼苏甜甜的神色，少女面颊飞红，眼里柔光潋滟，就像是所有期待着新婚的新娘子一样。

看到这儿，宁桃长舒了一口气，压下了内心淡淡的疑虑，应该是她自己多虑了。

傍晚，整个凤陵仙家就开始忙碌起来，新娘子要起来开脸，宁桃昨天没睡好，顶着黑眼圈，坐在屋里陪苏甜甜，眼皮沉重得仿佛下一秒就要粘在了一块儿。

就在宁桃几乎快沉沉睡去的那一刻，苏甜甜却突然将她推醒了，一脸激动又兴奋地看着她："桃桃，你看！"

宁桃睁开困倦的眼，借着傍晚的暮色一看，少女脸上那细小的汗毛都被棉线绞了个干干净净，皮肤白皙得就像剥了壳的鸡蛋。

少女白嫩的脸蛋映着暮光，晶莹耀眼，柳眉樱唇，眉眼灵动。她提着大红的嫁衣裙角，眉眼跃动地看着她，那星星点点的暮光落在了她眼中。少女眉眼昳丽，肌肤胜雪，宛如一颗蚌珠，光华璀璨得叫人移不开眼，嫁衣上描金凤凰的尾羽浮动着淡淡的光晕。

宁桃眼神移不开了，盯着苏甜甜怔怔地看了好久好久，鼻子有些发酸："嗯，好看。"

宁桃，你真没出息。宁桃垂下眼。她竟然想到了在杜家村的那一次，那天，在夕阳下，坐在轿子里，轿子摇摇晃晃的，她即将嫁给一口棺材。

她在轿子里双手攥紧了，拼命祈祷，希望常清静能赶来，可是直到最后他都没能赶来。

门口突然传来了一阵骚动声，常清静被凤陵弟子推挤着进来了，穿着红色的婚服，容貌毓秀，窄腰长腿，冰雪般的眉眼好像也被这艳色映染得温柔了。

一进来，常清静的目光就落在了苏甜甜身上，一向素冷的少年微露局促，抿了抿唇，张张嘴，耳根却先红了个透。

倒是苏甜甜兴高采烈地说："小牛鼻子！你来接我啦！"

常清静一愣，旋即有些不好意思地微微颔首："我来接你。"

就在这时，常清静好像才留意到了苏甜甜身后的宁桃，朝宁桃点头示意，琉璃色的眼眸平静如水，那是看一个朋友的目光。

很快，他又移开了视线，看向了苏甜甜。

几乎不用奏乐催妆，苏甜甜便跳上了花轿子，笑道："快走吧！"

凤陵弟子和蜀山弟子俱笑成了一团。

"新娘子就这么等不及啦。"

"那快点走吧，快点走吧！"蜀山弟子大笑道，"这个小狐狸我们蜀山就接走了啊。"

由于蜀山离凤陵仙家比较远，就算乘坐飞行法器也要耗费不少时日，所以婚宴是在凤陵仙家办的。

宁桃跟着花轿子在外面走，走得腿都快酸了，一直走到正堂，这才看到了吴芳咏和谢溅雪。

而谢迢之则与蜀山掌教张浩清坐在首位。

这回亲传小徒弟成亲，蜀山张掌教也千里迢迢亲自赶来。

宁桃好像察觉到谢迢之的目光落在了她鬓发间一瞬，很快，这道目光又消失了个无影无踪，就宛如她的错觉。

谢溅雪神情有些黯淡，对上其他人探究的视线，却还是露出了个勉强的笑容。吴芳咏平常总笑，这个时候心里明显藏了不少事儿，笑容也有点儿凄惨。

接下来就是撒谷豆之类的礼节了，本来就是道士，不大拘泥于那些烦琐的礼节，宁桃他们仨默默地看了一会儿，突然，宁桃只觉得后脖子一紧。

楚沧陵提着她衣领，把她朝后面一丢，阴森森地不客气地说："喜酒开宴了，别挤在这儿，吃酒去。"

"楚前辈！"宁桃努力扑腾了两下。

楚沧陵目光幽深地看着面前，没搭理她。

被迫摁在了酒席上，吴家小少爷苦闷非常，借酒消愁，晕乎乎地举着酒杯："这……这酒好像有点儿上头啊。"

宁桃默默喝了一口酒，感觉他们仨这种状态特别像失恋者联盟。

谢溅雪喝得倒不多，喝了两杯，突然出声问："待会儿便要拜堂了吧？"

"啊对了，要拜堂了！"吴芳咏忍痛站起身，搭上宁桃的肩膀，"桃子，走，我们去看看！"

吴芳咏起身欲走，突然，一道肃杀的剑啸声猝不及防地响彻了整个喜宴，紧跟着一柄飞剑当空射来，后面紧追着的是个面色铁青的蜀山弟子！

众人仔细一看，竟然是孟玉真。少年冲出喜房，在大殿前站定，好不容易握住剑，剑柄一转，剑指面前的凤陵门人，怒目而视，大声呼喝：“妖狐敢伤我小师叔！”

怎么回事？！

刹那间，原本还热热闹闹的喜宴上哗然一片，乱作一团。

吴芳咏眉心一跳，大喊了一声：“桃子！”

宁桃迅速越过了一张喜桌翻出来：“我在这儿！”

众宾客纷纷站起身，茫然又不安地看了看孟玉真，又看了看喜房的方向。

紧随着这柄飞剑冲出来的几个蜀山弟子，一个个面色都难看到了极点，竟然与孟玉真不约而同地将剑对准了在场的凤陵弟子，厉喝道：“我蜀山有意与你们凤陵结亲！你们凤陵这是什么意思？！”

凤陵弟子都蒙了，愤恨怒骂：“你们这些牛鼻子疯了不成？！还没拜堂在这喜宴上发什么疯？！”

跟在孟玉真身后的孟玉琼，面色极其难看：“你们凤陵做了什么，你们自己去看看！”

自己……自己去看看？

眼看蜀山弟子如此愤恨，在场宾客愣了一瞬后，纷纷如潮水般涌向了喜房。

宁桃和吴芳咏都被这变故惊呆了，慌忙抢到喜房门口一看，顿时，脑子里嗡嗡直响，如遭雷击般愣在了当场，原本铺设得吉利喜庆的喜房，此刻满屋子都是血！

红烛高烧，大红的喜字贴在墙上，如同血一样触目惊心。这场婚宴的新郎常清静跌坐在地上，面色苍白如雪，乌黑的长发披散，嘴唇白得毫无血色，手捂住了胸口，大量鲜血正争先恐后地从指缝中漫出来，滴滴答答，很快在身下汇聚成了一大摊。

常清静的脊背挺得很直，少年那琉璃般的眼，此刻眼珠赤红，面似修罗，气得青筋狂跳，一字一顿，盯紧了眼前的少女，狰狞地问：“你为什么，要，骗我？”

苏甜甜浑身浴血，泪流满面地站在他面前，手里捧着个血淋淋的小玉瓶，号啕大哭：“对不起，小牛鼻子，对不起。”

好好的喜宴，竟然会变成这个样子！在场的宾客无不骇然！

宁桃梦游般地愣在了原地。

常清静看也没看在场的人，也没看到门口的她，缓缓站起身，好像经历了莫大的痛苦，剑眉紧蹙，面色铁青。

他眼里越来越模糊，好像有什么滚烫的东西落了下来。

他从小就高傲，蔑视一切妖怪，唯独苏甜甜对他来说是不一样的。他满心欢喜地憧憬着和她成亲。而就在刚才，就在喜房拜堂前，他喜欢的姑娘笑着拉着他的手，说要和他说点儿心里话。

道士本来就不注重这些繁文缛节，他便支走其他人，独留两个人在屋里。

一关门，少女就飞一般地扑上去抱住了他，他觉得无措又震惊，一时间不知道如何是好，就在这时苏甜甜却反手掣出了一把利刃，刺穿他的心脏，取了一瓶心头血。

“对不起、对不起……”苏甜甜颠三倒四地说着，眼泪和血冲花了精致的妆面，“我、我只是想取你的心头血救溅雪，溅雪他活不长了。”

苏甜甜哭了，脸上的泪痕纵横交错，唇瓣不自觉地颤抖：“敛之、敛之。”

听到这两人对话的一干宾客，心里那叫一个震动！

新娘子竟然在新婚之夜剜了新郎官的心头血，还是为了另一个男人，众人不由得将目光投向了谢溅雪身上。在场主角之一的谢溅雪脸色苍白，好像根本也没料到苏甜甜竟然会这么做，看着苏甜甜的目光错愕又震动。

众人那惊疑不定的、复杂的目光更让常清静难堪，但比这刚让他难堪的是苏甜甜下意识看向谢溅雪几乎依赖的目光。

原来，苏甜甜讨好他，不惜自断双腿也要他恢复记忆，这一切都是为了谢溅雪。那他呢？他又算什么？！苏甜甜为什么、为什么要骗他？

她想要心头血救治谢溅雪，告诉他便是了，为什么要选在此时此地，打碎他的一切希冀和幻想？

常清静闭上眼，几乎快流出血泪来。

宁桃这个时候才反应过来，忙和吴芳咏、谢溅雪两人冲入屋里。

“常清静！”

“甜甜！”

苏甜甜一看到谢溅雪便哭了，哭得上气不接下气。

看到这一幕，蜀山弟子几乎气得血液倒冲脑门儿，怒喝道：“野狐狸！你还有脸哭！”

“小师叔……小师叔如此信任你！”

常清静面色苍白如雪，两扇纤长的眼睫微颤，察觉到宁桃忧心忡忡地扶住了他，想要察看他伤势。

常清静又睁开了眼，推开了宁桃，眼里冷若寒霜。

宁桃被推得一个踉跄，盯着面前这大红色的喜房，那片血色也渐渐在眼前漫开，伸手一摸，原来是被推得撞上了桌角，磕破了头。

她看向常清静，常清静目眦欲裂，乌发散乱，双目血红，紧紧地盯着苏甜甜，除却苏甜甜，眼里再也容不得任何一个人了。

宁桃疼得倒吸了一口冷气，又急又气，气得想当场甩常清静一个耳光，奈何实在担心常清静，忙压抑住心里的感受，又冲上前，蹲下身，耐着性子好脾气地说："常清静，你受伤了，我替你看看伤。"

常清静这回没有推她了，或者说根本就没有看她。

吵闹的人群中冷不防有人高喝了一声。

"家主！"

"掌教！"

蜀山和凤陵弟子神情一肃，人群"呼啦"一声让出了条道儿来，原来是谢迢之和张掌教相偕而来。刚刚还是坐在主位上的亲家，现在闹出了这种事，张掌教面色凝重。

蜀山弟子恨恨道："掌教！凤陵——"

张掌教厉喝："慢。"

"谢仙君，"张浩清是个仙风道骨的老人，须发皆白，一向为人和蔼，此时沉下脸，看向了谢迢之，"结亲出了这事儿，难道不该给我，给我这个小徒弟，给蜀山一个解释吗？"

谢迢之几乎是无动于衷地看着眼前这一幕闹剧，淡淡道："掌教当初收他入门下，不正是抱着这个念头吗？我只是帮你把你舍不得、不敢做的事，亲手做了。"

"你明明是怀揣了私心！要不是因为你妹子被楚昊苍——"另一个蜀山弟子气得咬紧了牙，大喊出声！

"住口！"张掌教脸色立刻冷下来，"事已至此，我去看看清静。这孩子什么都好，就是性子太直，刚极易折。"

楚沧陵紧随其后，和金桂芝一起，一个面色阴沉地抬脚去赶人，一个好生劝宾客离开。

常清静摇摇晃晃地站起身，额上朱砂黑气缭绕，青筋狂跳，不依不饶地问："你、你为何要骗我？你对我，当真有一点真心吗？"

苏甜甜一边哭一边拼命摇头："小牛鼻子，是我对不起你……你恨我，恨我也好。"

眼看着这血淋淋的一幕，宁桃急得没有办法了，抿了抿唇，拔出了刀，刀柄"砰"的一声敲在了常清静脑门儿上，直接把人敲晕了过去！

哐！少年身形晃了一晃，软绵绵地倒了下去。

谢迢之："……"

张掌教："……"

呃……

对上一众宾客齐刷刷投来的目光，宁桃尴尬地放下刀："先！先处理伤口吧！"

不管怎么说，场面总算控制住了，谢迢之带走苏甜甜，谢溅雪也跟着去了。

跟着忙得几乎团团转，忙了好半天，面前突然多出来一方手帕，宁桃震惊地抬起眼。

楚沧陵面色阴沉："给，擦擦。像什么样！"

宁桃凑到镜子前看了一眼，目睹镜子里这血流满面，面目狰狞的"女鬼"，嘴角抽了抽，老老实实地用帕子摁上了伤口。

她担心苏甜甜和常清静，竟然忘记了脑袋上还冒血这事儿，这血多得根本止不住，一张帕子很快就被浸透了。

"你这怎么回事？！怎么搞得？"出了这事儿，楚沧陵十分暴躁地怒吼。

宁桃捂住脑袋，急哄哄地吼了回去："先不管了！我先去看看常清静和苏甜甜！"

楚沧陵在她身后气得暴跳如雷："回来！给我滚回来！"

宁桃捂着伤口，先是冲到了安顿常清静的屋里去看常清静，屋子里却空无一人。

宁桃脸色唰地一白，几乎想象不出常清静爬起来究竟干什么去了，慌忙搁下药碗，转身拔腿就跑！

跑了半步，却刚好看到常清静的身影，他伫立在廊下，乌发披散在肩头，脸白得晶莹剔透。

"常……"宁桃刚迈出一步，就被常清静冷冰冰的眼神推了回去。

常清静掀起眼睫，眼里漠然，无悲无喜地看了她一眼，转身离去。

宁桃硬着头皮跟上，默默将药碗举到了常清静面前。

她从来没看过常清静这副神情。他眼里泛着点点的红光，面色极白，神情冷得如森严的寒霜，漠然又疏离。

宁桃抿抿唇，小心翼翼地说："常……"顿了顿，终于将那个之前已经开口避嫌的称呼喊了回来，以示安慰，"小青椒，先喝药吧。"

闻言，常清静微微侧目，看她的眼神如同看一个无关紧要的看客。

"小青椒——"眼看常清静提步要走，宁桃慌忙跟上，高高举起了药碗，却没想到常清静看都没看她一眼，拂袖一道剑气发出，一剑击碎了她手里的碗。

"哗啦"，瓷碗在宁桃手中破裂，滚烫的药汁立即泼了宁桃一手，躲闪不及，碎瓷片贴着脸颊肌肤飞了出去，留下一道醒目的血痕。

常清静只背对着她，毫不犹豫，抬脚走了。

脸上的伤口终于拉回了宁桃的思绪，宁桃被烫得直皱眉，弯腰将碎瓷片一片一片捡起，倒吸了一口冷气："呼呼！好烫！"

常清静这儿明显说不通，捧着碎瓷片，宁桃叹了口气，慢慢往前走，走到门口的时候，却撞见了个意想不到的人——苏甜甜，她身形单薄地站在月洞门前。

已经是初秋了，枯叶落下了，她嫁衣都没来得及换下，站在旷远的天空下，眼神愣愣的，头顶上大雁来去。

她的面色和常清静如出一辙地白，犹豫着，踯躅不敢上前。

苏甜甜的目光一转，落在宁桃身上，这才缓缓地找到了焦距。

"桃桃……"苏甜甜张张嘴，一开口，泪如雨下，"你……"

"你能陪我出去走走吗？"

就算之前有再多矛盾，这个时候宁桃也不好拒绝，而且，她更想弄明白究竟发生了什么，她总觉得……

宁桃头都大了，总觉得事情没有那么简单，但苏甜甜这一路只会哭，她心里憋闷，却又不知道要怎么问。

或许是怕触景伤情，苏甜甜远远地离开凤陵仙府，往山上走去了。

苏甜甜眼眶红红的："桃桃，桃桃对不起，是我对不起你和小牛鼻子。"

宁桃有些茫然。

苏甜甜对不起常清静，确实是有点儿。婚礼上那一幕，直到现在她都没缓过神来，但怎么就对不起她了？是说之前背后抱团说她坏话那事儿吗？

苏甜甜抽噎着，慢慢往前走，颠三倒四地念着："对不起，桃桃对不起，你不要怪我，对不起……"

宁桃心神一凛，觉得苏甜甜的精神状态有点儿不对，然而还没等她开口说些什么，陡然察觉到身后一阵剑风袭来，一道剑光猝不及防地掠过，打在了她脊背上，直将她打飞了出去！

脊背重重地砸在地上的间隙，宁桃茫然地吐出一口血，抬起头一看，竟然已经被数十个道士团团围住了。这些道士有蜀山的，有风陵的，也有阆邱的。

为首的男人长身玉立，袍角的梅花被风吹得恍若四散开，眉眼修长，凤眸半敛，竟然是谢迢之！

苏甜甜站在人群中，看向了宁桃，哽咽着，号啕大哭。

“桃桃，对不起，我有事瞒着你。敛之曾经被妖孽附身，与妖孽共生，他是七窍玲珑的琉璃心，心头血受妖气浸染之后更有另一个用处。”

这也是众道士一个心照不宣的秘密。

道士们在捉拿了度厄道君楚昊苍后，为什么不杀了他一了百了，而是大费周折地将他关在扃月牢，关键就在于，度厄道君楚昊苍身负“阴阳双生血脉”，又曾修习过一门秘术，名叫“金蝉脱壳”。

“金蝉脱壳”之术，是种仙门秘术，必须得“阴阳双生血脉”的人才能运转，据说人一死，这种秘术契合“阴阳双生血脉”之后能扭转阴阳，帮人聚魂重塑肉身，起死回生，甚至能改换资质。

而之所以叫“金蝉脱壳”，是因为用这种秘术要像蝉一样，埋在地下数年之后才能重新养出神智。这门秘术本来是楚昊苍自己用来躲避追杀所钻研出的。

“常清静受妖气浸染后至邪至恶的心头血，是对付楚昊苍至刚至正的阴阳双生血脉最佳的利器。”

当年，年幼的常清静孤身一人拜入蜀山，凭什么能在一群弟子中脱颖而出，被张浩清亲自收为关门弟子，靠的不仅是这身根骨，更是这颗特殊的心。

在此后十五年的时间里，为了确保他这心头血对付楚昊苍能万无一失，张浩清寻来了无数丹药喂养着这个小徒弟，将这小徒弟喂养成了个“药人”。长年靠无数天材地宝、灵丹妙药喂着，常清静这捧心头血也就另外养出了能解百病的功用。

十五年的时间，就算养条狗也养出了感情，张浩清下不了手，谢迢之就替他做。

要说谢迢之本也没打算把这事交给下面小的插手，没想到苏甜甜误打误撞，将谢迢之的话听了一半，就为救谢溅雪，义无反顾地离开风陵仙府，这一路而来，竟然真与常清静相遇、相知、相爱。

他算不上什么好人，身为凤陵仙家家主，除去楚昊苍这个大隐患是他首要考虑的事。既然如此，他干脆顺水推舟任由事态一路发展。

谢溅雪日益病重，楚昊苍出狱后疯狂报复当年的仇家，一路上杀了不少人，要杀楚昊苍这事儿已经迫在眉睫。当年那场围攻，楚昊苍杀的人中更有苏甜甜的外祖父，于情于理，她都要取一碗心头血：一用来救谢溅雪；二用来杀楚昊苍。

宁桃在剧痛中醒来，疼……全身上下都疼……

全身就好像被火烧灼一般，疼得宁桃倒抽了一口冷气，想睁开眼睛，眼皮却怎么也掀不开，耳畔传来两三声轰隆的雷鸣，雨水噼里啪啦地砸在地上，雨丝从窗户中打入室内。

冷……除了疼，还有冷，脑子里好像飘着几个字——

“阴阳双生血脉”……

“心头血”……

“度厄道君”……

对，度厄道君！楚前辈！他们要用常清静的心头血对付楚前辈！

宁桃想要醒来，但眼皮好似粘在了一起。

她必须醒来！

抱着这样的想法，宁桃奋力地和眼前的黑暗抗争着，眼皮拉扯，手指一动，登时牵扯到了莫名的痛处，疼得宁桃紧紧地皱起了眉头。

痛虽痛，疼痛却使宁桃脑海中忽然灵光一现。像在自虐一样，宁桃伸着手努力摸向地面，摸索着慢慢地撑起手肘。一系列的动作做下来，登时又疼清醒了两分，宁桃痛苦难耐地抽了口气，意识却慢慢恢复了清明。

费力地睁开眼，黑暗散去，宁桃看到的不是凤陵仙家的陈设。

镰刀、钉耙，还有……宁桃喘了口气，微微定神，柴火和松毛？

墙角堆积着柴火和松毛，墙根靠着镰刀、钉耙、锄头一类的农具，地上东倒西歪地散落着几个箩筐，无处不在的难闻的霉味儿和潮湿味儿直往人鼻子里钻。

这不是凤陵仙家，这是哪儿？

宁桃胸口一阵难受，咳嗽了两声，才缓过神来，却发现自己半张脸正贴着地，整个人都趴在地面上，背上、肩上、腿上无一处不疼的。

屋子外面有人在交谈。

第一个声音有些苦恼：“真不知这次到底能不能顺利杀了楚昊苍？”

第二个人有些犹疑：“度厄……度厄道君真的会为了这小姑娘来吗？”

第一个人顿了顿，又道：“说不定，听说，那女娃娃脑袋上戴着的簪子，正是度厄道君送的。”

第5章

第二个人难以置信地低叫了一声：“度厄道君竟然会送簪子？！”

“若非关系好也不会送。楚昊苍太过猖狂，我若是他，逃出去后，定会隐姓埋名避避风头，他倒好，这一路追杀，杀了不少人！”说着说着，对方有些愤愤不平，“这当中多少人都是去抓他的、将他送入牢中的义士！此獠不除，天下难安矣！”

“就是没想到当初蜀山张掌教收常清静入门，正是为了那一腔心头血……”

宁桃循声抬起头，在黑暗中隐隐看到了一扇小窗，说是窗户都高估了它，它看起来根本不像窗户，倒像个黑黝黝的狗洞。

雷声忽地在天上炸响，一道闪电倏地划破天际，刹那间，将黑夜照耀得如同白昼，宁桃突然觉得脑门儿一阵剧烈地疼，像有人抡了把锤子，狠狠地打着她的脑袋，先是疼，接着就是涨，涨得脑袋几乎快要炸开。无数的画面和声音犹如潮水涌入了脑海，无数扭曲的人影，无数的声音，总在频繁地提起一个名字——度厄道君。

“抓了这女娃娃，引度厄道君出来……”

“心头血淬剑……围杀……”

“但求一击必杀……”

宁桃心乱如麻，扶着地面，差点儿要哭出来。

她怎么都没想到，常清静的心头血其实是他们用来对付老头儿的，苏甜甜骗了她！

这时候宁桃咬死苏甜甜的冲动都有了，想都没想，抬起手，反手就给了自己一巴掌——叫你之前识人不清！

是苏甜甜联同谢迢之骗了她和常清静！老头儿不来倒还好，要是老头儿来了那就糟了。

想到这儿，宁桃再也坐不住了，踉踉跄跄地爬起，强忍住痛苦去拍门。

“喂！

“开门！开开门！”

外面那两个交谈的守卫听到了，顿了顿，犹豫地问：“宁姑娘？”

一听到这声音，宁桃就知道有戏了，至少从对方语气上来看，态度都算不错。

宁桃心里着急，病急乱投医地说："守卫大哥，楚……楚昊苍不会来的！我要上厕所！"

那两个罚罪司弟子对视了一眼："宁姑娘，屋里有恭桶。"

宁桃说完这句话本来也没指望着能奏效，当下恨不得再打自己一巴掌，又坐了回去。

外面那两个罚罪司的弟子留意了一会儿屋里的动静，见屋里没异样，又放松下来。

"唉，说实话，我真不相信度厄道君会来，就算送了簪子又怎么样？这可是个弑母杀妻的角色。"

"我也不信，总而言之，就听谢前辈的吩咐了，大不了白忙活一趟。"

宁桃刚刚他们也见到了，就是个普普通通的小姑娘，平凡得毫不起眼，身上看起来完全没有值得楚昊苍另眼相待的地方。楚昊苍会为这姑娘赴一个明知是陷阱的局？悬得很。

宁桃又等了一会儿，实在等不下去了。虽然她也不相信老头儿会来，但不怕一万就怕万一。既然软的不行——宁桃果断地想，那就来硬的，也不再和他俩啰嗦，撸起袖子，一脚踹在了门上，这一踹，用上了灵力，门上的门闩咔嘣一声四分五裂。

那两个罚罪司道士根本没想到宁桃会采取这么简单粗暴的举动，眼看宁桃破门而出，皆是一愣，旋即拔剑厉喝："宁姑娘！回去！"

宁桃下意识地摸上腰间，却发现腰间空落落的，刀早已被没收。

时间紧迫，宁桃二话不说，又把袖子撸高了点儿，攥着掌心雷，赤手空拳义无反顾地冲了出去。

两个罚罪司弟子本来就有所顾忌，竟然让宁桃滑出去半步，待回过神来，立刻拔腿去追，一边追还一边喊："宁姑娘！回去！"

"回去！不要给我们添麻烦！"

宁桃充耳不闻，顶风一路狂奔，却在即将冲出这座农家小院的时候，被一道剑光拦住了去路，身子在半空中掉转了个方向，落地，抬眼竟然对上了一张艳丽妖冶的脸，猛地一愣，竟然是柳易烟，当初那个苏甜甜的姐妹团成员之一！

柳易烟身姿曼妙，收了刀，冷淡地扫了她一眼："回去。"

宁桃垂下了眼，肺里像拉风箱一样一抽一抽地疼，寸步不让："我要出去。"

柳易烟细细地端详了她一眼，懒懒地扬起唇，不耐烦地说："你真以为度厄道君会来？"

"我说，宁桃，你也太看得起自己了吧？"柳易烟满不在乎地笑，"之前是常清静，这回又是度厄道君楚昊苍？"

"宁桃，你有什么本事？"

柳易烟给宁桃的感觉其实很像学校里那些不良少女，染着花里胡哨的头发，指甲油每周都换，喜欢化妆，认识不少校外的男生，有人为她打架，性格高傲。

作为那种上课坐前排的、她们看不起的"好学生"，宁桃其实不大擅长和柳易烟这样的人接触，只好抿抿唇角，固执地说："我要出去。"

柳易烟是真的打心眼儿里看不起宁桃，眼角冷冷一扫："别自以为是行不行？回去！"

宁桃神色一凛，还想开口，突然远远地看到了个熟悉的身影，楚沧陵提着他那把"蒿里"，身后跟着一帮罚罪司的道士，不知道从哪儿冒了出来。

站在柳易烟身边，男人脸上是山雨欲来风满楼的阴沉，上下唇一碰，冷冰冰地吐出几个字："宁桃，滚回去。"

看到楚沧陵的那一瞬间，宁桃觉得自己脑子好像"嗡"的一声炸开了，难以置信地看着楚沧陵，眼神也慢慢冷了下来："你……你也参与了？"

楚沧陵看起来尤其暴躁，烦躁地松开"蒿里"，走了几步："我说了，我要杀了那个男人！你别添乱行不行！那男人是我爹！"

宁桃心里一凉，忍不住苦笑："可是，你根本就没把他当成你爹。"

"那也不用你管！我迟早要杀了他！"

"那万一只是个误会呢！你娘的死万一另有——"

"放屁！"楚沧陵面色狰狞地横刀怒吼了一声，"再说我娘一句，我就砍死你！你懂什么？！你懂什么？！你懂丧母丧父之痛吗？！"

宁桃也意识到了自己话里的失误，忙皱了皱眉："抱……抱歉。但是我必须出去！"

"出去通知楚昊苍吗？"楚沧陵阴沉沉地笑了，"你就老老实实待着吧。老实说，我根本就不认为他会来。你放心，谢前辈下令了，要好好对待你。要是他没来，我们就放你走。"

在做这事儿之前，他们就商量过，这事儿的成功率也就只有三成，不过就算今天这围杀不成，拿到常清静的心头血早晚都能杀了楚昊苍。

宁桃见状，特认真地又补上了一句："我也这么认为，所以，你把我放出去也没损失是不是？”

“滚！”

大家都没指望着楚昊苍会为她孤身犯险，宁桃不知道是该为此悲伤还是该为此高兴。

宁桃愣了愣，心里叹了口气，就算这样，她也得出去。

眼看没办法了，宁桃眉头一动，捏着掌心雷，朝楚沧陵面门上一丢，不要命地梗着脖子继续往前冲。

楚沧陵暴跳如雷，“蒿里”一挥：“给我拿下！”

于是，身后的罚罪道士纷纷涌了上来。

宁桃根本就没指望自己能冲出去，只是，只是想试一试，想赌一赌，如果她不要命的话，楚沧陵他们会不会有所顾忌。

这些罚罪司的道士，几乎是眼睁睁地看着这姑娘迎着刀剑，大无畏般地冲了上去。

他们碍于谢迢之的命令都不大敢下手，竟然真让宁桃冲出了一条缝隙。罚罪司弟子虽说顾忌着，但宁桃身上很快也被这纵横的剑气刀气划得鲜血淋漓。

有顾忌的，自然也就有那二百五的，眼看着其中一把刀来不及收，就要戳入宁桃的胸口，楚沧陵眉心乱跳，目眦欲裂：“混账！收刀！快收刀！”

“刀”字还没说完，天色突然变了，原本还是秋高气爽，晴空万里，眨眼之间，乌黑的天色瞬间如墨般倾压下来。

楚沧陵悚然一惊，倒吸了一口凉气，若有所觉地僵在原地，愣愣地看向这片暗沉沉的天。

雷云滚滚从四处卷来，随之而来的，是灰尘四起，地动山摇。

柳易烟当即一怔：“出什么事儿——”

起先只是翻滚的雷云，紧接着，天际像是被雷蛇撕开了一条巨大的豁口，万千道雷光如流星坠地般，裹挟着灭天杀地之势轰然降下！

楚沧陵心口猛地一跳，紧握着“蒿里”，愣怔地看向被那雷光包裹着的身影，唇瓣不受控制地哆嗦起来。

等待灰尘散去，一道高大挺拔的身影渐渐出现在了众人眼前，身形高大，银发披散，眼神漠然又睥睨，这股气势震得在场一拨罪司道士忍不住嘶声道：“度厄道君！”

雷光散去，楚昊苍两根手指捏着那“二百五”的喉骨，“咔啦”，干净利落地扭断了那罚罪司道士的脖子。

将手里这尸体一掷而出，楚昊苍负手而立，目光所至之处，鸦雀无声。

铺天盖地的威压如同山河倾覆般压了下来，柳易烟握着刀，牙齿抖得咯咯直响，脑子里只滑过了一个念头——这就是度厄道君楚昊苍？

宁桃张了张嘴，心猛地抽动了一下：“楚……楚前辈？”

楚昊苍不看宁桃，狭长的凤眸扫了楚沧陵一眼，又收回了视线，这才沉沉地笑起来：“就算是打狗也要看主人，你们是打算对我的这条狗做什么？”

乌云在天际翻滚。

柳易烟喉头一滞，呆滞半秒，面色扭曲地看了宁桃一眼。

楚昊苍，真的来了，真的为宁桃来了。原来，宁桃与度厄道君交好是真的。

柳易烟反应也快，眼睛一眨，刀已出鞘，抵住宁桃脖颈，一转身，迎向楚昊苍的视线，咬牙切齿地说：“楚昊苍！你竟然真敢来？！”

柳易烟表现得虽然挺大无畏的，但楚昊苍根本没分出半个眼神给这姑娘，脚一触地，立刻发出一掌，掌气以雷霆万钧之势直将柳易烟抽飞出去数丈远！

宁桃眼睁睁地看着，在这一击之下，柳易烟发出了一声凄厉的不似人声的惨叫，霎时间从胸口到脖子，再到那姣好的半张脸，已是皮开肉绽。

柳易烟下意识地眨了眨眼，头发已被雷火燎去大半，脸上血肉模糊，红色的是血，黑色的是被烧焦的皮肉。

回过神来后，柳易烟浑身上下剧烈地颤抖起来，弃剑抱头扑通一声跪倒在地上，爆发出了一阵比之前更加凄厉的惨叫！

脸，她的脸！

楚沧陵皱了皱眉，没去看柳易烟的惨状，“蒿里”已经上手，森然地盯紧了面前这个需称为“爹”的男人，心头一时间五味杂陈。

这是他爹，三大仙门中大名鼎鼎的度厄道君，可是他从来没享受过做度厄道君儿子带来的好处，反倒为此受了无穷的折磨。

他这张脸不像谢眉妩，倒酷似楚昊苍，就算楚沧陵不愿意承认，他个性也更像楚昊苍，偏激阴沉暴躁。

楚昊苍杀了妻子、兄弟和老娘走了，走得干干净净，至于儿子，他眼里根本没就这个儿子。他犯下了滔天的罪孽，人们找不到他，最后选择报复楚沧陵。

刚开始那几年，楚沧陵活得谨小慎微，每天被人欺辱，被人摁着脑袋钻裤裆，被人往身上吐口水，被人打被人骂，每天活得像条狗。

一直到谢迢之看他可怜，主动放下仇怨把他带回了凤陵仙家抚养。而他那个爹呢？！这么多年来不管他死活，不闻不问。多少次命悬一线，他恨透了楚昊苍，恨透了楚昊苍杀了谢眉妩，恨透了他连累自己活得像条狗。

“大名鼎鼎的度厄道君果然有胆识，竟然敢一个人前来赴死。”定了定心神，让思绪抽离回来，楚沧陵拔出“蒿里”，笑了一下，“就是不知道有没有命活着回去了。”

这么多年过去了，幼时那些期盼早已烟消云散，他对上楚昊苍，如今只有恨不得生啖其肉、痛饮其血的痛恨！

楚昊苍居高临下地冷笑，眼里也全然没有一个做“爹”的样子：“你这个不知天高地厚的臭小子，我不杀你，你却在这儿口出狂言？”

楚沧陵像是被激怒了，额角青筋一跳，怒吼：“闭嘴！我不需要你留情！你要杀就杀！”

楚昊苍冷笑：“留情？我什么时候对你留情了？！

“来啊！哈哈哈哈！让我看看你有几分深几分浅，还是说报仇只是一句空话？”

楚沧陵的剑“蒿里”，本就是把怨气纠缠的剑，“蒿里”用他的怨气为养料，淬养出了个鬼气森森的模样。

宁桃仰起头，僵直地看着眼前这一幕。

大地在颤动，山在摇晃，百鬼众魅钻破了土壤，咆哮而出，鬼声尖啸着朝楚昊苍袭来。

她这才知道之前楚沧陵和她切磋的时候，放了多少水，不，那根本不是水，简直就是大海好吗？！

楚沧陵跨出半步，连刀疾劈，一边劈，一边咬着牙沉声大喝：“这么多年，你当真没有任何悔意吗？这日日夜夜，你当真没有做噩梦吗？！”

言辞越激烈，刀风也就越激烈，无数鬼影狂乱舞动将楚昊苍紧紧包裹起来。

楚昊苍站在原地，并没有动，宁桃却在半空中看到了一抹刀光，雷光熠熠，威猛刚正，简直是世界上最轻狂、最暴虐的刀光，刀光平削过去，赫赫的雷芒瞬间将一众小鬼削得粉碎。

楚沧陵的脸色顿时就变了，嘴上依然不肯认输，咬着牙，继续挥砍下去，只是次次都落了空。

“这么多年，你就没梦到过她吗？！没有梦到她死不瞑目？她死在了你手上！”

“闭嘴！”楚昊苍脸色一沉，面色扭曲，抬手就召了一道雷电劈去！

“混账东西！你懂个什么？！”

“你懂？！你懂所以杀了自己的妻子？！”

楚昊苍暴跳如雷，身形闪转腾挪间，已经逼到楚沧陵身前，雷光散去，两根手指牢牢地钳住了楚沧陵的脖子！

目睹这一幕，好不容易回过神来的宁桃浑身一震，胆丧魂飞地脱口而出：“前辈，且慢！”

楚沧陵也浑身一震，抬眼看向楚昊苍，眼里起先是难以置信，紧跟着反倒将自己的脖子往楚昊苍手上送了送，冷笑：“怎么？你怕了？你心虚了？”

楚昊苍气得脸色通红，脸上青筋狂跳，手指用了些力气，死死地掐住楚昊苍的脖子，勃然大怒：“闭嘴！我叫你闭嘴！再多嘴我就杀了你！”

楚沧陵扯出抹冷笑，迎向了他的目光：“反正你已经亲手杀了自己的妻子，再杀她儿子又算什么？”

“楚昊苍，”啐了一口，楚沧陵一字一顿地沉声，“你这个不配称为人的畜生！”

“滚！”

费力地喘息了三两声，楚昊苍面色铁青地突然松开手，将自个儿子丢出去几丈之外，抽身而起，一把揪住宁桃的衣领，带着宁桃几个飞跃冲出了重围。

宁桃做梦也没想到楚昊苍真的会来，被楚昊苍拎着往外冲的时候，整个脑袋都是蒙的，茫然地张了张嘴，正要开口，“心头血”“常清静”“苏甜甜”“楚沧陵”这几件事在脑子里不停打转，眼圈却已经红了。

楚昊苍不耐烦地怒喝：“你哭什么？！没用的东西！”

宁桃抱着楚昊苍号啕大哭：“前辈，你不能来的！这一路上肯定有陷阱……我……你……”

宁桃心里着急，又愧疚又害怕，哭得上气不接下气。

楚昊苍傲然：“有陷阱，我就踏平了它！难道我还怕这个不成？！”

看着老头儿这冲天的气势，宁桃心里却升腾起一股绝望与不祥的预感。她没有楚昊苍那么乐观，谢迢之图谋了那么久，又有常清静的心头血淬剑，蜀山、凤陵、阆邱三家齐聚，她不信，就凭他俩能冲出去。

凤陵仙家附近的雁丘山，地势险峻，山道两侧都是悬崖峭壁，关押宁桃的农家院子，原本是凤陵弟子上山采药歇脚的地方，修筑在断崖上，这也是谢迢之会让苏甜甜约宁桃到此的原因。

楚沧陵捂住眼睛，看也没看还在地上挣扎的柳易烟一眼，大步流星地往山上走：“走！去通知谢前辈，楚昊苍已经来赴约了。”

楚昊苍话音方落——四百多支劲弩如雨般朝着楚昊苍和宁桃射来，半空之中箭光爆射，宁桃抬头一看，箭，起先是一支，飞至一半的时候，一分为二，二分为四,四分为八，等到人前时，已化为铺天盖地的箭矢，如破空疾雨，流星坠地，防不胜防，远远看去，箭雨如飞蝗，铺天盖地，密密麻麻。

楚昊苍反应极快，反手掣出了腰间的斩雷刀，刹那间，只看到雷光冲破了箭雨，雷光大作之下，将这些密密麻麻的箭雨纷纷荡开。

楚昊苍一边挥舞着斩雷刀，一边大笑，看着就是一副酣畅淋漓的模样：“哈哈哈哈，就这些？！就这些破箭？！”

雁丘山的最高处，能将这山上的地形一览无余。

蜀山掌教张浩清关切地看了一眼谢迢之，男人垂袖站着，神情无波无澜，袖口垂落间，从绣着梅花纹样的袖口中能看到一把细长的宝剑，用白布草草地裹住了。

就算是有“半步神仙”之称，修为已臻至散仙的蜀山掌教，这个时候也琢磨不透谢迢之在想些什么。

多年前，提到楚昊苍，则必然提到谢迢之，提到谢迢之，则必然提到楚昊苍，两个人一同长大，情同手足。偏偏就这么一对知己，如今却落了个不死不休的下场。

一个鲜血淋漓的罚罪司弟子，突然满头大汗地冲来，跪倒在地上：“山上的箭阵已经被楚昊苍破了！”

张浩清不动声色地捋了捋胡子，斜乜了谢迢之一眼，淡淡地问：“谢道友还不动？”

“不是时候。”谢迢之嗓音冷清，“楚昊苍年纪大了，又在扃月牢里消耗了这么多年，第一步，是消磨他的体力。”

张浩清沉默不语了半晌，这才又开口：“老夫是没办法了，既然谢道友已经取了我小徒弟的心头血，我也只能舍命陪君子——

“但是，楚昊苍曾经与道友情同手足，道友当真做好杀他的准备了吗？”

谢迢之不声不响地把事情全做了，张浩清也只能全盘接受，他本来年纪就大了，除了愧对常清静，更担心的是谢迢之取了心头血之后，能不能下得了杀楚昊苍的决心。

谢迢之没正面回答，只是转了半步，目光对向了张浩清：“能否杀他，得拜托掌教多多费心。只要张掌教牵制住楚昊苍，接下来的事也就好办多了。楚昊苍一招一式都凶猛霸道，太极以柔克刚，借力打力，正是牵制楚昊苍的好办法。他在狱中待了太久，出来之后，又一路报仇杀人，重伤未愈，杀他，并没有想象中那么难。”

山道上，紧随着这漫天箭矢之后，又是铺天盖地的风雷水火各色法阵轰炸。被楚昊苍拎着先出了包围，又入了箭阵，如今再入法阵，宁桃看得一阵心惊肉跳，却还是鼓起勇气想冲上去帮忙。

楚昊苍或许是被她弄烦了，又或者是觉得带着宁桃这个累赘在身边的确不方便，就将她放了下来，找了个山洞，把她塞了进去，又在她身上戳了几下。

宁桃立刻错愕地发现自己动不了了。

“你在这儿好好待着。”楚昊苍面色阴沉地说，“我这就去找谢迢之！这么多年的恩怨，也是时候了结了。”

宁桃张了张嘴，冷汗淋漓地哑着嗓子叫了出声：“前辈别去。”

“哼，你当真以为我是为了你而来的吗？你不过是我的一条狗！”

楚昊苍面色阴沉如乌云翻滚：“我此番出狱为的就是杀他，正愁他不来，今天他给了我这机会，就是他命终之时！你好好给我在这儿待着，等我取他狗命回来！”

第 6 章

“可是——”身体被困住，宁桃心急如焚，“前辈！对方有专门克制你功体的法子——‘七窍玲珑血脉’的心头血！这番行动必定是经过完全准备的，你、你不能去！”

她一着急，话说得有些颠三倒四的，也不知道楚昊苍听明白没有。

楚昊苍却不以为然，反倒又冷笑起来：“谢迢之他真以为我这么多年来战无不胜，就靠这副功体吗？”

他如果真仰仗自己这副功体，早就死得连骨头渣子都不剩了！他们想靠压制他的功体来对付他？楚昊苍面无表情，无动于衷地想。

那谢迢之的的确确是看轻他了！

宁桃神色紧了紧，只能眼睁睁地看着楚昊苍提着斩雷刀，义无反顾地走入了那箭雨中。

楚昊苍的确是如今这三家最强的人物，就算在这箭雨的包围中，依然屹立不倒。

无数剑修，脚下踩着飞剑，如飒沓流星般从天际掠过，纷纷降落在山道上。

为首的剑修，眉眼冷肃，披坚执锐，上前一步冷喝：“楚昊苍！今日就是你的死期，还不快快束手就擒。”

宁桃看到无数罚罪司弟子，全都陈列阵前。这些精英弟子个个神情冷肃，身着铁甲，宛如秋风中铜浇铁铸的铁板一块，煞气冲天。

楚昊苍却迎着这漫天横飞的乱箭，大踏步地走了进去！

他全身宛如一道凌厉的、裹挟着雷电的剑气，长驱直入，直接掠入敌阵，迅疾如风雷，雷芒在半空中凝结成个巨大的手掌形状！

那原本森严的法阵，微不可察地骚动了一瞬，裂开一道口子，纷纷大声呼喝。

“怎么回事？！”

“迎敌！”为首的剑修察觉出不对，面色倏然一变，“快迎——呃！”然而，话还没说完，一捧鲜血却飞溅上了半空，半空中那只巨大的手掌，快如闪电般突至，食指、中指，大手牢牢地捏住对方的脖颈，干净利落地扼断了对方的喉骨。

楚昊苍这才大笑起来：“就这点儿本领吗？你们这么多人就这么点儿本领吗？！谢迢之这狗呢！躲起来了？怕了？哈哈哈，一群懦夫。”

面前这一帮罚罪司弟子看着楚昊苍，不约而同地凄喊出声。

“白师兄（白师弟）！”

青年的表情停留在最后那一瞬，皱着眉，神情严肃，叫大家后撤。

罚罪司的道士纷纷红了眼眶：“可恶！白师叔！”

“楚昊苍，你这个疯子！你这个杀了自己妻子、兄弟的疯子！”

当下，也不再犹豫，无数飞剑如雨般交织朝着楚昊苍射去！

当着这剑阵，楚昊苍神色不变，一声长啸，斩雷刀舞得虎虎生风。

天空中浓云翻滚，一道劲疾的电蛇撕破了苍穹，亮在了这翻卷的乌云中。

楚昊苍拳脚刀掌并用，非但不退，反倒还步步紧逼，越往前，攻势越猛烈：“十步之内，有谁敢近我的身？！来啊！来啊！”

九天震雷刀法，刀势冲天，招式密集。

“来啊！谁敢来啊！”楚昊苍一把攫住其中一个道士的腿，竟然在众目睽睽之下，将他往地上一丢，“来啊！哈哈哈哈！”

他恨哪。

男人眼珠血红，越杀越勇，越杀越尽兴，身上添的伤口越多，杀意反而越浓，披着一身鲜血，一身冲天的杀意，踩着断肢残臂，大笑连连。

他恨！他恨！他恨！他来这儿根本就不是为了宁桃，而是为了报仇，为了痛饮仇人的血！

宁桃看在眼里，急在心里。

和杀红了眼的楚昊苍不同，宁桃脑子很清醒，虽然很勇猛没错，可老头儿毕竟年纪大了，又在扃月牢里关了那么长时间，像这种一对多的车轮战，迟早熬不住的。

奈何楚昊苍临走之时，留了两道气筋捆住了她四肢百骸，宁桃动也动不了，只能瞪着眼干着急。

就在楚昊苍越杀越狂，越杀越勇，一众道士近乎绝望之际，突然，从天际降下了一道清越的剑芒。这一剑西来，如浩浩江河，如巍峨山岳，一剑挡住了楚昊苍手中的震雷刀！

楚昊苍这才停下了这场无差别的屠戮，看着来人，张狂地笑出声。

“是你？你终于来了？这么多年不见，你只会玩这些把戏吗？”

宁桃喉头猛地一紧，目光落在场中来人身上，这道剑光，正是谢迢之！

宁桃说不上来自己如今对谢迢之是个什么感受。

谢迢之立于阵前，目光落在楚昊苍的身上，微微一顿。

楚昊苍攻势一滞，旋即又眯眼大笑起来，傲然道：“我以为你不敢来，没想到还是小瞧了你。”

谢迢之看了宁桃一眼，眉心微微拢起：“我也没想到你真的会来，你千不该万不该，不该把那枚簪子送给她。”

簪子？

宁桃猛地一愣，眼前立刻浮现出那天晚上的事儿来。

“顺手买的，算是赏你的。”

簪子……和眼下的包围有什么关系？

宁桃下意识地看向楚昊苍，没想到老头儿竟然真的应了。

“你以为我不知道你今日的布置吗？那簪子是我特地给那女娃娃的。”

“恩怨总有个了结，”楚昊苍沉声，“我知道你想杀我，我就将那枚簪子当作战令赠给了那女娃娃。果不其然，你真的动手了。”

谢迢之沉默地看着他：“那枚簪子，是你我当日一起挑选，要送给眉妩的礼——”

“闭嘴！”话音未落，楚昊苍如同被触怒的狮子一般暴跳如雷，怒吼而起，“眉妩也是你能叫的？闭嘴！”但他气息不稳，没说半句，又佝偻着腰咳嗽起来，明显是刚刚同大军奋战已经消耗了不少气力。

目睹楚昊苍这疯疯癫癫的狂态，谢迢之皱皱眉：“你体内的透骨钉并未全取出。你出狱后，不该杀那么多人，你杀那么多人，罚罪司也容不下你。”

楚昊苍嗬嗬地喘息着，连连冷笑：“哼。那就来吧，就算你对我留情，我也不会对你留情！这么多年，你把我关在牢里这几百年——”长啸声乍起，响彻山谷，断流水，截行云，“我早就恨透了，啊啊啊——”

长啸声起，楚昊苍拔步而起，眨眼间已冲到了谢迢之面前！

这一声长啸声震山林，四周山石崩裂，树木倒伏，地动山摇，根基浅薄者当场喷出一口鲜血来，这正是楚昊苍另一项独门秘技——狮子吼。

宁桃愣愣地捂住了耳朵，脑子里好像只剩下那几句话翻来覆去，颠三倒四地回荡。

“你千不该万不该，不该把那枚簪子送给她。”

“我知道你想杀我，我就将那枚簪子当作战令赠给了那女娃娃。”

原来……宁桃愣愣地想，在给她送簪子的时候，楚昊苍就已经料到了有今天吗？他故意送了这簪子给她，让她戴着跟个傻瓜一样在谢迢之面前晃了一圈，坐实她和楚昊苍有关系，这才导致谢迢之拿了心头血之后，抓她来布阵。

这哪里是簪子？简直就是他俩心照不宣的战书！而她真和傻瓜一样，认为楚昊苍是为了她才中计的。

想想觉得也是，宁桃苦笑了一下，这么明显的陷阱，她都看得出来，难道老头儿看不出来吗？

老头儿出狱之后一路报仇，杀了那么多人，迟早是要杀谢迢之这个“罪魁祸首”的，不论是输还是赢，早就做好了死的准备。所以，他这才毫不犹豫地赴了这个约。

宁桃跌坐在山洞里，呆呆地看着谢迢之和楚昊苍打来打去，打得地动山摇，恢宏的剑气与刀气在山道上回荡，霎时间，落石纷纷。

而这场战斗，竟然是楚昊苍占了上风，斩雷刀突破了箭雨，剑阵和法阵之后，对上谢迢之，竟然还以一己之力牢牢压制住了对方。

这也是宁桃第一次，不是从外人之口，真正见识到了度厄道君的威力。

打着打着，谢迢之意识到也不好直撄其锋，突然收了剑抽身急退，楚昊苍想都没想，立刻跟上，一边追，一边没忘出言嘲讽：“怎么了？！你就这点儿本领吗，像个丧家之犬一样被我追得东躲西藏？”

宁桃受困在山洞里，看在眼里急在心里，谢迢之这时候抽身急退明摆着是以身作饵，而老头儿竟然还追了上去！

宁桃急红了眼，冷汗涔涔地咬着牙，丹田里的灵气疯狂流转，用尽全身的力气去冲击经脉，体内的灵力控制不住，几乎快冲破五脏六腑喷射而出，差一点……差点就行了，差一点她就能冲破禁锢了。

小姑娘牙关咬得紧紧的，双目充血。

她没多少朋友，小青椒、吴芳咏、苏甜甜……还有老头儿。就算老头儿骗了她，她也不能眼睁睁地看着老头儿死。

承认吧，宁桃，你就是贱。

内心默默骂了自己一句，宁桃咬紧牙关，继续努力去冲击禁锢。

由于体内灵气左冲右突，宁桃那两颗黑白分明的眸子，此刻已经红得要滴血，一滴、两滴……伴随着血水顺着眼眶流出，宁桃猛地站起身，踉跄了一步，心头一喜：冲开了！

想都没想，她立刻拔腿就追着楚昊苍和谢迢之的方向而去！

楚昊苍在追上谢迢之的时候就被包围了，山坡高处，无数罚罪司的弟子严阵以待，手里都牵着一头灵兽。

伴随着为首的弟子一声冷峻的“放”，无数灵兽，宛如浩荡的潮水，从山坡上直冲而下，势要将楚昊苍碾成一摊肉泥。

宁桃追上去的时候，正好就看到了这地动山摇、轰轰烈烈的怪潮。

看清了这怪潮之后，小姑娘瞬间僵直在了山道上，又一次深刻地意识到了楚昊苍对于道士们而言是个多么逆天的存在，这么多灵兽被牵出来，就为了对付楚昊苍一个！

宁桃急得团团转，然而也知道就凭自己这副小身板钻进去之后，简直是必死无疑。

谢迢之早就抽身退出包围圈，站上了高处，面无表情地看着底下这汹涌的怪潮。这怪潮究竟能不能弄死楚昊苍，他心里也没有谱。

叹了口气，男人从袖口里伸出的苍白修长的手指，手指在往下滴滴答答地滴着血。刚刚和楚昊苍一交手，他的虎口就被对方震裂了。

谢迢之心里震动，面上却是不显山不露水。

单打独斗，他赢不了楚昊苍，没法子为眉妩报仇，但是——一只手摸上剑刃，谢迢之缓缓摩挲着剑刃梅花印上鲜红的一点，眼神又沉了下来。

“谢，谢前辈！”身旁的罚罪司弟子，突然震惊地大叫了一声，嗓音微微颤抖，“你，你看——”

谢迢之一愣，顺着那道士手指的方向看去，瞬间，头皮麻了一半。

从高处往下看，这怪潮就如同四面八方铺开的海水，楚昊苍就是海水中那渺小的一个圆点，在这个圆点四周，却掀起了滔天的鲜红色巨浪！

血红色的巨浪一波接着一波，冲上了半空，众人仔细一看，那被抛向半空的不是“浪”，而是灵兽的尸体和断肢残臂，那血浪其实是灵兽身上喷溅出的鲜血。

楚昊苍一人一刀，竟然在这海水中掀起了滔天的“血浪”，一路平推了过去！

宁桃当然也看到了这一幕，由于离得远，站得低，只看到了一条血线，时不时有几蓬通红的血花在空中爆开。

大约一炷香的工夫，楚昊苍一人就清理出来一片场地。灵兽不比人，察觉到危险，纷纷忌惮于面前这人恐怖的战斗力，不愿再上前一步了。

十步之内，“海潮”竟然纷纷退去。

而最恐怖的是，楚昊苍提着刀，竟然还在笑，一笑，眼睫上的血珠就往下掉，他擦都没擦，任由这血珠流进了眼睛里，硬生生将这场必死无疑的死局，砍出了条生路。

局势即刻掉转，楚昊苍提着刀，踩着灵兽的脑袋，冲向了高地！

宁桃猛然回神，也继续拔腿就往前冲。

谢迢之面色遽然一变，扭头朝身旁的道士厉喝：“撤！快撤！”

一眨眼的工夫，身形闪转腾挪，楚昊苍已经一身是血地冲到了谢迢之面前。

谢迢之往后急退，沉下脸色，手中的长剑嗡然一声，一击即出。

就在这夺命之刻，紧跟着，雄浑浩然的一剑，突然从楚昊苍身后斜刺里递来，直接截住了楚昊苍的退路，也截住了楚昊苍往前的步伐。

呼吸，是一片血腥味儿，眼前也是一片血色，在这一片血色的山道上，蜀山剑派的掌教张浩清从天而降，目光落在楚昊苍脸上，打了个转，神情肃穆凝重。

“度厄道君，果然名不虚传。”

宁桃还在跑，一边跑一边留意着山上的动静。

一眼就看到了张浩清从天而降，宁桃几乎是目眦欲裂，撕心裂肺般地看着这一幕，凄惶地大吼了一声：“前辈！”然后没了命般地继续往前冲。

明明是那么近的距离，她跑起来却好像特远，跑得撕心裂肺、汗流浃背，还没冲到那山坡上，突然被几个罚罪司的道士眼疾手快地拦住了。

面前这些道士，刚刚同袍惨死，这个时候对宁桃也没了耐性，毕竟是个刚修行没多久的小姑娘，宁桃立刻被这掌风拍了出去，砸在地上，骨碌碌地滚了好几圈。

一头磕在地上，宁桃吐出一口血，又一抹嘴，继续冲了上去。

鲜血顺着额头滴了下来，事到如今，她什么也不想了。

她只想让老头儿活下来。

山道上，战场那头，楚昊苍在和谢迢之、张浩清对阵。

张浩清和谢迢之他俩谁都没想到，前面那几拨箭阵、法阵和兽潮竟然都没拦下来楚昊苍。

如今，两大顶尖高手，罚罪司司主谢迢之与蜀山剑派掌教张浩清，在此刻，合力围攻楚昊苍。

风云诡变，局势再一次逆转。

谢迢之定了定心神，垂下眼："楚昊苍，伏诛吧。"

腹背双面受敌，楚昊苍脸色竟然没变，狂傲的气焰依然没减半分。

张浩清面色不改地微笑："多年不见了，道君的'青海长云'，果然一如既往地诡谲。"

楚昊苍面无表情地盯着他："哼，掌教也依然宝刀未老。"

所谓"青海长云"，是楚昊苍拥有的除"狮子吼"之外的又一战技。这门战技诡谲，由六合归元刀法延伸而来，能影响人的心神，迫使人主动朝自己发动攻击，而这一击是必中的。

楚昊苍研究出来"青海长云"倒也不是为了挨揍，主要是为了发动下面一招——月出寒山。

这一招，比"青海长云"更加诡谲，受伤越重，反而越勇猛，砍在腿上，就强化了速度，砍在手腕上，就强化了腕力，也只有楚昊苍能做到。

当年，楚昊苍就是靠着这两招，硬生生地杀出了三家包围，反杀了不少人，致使阆邱、蜀山、凤陵三家损失惨重。

然而，"青海长云"并不是万金油，威力越大，相应地，代价也越大。"青海长云"的代价就是，五个时辰之后的反噬会很严重，这就需要施术者有强大的根基撑着。

张浩清与谢迢之两人，一左一右，从侧面齐上！

楚昊苍一声怒喝，双脚深陷于地，伸出两只胳膊，两只手竟然齐齐攫住了张浩清与谢迢之两人的手腕，将两人打飞了出去！谢迢之在半空迅速调整身形，落地的刹那踉跄一步，喷出一口鲜血。

一个罚罪司的司魁，一个蜀山的掌教，两人各施手段齐上，竟然奈不得楚昊苍半分。

楚昊苍猛一跺足，眼神沉沉，眨眼间，风雷刀气已经贯穿全身，长啸一声，朝着张浩清冲去！

张浩清神情复杂地看了他一眼，虽说楚昊苍被关在扃月牢里数百年，又苦苦鏖战至今，但九天震雷刀法的暴虐就连他也不敢直撄其锋。思及此，他往后急掠数丈，白衣飘然，四两拨千斤地避开这刚猛的刀风，扭头向谢迢之：“道友，是时候了。”

是时候了，是时候动用淬过常清静心头血的剑锋了。

谢迢之若有所思地摸上剑刃上的梅花花瓣，花蕊中嫣红的一点，触目惊心。

当年，他和楚昊苍年纪都不大，就是两个小娃娃，他喜静，楚昊苍喜动，两个人自小一起长大，谢迢之的心不是石头做的，幽黑的眼里迅速掠过了微不可察的波动。

远处被拦在战场外的宁桃突然有了点儿不妙的预感。

张浩清且战且退，谢迢之凤目半睁，反击一剑逼回刀势，又包抄上去。

战场上，狼烟滚滚，剑修、法修、阵修严阵以待。

在楚昊苍与谢迢之、张浩清近旁，更有无数如棋盘般纵横交错的光线，那是阵修们布置的法阵。

楚昊苍与谢迢之、张浩清就处于“天元”的位置。

张浩清定了定心神，脚下踏出半步，却是丢了剑，赤手空拳相对。

这一次是“乾坤倒转”，而张浩清的“乾坤倒转”与楚昊苍的“月出寒山”和“青海长云”不同，是招借力打力的招数。

论修为，张浩清更在谢迢之与楚昊苍之上。他的太极功法，随方就圆，气势浑厚，如朗星长河，拳脚之风如沛沛涛涛的江河，反手一推，竟然将楚昊苍推出了几丈远的距离！

谢迢之袍袖下的手微微一动，逮住机会递出了剑，这一剑，与之前所有的剑招都不一样，由常清静的心头血淬炼而成，剑鸣清冽，剑刃立刻化作一条血龙，直奔楚昊苍而去。

有了七窍玲珑血脉的加持，战局就在此刻，有了微妙的变化。

宁桃被人挡着，急红了眼，手腕上的星星手链被风吹得拍打在手上生疼。

“七窍玲珑血脉”是专门来克制楚昊苍的，在“七窍玲珑血脉”的助力下，谢迢之和张浩清攻势绵密，不知不觉间，楚昊苍竟然已落了下风。

他这时被张浩清“黏”住，找不到脱身之法，在他身后，更有无数剑修助阵，这些剑修同时发出铺天盖地的无数道剑气。纵横的剑气，宛如枷锁，上下左右，牢牢困住了楚昊苍的肩、颈、手、身、腿、脚……

剑气刺出的刹那，“砰砰砰”无数血花瓢泼般地从楚昊苍身上迸射而出，楚昊苍身形一晃，膝盖终于重重压下，半跪在了地上，气喘吁吁，不断有汗水顺着额头淌了下来，风沙尘烟倒灌入肺里，呼吸间全是沙砾的味道。

汗水模糊了楚昊苍的眼，也模糊了面前的谢迢之。

他不行了。

江山代有才人出，这是个残酷的事实，就算是楚昊苍，也不得不清醒地意识到，老骥伏枥，英雄迟暮。

被关在扃月牢里受折磨这么几百年，他没法修炼，功体早已大不如前，而谢迢之和张浩清是一直在进步的。

如今，他就是个垂垂老矣的老头儿。

他清楚自己的功体已大不如前，所以出狱后第一件事就是报复，就是杀！杀杀杀，杀尽了那些辜负他的、那些陷害他的、那些对不起他的！

就在这一分神的工夫，谢迢之和张浩清又包抄上来。

楚昊苍左手挡住张浩清，右手梅花血龙逼命而来！

宁桃倒退一步，丹田沉下一口气，再度迎向了那林立的刀锋！

这刀锋能轻而易举地捅开她的肚子，面前罚罪司道士微微一愣，被宁桃惊了一瞬，怒喝道：“你不要命了？！”

“好啊！”对方怒极反笑，“不要命我就成全你！”

宁桃不等他说完，就一脚踹上了对方的腰，然后甩出掌心雷，不动山岳包裹自己，硬生生从对方胯下滑了出去！

一滑出去，宁桃就没命般地往战场上狂奔！

“楚前辈！我来帮你！”

她能做的不多，宁桃咬牙想，但至少能帮老头儿分担压力，不至于让其他人团团围上去耗死他！

仗着身形灵活，谢迢之又下了命令不能动她，宁桃奔入了战场。

刚奔上战场，宁桃就对上了那条血龙。

楚昊苍浑身是血，跟个血葫芦似的，半跪在战场中央。

梅花血龙咆哮着奔向了天空，又在俯冲的刹那间，一分为二，二分为四，血龙拳头大的眼珠，竖瞳倒映着血色的光芒。血龙咆哮，张开了嘴，即将咬下的刹那，宁桃想都没想，立刻飞身而上：“金字，不动山岳！”

淡淡的金光漾过，将宁桃紧紧包裹住。

这金光是宁桃豁尽全身灵力调动出来的，然而，在楚昊苍、谢迢之和张浩清看来，这层金光简直薄得像纸糊的一般，不堪一击！

三人都是一愣。

张浩清和谢迢之猛然变色：“丫头！”

楚昊苍更是红了眼：“滚！蠢货！快滚！”

宁桃没有退，非但没有退，反而如螳臂当车般，举起了手，运转掌心雷，对上了这条血龙。

要问谢迢之对宁桃的看法，虽有好感，但这好感不至于支撑他为了她使得今日这番围杀前功尽弃！虽然变了脸色，心神急转间，谢迢之却没有收手，眼睁睁地，冷漠地看着那条血龙果不其然将宁桃撞飞了出去，在半空中划开一道触目惊心的血线。

那圆脸的小姑娘立刻如同断了线的风筝一般，落在了地上。

疼，从来没有这么疼过，宁桃摔倒在地上，唇角立刻有血沫不断冒出，疼得浑身冒汗，直欲昏死过去。

她感觉，她肋骨好像断了，插进肺里，呼吸间，不断有鲜血从鼻子、嘴、眼睛里流出，眼镜也滑稽地碎了。

然而，就算这样了，宁桃也呕着血不肯放弃。

半空中，箭矢破空的哨声乍响，宁桃大惊失色，痛呼出声：“前辈！”

楚昊苍一扭头的工夫，不远处的山坡上，楚沧陵面色铁青，张弓搭箭，双目如电，死死地盯紧了楚昊苍，眼里幽深恨极。

察觉出来不对劲，楚昊苍回身忙躲，但这一箭，带着千钧之力，一箭击碎了他的膝盖骨，洞穿了他的膝盖！

楚昊苍一个踉跄，扑通一声，复又半跪于地，脸上鲜血四溢，一双凤眸却牢牢地锁定了山坡的方向，又移开视线，落在了宁桃身上，面色不快，几乎是嘶吼出声：“谁叫你来的？！你来这儿逞什么能？！送死不成？！”

“我、我来帮前辈！”宁桃咬牙也喊了回去，一开口，就有血不断从嘴巴里喷涌而出。

谢迢之和张浩清四目相对，张浩清微微一震，惊诧地看了她一眼。

战场的风掠着血气与沙砾，啪啪拍打在宁桃脸颊上，那些尚未散去的细小的剑气将宁桃脸上割出了数十道大小不一的口子。宁桃躺在地上，鲜血缓缓地从她身下漫延开。

沉默了半晌，谢迢之这才冷冷开口：“你不行了，如果想要这娃娃活命，你就该束手就擒。”

“哈哈哈……”楚昊苍红着一双眼，低着头，全身上下一阵颤抖，突然就爆发出了一阵豪气冲天的大笑声，“我不行了？谁说我不行的！”

“你们当真以为‘度厄道君’这个名号是白叫的吗？”

楚昊苍大喝一声，手臂上青筋暴起，气吞山河地荡出一道银龙般的刀芒，将手中的斩雷刀掷出，反逼这些剑气，轰隆——天上突然雷云翻滚，天色迅速黑了半边。

张浩清面色大变，这是——刀域！

道士的刀剑修炼到一定地步，就会修炼出“刀域”和“剑域”，当然枪戟也行的。“域”之下，能改变天象，逆转阴阳，处于“域”范围之内的人，都会受到无差别的攻击。

在楚昊苍的“刀域”之下，天上乌云翻滚，雷声隆隆，惊雷乍响，照亮了楚昊苍的脸和眼，那双眼幽深不甘，银发张扬地飞舞。那银龙般的刀芒，化作雷蛇电龙四散，从楚昊苍身上爆发出来的这浩荡的灵力，直冲天际，改变天象，无差别地隆隆降下了数道天雷！

等到银龙散去，面前的山道上除了一把阔口的斩雷刀，早已空无一人。

宁桃被楚昊苍拽着在跑，跑得气喘吁吁，耳畔的风刮过脸颊如刀割一般生疼，汗水流进了伤口里，汗与血交融在一起，濡湿了眼睫。

宁桃一边跑，一边用手抵着楚昊苍身上的伤口，灵力像不要钱一样疯狂运转：“前辈！坚持住！”

楚昊苍半个身子都压在了她身上，被她扶着，两个人在丛林山道上狂奔！

然而就算这样了，老头儿也依然不服气：“呼呼，放开我！我自己能走！”

宁桃气得心怦怦直跳，拖着楚昊苍使出了中考的力气，拼命地往前跑：“不放！放您回去送死吗？”

一个伤残拖着另一个伤残的后果是，在跑的路上一个趔趄，两个人摔在了一块儿，差点儿摔了个狗啃泥，楚昊苍脸色变化尤其精彩，度厄道君可能从来没这么狼狈过。

宁桃呼哧呼哧地拖着楚昊苍，刚跑出没多远的距离，只看到一队剑修突然踩着飞剑追了过来。

“嗖——”一声剑鸣，那队剑修中一个穿着件青色盘领窄袖袍的汉子，横着剑，从天而降，怒眉倒竖地拦在了宁桃和楚昊苍面前。

宁桃刚对上来人的视线，立刻被一阵剑风掀飞了出去。

“往哪儿跑！”

猝不及防地，宁桃被这剑风掀出去二丈远，抛上了半空，又砸在地上滚了好几圈吐出一口血，抬头的工夫，一眼认出，这是之前那个喉骨被扼断的剑修的同伴！

这人带着其他同伴寻仇来了！

盘领窄袖袍的汉子和身后的一众同伴，看着宁桃和老头儿的目光满是怨憎和痛恨。

宁桃脑子里“嗡”的一声，胡乱想到，那位白师兄人缘一定很好。

“刘慎梁，少和他们废话。”那被称作“刘慎梁”的汉子身后的同伴啐了一口，“拔剑就是了！”

强忍住五脏六腑好像被拍扁的痛苦，宁桃擦了把嘴角的血，刚爬起来就看到这十几个剑修将吐血不止的楚昊苍包围在了剑阵当中。

而在这种情况下，老头儿竟然还嘴硬地狂笑：“哈哈哈哈……一群无名小卒，来啊，让我送你们下地狱啊。”

宁桃整个人差点儿崩溃了，老头儿，求你看看场面！不要再拉仇恨了。

托拉仇恨拉得极稳的老头儿的福，面前的这十几个剑修果然被激怒了，但毕竟顾忌楚昊苍的实力，气得面色铁青，也不敢轻举妄动，目光一转，突然将矛头对准了宁桃。

宁桃心里咯噔一下，保持着可笑的爬起来的姿势，还没来得及反应，飞剑“嗖嗖嗖”将宁桃团团围住，其中一个身着紫衫的剑修飞身上前，一把拽起这圆脸姑娘的头发，脸上冷得像覆着层寒霜：“度厄道君要是这时候束手就擒，我就放这丫头一命，否则我今日——”

“否则，否则什么？”楚昊苍目不斜视，余光根本没分出半分给宁桃，“否则你就杀了她？”

不等这紫衣剑修回答，楚昊苍目光幽深：“要杀你尽管杀，她就是我的一条狗。”

紫衫汉子被楚昊苍气得不轻，破口大骂：“楚昊苍你不是人！这丫头拼死去救你！你这忘恩负义之徒！”

“看好了，”紫衣剑修恨铁不成钢地看了眼宁桃，“这就是你要救这老狗的下场！”

可是看了这一眼，紫衣剑修反倒一愣。

因为他发现，他手上这满脸是血的圆脸小姑娘，并没有露出被背叛的痛苦，或者是死亡的恐惧。

宁桃披头散发，咬着牙，目光灼灼如火，这一眼，看得紫衣剑修心头一震，脱口而出：“被当作狗你也心甘情愿？！”

头发被拽着，头皮好像都要被拽掉了，宁桃咬紧牙根，梗着脖子，任由鲜血滴滴答答地往下掉，愣是一声不吭。

她做的决定，她不后悔。

如果不是老头儿留情，她早死在了山洞里；如果不是老头儿救她，她说不定早被僵尸掐死在了墓室中。她知道的那个度厄道君，不是大家眼里暴虐嗜杀的混账，相反，只是个嘴硬心软脾气坏的老头儿。

对上那紫衣剑修的目光，宁桃特硬气地说出了一句从刚才开始她就一直想说的话：“要杀要剐，悉听尊便。”

紫衣剑修根本没想到她这么不识好歹，勃然大怒道：“既然是这老狗不在乎你，那就休怪我无情了！”

紫衣剑修，或者说，罗兴生，被宁桃噎了一下，正欲出手间，身后两个瘦高个儿的同伴倒是先憋不住了，大喝一声，往宁桃胸口上一拍！

宁桃倒是没想到这兄弟竟然真的下了狠手，这掌风带着凌厉的剑气，拍得宁桃五脏六腑欲碎，身上立时被割出了十多道深可见骨的伤口。宁桃疼得倒吸了一口凉气，差点儿昏死过去。

罗兴生眉心一跳，压根儿没想到自己同伴竟然下手这么快，但他反应也快，迅速抄起手里这血葫芦一样的姑娘，再度迎上了楚昊苍，沉着声：“度厄道君，是当真下定决心看这丫头死了？”

楚昊苍脸色依然变都没变，盯着罗兴生，眼里闪着点儿冷酷的寒光，傲慢地说：“我说了，她就是我的一条狗。”

我说了——她就是我的一条狗——

这句话，说第一个字“我”的时候是离得很远的，而等到“狗”字落下的时候，楚昊苍的声音却突然在罗兴生面前响起！

罗兴生提着宁桃，震惊地抬起眼，只看到了楚昊苍拖着那条断腿，血染的衣摆在眼前一晃，紧跟着一片刀气迎面扑来！这刀气飞起，贴着罗兴生的颊侧掠过，直接撷下了他身侧两个汉子的人头！

那正是之前发出剑气把宁桃打飞出去丈二远的两人！

楚昊苍拖着条断腿，动作却迅疾如雷电，一边吐血，一边目光冷冽地又步步往前紧逼，手中明明没刀，指尖却接二连三地爆发出一片又一片的刀气，朝着这面前十多个罚罪司剑修平削了过去！

盘领窄袖袍的刘慎梁面色大变，振臂高呼道："小心！回撤！"

楚昊苍看起来是真的完全没有考虑罗兴生手里宁桃的生死，在撷下这两颗人头后，刀气突然以一个不可思议的方式，一个急转弯又朝着罗兴生斫下。

罗兴生发誓，他是想跑的，但双脚却好像在原地生了根，被恐惧慑住了心魂。

那刀气齐根削去了他的眼睫毛，伴随着眼睫毛扑簌簌地落下，生死关头，罗兴生终于猛然惊醒了，向后倒退了几步，条件反射地将宁桃抛了出去顶着，"砰"一声！

妈呀！被人丢出去，宁桃睁大眼，努力地挣扎了一下，然而毫无用处，只能眼看自己成了个完美的抛物线，迎向了面前的刀气——救救救救命！

好在老头儿反应也极快，迅速回收掌气，抄起宁桃往怀里一搂。

死里逃生，罗兴生惶恐地看着面前这银发的老男人。

不只罗兴生惶恐，刘慎梁也神经紧绷，握紧了剑，不敢乱动。

他们这几个人，在罚罪司里也算有些名气，被称作"十二剑君子"，为了给他们中的"剑魁"白师兄报仇，他们剩下来的这十一个人凭着一腔意气就来了。

而现在，他们不得不承认，这就是度厄道君，昔日的绝杀榜上第一人，只刚刚交手那短短两招，就好像有铺天盖地的威压倾覆下来，压得罗兴生他们冷汗涔涔，几乎喘不上来气。楚昊苍光是站在这儿，给人的感觉就好像他是一座无法撼动的山岳。

罗兴生死死地抿紧了唇，看向刘慎梁，十一个人彼此交换了个眼神。

都说楚昊苍记仇，事到如今，已经招惹上了他，想再脱身就难了，大不了大家一起上！死就死！

然而，就在战斗即将一触即发的时候，这位如山岳般不可撼动的度厄道君，竟然毫不恋战，把宁桃夹在胳膊底下掉头就跑！

跑跑跑了？已经做好了死战准备的罗兴生，连同刘慎梁在内的几个人，脸上的惶恐顿时僵住了，呆在了原地。

度厄道君掉头就走，这是认真的吗？

不只罗兴生呆住了，就是宁桃也呆住了。

然而老头儿十分不体面地掉头就跑，也是有自己的考量的，最重要的原因就是，他还带着宁桃这个拖油瓶。

将宁桃夹在胳膊下面，楚昊苍带着她一路飞奔，直到找了个姑且还算隐蔽的山洞，把她往洞里一塞，这才站起身，脸上带血，戾气横生，折身又要杀回去："我去杀了他们。"

宁桃一怔，愣愣地抬眼看着楚昊苍。

楚昊苍那一条断腿方才匆忙处理了一下，森白的骨头还能清晰可见。他浑身上下都是血，胡子、头发丝儿全是飞溅的血花，眼睫上也溅了血滴，通体的煞气逼人。

宁桃完全没想到，在这种情况下，老头儿竟然还有战斗力，还有战斗力去追杀这些人！

可就算有余力，老头儿再追上去这不是找死吗？！万一他被大部队碰上了怎么办？

然而，楚昊苍如果听她的话那就不是那个任性妄为的度厄道君了，他直接义无反顾地走出了洞口！

刘慎梁和罗兴生循着血迹在追，身后的同伴叫道："楚昊苍竟然不战就跑，肯定是没了余力，这时候抓他无异于瓮中捉鳖。"

瓮中捉鳖吗？刘慎梁目光微闪。

要是能逮住楚昊苍，不但能为白师兄报仇，到时候，在罚罪司的地位一定能更上一层。这十二剑君子，为友冲冠一怒手刃度厄道君的事迹传出去，他们几个在仙门的名望也会大升！怀着这样的想法，刘慎梁冷下脸、发出剑气，一片一片地扫过前方的路："都给我找仔细点儿！"

其余的那几个人也十分激动："行！大哥！"

变故就是在这个时候发生的，一道低沉的嗓音骤然响起："想取我人头！好啊！来啊！"

话音刚落，一道刀气从天而降，削飞了那开口说话的十一君子之一，原本志得意满的"十一君子"，不，"十君子"骇然变了脸。

那道刀气摘下一只脑袋之后，没有减速，以一种可怕的速度追上了另一个人，凡是之前踹了宁桃、打伤了宁桃的，他都一一摘下了这些人的脑袋，泼天的鲜血浇了刘慎梁与罗兴生一身。两个人怔在原地，极度惊恐地看着眼前这一幕。

楚昊苍就站在这血雨之下，刀起刀落间，竟然已经一口气砍下了四颗人头。

然而，他依然没有收手，还在杀。

之前拍宁桃的那个瘦高个儿，往后倒退了几步，下意识地拔腿就跑，那道刀气就好像长了眼睛一样追上了他，又将这颗脑袋斩落刀下。

他的狗，只能他来处置，什么时候轮得上这些小喽啰叫嚣了？

这个时候，刘慎梁和罗兴生，才终于明白自己之前是多么不自量力。

就算被谢迢之、张浩清围攻，就算断了条腿，楚昊苍依然是个杀神，折身回来一连杀了近十个人的杀神。

如今，就剩刘慎梁和罗兴生两个了，罗兴生效仿那瘦高个儿拔腿就跑，一线刀光追上了他，在他腰上一绞，将他拦腰截断。

楚昊苍嗤之以鼻地看着往前跑的刘慎梁，冷哼了一声："不自量力。"正要提气去追，胸口突然一阵真气翻涌，吐出一口血，栽倒在了地上。

等不到楚昊苍，宁桃只能忍着痛苦，哼哧哼哧地给自己包扎，没有啥包扎的经验，只在凤陵仙家的时候上了两堂课，胡乱地止血，缠了缠伤口。

就在这时，楚昊苍突然回来了，宁桃腾出一只手，忍不住惊喜地叫出来："前辈！"

楚昊苍浑身是血，喘息重重地横着根手指，放出一道刀气作为屏障，截在山洞洞口，这才转头去看自己的伤势和宁桃的伤势。

宁桃赶紧抓住楚昊苍的胳膊："前辈，我替你看看伤势。"

楚昊苍粗暴地一把推开了她："不必。"

自己伤成了什么样，他自己心里清楚，就宁桃这三脚猫的治疗手段，包了还不如不包，不，就算他现在出了雁丘，找到当世最高明的医生，也没有多大用处了。

楚昊苍捂着胸口，粗喘了几声。

被楚昊苍掀翻在地，宁桃也不生气，圆脸坚决，固执地抓起楚昊苍的胳膊："一定要疗伤的！总有希——"

一个"望"字，却在探入楚昊苍经脉中时，陡然卡在了宁桃的嗓子眼儿里。

楚昊苍斜乜了她一眼，冷笑："怎么？你有办法？"

宁桃如遭雷击，大脑一片空白，浑身上下抖得像筛糠——这个脉象，这个丹田……老头儿已经油尽灯枯了。

心头血克制阴阳双生血脉，神仙也无救。

早在被张浩清和谢迢之围攻的那会儿，他经脉尽断，几乎就成了个废人。

但在这经脉尽断之下，老头儿硬生生地丢了斩雷刀带着她逃出来，折身回去连杀了近十人。

宁桃不傻，能看出老头儿自毁倾向严重，从出狱起，每一步都走在疯狂的、自我毁灭的道路上。

身为朋友，宁桃不相信谢迢之看不出这一点儿。然而，他依然利用了这一点，冷酷无情地推动老头儿走向万劫不复的深渊。

她是个凑数的，罚罪司的他们迟早会追来。

他们、他们现在还能做什么？！

眼泪几乎在刹那间就要喷涌而出，但宁桃不信命，咬紧了牙关，努力将眼泪憋回去，哆哆嗦嗦地咬紧了下唇，站起身说："我……我去搬救兵。"

楚昊苍这回更是懒得看她，闭着眼大笑："搬救兵？！你能找谁？

"哈哈哈……这办法我早在百年前就试过！没用，没用！没有任何用！锦上添花的多，雪中送炭的却寥寥无几！"

宁桃脸色瞬间一白。一个这么年轻的小姑娘，你不能指望她在这种困境下想出什么完美的应对方法来。但就算如此，宁桃还是不肯放弃。

倒是楚昊苍笑了一通之后，突然掀起眼皮，从袖子里丢出了个什么东西到宁桃脚边："含着这个，走吧。

"我放你走。"

宁桃捡起来一看，喉咙像是被什么东西堵得死死的，眼泪夺眶而出。

这个她之前在凤陵仙家上课的时候看到过，是颗有隐匿气息功效的匿息石，把这匿息石含在舌头底下，就能巧妙地隐匿气息。看来，老头儿出狱之后，就是靠着匿息石躲过了凤陵仙家的追杀。

匿息石极其稀有，有价无市，如今却被楚昊苍像丢块垃圾一样丢给了她。

老头儿的嗓音像炸雷一样，不满地怒喝："拿着这东西，快滚！有多远滚多远！怎么，你当狗还当上瘾了不成？！"

总有办法的……宁桃胸口剧烈地起伏着，目光死死地落在匿息石上，眼泪啪嗒啪嗒地落在了石头上。

从万妖窟到现在，她以为她有很多好朋友，后来才发现，原来自己只是最不起眼的一个。

可是老头儿不一样。

顿了半晌之后，像是下定了决心，她将楚昊苍往山洞里面一推，又出去拔了一堆芦苇挡在了洞口，把匿息石往自己嘴巴里一塞，跌跌撞撞地冲了出去。

楚昊苍闭上眼，靠在了山洞的石壁上，心湖波澜不惊，平静如水。

他性格虽然暴虐，但修为能臻至旁人不可望其项背的地步，道心一向比其他人坚定不少。

宁桃拿了石头就走的选择，不出乎他的意料。

他年轻的时候孤傲，却也仗义疏财，结交了不少朋友。

那些朋友啊……楚昊苍忍不住放声大笑。

他性格暴虐，又一向被人捧多了，任性妄为，对那些“朋友”也动辄呼喝变脸。不过，他的确是将他们当成朋友的，不论他们有什么要求，他有求必应。

而他们呢，在他逃亡的路上，故意通风报信，故意布下陷阱！那段日子，他就如同丧家之犬，一次一次被背叛，一次一次疲于奔命。

他前半生不知道被多少所谓的知己好友背叛，这小娃娃愿意陪着他坚持到这地步，已实属难能可贵——但说到底都是背叛。

宁桃舌头下面压着石头，恶心得一阵生理性反胃，风吹得眼泪往眼角拍去。她跑出了雁丘山，一路冲进了凤陵仙府！

她、她去找小青椒、找吴芳咏，哪怕找苏甜甜，求求苏甜甜，求求谢溅雪。谢迢之不在乎她，总在乎自己的晚辈！还有张掌教，小青椒是张掌教的关门弟子，要是小青椒去求的话，说不定，说不定老头儿还能有一线生机。

宁桃奋力地冲进了凤陵仙家，一进门被门槛绊倒，正好撞到了吴芳咏，这股力道带得吴芳咏往后倒退了几步，一抬头，顿时蒙了。

“桃子？！”吴芳咏被她这一身是血、面目狰狞的样子震惊了，“你……你……你不是在雁……”

宁桃眼眶是红的，慌忙拿下嘴巴里的匿息石，攥在了掌心，病急乱投医地扶住了吴芳咏的肩膀，抽噎着含糊地问：“芳咏，你、你认不认识医修？救救——救救——楚、楚——”

吴芳咏身形猛然一僵，吴芳咏张张嘴，神情复杂地看了宁桃一眼：“桃子，楚昊苍的事……”

宁桃迫切地抓住了吴芳咏的肩膀：“你也听说了？！”

吴芳咏垂下眼：“没用的。桃子……对不起……我……”

宁桃木然地看着吴芳咏。

吴芳咏又看了她一眼，抓住了她手腕：“桃桃，你……没用的！谢前辈他们是铁了心要杀楚昊苍！他出狱后为了报仇杀了那么多人……凤陵仙家早就容不下他了！我们也是昨天才得到的消息……桃桃……”

宁桃呆呆地看着吴芳咏，脸上还带着血渍，青一块紫一块的。

她看着吴芳咏的眼神很平静，眼眶红红的，眼里的泪水机械性地往下流，看得吴芳咏心里咯噔一下，宁桃却猛地甩开了他的手。他还想要再追，宁桃却跑得越来越快，一路冲到了苏甜甜的门前。

“苏甜甜！苏甜甜你开门！”宁桃踉踉跄跄地冲上台阶，扑倒在门前。圆脸小姑娘浑身是血，像头发怒的小狮子对着这扇门几乎是又踹又打，“你开门！”

“你跟我走！”

最后，宁桃终于没有力气了，以一副无比惨烈的姿态，跪倒在了门前，号啕大哭。

“求求你——求求你救救楚前辈。你劝劝谢前辈，求求你了，甜甜——甜甜！”

片刻的沉默后，屋里静悄悄的，宁桃能透过窗户的倒影清楚地看到少女身形僵硬地坐在桌前。

苏甜甜眼眶也红了，她的嗓音隔着门板传来：“桃桃，对不起。”

苏甜甜张张嘴，眼泪滚滚而下：“已经太晚了。谢前辈认定的事一定要做的。对不起对不起，等这事儿了结之后，你打我骂我都行。”

宁桃怎么会不知道？她只是不想放弃。

也在这一刻，苏甜甜这个人在她心里已经彻彻底底地死了，宁桃闭上眼，轻声说：“好。”

再睁开眼的刹那，宁桃却发现身后站了个人。

谢溅雪微怔地看着她，眼里隐隐有探究和犹疑。

“宁姑娘？”

宁桃顿了半秒，仰起头，抽了抽鼻子，脸上火辣辣的，问：“谢……谢道友，你能不能劝劝、劝劝谢前辈，放过楚前辈？”

她记得，记得谢迢之是谢溅雪的堂叔，如果谢溅雪求情的话……

谢溅雪被她这架势弄得一顿无措，尴尬地看着她。

宁桃与谢溅雪四目相对的刹那，又猛地悟了，好像明白了什么。

她和谢溅雪什么关系，谢溅雪和苏甜甜又是什么关系，就算她在这儿求他也没有用处。

宁桃擦干眼泪，跌跌撞撞地出了院子，往常清静的住处而去。

如今，她只剩下小青椒了。

小青椒，小青椒。

宛如溺水的人抓住唯一一根稻草，宁桃呼吸急促地快步赶到门前，想到常清静，精神不由得为之一振，上前去拍门，要是让常清静帮忙向蜀山张掌教求求情——

“小青椒——”

门里安安静静的，但宁桃知道常清静就在屋里。

“小青椒！！求求你开开门！

“我……我有急事找你！

“楚前辈要死了，求求你，求求你救救楚前辈！”

屋里安静极了，一门之隔，只剩下了一片缄默。

少年乌发散乱，跌坐在地上，乌发散落在雪白的脖颈上，眼神赤红，魔气横生。

抱着头，常清静目眦欲裂，脑子里突突直跳。

宁桃跌坐在门前，泪水泛上了眼眶，和鼻涕一道，稀里哗啦地流了下来，哭得撕心裂肺、目眦欲裂：“小青椒——求求你——我们不是朋友吗？求求你，求求你帮帮我。”

师尊，师尊，甜甜。

常清静双目赤红。

他满怀期望地俯身想要亲吻苏甜甜乌黑的发鬓，没想到，却迎来了心头一剑，小狐狸或喜或悲的神情，在他脑海中不断回荡，一时间又是谢迢之说——

“当初掌教收他入门下，不正是抱着这个念头吗？”

原来活到这么大，所有人都在骗他，苏甜甜在骗他，师尊也在骗他，甚至蜀山的长老，那些一向和蔼慈善的长辈都在骗他！那他存在的意义呢？！比苏甜甜的背叛更刻骨更锥心的疼痛，如海潮般扑面而来。

他存在的意义只是，只是一捧心头血吗？

宁桃坐在门前，等了很久很久，门内却没有任何动静。

宁桃咬着牙，挤出个似哭似笑的表情来。

她一直以为，她和小青椒是朋友，可她的友情当真不如他的爱情吗？

眼泪在脸上纵横交错，宁桃已经木然地感觉不到眼泪横流了，眼泪像针一样密密麻麻地刺入血脉。

绝望如影随形，她抱着膝盖静静地又等了一会儿，等到腿麻了，秋风满袖，凉意冻得她一个哆嗦，血液也好像结了冰，宁桃这才如惊弓之鸟般猛然站起身，哆哆嗦嗦地走下了台阶，重新往雁丘山的方向走。

她意识到，常清静不会出来了。

第 7 章

时至日暮，傍晚的暮风寒意凉透，宁桃红着眼睛给自己鼓劲儿。

就算没有办法了，她也要陪着楚前辈。不到最后一刻，她绝不认命，这就是她的觉悟。

楚昊苍根本没想到她竟然会回来，在宁桃离开的时候，他就做好了她不会回来的准备。而如今看到洞口突然出现的那个狼狈褴褛的小姑娘，看到宁桃突然满身血污地回来了，楚昊苍瞳孔几乎收成了针尖儿大小，滑稽地愣住，旋即又是惊又是怒。

“跑了就别回来了！你回来作甚？！”

宁桃本来想镇定点儿的，但看着楚昊苍，又忍不住要哭了，红着眼睛说：“我、我来陪前辈啊。”

楚昊苍气喘吁吁，睨了她一眼，惊疑不定地问：“你……你不走？”

宁桃将头摇得像拨浪鼓：“我……我不走！我陪着前辈。”

楚昊苍伤得很重，说几句话都要喘，宁桃扶着他往墙上一靠。

楚昊苍看向洞口，又忍不住笑起来：“哈哈哈哈……当年我如何惊才绝艳，如今却像条狗一样，总是说你是狗，其实我才是狗。当狗的日子，我过腻了！”笑着笑着，他又慢慢地喘匀了呼吸，眼里像是有一团火，看着洞口的时候，神情和语气已经平静了不少，“从这扃月牢中出来后，我就料想到有这一天。”

刚极易折，他受不了这百年的屈辱，他要报仇，能拉几个垫背的就多拉几个垫背的，哪怕玉石俱焚也无所谓！

“你不该陪我的。”楚昊苍平静地说。

宁桃眼泪又涌了出来。

哭什么呀，宁桃？有什么好哭的。你只是个普通人，难道还做梦能突然打败谢迢之和张浩清，救下老头儿吗？

宁桃抹了把眼泪，觉得嘴巴好像也哭肿了，忍不住问：“楚前辈，你真的杀了……”

楚昊苍扭头问：“你信？”

宁桃诚实地摇摇头：“我不信。”

“眉妩不是我杀的，但楚昊行是。眉妩，是自杀的。”

其实没多少阴谋、没多少算计，那时候，他太张扬，也太轻狂。

“我与谢迢之是年少知己，同修好友，常常一起修炼。弱冠前，我二人离开凤陵与阆邱，在凤凰台上与群雄争锋，同辈之中已鲜有敌手。”

而谢眉妩总是偷偷站在廊下，偷看这个高大俊美的少年，夏天的时候，小心翼翼地提着裙子，端来一盘盘西瓜，笑眯眯地问：“要吃西瓜吗？”

那时候，他年轻气盛，梦想也简单可笑，就是荡平这世上一切不平之事，杀尽绝杀榜上一切恶人，引刀成一快。

虽然容貌俊美，但因为总是提着个脑袋，在不少女修看来，他无异于喋血的凶神煞神。

由于生他时难产，他娘也不喜欢他，更偏爱他弟弟楚昊行。

在这种情况下，谢眉妩却偷偷喜欢他，喜欢了十几年。谢眉妩性格端庄温和，是个人人眼中的“良配”。楚昊苍眼里没有情爱，也无心于情爱。他和谢眉妩青梅竹马，门当户对，自然而然就结为了道侣。

“二十岁时，与眉妩结为道侣，夫妻之间朝夕相对，相敬如宾。”

结为道侣后，他很少回家，谢眉妩十年如一日地主持中馈，孝顺公婆，帮他缝制衣物寄去。久而久之，楚昊苍也和谢眉妩生出了淡淡的感情，夫妻之间相敬如宾，举案齐眉，也算圆满。

后来，谢眉妩生第一胎的时候难产，孩子生出来没多久就死了。

楚昊苍不在的时候，她总是扶着腰于深夜爬起来给孩子喂奶，她胸口碰一下就疼，给孩子喂奶的时候，一边喂自己也一边哭。孩子死后，当时他稍作安慰两句，就大踏步地转身离开了，没有留意到女人渐渐暗淡的眼神和灰败的神情。

那么多个日日夜夜啊，那么多个日日夜夜，她一个人挺着个大肚子，吐得昏天黑地的时候，楚昊苍不在她身侧，她差点儿流产的时候，楚昊苍也只是寄去了点儿安胎的药。

在宁桃的注视下，楚昊苍闭着眼，伸出手在石壁上摩挲，运气于指尖，一字一顿，刻下深深浅浅的字迹：“三十岁时，眉妩引刀自刎，吾痛失所爱。”

回顾这半生，都是他咎由自取。

产后抑郁压倒了谢眉妩，等楚昊苍风尘仆仆地赶回家的时候，看到的就只有躺在血泊中的谢眉妩，女人面色惨白，绸缎般的长发被血浸透了。

楚昊苍当即跪倒在地上，目眦欲裂地看着倒在血泊中的谢眉妩——眉妩！谢眉妩死了！是他“亲手”杀了她！

他慌乱地抱起她，她仰躺在他怀里，长发逶迤垂地。

“同年，被正道追捕。”

谢眉妩身死的这一幕被楚昊行撞见，楚昊行大惊失色之下误以为他如传言般修炼修得走火入魔。他本就忌妒这个大哥忌妒得快要发疯，当下拔剑而起，想要借机将这位大哥斩于剑下，却不料自己差点儿丢了性命，反让精神恍惚的楚昊苍狂奔了出去。

惊惧之下，楚昊行心知此事难以收场，等楚昊苍恢复神志后必定不会放过他，便联络了凤陵仙家，与凤陵仙家一道围攻楚昊苍。

“三十二岁，逃至阆邱，师门情谊皆断，深恩负尽。”

刀气凿在石壁上，碎石粉末扑簌簌而落。

楚昊苍逃到了阆邱剑派，却反被师门捉拿，这一战，楚昊苍将楚昊行一剑击杀，又杀了不少同门同修，奋力逃出了重围。

“三十三岁，杀了吾弟楚昊行。”

从那儿之后，楚昊苍入魔先杀妻子、后杀兄弟的传言，就流传开了。得到了消息，谢迢之也与楚昊苍决裂。

“三十五岁，与至交好友谢迢之决裂。”

逃亡的路上，他曾经投奔了不少好友，却又被这些好友一一背叛。

“三十八岁，先后杀了好友一百一十三人，十恶不赦。”

但这些背叛，都不如自己亲生母亲的背叛更为伤人。

那时，他是真的以为母亲是可以信任的，楚王氏哭着说：“回来吧，我已经没了昊行，不能再没有你了。”他去了，站到早已布置好的法阵中，得到的却是个几乎万箭穿心的下场。

可是，他没有死，身中数箭，却依然没死！

楚王氏看他的眼神就像在看一个怪物，面目狰狞，痛哭出声：“为什么！为什么！你就是死不了！你这个怪物！你这个亲手杀了自己弟弟的禽兽不如的东西！你给我的昊行偿命！给我的昊行偿命！”

失去了神志的女人扑上去想要掐死他，激愤之下，他亲手杀了楚王氏。

“四十二岁，弑母。”

这一刀，终于让他坠入了万劫不复的深渊。

从此之后，度厄道君成了众道士恨不得除之而后快的魔头。

“五十岁，被罚罪司缉拿，关押在扃月牢中至今。”

故事说完了。

“四百五十岁，被困雁丘山，所幸身旁有小友相伴，承蒙小友不离不弃，倒也算不虚此生。”

将这最后一笔刻在了石壁上，楚昊苍扶着墙，慢慢站起身。

宁桃早已泣不成声，抬起眼，看着这石壁上一行行字迹，这一行行遒劲深刻的字，寥寥数笔，道尽了楚昊苍的一生。

洞口外的芦苇荡，水草丰沛，白练秋水中冷冷地落了些晚霞。芦花深处雪涛四起，大雁、黑颈鹤、灰鹤、白鹤纷纷振翅而起，朝天而唳，悲声切切。

岁月好像也在这芦苇雪花中缄默了。

呼吸间宛如有烈火顺着指尖蜿蜒而上，几乎将人焚烧殆尽，望着这振翅而飞的群鹤，楚昊苍眼里终于流露出了一种英雄末路的憾意：“西晋时陆机为卢志所谗，被诛。临刑叹曰，‘欲闻华亭鹤唳，可复得乎’！”

像今天这样的鹤唳恐怕是再也听不到了！

他这一辈子的悲剧无非是咎由自取，却还有个小姑娘愿意陪着自己，陪着自己走到这尽头，也算不枉此生。

“你过来。”楚昊苍顿了顿，朝宁桃招招手。

宁桃跌跌撞撞地走上前，却被摁住了肩头，楚昊苍沉沉的嗓音如惊雷般炸响在耳畔：“我将这百年的功力尽数传于你，你需得好好修炼，早日消化。”

宁桃根本没想到老头儿竟然会选择这么做！

楚昊苍一按住她，灵气争先恐后地尽数灌入宁桃丹田，宁桃几乎避无可避！

“前辈！”

“前辈！”宁桃睁大了眼，想都没想，奋力地挣扎起来，“我不要！”

“别动！”

气劲从两人四周荡开，楚昊苍吐出一口鲜血，红着眼嘶吼出声：“别动！你想让我俩死在这儿吗？！”

整整几百年的沛然功力灌入丹田，如浩荡的大江大河，百川入海，没有回头路，宁桃浑身上下骨骼肌肉都被挤得变形，气劲在四肢百骸间左冲右撞。

她眼前一黑，面目狰狞，咬着牙挺着，眼泪却如同断线的珠子，啪嗒啪嗒直往下掉。

等到这一丹田的修为尽数灌入了宁桃身体里后，还没完，楚昊苍又硬生生地将半腔子“阴阳双生血脉”灌进了宁桃的身体里，也不管她能不能承受得了。

“你且听好了。

“这‘阴阳双生血脉’连同‘金蝉脱壳’的秘术我都已经种在了你体内，七窍玲珑的血脉压制了我的功法，我用不了，但你不一样，这门秘术日后可保你一命！我送你这一生修为外加这一条命，只有一样要求，我死后，你要将我的肉身击碎成齑粉，不要将它落入谢迢之手中！我看不惯他！”

不知过了多久，楚昊苍终于放下手，刹那间，宁桃能清楚地感觉到丹田中有股丰沛的灵力在涌动，竟然已隐隐成丹。

眼睛等五感比之前更加敏锐，她能清楚地看到鹤翅的羽毛，飞扬的雪穗，也看到了楚昊苍如同一个垂垂老矣的老头儿一般，失去所有力气，大口喘着粗气，重新跌坐回了石壁前。

除此之外，宁桃更听到了洞口外传来的铮铮的剑鸣，纷乱的脚步声，以及零碎的交谈声。

“找到了！”

“就在这儿！”

可是，她已经没有精力去管了，怔怔地看着楚昊苍，禁不住泪如雨下。

楚昊苍看着她，脸上飞溅了不少血沫，紧皱着眉，反倒露出个堪称温和柔软的笑意：“你曾经问我儿子，哼，这浑小子不提也罢。”

“宁桃，”楚昊苍干咳了一声，倒吸了一口凉气，缓缓合上眼，说起话来已经有些上气不接下气，“我与眉妩第一个孩子是个女儿，可惜没能活到长大成人。”

“能在扃月牢里碰上你，也是缘分。”此时的楚昊苍，宛如退去了所有的锋芒，眉间的细纹反倒有些老者的和蔼，眼里掠过了点淡淡的祈求，“如果——如果——你是我女——”

不用老头儿继续往下说，宁桃已经明白了他的意思，泣不成声地打断了他：“我……我有爸爸，但是楚前辈，你就是我爹，是我唯一的‘爹’……”

楚昊苍盯着她看了半秒，朗声大笑出声：“好孩子。

“好孩子。临死时有你这么个乖女儿是我一生之幸！我输给了谢迢之，我认栽了！但有个乖女儿，到底不亏！哈哈哈！”

楚昊苍显然是极其欣慰和高兴的，大笑了三声。

宁桃掉着眼泪，自顾自地说：“前辈，别再说了，等你好了，我们就一道去落梅坡看梅花，去芦苇荡里看鹤，去江畔的酒肆喝酒。”

楚昊苍笑了一下，嗓音听起来很虚弱了，纵容地说：“好。”

宁桃说：“我们走得远远的，就我们两个人。”

楚昊苍答：“嗯。”

“我这辈子，到底是个性太过嚣张狂傲，”楚昊苍说，“你受我百年功力，去做你想做的事吧，有这修为傍身，你不要害怕。”

宁桃似有所觉地抬起眼，芦苇荡里的鹤飞走了。

看着洞外这清清的湖面，这旷远寂寥的天空，她终于不能自已地号啕大哭。

照楚昊苍的吩咐，将老头儿身躯击碎收殓之后，宁桃木然地缓缓站起身，抬眼看向了前方。

之前她听到的那些动静，就是来自洞口。

被楚昊苍传了百年功力，在这些罚罪司弟子还没赶到山洞前，宁桃就听到了他们的交谈声。

如今，他们终于赶来，洞口前的罚罪司弟子警惕地看着她，他们披坚执锐，刀戟林立，列阵森严，短短数十步，就能感受到一阵冲天的煞气，刀剑反射的银光灼痛了宁桃的眼。

“楚昊苍呢？！”为首的那个罚罪司弟子竟然是刘慎梁！

好不容易死里逃生，这回刘慎梁带着人马追来，明显是要置楚昊苍于死地，替自己那十一个殒命的兄弟报仇的！

目光落在洞口里，刘慎梁神情霍然一变：“度厄道君楚昊苍呢？！”

宁桃脸上的泪痕未干，幽黑的眼里好像失去了所有神采，干裂的嘴唇动了动，已经没有任何精力和欲望再说些什么了。看了一眼面前这些人，宁桃自顾自地走出了洞口，刚迈出一步，脖颈前立刻压上了一片冰凉的刀锋。

“我说，”刘慎梁咬牙切齿地问，“度厄道君呢？！”

宁桃嗓音沙哑，抬起头看了他一眼：“死了，已经死了。”

“死了？！”

“楚昊苍死了？！”

人群短暂地骚动起来，刘慎梁皱紧了眉，明显是不相信的模样，刀刃又往前加深了一寸：“生不见人，死不见尸，你说他死了？”

“我再问你一遍，楚昊苍那混账呢？”

宁桃依稀认出这人，他们好像见过一面，还没来得及开口说些什么，下一秒，脸上就挨了狠狠的一耳光！

这一耳光打得宁桃脑袋一歪，左脸立刻高高地肿起，脑瓜子里嗡嗡直响。

对方一把揪住她衣领，又往宁桃膝盖上踹了一脚：“我再问一遍！楚昊苍呢？”

宁桃被踹得一个踉跄，跪倒在地上，嘴角渗出点儿血来。但这个时候，她好像已经不觉得疼了。她低声地吐出两个字："死了。"

不只刘慎梁，他身后其他不少的道士都被宁桃这副态度激怒了。

他们死了那么多弟兄，结果这小丫头就给他们一句轻飘飘的"死了"？蒙谁呢？！

刘慎梁被她气得面色铁青："不管了，先抓了这个再说。"

他揪着宁桃的衣领，一路拖到队伍当中，又推了她一把："还不快走！"

宁桃踉踉跄跄、一瘸一拐，像被赶的畜生一样，行走在山道上，走了不知多久，又被赶到了一处比较平整的坡地，和另外一支队伍会合了。

不是冤家不聚头，统领那另一支队伍的竟然又是柳易烟。

这两支队伍的道士年纪都不大，正是少年冲动易怒的时候，被愤怒烧昏了头脑，几乎将同袍战死的怨气全部宣泄在了宁桃身上！

此时此刻，刘慎梁和柳易烟两人站得远远的，斜乜着眼看手下的人朝宁桃用刑。

刘慎梁啐了一口："那老狗跑了，就抓回来这个，谢前辈还不让我们动她！"

柳易烟的脸血肉模糊，面目狰狞如鬼，恨得几乎红了一双眼："和楚昊苍那混账混在一起，也不是什么好东西！要不是她天天纠缠着常清静！甜甜也不至与常清静闹到这种地步！"

之前在凤陵仙家的时候，她就看不上宁桃，又因为她容貌尽毁，更是恨不得生啖其肉生嚼其骨。

等他们说完的时候，那厢也已经打完了，宁桃半跪在地上，脸上鲜血道道往下流，喘着粗气，胡乱伸着手去抹脸上的鲜血和眼泪。

柳易烟挑了挑眉，抱着胸走上前来。

要真像宁桃说的那样，楚昊苍已经死了，谢迢之又说不能弄死宁桃，那些朋友啊、亲人啊死在楚昊苍手上的只能拿宁桃出气了。

其中一个罚罪司的道士啐了一口，眼里泛着红血丝："她就是不肯交代。"

柳易烟干脆缩地成寸，一步跨到了宁桃面前，伸着脚尖，勾着宁桃下巴，露出个笑："怎么弄得这么狼狈了？嗯？"

宁桃任由她勾着下巴，抿着干裂的唇，一声不吭。

"说你呢！"柳易烟勃然变色，一脚朝着宁桃心口踹了过去！

宁桃捂着胸口，吐出一口血，又默默地爬起来，继续端端正正地坐着。

"怎么了？！聋了？不会说话了是不是？"柳易烟顿时气得咬牙切齿，掐着宁桃的下巴，"你说话啊！"

宁桃依然无动于衷，肿着的眼皮上的睫毛动都没动一下。

自从老头儿死了之后，她的神魂好像也被掏空了。

宁桃动了动唇，有些出神放空般地想，她现在的这张脸肯定肿得像个馒头。

眼看着宁桃还不肯说话，柳易烟被气得不轻，眼波一转，想出个妙招来："常清静呢？你小青椒呢？你小青椒怎么没陪你呢？"

少女眼尾一扫，巧笑倩兮，配上这张脸却显得狰狞："'小青椒'一口一个叫得倒亲热，他怎么不来陪你呢？"

"小青椒。"

雁丘山的秋风吹来，宁桃像是突然被这三个字惊醒了，打了个哆嗦，感觉到脸上微凉，伸手一抹，这才发现自己流眼泪了。

如果说刚刚她像是开启了一种自我保护机制，行走在一片黑暗中，神魂好像被掏空了，旁观着眼前的这一切的话，而现在，"小青椒"这三个字，无异于将她重新拉入了尘世，将那血淋淋的现实再次糊了宁桃一脸！

老头儿没了，小青椒，小青椒是她的朋友，却根本没有给她开门。

宁桃鼻子一酸，惨白着脸，木木地睁大了眼，眼里有泪滑落下来——没什么好哭的，真没什么好哭的。

"楚昊苍是个什么东西，你跟着他？如今这老东西可算死了，我和你说，你要乖乖认错，兴许我们还能饶你一命。否则，就算我们在这儿把你弄死了，谢前辈也不会拿我们怎么样，至于你那小青椒，哼，就更不会来救你了。当初巴着常清静的时候可曾想过会落得今日这番下场？也是了，讨好常清静，讨好楚昊苍，讨好男人便是你的本性是吗？"

小青椒，小青椒，小青椒……

三个字就像是狠狠打在了宁桃脸上，她咬紧了牙，脸上一阵火辣辣地疼，眼泪控制不住喷涌而出。

刘慎梁和柳易烟对视了一眼，没想到她竟然这么硬气，又上前来踹，一边踹，嘴里一边不干不净地说着点儿什么，无非是骂楚昊苍的。

"老狗！"

"别……别说了。"宁桃动了动嘴唇，虚弱地开口。

"忘恩负义的东西！"

别说了，别说了，别说了，别说了。

"活该——"

别说了，别说了，别说了。

“别说了，别说了！”宁桃终于承受不住了，捂着脑袋，抓着头发，眼泪几乎决堤般地流了下来。

别说了，别说了，别说了，别说了，别说了，别说了，别说了，别说了，别说了。

“求求你们别说了！楚前辈没有，楚前辈没有杀谢眉妩，楚前辈没有……”

宁桃一哭，柳易烟娇笑出声，心里扭曲地畅快：“不叫我说，我偏要说，楚昊苍不就是个狼心狗肺的老货吗？”

老头儿临死时硬生生灌进去的那半腔子“阴阳双生血脉”在体内疯狂流动，宁桃捂着脑袋，又觉得全身上下那股灵气和那股血液几乎快要突破肌肤而出，脑子里也一阵突突直跳。

她眼神没有了焦距，只抱着脑袋哀号般地号啕大哭，哭得上气不接下气。

老头儿，老头儿，老头儿。

这是她在这里唯一真正对她好的人。苏甜甜骗了她，在吴芳咏看来，自己比不上苏甜甜，在谢前辈看来，自己只是个棋子。

而在小青椒看来——小青椒不要她了。

她有爸爸，但老头儿就是她在这个世界唯一的“爹”。

她不想待在这儿了，只想回家——

“砰！”脸上又挨了一脚，柳易烟扯着宁桃的头发，将她拽起来，眼里闪过了一抹痛恨，脸上的笑却勾人，“要不是因为谢前辈，我迟早杀了你。没用的东西，孬种！”

“求求你，求求你别说了。”宁桃上气不接下气地哭得一把鼻涕一把泪。

柳易烟再说下去她就要撑不住了。

柳易烟也快疯了，一想到自己的脸，就恨得几乎流干了血泪：“这老狗死了，我们定要摆上宴席庆祝上个三天三夜——”

咔——宁桃脑子里好像有一根筋断裂了，木然地缓缓站起身。

柳易烟被她冷不防地一站吓了一大跳，面色一变正要破口大骂间，突然又被眼前这一幕骇住了。

宁桃血泪横流，赤着脚，披头散发，面无表情地一步一步走了上来。

柳易烟诧异地扬起眉头，还没吭声，身后已经有人先喊了出来：“你还敢起来！谁叫你起来——”

话音未落——开口说话的那个罚罪司弟子却突然觉得脚下一空，整个人已浮在了半空，在场的人脸色大变：“怎么了？发生何事？！”却看到宁桃突然茫然地睁大了一双眼，目眦欲裂，眼珠血红，抱着头痛苦地泪流满面。

“啊啊啊——”

伴随着一声长啸，在场的几十个罚罪司道士竟然被齐齐震得往后倒退了一步，根基不稳的，当场吐出一口鲜血来！这不是楚昊苍的“狮子吼”吗！

宁桃怎么会这招，还有这样恐怖的灵气？

没等想明白，柳易烟耳朵里流出道道鲜红的血，捂着耳朵，惊疑交加：“宁桃！你疯了？！”

然而——只在一刹那，柳易烟和刘慎梁就眼睁睁地看到宁桃抬起了手，下一秒，一道雷光如龙摆尾般猛蹿上了半空，凝结成了个大手模样，两根手指锁住了那弟子的咽喉。

咔——

原本还在挣扎的那名弟子，唰地抖动一下，头登时软绵绵地垂了下来。

宁桃觉得自己好像行走在一片黑暗中，怎么也看不到头，这一路上有很多很吵的声音，然而现在，她只想让它们都安静下来。

尖叫声、刀剑尖啸声、脚步声响成了一团，起先只是“备战”，“安静”后就成了“跑！快跑”，刘慎梁和柳易烟都清楚地看到，在杀了那弟子之后，宁桃又好像梦游一般地走上前，抬起手，又扼断了另一个罚罪司道士的喉骨。

圆脸的姑娘，披头散发，一瘸一拐，满脸血泪，恍若梦游，但周身爆发出的这强大的灵气，逼得柳易烟和刘慎梁步步后退，慌忙支起防御性的结界。冲天的灵力光柱自少女体内爆发，真元压制之下，地崩山摧。这结界刚刚撑起，又在这真元的碾轧之下，统统化为齑粉，仿佛散落的星光。

被这无差别的、不知收敛的威压压得吐出一口血，刘慎梁额头青筋暴起：“给我上！杀了她！都给我杀了她，听见没有？！”

于是，在场的刀剑纷纷化作流星般的锋芒，往宁桃身上招呼了过去！

然而，宁桃只是抬手的工夫，就操纵着刘慎梁手上的长剑脱手而出！然而她没有握剑，只是令长剑悬浮在身侧，一边走，一边伸出手，灵力激荡之下，众人手中的刀剑竟然纷纷脱手而出，都飞向了宁桃身侧。

她的身前身后满是光华璀璨的刀剑，襦裙裙摆伴着发丝在夕阳下高高扬起。那些剑轨在半空中凝成一道又一道，纵横交错，如棋盘般璀璨的剑芒。

万剑归宗，夕阳好像也暗淡了。

柳易烟只觉得眼前骤然一亮，紧跟着又一片黑暗。那万剑归宗撕裂夕阳，剑芒压倒太阳的光，她短暂地失去了视觉，好像过了很久很久才慢慢地找回意识，耳畔是呼啸的风声，鼻腔里是血腥和沙砾的味道，待到睁开眼时，眼前已是尸横遍野。

这简直就是一场血淋淋的屠杀。

柳易烟召唤法器的手僵在半空，睁大了眼，浑身抖如筛糠，就这样眼睁睁地看着宁桃操纵着数万长剑，在瞬息之间已经夺了在场众人的性命！

这是怎么了？！柳易烟脸上那骄纵的神情立刻消失了个一干二净，流着眼泪哆嗦着想。

这不可能！这不是人能做到的！宁桃她还有神志吗？！这修为，这威压，没有百年根基根本做不到！

被恐惧慑住心魂，柳易烟往后倒退了几步，几乎是落荒而逃。

少女的目光落在了她身上，脸上怔怔地流出两行血泪，却是果断地伸出手，一拉、一拽，柳易烟立刻察觉到有一股气劲好像黏在了她身上，将她往宁桃的方向硬生生地拽了过去！

“我不！我不去！”柳易烟慌乱惊恐地大喊出声，四肢拼命地扑腾着。

宁桃攥住了她脖颈，两根手指一扭，柳易烟的尖叫立刻卡在嗓子眼儿里，身体猛地颤了一下，瞳孔渐渐地涣散了。

宁桃走啊走，走得跌跌撞撞，脚掌被地上的兵刃割得鲜血淋漓，眼里的血泪顺着下颌往下淌。

老头儿已经没了，她要把老头儿的斩雷刀带回来。

毕竟不放心宁桃，吴芳咏想想，不顾自己是个“废柴”，咬牙上了雁丘山，没想到路上却碰上了谢溅雪。

谢溅雪一脸歉意：“我也想去找宁姑娘。”

少年很轻地叹息了一声，想到之前在凤陵仙家的那一幕，便不由得微微出神。

谢溅雪微微抿唇。

少女扑倒在台阶上，哭得撕心裂肺，裙摆如同残破的花瓣。

这一幕就好像撞进了他心底，撞得他心头微愣，久久都未能走出来。

于是，两人结了个伴，一道往山上走。

这一路上尸横遍野，吴芳咏简直触目惊心，心里好像被什么东西掐着，掐得他几乎喘不上气来了，用脚指头想想也能想到，这里的战况到底有多惨烈。

而他，而他都对桃子说了什么！

桃子……

四只眼睛在山上逡巡着，吴芳咏心急如焚：“桃——欸！桃子？！”

吴家小少爷愣怔在原地，呆呆地看着面前这道熟悉的身影。

谢溅雪闻声走上来：“怎么？找到——”看到面前这一幕时，话也卡在了嗓子眼儿里，面前那走在山道上的人是宁桃？

他们只看到远处衰草连天，那轮红火的、凄艳的落日下，走着一道瘦弱的身影，披发跣足。宁桃背上压着那把阔门板般大的斩雷刀，踉踉跄跄地走着。

斩雷刀太重了，她的影子在地上拖拽出一条奄奄一息的细线。

一边走，宁桃一边哭。

她找到了老头儿的斩雷刀，但是，斩雷刀落在了罚罪司弟子的手上，她就，她就打飞了那些弟子，把斩雷刀抢了过来。

可是她背不动。

就像之前背小青椒一样，她摔倒了好几次，只能爬起来，继续背。

她要带老头儿的斩雷刀回去。

在心里这么个固执的念头的促使之下，宁桃继续踉跄往前，被刀刃割得鲜血淋漓也不愿松手，反而有种安全感，就好像老头儿一直陪着她一样。

这一幕倒映在吴芳咏和谢溅雪眼里，两人瞳孔骤然一缩，几乎被这惨烈的一幕震得移不开眼。

“桃、桃子。”

“宁、姑娘。”

就在吴芳咏正准备冲上去之际，突然两道浩然身影从天而降，楚沧陵跟在谢迢之身后，紧皱着眉看着宁桃。

宁桃的目光越过吴芳咏和谢溅雪，落在了楚沧陵身上，动了动唇。

“你娘不是楚昊苍杀的。”

楚沧陵一愣：“你说什么？！”

“你娘不是楚昊苍杀的。”

楚沧陵怔了很久很久，这才厉声喝道：“你在胡说什么？！”

宁桃嗓音沙哑：“我都说了！谢眉妩前辈不是他杀的！”

就在这时，谢迢之眉目冷清，眼睛眨也没眨，突然一个手刀劈晕了宁桃，稳稳地接在了怀里。

谢溅雪惊愕：“谢前辈……”

谢迢之的目光落在了斩雷刀上，微微一动，却没有看他们这些小的。

“度厄道君楚昊苍，已经伏诛，回去吧。”

一灯如豆。

常清静穿一身皂色的长袍，趺坐在床畔，乌发披散，脑子里好像有个声音在尖啸，在叫嚣。

那是“妖气”。

那妖气从来就没被这朱砂印压制，昔日附身在他身上的妖魔，经年累月地潜伏着，等待着将他的心污染，等待着他疯魔的那一日。

“骗子，骗子，都是骗子！苏甜甜那野狐狸骗了你！枉你对她一番真心，她眼里根本没有你！她眼里只有谢溅雪！她只是在利用你，你看看你简直如同跳梁小丑一般可笑！张浩清这牛鼻子骗了你！枉你尊他为师尊，孝顺有加，下山后月月写信问候，他收你为徒只是为了那一捧心头血！而你，你这个没用的东西，所有道士都想杀了你，想借你杀了楚昊苍！你以为你是蜀山的小师叔，张掌教的关门弟子，其实只不过是颗棋子。你舅父舅母就是死于轻信妖怪，而现在，你竟然爱上只狐狸，被这只狐狸骗得团团转，你可对得起你死去的舅父舅母，对得起他们的深恩？！”

常清静面色大变，冷汗如雨，那微妙的骄傲和优越几乎在这尖啸声中被踩了个粉碎。

别说了，别说了，别说了——常清静狼狈地睁大眼，眼里红光四溢，痛苦不堪地抱住头，想要逃避这滔滔不绝的心魔暗示——别说了，别说了，别说了！

“他们都对不起你，他们都在骗你。杀了他们，杀了他们。自打被妖怪附身之后，你就已经是半人半妖之身，你难道看不出来吗？蜀山的弟子一向都看不起你，没有人看得起你。哈哈哈……你的价值不如一捧心头血。你这十几年来所经历的一切都是假的，全是他们为你编织的一场幻境，现在，醒来吧，面对残酷的真实！”

跟在谢迢之的身后，刚一回到凤陵仙家，吴芳咏就被这劈头盖脸砸来的消息彻底砸蒙了。

“家主！”金桂芝遍体鳞伤，不知从哪儿扑倒在了谢迢之面前，冷汗如雨，“常清静，常清静入魔了！”

一想到之前那一幕，金桂芝不由得毛骨悚然，少年长发披散，提着那把桃花春水般的剑走出屋，正好撞到了苏妙。

苏妙作为苏甜甜的闺中密友，自然不肯放过他，和他又起了争执。

这回苏妙却做梦也没想到，常清静只是看了她一眼，眉眼微颤，如霜雪覆剑，那把“行不得哥哥”一剑刺穿了她的胸口，鲜血一直滴落到了他玄黑色的衣袍上，浸透了袍角。

常清静晶莹剔透的瞳仁里倒映着苏妙临死前惊骇的、难以置信的目光。

她好像临死都没想明白：常清静，他不是喜欢甜甜吗？我是甜甜的朋友，他为什么、为什么会杀了我呢？

谢溅雪猛然一怔。

谢迢之停下了脚步，侧目问：“往哪儿去了？”

“常清静……他……杀了不少凤陵弟子，往扶川谷的方向去了。”

谢迢之眉眼不变，冷声道：“你立即拿我令牌，去罚罪司调遣一队人马，去扶川谷。”

这消息传到玉真和玉琼耳朵里的时候，两个小道士不约而同地站起身。

“小师叔，入魔了？”

“不行。”一向沉稳的玉琼变了脸色，“我要去扶川谷。”

“等等！”玉真立刻站起身，急得满头大汗，“我也要去！”

心魔好像还在叫嚣。

“你还记得你当初是怎么说的吗？当初，你跪在舅父舅母墓前怎么说的？”

常清静唇瓣上下一动：“敛之立誓，定要为舅家报仇，杀尽天下所有妖邪。”

“那你如今又是怎么做的？！你喜欢上了妖怪，枉费你舅父一家对你如此，你眼里根本没有他们！你这个忘恩负义的白眼狼！”

常清静面色惨白如雪，唇瓣血色尽失，乌发狼狈地垂在了颊侧。

他……他没有，他没有，他是真的想要报仇的，真的想要给舅舅舅母报仇的。

“其实这与你又有何干系呢？都是妖怪骗了你，杀了这世上所有的妖怪就好了，杀了这世上所有欺骗你的人。”

不是，他不想的。

“你现在，一定很想杀人吧，杀了一切出现在你面前的人。”

远远地，一道熟悉的嗓音仿佛从梦里的天边传来一样。

“小师叔！”

玉真踩着飞剑，一脸惶急，满头大汗地冲到常清静面前，却看到少年猛然出了剑，双眼圆睁：“我没有！闭嘴！”

玉真愣愣地张大了嘴：“小……师叔？”

少年低着眼，眼里露出了点儿茫然和愣怔，在他胸口，那把如桃花春水，那把他跟着仿制的“行不得哥哥”，洞穿了他的胸口，鲜血滴滴答答地流了下来。

他做梦也没想到小师叔会对他出剑。

一剑洞穿了心脏，玉真面色遽变，脚下一个趔趄，从飞剑上倒栽了下来，眼里渐渐地失去了焦距。

砰！一声重物坠落的沉闷巨响，常清静好像被这动静猛然惊醒了，旋即就看到了令人目眦欲裂的一幕！玉、玉真？

昔日神采飞扬的少年，躺在了血泊中，双目圆睁。

常清静浑身巨震，抖如筛糠，难以置信地看着眼前这一幕，又恍有所觉般地看向了自己的手。

他的手上，全是血，他……是他……

虎口上的鲜血还在往下滴，剑尖上的血水很快浸透了他乌黑的长靴。

常清静木然地跪在地上，脑子里“轰”的一声炸响，颤抖着手想要触碰玉真的身躯，指尖却又顿在了半空。

玉真……他杀了玉真？

大脑几乎容不得他多想，常清静短短清醒一瞬之后，几乎又被这滔天的恶意吞没了。

“你看看你，你就是这样忘恩负义、狼心狗肺的东西，你早已与我融合了啊，你内心早就想杀了他们了吧，杀了那些骗你的人。”

而这次，他不再抵抗，常清静缓缓合上眼，任由这股澎湃的恶意吞没了他，上下沉浮。

玉琼是紧跟着玉真身后赶到的，目睹这一幕，玉琼几乎目眦欲裂，胆丧魂飞。

“玉真——！”

然而，又一道剑气突然当空劈来！

“小师叔？”

孟玉琼瞳孔骤缩，抱着玉真往后连退了几步，半个手臂被这道剑气撕裂出一个巨大的口子，鲜血淋漓。

不待处理手臂上的伤口，孟玉琼立刻伸手探向了玉真的鼻息，精神不由得为之一振——还好，还有气！

面前的常清静，哪里还有当初那个清冷无双的小道士的模样！少年乌发披散，衣袍上绣着的山河日月、山川云霞泛着血色，眼里含着点儿冷冷的杀意。

孟玉琼被这铺天盖地的杀气狠狠一震，浑身上下冷汗直冒，当下抱着玉真步步后退，架起剑光咬牙先行离开！

宁桃是从剧痛中醒来的，睁开眼，竟然对上的是谢溅雪那张柔和好看的脸。

“宁姑娘，你醒了？”

少年微微一震，眼里流露出几分喜悦，忙扶着她靠着床坐起来，自己做完这一串动作，又抵着唇轻咳了两声。宁桃靠着床，眼睛慢慢地找回了焦距，木然地看着前方。

对了，她醒了，老头儿却死了。

她好像灵力失控杀了很多人。

“我杀了很多人吗？”想到这一点，宁桃轻声问。

面前的少年身形一僵，沉默不言，宁桃眼眶不由自主地又红了。

她杀人了，她杀了很多很多人。

谢溅雪沉默地看着面前的少女。

她靠在床上，唇瓣干裂，目光黯淡，像是失去了神采的花，但就算这样，得知自己杀了人之后，第一反应竟然也是愧疚。

谢溅雪僵立在原地，看着这姑娘，心口好像被什么东西狠狠地撞了一下，紧跟着绵延而来的是一种微妙的心疼。

“吴芳咏呢？”宁桃垂着眼睫问。

“他去厨下替你熬药了，说要自己盯着才能放心。”

不等宁桃开口，谢溅雪顿了顿，又柔声说：“甜甜很担心你。”

宁桃张了张嘴：“那……那小青椒呢？”

话音刚落，宁桃敏锐地察觉到了谢溅雪语气中的遮掩，谢溅雪的目光有些躲闪，顿了半晌，才开口道：“常道友，受困于心魔，如今还将自己关在屋里，不肯出屋半步。”

宁桃抬眼看向他：“谢道友，你在骗我。”

谢溅雪再度轻轻僵住。

“常清静呢？”宁桃又问。

像是禁不住少女那固执的目光，谢溅雪移开了视线。

“常道友入魔了，谢前辈吩咐金师姐带了一队人马前往扶川谷。”

宁桃浑身一震，不可自制地又颤抖起来。

“宁姑娘？”谢溅雪眉眼担忧地问。

宁桃咬紧牙关，掀起身上的被子，翻身下床就要往屋外冲！

“宁姑娘！

“宁姑娘！你受伤太重，用不了灵力，没用的！”

将谢溅雪担忧的叫喊远远地抛在了脑后，宁桃飞一般地冲出了屋，耳畔嗡嗡直响。

这个时候，她脑子里好像什么也不想了，不去想她喜不喜欢常清静，不去想常清静没有开门，不去想那些恩恩怨怨。她好像行走在悬崖边，已经摇摇欲坠。

宁桃跑着跑着，又不争气地淌下了眼泪，一边哭一边胡乱地擦着眼泪，继续跑。

她不想，不想再失去任何一个朋友了！老头儿是这样，小青椒也是这样，她不想再失去任何一个人了！

她真的不想再承受失去，也承受不起了。

扶川谷之所以叫扶川谷，是因为谷内有一条秋江绕着山谷奔腾入海。此时正值深秋，秋江冷而寂寞，天际大雁在这飒飒的秋风声中悲鸣。秋天的傍晚太旷远了，人好像也在这旷远的天空下，成了这萧萧的乱叶。

几乎是一眼，宁桃就看到了那站在扶川谷中央的少年，血色的夕阳下，遍地尸骸，万剑归宗的剑阵还在运转，地面上剑气凝结的气剑林立，浓重的血腥气迎面吹来。

常清静受了很重的伤，披发跣足，残破的血染的长袍拖在地上，白玉雕成的容貌飞溅了不少血点子。

剑柄和左手用白纱紧紧缠起，手腕上垂落的白纱也在飒飒秋风中乱舞。

而在这满地横尸中，宁桃看到了金桂芝，金桂芝浑身是血，奄奄一息地看着她，眼里几乎失去了焦距：“桃桃、快、快跑。”

听到动静，少年那两扇纤长的眼睫微颤，视线移了过来。

宁桃睁着两只肿得像兔子一样的眼，站在原地，愣愣地看着他：“小、小青椒。”

只这一眼，宁桃就看出来了，常清静不认得她了！

常清静看着她的眼里，是看陌生人的漠然和冷意。

宁桃很害怕，但还是动了动脚，往前走了几步。

她知道，她现在这嘴巴和眼皮高高肿起的样子肯定狼狈又滑稽极了。

“小青椒，我、我、我是桃桃。

“我们回家吧。”

少年平静地看着她，白纱覆盖下的指尖微微一动，突然迅疾如电般地掐住了她的脖颈！

少年眉眼依然清冷，侧脸蒙了暮色光晕，宁桃脑子里“轰”的一声炸响，她可能要死了，被常清静亲手掐死。

掐住她脖子的手，戴着漆黑的皮护手，修长有力。看着她，常清静突然又皱起了眉，露出了极其痛苦的模样，血红的眼紧紧地盯着她看，面容狰狞，丝毫没有了之前的光风霁月。

他清瘦疏朗，眉眼明艳动人。

这是他第一次离她这么近，近到她好像能闻见他身上那股淡淡的降真香气，夹杂着点儿血腥味儿和清冽的雪意。

伴随着常清静的手越收越紧，宁桃瞪大了眼，耸动着鼻子，挣扎着，贪婪地想多吸上一口空气。

这象征“生”的气息。她不想死。

眼泪不争气地喷涌而出，宁桃一边哭一边想。

为什么，为什么事情会发展到这个地步？

她只是不想再失去任何一个朋友了。她本来以为自己能够唤醒常清静的，可是，现在这一幕无异于赤裸裸地告诉她，这一切都只是她一厢情愿。

临死的那一刻，宁桃后悔了，但是常清静没有给她这个机会。

他垂着眼，手上力道半点儿没松，宁桃能清楚地感觉到生命正一点点从自己体内流失。

“小、小青椒。”

就在宁桃眼前一阵发黑，脸也涨得充血，脑子里嗡嗡直响的时候，突然，一道清糯的嗓音好像从邈远的梦里，从天际传来一样：“敛、敛之！”

宁桃能明显感觉到掐着自己脖子的手一松——是、苏甜甜吗？

宁桃费力地睁开空洞的眼，努力苟延残喘着，看向眼前。

苏甜甜将整张脸埋在了少年的脊背上，环着常清静的腰身，泣不成声。

“敛之、敛之，对不起，我错了。对不起。”

常清静身形猛然一僵，双眼难以置信地睁大了点儿，瞳仁几乎缩成针尖儿大小。

他面色苍白地缓缓闭上眼，神思骤然回笼，眼里慢慢找回了清明。

“甜、甜……甜甜。”

或许是现在才意识到自己手上掐着一个人，常清静手一松。

男女主角重修干好，宁桃能感觉到风从耳畔倾倒般地呼啸而过，象征生的气息争先恐后地涌入了鼻腔。

“你是谁，怎么会在这儿？”

“宁姑娘，在下接住你了。”

就像是一场私奔，他们跑得越来越快，手握得越来越紧，将那满山的灯火都甩在身后，义无反顾地跑到山下去了。

活着真好，宁桃愣愣地想。

失重般的感觉骤然袭来，下一秒——利刃穿破血肉的动静骤然响起！

地面上那林立的气剑从背后洞穿了她整颗心脏，她像条挂在了剑上的鱼，茫然地看着天空。

失去意识前的最后一秒，她好像看到了常清静睁大了的眼，恢复神志，眼里一片清明。

他好像在喊——“桃桃”。

她好像看到了落梅坡的梅花，看到了村口的大黄狗，看到了江畔酒肆的旌旗，她看到了老头儿，看到了芦苇荡里的鹤越飞越高，越飞越高，飞到夕阳上去了。

那些夕阳就好像大片大片展开的鹤翅，羽翼摩擦间，羽毛便交错重叠，洋洋洒洒地落了下来。

她看着夕阳，看着夕阳的光洒落下来。

那好像是她这辈子，看到的最美的光。

风像是倾倒般灌满了袍袖，常清静猛然一怔，如遭雷击般怔在原地，一眼就看到了这一幕，回过神来后，少年立刻伸手想要去捞：“桃桃！”

指尖擦过袖口，却只堪堪捞住了块衣角，一柄气剑，自下而上从胸膛刺入，将少女柔软的胸脯捌开，她口中的血越涌越多，越涌越多。

宁桃躺在血泊中，这几天的磋磨让她的脸瘦得只有巴掌大小，鲜红的血漫开，映衬得她面容越发苍白如雪。

那乌黑的瞳仁里，渐渐地失去了焦距。

“轰”的一声，像是有一道天雷骤然加身，常清静踉跄半步，僵立在了原地，大脑里那些原本沸腾翻滚着的戾气平息了，眼里的红光渐次退去。

看着指尖的猩红，常清静犹有些缓不过神来。

他眼睛茫然地轻眨了一下，直到现在，好像都没明白发生了什么。

苏甜甜的哭泣终于惊醒了他。

苏甜甜惊慌失措地扑倒在了宁桃身前："桃桃！"

桃桃，桃桃。

常清静的身躯不由得轻轻颤抖起来，仓皇地跪倒在宁桃面前，摸上宁桃已经空了的脉象，拼了命般地将灵气疯狂灌注进她经脉中。

可是不论他怎么做，都挡不住鲜血从她裙摆下渗出来。

她的眼睛已经没有了焦距，好像还茫然地看着天空。

常清静面色大变，狰狞如魔，眼珠充血，或许过了一会儿，又或许过了很久，苏甜甜号啕大哭："敛之，桃桃，桃桃死了。"

少年脸上的表情骤然冻结了，苏甜甜泪眼蒙眬地看着他，常清静乌发散乱，神情狼狈，眼里流露出了一股显而易见的惶恐不安来。

愣愣地搂着宁桃，常清静缓缓垂下眼，看向了怀中的少女，手指颤抖着，想要替她擦去脸颊上的鲜血，可是她脸上、身上的鲜血实在太多了，他怎么擦都擦不完。

从宁桃身上流出的鲜血浸透了扶川谷，恍若一场绵延的野火，一直将夕阳都烧尽了。

第 8 章

常清静从剧痛中醒来，隐隐约约间，好像有人在喊他的名字——"敛之""敛之"，犹豫又不安，柔和又担忧，仿佛从梦境中传来般邈远。

有什么温热的液体，点点滴滴地落在了脸上，常清静眼皮微微一动，眉头皱得紧紧的，想要睁开眼去看清楚是谁在喊他，眼前却只是个模模糊糊的重影，看不分明。

"敛之。"温软的身躯压在他身上，眼前这道杏色的身影，将头埋在他臂弯间，好像在哭——是、甜甜吗？常清静皱着眉想，不知过了多久，指尖微微一动，终于缓缓地睁开了眼，映入眼帘的是一张哭得眼眶通红的娇俏脸蛋。

苏甜甜泪流满面地看着他，抽了抽鼻子，惊喜地叫出来："敛之！你醒了？！"

"甜、甜。"常清静上下唇一动，下意识地摸上喉咙，猛然惊觉于自己嗓音竟然这么沙哑。

头好痛，常清静捂住脑袋，止不住地冷汗如雨。

他好像忘记了什么，忘记了很重要的事。

他只记得，他好像在扶川谷，在心魔作祟的情况下杀了很多人。后来，苏甜甜来了，她抱住了他，哭着说“对不起”。

她说，她错了；她说，她喜欢他。

捂着脑袋的手微微一顿，常清静喉头发涩，双眼睁大了点儿，难以置信地看向了面前的苏甜甜。少女乌发披散，眼角鼻尖通红，四目相对间，忍不住扑倒在他怀里痛哭出声：“敛之，对不起，我不想这样的，但是谢前辈让我……让我这么做，度厄道君他杀了我姥爷，我必须为姥爷报仇。对不起，我不该利用你。”

常清静身形微僵，手顿在半空，垂下了眼。

少年僵硬在床上，面色苍白如雪，鸦羽般的长发散乱在鬓角，那张寒意透骨的脸，此刻却如同霜雪初霁般渐渐融化。那些自以为是的骄傲，那些固执，好像都因为心上人这一个拥抱而化解了。

常清静指尖微微一动，缓缓闭上眼，心中几乎不可自制地涌出一股失而复得的狂喜。

“甜甜。”常清静哑着嗓子低声唤道。

苏甜甜根本没想到常清静竟然会主动开口，有点儿滑稽地睁大了眼，披头散发、眼眶通红、形容憔悴，却因为这个称呼眼里亮起了光：“敛之，敛之，敛之！

“呜呜……太好了，你终于醒了。”

常清静犹疑一瞬，僵硬俊美的脸上略一松动，正要开口间，突然，门被人从外面推开了。

吴芳咏面色惨白，憔悴地从屋外走了进来，眼睛还是红的。

一看到屋里的两人，吴芳咏愣了半秒：“清静，甜甜妹子，你们醒了？”

目光落在吴芳咏身上，常清静不自觉地皱起了眉。

吴家小少爷一向比较重视穿衣打扮，可以说是十分风流，但如今这憔悴不堪的模样，倒让常清静一愣，下意识地问：“桃桃呢？”

话音刚落，屋里突然安静了下来，气氛也为之一变，苏甜甜猛地哆嗦了一下。这沉寂实在太过于诡异，常清静心里无端涌出了股不祥的预感，苏甜甜又哭起来，眼泪啪嗒啪嗒地往下掉，抽噎着握住了常清静的手。

常清静默不作声，定定地反握住了。

目光落在双手交握的两人身上，吴芳咏的眼好像立刻被刺痛了，吴家小少爷笑了一下，狠狠擦了擦眼里的泪水。

“清静，你还记得桃桃吗？”

“你真不是人。”吴芳咏笑了一下，很轻很轻地说，语速却很快，“我还以为你早把她忘了。”

目光死死地盯着这交握的双手，吴芳咏闭上了眼。

他越说越快，梗着脖子，睁开时，双目圆睁，宛如一头发怒的狮子，揪着常清静的领子就扑了上去，照着常清静面门就是一拳：“常清静！你根本就不是人！”

常清静被吴芳咏打得一个踉跄，差点儿撞到苏甜甜。扶住苏甜甜胳膊，常清静转过脸来，脸色立刻也有点儿难看，冷冷地问：“你这是什么意思？！”

“我什么意思？我什么意思你不知道吗？”吴芳咏咬牙嘶吼着，突然照着常清静面门又是一拳，号啕大哭起来，“桃子、桃子……桃子没了。”

吴家小少爷，虽说长得漂亮了点儿，但行为处事都算个汉子，这时候像突然被抽空了力气一般，蹲在地上，哭得上气不接下气，胡乱地抹着眼泪。

迎面挨了一拳，鲜血顺着唇角落了下来，常清静茫然地站在原地，愣愣地揩了把唇角的血渍，看向沾染了血印子的指尖。

桃子，没了？

那一瞬间，常清静差点儿以为自己听错了。

没了，这是什么意思？

与此同时，却好像有个可怕的念头浮上了脑海里，这念头甫一出现，常清静便觉得浑身上下都冷了下来，胸中好像有万千云气在翻滚咆哮。

吴芳咏泣不成声，一边哭，一边还在讲：“桃子，桃子没了。她死了，她死了你知道不知道？她死在扶川谷了！你杀了她！是你杀了她！都是我的错，我也不是个东西，我不是个人。”吴芳咏哽咽道，“桃子临死时来求我，可我究竟说了什么玩意儿，我不是人。”

她那么绝望，跌跌撞撞，心理防线已经彻底崩溃了，她来求他，可是当时他都说了些什么？

吴芳咏胡乱扯着头发，将好端端的一头乌发扯得乱七八糟。

是他，是他逼死了宁桃！他们都是逼死她的凶手。

吴芳咏面如土色，长发散乱，恍惚地想。

他又有什么资格来指责常清静？

常清静唇瓣上下一动，脑子里嗡嗡直响，几乎麻木地问：“你说谁死了？”

吴芳咏没有再回答，捂着脸泣不成声。

常清静抬起眼，脑子里“轰”的一声炸响，瞳孔骤然收缩，他、他想起来——桃桃死了，她就死在他怀里。那个时候，他抱着甜甜，忘记了她，她从他手上掉下去，以一种近乎可笑的死法被地上的气剑洞穿了心脏。

她流了很多血。她死了。

苏甜甜尖叫：“敛之！”

常清静惨白着脸，像是被烫到了，往后踉跄了一步，只觉得眼前一片天旋地转，垂着眼睛，捂住嘴唇，猛地呕出一口鲜血出来。

吴芳咏声泪俱下，看着常清静反倒笑了：“我们谁都配不上她。配不上‘朋友’这两个字。”

苏甜甜脸色惨白，呜咽了一声，泪水滚滚而下。

吴芳咏道：“她临死时来求我，我拒绝了，我担心她生甜甜的气。”

吴芳咏的话就好像一把把尖刀，深深地剜入自己的心里，也剜入常清静的心里。

“那我呢？”常清静听到自己唇瓣一动，这么问。

他想不起来，他想不起来他做了什么。

吴芳咏闭上眼睛，眼泪顺着眼睫滑落。

“她趴在门前求你，求了很久很久。你没有回答，也没有开门。”

“小青椒！求求你开开门！我……我有急事找你！楚前辈要死了，求求你，求求你救救楚前辈！”

宁桃跌坐在门前，泪水泛上眼眶，和鼻涕一道儿稀里哗啦地流了下来，哭得撕心裂肺，目眦欲裂。

“小青椒——求求你——我们不是朋友吗？求求你，求求你帮帮我！”

常清静抱着头，脑子里突突直跳，面色狰狞。

那个时候——那个时候他在干什么？

他在想苏甜甜，他在念着甜甜。

而宁桃跪倒在门前，从号啕大哭，再到绝望，木然地站起身，迎接楚昊苍的死，又紧跟着死在了他手里。她身上流出的血将他们两个都浸透了，她眼神空洞，脸上的神情还停留在最后松了口气的那一秒。

常清静抬起眼，双目赤红，终于崩溃了。昔日清冷如谪仙的蜀山小道士，这个时候披发跣足，神情近乎癫狂。

常清静浑身上下不可自制地颤抖起来，抱着头，乌发自颊侧滑落，双眼圆睁间掠过了深深的惧怕和痛楚。

苏甜甜捂着嘴，声泪俱下："敛之，桃桃已经没了。你别这样。"

别这样，常清静这样，她害怕。

对于宁桃的死，一开始，常清静并不知道自己失去了什么。

他愣怔、崩溃、痛苦，紧跟着又恢复了平静，平静得可怕又死寂。

宁桃是死在他手上的，死在了她最信任的朋友的手上。

苏甜甜害怕，总是悄悄地来安慰他，静静地陪着他。

常清静一言不发。

他失去了他最好的朋友。

常清静身上那股平静让苏甜甜觉得害怕。

"敛之，"苏甜甜咬了咬唇，泪如雨下，"桃桃已经死了，人死不能复生。"

宁桃的尸身就停放在凤陵仙家，她没有父母也没有亲人，后事是凤陵仙家帮忙操办的。等她死了，所有人这才猛然意识到，原来这姑娘这么孤独。

她正直又讲义气，眼神明亮又干净，像个月牙儿，也很少拒绝别人的请求，体贴又懂礼貌。她好像不会难受和害怕，总是像个活力满满的小太阳。

或许是根本就不属于这个世界的缘故，宁桃很喜欢交朋友。可是，好像并没有多少人把她当成朋友，她好像也知道自己自始至终就没办法真正融入大家。

自始至终，她就像个边缘人，像个配角，旁观众人的爱恨纠葛，看着常清静和苏甜甜相遇、相知、相爱。

只有一件事例外，那就是楚昊苍，那是她唯一的叛逆，也是他狂奔在自我毁灭道路上唯一的人性。

她死前，踉踉跄跄地背着楚昊苍的斩雷刀，走在荒草间。

夕阳落在她身上，她好像烧成了一团火，骨血都烧尽了。

在她死前，好像没有人意识到她是个年纪不大的女孩子，是本该捧在手心呵护的女儿家，她会害怕，会因为旁人的冷淡而失落，会受伤，当然也会死。

在宁桃下葬后的那几天里，常清静还有点儿恍惚。

谢迢之平静地将这一切尽收眼底，移开了视线，沉声说："宁桃是死在万剑归宗剑阵下的。"

“这剑阵伤的不只是肉体，更伤及神魂。”谢迢之皱眉。

宁桃死后，他派人去扶川谷走了一趟，照理说人死后总有魂魄残留，但扶川谷里安安静静，空空荡荡到诡异，只有山风呼啸而过。

“她的残魂被剑阵所伤，如今散落各处，想要她安息，就必须搜集回她的神魂，届时再下葬。”

听到这话，吴芳咏指尖微微颤抖，眼眶红肿。

宁桃这一死，好像彻底把吴家小少爷惊醒了。吴芳咏几乎把手都掐出了血，才恍惚地意识到自己之前有多浑蛋。

他守着一个不能言说的秘密，那是他和桃子共同的秘密。

宁桃，喜欢常清静。

可是看着与苏甜甜并肩而坐的常清静，吴芳咏又觉得讽刺。

“多谢前辈提点。”常清静站起身，顿了顿，“晚辈知道了。”

苏甜甜愣了一下，提着裙子站到常清静身边儿，陪着他一起走出去。

他杀了一百二十个凤陵弟子，就算是罚罪司和蜀山对不起他，骗了他在先，就算谢迢之不计较，也不代表着其他人不计较。

这几天，蜀山高高在上的小师叔，好像一夕之间变成了人人喊打的落水狗。

可是常清静好像并不在乎，目光平静，神色极凉。

他察觉到苏甜甜的动作，目光淡漠地扫了她一眼。

苏甜甜眼泪止不住地往下掉，她从来都没有过这种感觉，宁桃的死好像在她和常清静之间划开了一道永远无法逾越的鸿沟。

她倒宁愿常清静悲痛欲绝、痛不欲生，可是常清静漠然得像是死去了一个并不多在乎的人。他迅速地调整好自己的情绪，好像不费什么力气就从宁桃的死亡中抽离了出来，神色平静，照常生活。

他像是一柄寒光凛凛的剑，冷戾又刚硬，这或许是他保护自己的手段，他将自己与四周的环境都隔绝了。

人死后一般都会魂归故里，宁桃没有家，谢迢之推测，宁桃的残魂或许散落在他们这一路走来执念最深重的地方。

这就代表着王家庵、偃月城这些地方他们都要一一走过。

凤陵仙家有一棵百年的老桂花树，一眉新月西挂夜空，又到了桂花开放的时间，微风吹动，香气馥郁，凉夜中浸透着桂花甜蜜的香气。

桂花香洁，那些细碎的、金黄色的小花落了下来，落了人一衣裳。

常清静和苏甜甜并肩坐在阶前，周身好像也被这甜蜜的香气浸透了。

这几天苏甜甜特地做了桂花糕。

少女拿着竹竿打下来不少桂花，又捡地上落下的，捡了满满一篓子，将这些桂花洗干净，用盐水泡好了捞出来风干。她又准备了一个大的坛子，在坛底铺了层糖，一层桂花、一层糖、一层桂花。细小的花瓣浸透在金黄色的蜜糖里，甜蜜酥软得令人微醺。

这些桂花糖后来被她做成了桂花糕，两个人一道儿坐在阶下慢慢地吃。

吃着吃着，常清静突然想起了宁桃。

他垂着眼睫，看着指尖上的桂花糕，心里好像一阵凉意渐渐漫开。

这股凉意，就连常清静自己也微感错愕。

或许他当真是本性淡漠，他总有些如坠梦中般的不真切之感。

人不可能因为一个人的死亡堕落一辈子，好朋友死了，在大哭大痛之后，这股痛楚好像也就淡了，就如同当年爹娘、舅父、舅母相继离世一样，他痛不欲生，神情恍惚，直到最后，心好像又一点一点地重新归于了麻木。

放下手中的桂花糕，常清静掀起眼帘，又看向了天边那耿耿的长河。

寒意漫长，天边寥廓又冰冷，长河渐没。

他突然想起了之前宁桃教他唱的那首歌。

怎能忘记旧日朋友心中能不欢笑，

旧日朋友岂能相忘友谊地久天长。

桂花糕入口很甜，痛苦和思念总会过去，那些痛苦最终会结痂。

吴芳咏走了几步，一眼就看到了坐在阶前的常清静和苏甜甜。

他脚步一顿，须臾又笑了，转了个方向继续往前走。

吴芳咏觉得很冷，好像必须多走动走动才能暖和起来，然而，这一转身，没想到撞到了谢溅雪。

少年裹着一身雪白的貂裘，眉眼温润，微怔地看向了吴芳咏。

“谢道友。”

“吴小少爷。”

“要一道儿走走吗？”

谢溅雪沉默不语。

他们并肩走在廊下，凤陵仙家那棵老桂花树馥郁的香气一直传了很远，淡淡地弥散在空气里。

托常清静那半碗心头血的福，他身体已经好了不少，脸上也多了点儿气色，只是这碗心头血不过只能保他不至于早早殒命，身子却是调养不回来。

楚昊苍伏诛，众道士大喜，一切好像又回到了正轨。

这几天，道士们都在忙着庆祝度厄道君伏诛这事儿，没有人知道雁丘山的芦苇鹤唳，也没人留意一个小姑娘的生死，哪怕她是这世上唯一在乎楚昊苍的小姑娘。

这几天，谢溅雪脑子里一直反反复复地浮现出那天宁桃看向他的眼神。他对宁桃了解不多，他生性疏淡，即便是苏甜甜也未曾放在心上，和宁桃不过是点头之交。

那天，那圆脸姑娘浑身是血，扑倒在门前号啕大哭，看向他时，她眼神起先是一亮，紧跟着又化为木然。

当时，他不懂；而现在，谢溅雪终于明白了。

那是她在向他求救。

那是一个少女求救的目光。

第9章

楚沧陵觉得自己快疯了。

宁桃死了，楚昊苍也死了。

按理说，楚昊苍死了，他该觉得痛快才是！可他非但没感到任何痛快，反而觉得快疯了。

他一闭上眼，就是宁桃哭着说："他没有杀你娘。"

这是什么意思？！什么叫楚昊苍没有杀娘？！

他想不通。

双目赤红，面目狰狞，这段时间几乎疯了一般地每天待在练武场，谁要是不慎闯入了，都会被楚沧陵狰狞如鬼地抽出去，抽得血肉模糊。

这段时间凤陵仙家的弟子和阆邱弟子也不敢去招惹楚沧陵。

这么多年，他就靠着这一腔恨意为生，唯有"恨"才是支撑他活下去的动力。

可是，可是楚昊苍死了，他反倒又想起来了。

楚沧陵闭上眼，手中的"蒿里"锵然落地。

父母皆为道士，生出的婴儿天生灵体，记事一向比普通婴儿要早。其实一开始，楚昊苍曾带着他离开，一个大男人在无数个日日夜夜里，背着个尚在襁褓中的婴儿，狼狈地东躲西藏，躲避追杀，去向曾经的每一位好友求救，只希望能将他安置在一个尚且安全的地方，只希望好友能收留他一时。

但后来不知怎的，楚昊苍突然将他丢下了，丢在刀枪剑戟林立、杀气腾腾的战场上。从此之后，再也没正眼看过他一眼。

他根本不明白！

楚沧陵额冒青筋，目眦欲裂。

他只想和楚昊苍待在一起啊！哪怕被人追杀，做儿子的也只想待在父亲身边！

身后传来了阵脚步声，楚沧陵呆呆地站了一会儿，唇瓣微微一动，头也没回地问："为什么、为什么不让她说下去？你都知道是不是？！他根本没有杀我娘。"

谢迢之平静地移开了视线。

楚沧陵缓缓地放下手，尽量平静地问："你什么时候知道这事的？"

谢迢之道："四百多年前。"

四百多年前，四百多年前，也就是说早在楚昊苍被关在扃月牢之前，谢迢之就知道这事了！

楚沧陵唇瓣颤抖得更厉害了，额上冷汗涔涔："那其他人呢，其他人知道吗？张浩清他们呢？"

谢迢之沉默了一瞬道："太迟了，就算事后知道真相也太迟了，那时，他已经杀了太多人，一切都已经不可挽回了。"

就算事后各宗门高层推演还原出了真相，知道这一切是楚昊行意欲借此弑兄夺权，但楚昊苍当真没错吗？

一步错，步步错，他杀了那么多人，就算没杀谢眉妩又如何？

眉妩一个人就能抵得上这么多人的性命吗？

一步踏出，因缘既定。

楚沧陵手抖得厉害。

也就是说，只有他一个人被蒙在了鼓里，他想拔剑，恨不得当即转身拔剑一剑杀了谢迢之，可是，他做不到。

楚沧陵呆了一瞬之后，终于受不住了。

楚昊苍、宁桃，宁桃、楚昊苍……他跌跌撞撞地奔出了演武场，背影宛如落荒而逃般狼狈。

目睹这一切，谢迢之很轻地皱了下眉，袖中的指尖微微一动，有些不是滋味。

楚昊苍伏诛之后，他并未觉得高兴，更没觉得悲伤，反而觉得迷茫。

回到书房后，张浩清已经在等他了。

此夜无星无月，烛焰微烫，张浩清在仔细地端详着书房里一幅《江雪垂钓图》的挂画。

谢迢之在进屋前，微微敛身行了半礼："拜见张掌教。"

张浩清转身莞尔："谢家主。"

谢迢之循着张浩清的视线，目光一并沉默地落在了这幅《江雪垂钓图》上，苍茫的湖面上渔翁寒江独钓。

谢迢之道："楚昊苍临死时曾经吩咐宁桃击碎了他的肉身。"

张浩清道："那丹田中的魔核想必也一并击碎了。"

人修行到一定的大境界，如蜀山掌教张浩清，半步神仙，丹基已成，丹田中便会养出"真元"。

与之相对应的是，走火入魔的大能邪修，丹田中会养出"魔核"。真元与魔核，为阴阳正、邪两面，无法共存于同一人体内。早在百年前，走火入魔的楚昊苍体内的"真元"就已经渐渐转化为"魔核"。

楚昊苍体内的魔核，若是落到有心人手里后果不堪设想，却没想到楚昊苍临死时竟然特地吩咐了宁桃击碎他的肉身，毁去了魔核。

张浩清微感讶异。

这倒是省去了他们不少麻烦，只是楚昊苍这么做的用意他却百思不得其解。

难道说，他当真是担心这魔核危害人间不成?

捋了捋胡子，张浩清笑意渐淡道："谢家主，我有一个疑惑，望家主解答。

"小徒丹基未成，走火入魔后，缘何能杀得了这一百二十人？"

谢迢之沉默半秒，缓缓走到桌前，端起铜煎茶壶，倒了两碗茶："此事怪罪于我，是我吩咐金桂芝带着一队人马前去的。"

这一百二十人，都是凤陵仙家和蜀山的小辈，只有金桂芝一人算得上如今凤陵仙家的中流砥柱。

从扶川谷中侥幸捡回一条命，金桂芝受伤不轻，如今还在调养。

"战场上刀枪无眼，我已愧对掌教在先，倘若有个闪失，又害死了掌教这唯一的爱徒，迢之心中愧疚难安，故而这回扶川谷之役，未敢派出境界已有所成就的弟子。"

"是我估算有误，"谢迢之皱眉道，"高估了金桂芝一行，也低估了常清静，这才导致扶川谷一役伤亡如此惨重。后续安抚死者家属赔罪道歉种种事宜，凤陵仙家会一并承担，毕竟，常清静入魔确是凤陵步步紧逼所致。”

张浩清闻言，端起茶碗，将碗中茶汤一饮而尽，叹息了一声：“说到底都是造化弄人，尘缘未尽。”

“情”之一字，又有谁能说得清呢？

谢迢之承认，忘情水解药具有副作用，药既是毒，这解药的原理本是为了强化人心头爱恨，促使人回想起过往，这就导致，恩恩怨怨，爱恨情仇，都会遭到反噬与加强。

张浩清本来只担心常清静与那小狐狸纠缠不清，现在看来，却并非如此。

他原谅那小狐狸原谅得太过平静，他性子一向孤高，极为高傲，受人欺骗后绝不至于如此轻易就低头。倘若他真爱这野狐狸，那绝不至于如此平静。

可常清静偏偏如此轻而易举地就原谅了她。

常清静太镇定、太平静了，平静得有些不正常，平静得甚至像是在“粉饰太平”。

张浩清活了近八百年，少年时天纵英才，根骨绝佳，百岁入道，直至今日，入道也近七百年，素有半步神仙之称，于人间世事看得透彻。

那个叫宁桃的小姑娘死后，敛之甚至在刚醒来的刹那，记忆就发生了错乱，到现在这般平静，要不就是大悲大恸，哀莫大于心死，要不就是淡漠得近乎不近人情。

但就他对常清静这极重情义的性子的了解而言，恐怕不会是后者。

辞别了谢迢之之后，张浩清未走出多远，便看到了孟玉琼走上前来。

“掌教。”

“玉真身子怎么样？”

“已大好了。”

两人边走边说，凡是张浩清问的，孟玉琼都一一答了。

末了，张浩清脚步陡缓，立在原地顿了半晌，叹息一声，心中生出无限感慨：“我怀疑楚昊苍与敛之一事，谢迢之另有蹊跷，你好生注意着你小师叔些。”

常清静他们去的第一站是万妖窟，去的人不多，只有常清静、吴芳咏和苏甜甜。不过，这一路上十分艰辛，常清静杀了一百二十人，如今可谓是人人喊打。

蜀山的天之骄子，一夜之间坠入泥潭，成了人人鄙薄、恨不得除之而后快的存在，然而又碍于谢迢之和张浩清的回护，就算恨得牙痒痒也对此毫无办法，就只能在路上碰到的时候，冷笑一声，又或者是投去或鄙薄或厌恶的一眼。

不顾蜀山和凤陵的面子，偷偷追杀的也有。

本来，蜀山和凤陵保他就有点儿理亏，别人偷偷追杀，也只能装作没看见，睁一只眼闭一只眼。

于是，这一向高高在上的小师叔，第一次落魄至此。

碰上这些追杀，常清静没办法反驳，哑口无言。心志不坚入魔的是他，他不能反抗，只能躲，只能逃，如同一条惶惶而不可终日的丧家之犬。

面无表情地擦干净脸上的血迹，常清静垂着眼看了眼水潭中的倒影。

少年眼下是疲倦的青黑，唇瓣干裂，皮肤极其苍白，眉眼已经退去了点儿稚气，隐约有了男人坚忍与成熟的风采。

在宁桃死后，他一夕之间从高高在上的蜀山小师叔成了人人喊打的丧家犬。地位的跌落，心境的改变，也让他从少年成长为男人，

月光落在水面上，冷月无声，波光粼粼微漾，草丛里传来秋虫细微的鸣叫声，常清静突然有一瞬间的恍惚，猛地像是被惊醒了。

又突然想起了那一次，他提着剑，眉宇间戾气未散，神情冰冷，不属于他的鲜血顺着眼睑，滚滚往下掉。宁桃当时露出了显而易见的慌乱和害怕，他微微一动，感觉一颗心好像直直地沉了下去。

他好像，又要失去这个朋友了。

她却鼓起勇气拽住他的袖口，踮起脚尖，用袖子替他擦去了颊侧的鲜血。

他目光落在她沾满了血污的袖口，心里那些恐惧、慌乱和戾气好像也被这袖子轻轻拭去了。这一次，好像再也没有人帮他擦干净脸上的血迹了。

“敛之？”

一道犹豫的嗓音从背后传来，苏甜甜眼神复杂又微露怯意地缓缓走近。

缓缓整理好思绪，常清静平静地站起身，语调冷肃：“走吧。”

早在之前，他和初到异世手足无措的宁桃莽撞地闯出万妖窟后，就修书一封寄向了蜀山。

蜀山之后派来了不少年长的师兄，将这万妖窟荡为了平地。

如今的万妖窟，只是山上一片瓦砾废墟。

三人拨开灌木，艰难地走到这些断壁残垣间，将这搜魂镜拿了出来，光滑如洗的镜面中倒映出瓦砾纵横的凄凉，除却这些乱石砖块便再没有旁的东西了。

吴芳咏惊讶又恐惧：“怎么、怎么会没有？”

将这搜魂镜拿出来，看到这空荡荡的镜面，吴芳咏几乎快崩溃了。

怎么会没有呢？！这上面怎么会没有桃子的残魂？！

空荡荡的镜面倒映出常清静苍白又疲惫的面色，望着镜子里那介于少年与男人之间的人，常清静倏忽一愣。按理说，万妖窟是他和宁桃第一次见面的地方，也是宁桃第一次来到这个异世的地方，符合了“执念最深”这一要求，怎么可能会没有？

然而，另一个隐秘的念头悄悄浮上了心头，这一念头甫一浮现，常清静浑身上下如坠冰窟，脸色也慢慢地难看起来，呼吸急促，掌心冒汗。

人若心死，那这第一次见面的地方对她而言也没什么值得怀念的。

他本来以为他并不在乎了。

至少在宁桃死后的这段时间，他再想起宁桃，心里只是细细密密的淡然的隐痛，并无大悲大恸。

他失去的太多了，失去多了也就不那么在意了。

可是这一瞬间，常清静白了脸色，身形摇摇欲坠。

“去王家庵。”常清静低声果决地道。

这才过了一年多，王家庵和记忆中没有多大区别，他们的到来在村子里引起了不小的轰动。

就连小虎子都没想到，当初告别之后，故人竟然回来得这么快！他正被王二婶子摁在桌前练字呢，自从宁桃那次露了一手之后，王二婶子每天非得摁着他写满一百个大字。

“人家桃桃这字写得这么漂亮，你就不能跟着学学？”

搬着小板凳坐在门口，表面缝鞋垫，暗行监视之实的王二婶子，咬断了手里的线，没好气地絮絮叨叨，又看见小虎子人坐那儿，屁股动来动去的，顿时黑了脸。

“都多大人了，快成亲了，还没个定性。”

小虎子如遭雷击，僵在桌前，脸色涨红了，低吼了一声：“我才不娶那什么梅花呢！”

气得王二婶子抡起鞋垫就往他脑袋上砸：“都说亲了还不娶？你还惦念着甜甜是不是？”

小虎子被砸得扭着身子到处躲：“谁惦记了啊！我才没惦记呢！”

“你没惦记最好，那是你能高攀得起的吗！”

"凭啥我要这么快成亲啊？锦辉哥哥不是还没成亲吗？"

"人家那是秀才，以学业为重，之后考上了，这县太爷的闺女都能娶的，能一样吗？"

反正说啥都能被挡回去，小虎子沉默了，深深地郁闷了。

偏就在这时，门口突然传来了一声饱含喜悦的吆喝："王二婶子！清静他们回来啦！"

王二婶和小虎子齐齐愣在原地，小虎子直接扑到了门口："谁？说谁回来了？"

来人喜形于色："清静啊，清静和甜甜回来啦！"

不等王二婶呼喝，小虎子想都没想，飞快地追了出去，跑到一半，又想到一茬，赶紧折返回来，去牵那条大黄狗。

大黄今年下了一窝崽子，里面有只母的，他都没让丢，好好在家里养着呢！

他想给宁桃看看！

常清静他们这回回来，王家庵大半的人都来了，王三爷在村口亲自迎接。

"长大了。"细细地打量了一眼这记忆中的小道士，王三爷笑眯眯地道。

可不是长大了吗？身量变高了，肩膀变宽了，容貌退去了点儿单薄，多了点儿坚毅，不过才一年多没见，看上去就像个冷峻的仙君了。

苏甜甜笑盈盈的，脆生生地喊："三爷爷！"

"欸！"

王三爷纳闷地看了一眼这另一个唇红齿白的少年："这位是？"

吴芳咏挤出一个笑："三爷爷好，我叫吴芳咏，是清静他们的朋友。"

"哦。"王三爷了然地点点头，目光又在这三人身上转了一圈，"那桃桃呢？"

"对啊。"村口的村人面露纳闷之色，"桃桃呢？"

"桃桃没来吗？"

"桃桃……桃桃……"对上众人疑惑的眼神，苏甜甜抿了抿唇，缓缓道，"桃桃，死了。"

刚牵着大黄狗跑到村口的小虎子，浑身一震，僵立在原地。

宁桃死了，据说是在除妖的时候死了。

这消息传到王家庵的时候，王家庵众人还有点儿回不过神来，就像被一个惊雷砸蒙了，砸得几乎喘不上来气——好端端的一个人，怎么就没了呢？

风和日丽的天气，王二婶搬了几个小马扎出来，一行人就坐在王二婶家的院子里说话。

太阳晒在人身上暖融融的，白云从人头上飘过，今天是个好天气。

王锦辉一放学，就急急忙忙来了，得到消息之后，半天都没能缓过神来。

宁桃没了？

一向温和的青年还抱着书，面色惨白，顷刻间，便觉得天旋地转。

那是他第一次对一个小姑娘萌生出真正的好感，无关皮囊美貌，甚至，甚至想把这小姑娘娶回家里。他想好好念书，以后若是娶了她甚至能给她挣个诰命夫人的头衔。

这也是第一次，王家庵的众人俱沉默地开始回忆起了这小姑娘。

一开始苏甜甜在的时候，众人的目光难免落在苏甜甜身上，而如今再想到宁桃，更是心疼得指尖都发颤。这小姑娘刚刚散发出光芒，又迅速地暗淡了下去。

苏甜甜犹豫了一下，问："二婶，之前那间屋子怎么样了？"

"那屋子不能住人了啊。"

"怎么了？"

"那屋子前些日子屋顶破了，漏雨，你王二叔爬上去修也没修好。这台阶下面的草，长得都有一人那么高啦。

"之前桃桃不是总爱拉着清静量身高嘛！

"看样子，清静也长到八尺了吧，不过那墙上的道道儿已经被大雨冲得剥落啦。"

他们说话的时候，小虎子一个人坐在阶下，沉默不言地弯腰去摸这条大黄狗的头。

他也不明白，宁桃怎么突然就没了。

少年沉默地将头埋在臂弯里，眼眶已然悄悄地红了。

桃子走之前，他都说了什么啊。

他们说话的工夫，常清静沉默地站起来，径直走到了记忆中的那间屋子前。

一想到宁桃没了，王二婶子心口就疼，疼得要命。

"桃桃之前对清静多好啊。

"之前桃桃可怕鱼了，说鱼浑身上下光溜溜的，又爱乱扑腾，她抓在手里害怕，但清静喜欢吃昂刺鱼，她就自己学着杀鱼。"

暖融融的日光落在人身上，也依然挡不住常清静遽然失神的面色，他缓缓地攥紧了拳头，好像有什么东西搅得五脏六腑鲜血淋漓。常清静颊侧肌肉微微抽搐。

宁桃刚死的时候，他并不知道自己失去了什么。

那些尖锐的疼痛，总是不期而至，像是尖啸着的幽魂在胸膛里咆哮，他以为他已经不在意了，甚至悲痛之后，心又渐渐地归于了近乎虚无的死寂，没有悲痛、没有欢愉，好像感知外界的情绪都被一一地抽离了。

痛楚有时候并不是在得知死讯的那一瞬而来的，而是当你已经习惯了一个人的陪伴，习惯了每每回到家中总有人为你点着一盏孤灯守候，而某一天，等你冒着夜雪叩开门扉时，屋里却只余下了仿佛融入人骨血的冰冷黑暗，归根结底，只是一句“当时只道是寻常”。

春天到了，路旁开着野花，上有白云，下有绿水，稻田里水稻青青，水面平滑如镜。家家户户门前晾着衣裳和裤子，日头往墙角去了。有人在唱：“纸鸢高放野风吹，春岸锹沟日晷迟。转眼春光二月二，瓜茄下种莫愆期。”

春天是万物复苏的季节，草芽新发，燕子来去。

可是这台阶下面的草，长得都有一人那么高，墙上的道道儿也剥落了。

想要在王家庵搜集残魂是个大工程，宁桃与常清静曾在王家庵待了半年多，这就代表着，常清静他们要带着搜魂镜踏遍王家庵大大小小每一处角落。

这一次，搜魂镜并没有辜负他们。搜魂镜脱手而出，飞上半空，立时便化作了一人大小的巨大镜面悬停在了空中，往日种种，历历在目。

谢迢之曾言，镜中所倒映的皆为对死者意义非凡、生前执念最深的往事。镜中倒映的却是对于常人来说有些乏味的小事，杀鸡、捉泥鳅、打粽叶……镜中的少女，头发被阳光一晒，呈现了近乎栗色的光泽，笑起来眼睛就像琥珀一样。

常清静沉默了，蓦然发觉这些小事自己竟然没有多少印象，除却一件事——镜子里的宁桃，提着裙子，神情很认真，跨过刺藤，摘了不少红彤彤的蛇果子。

这本是再平常不过的小事了，少女垂着纤长的眼睫，摘了蛇果子，一路小心翼翼地兜着，眼里露出了点儿显而易见的喜悦和期待。她自己都没舍得吃，迫不及待地想要和同伴共同享用。可想而知，当初宁桃是多么期待。这捧蛇果子最终却被倒入了臭水沟里。

常清静看着面前这面搜魂镜，神色莫辨，又垂下眼看向了自己这一双手掌，眼里红芒乍现。他竟然不知道，竟然不知道，从前自己是如何冷酷自负地践踏好友的心意！

苏甜甜脸上已是红一阵白一阵。

至此，搜魂镜又从空中跌落，化为寻常大小的铜镜落入人手中，常清静下意识地伸出手想要接住这散落的魂魄碎片，手中却空落落的——没有！

常清静瞳孔微缩，难以置信地看着自己掌心。

怎么，怎么会没有魂魄碎片？！

那天，常清静他们走遍了整个王家庵，却没有找到任何一片魂魄碎片！

很奇怪，人若是处于情绪最激烈的时候，反倒很难做出什么相应的行为来表达自己的悲痛。没敢在王家庵多待，常清静愣怔了半晌之后，又马不停蹄地祭出“行不得哥哥”赶往偃月城，冷静得甚至显得冷酷。

偃月城和记忆中相比也没多少改变，蜿蜒的城墙如同一条碧绿的长蛇小憩在山缘，下面是流水汤汤。远处的桃花里就是人间，渡口依然人来人往，忙忙碌碌的，运送着骡子、菜担子、米、油。

桃花如云如雾，霁雪纷纷。

这一路上，吴芳咏还是鲜少和常清静说话，紧抿着唇，目不斜视的模样，苏甜甜倒是变着花样地想要哄两人和好。

“敛之，”苏甜甜嗫嚅着，自己跑去买了一份蒿子粑粑送到常清静手上，担忧地问，“你和芳咏哥哥要不要……吃点儿？”

常清静只是微微侧目，又淡然地移开视线，末了低声道“多谢”，却并未伸手去接。

苏甜甜手里提着个油布包，不上不下地呆在原地，眼里漫起了层委屈的雾气。

宁桃都已经死了。

人死不能复生，宁桃死了她心里也难受，可是一个隐秘的、令她自己都惊慌不安的想法时不时地冒出头来——难道她要和常清静就这么僵持下去吗？这么多天下来，常清静对她的态度算得上温和有礼，可这绝对算不上对一个心爱之人的态度。

宁桃作为一个幽魂，将永远横亘在两人之间。

苏甜甜咬了咬唇，收敛心神，追上常清静的脚步，走了一段路，突然，前面的路上冷不防地响起阵剑鸣！

“妖怪！”

"捉妖怪！"

几个阆邱和蜀山弟子面色冷肃，运动飞剑，在长街上紧追不舍。被他们追着的是个猪脸妖怪。猪脸妖怪吓得两股战战，连滚带爬，好不容易刚逃出生天，却见冷不防一道剑光从斜刺里飞来！

猪脸妖一抬起头，和这道剑光的主人双目相撞，险些失了神。

常清静半垂着眼，眼里如冰如霜，目光锐利，眉峰冷硬，如同雪剑冰帘，怪石嶙峋，夕照炊烟，冷极寂极又哀极艳极。

他他他，他认识这个少年，或者说青年！

然而，就是这么个冷极的少年，手下的剑却如同桃花春水般是胭脂色的。那道胭脂色的剑光不停，飞旋着直欲撷下猪脸妖头颅的那一刹那，猪脸妖怪扑通一声，十分没出息地跪倒在地，凄厉地哀号："仙长饶命啊！我知道仙长是为什么而来的！"于是，那道剑光堪堪地停在了离他脖子还有半寸远的地方。

常清静皱紧了眉："说。"

猪脸妖浑身冒汗，诚惶诚恐，小心翼翼地把这剑光往边上推了一点儿，哆哆嗦嗦地正打算开口，后面那几个蜀山、阆邱弟子就追了上来。

"妖怪受死！"

"休跑！"

然而撞见常清静之后，这几个少年纷纷一愣，旋即嫌恶地皱起了眉。

"是你！"

"你怎么会在这儿？！"

那眼神好像在看什么垃圾，而常清静对这嫌恶的目光视若未见，内心平静无波。他已经习惯了这目光，别人不加掩饰的敌意和嫌恶，对他而言已经没什么大不了的。

猪脸妖悄悄地看了看两方人马，有点儿丈二和尚摸不着头脑，摸不准这是个什么情况。

被这么堂而皇之地无视，几个少年立刻勃然变色："你以为你是谁？！还是那个蜀山小师叔？！我们追这妖怪关你什么事，你该不会是要保他——"

常清静却看都没看他们一眼，目光落在了猪脸妖身上："说。"

猪脸妖咽了口唾沫，眼睛一转，吞吞吐吐地绞尽脑汁找话聊："仙仙仙长……"然而，根本没等他掰扯出个所以然，脖子前的这道剑光突然在半空中一转，一剑刺入了猪脸妖的膝盖。

猪脸妖凄厉地惨叫一声，跪倒在地上，大半个膝盖几乎被这剑光戳烂了，鲜血淋漓。

不远处，那几个蜀山和阆邱弟子也都惊呆了，浑身一震，难以置信地看向常清静；追来的苏甜甜刹住脚步，目睹这一幕，嗓子就像是被什么东西堵住了，再也说不出一句话来。

剑光没入猪脸妖的膝盖，却没拔出来，剑刃微微一转。

猪脸妖能清楚地感受到，有什么冰凉尖锐的东西挑上了自己的脚筋，只要稍微一用力——他疼得几乎昏死过去，蒙眬瞥见常清静那张冷硬的脸，根本想不明白，一年多前那个小道士怎么变得这么冷酷又狠心了！

“说说说！我说！我听说你们最近这段时间在给那个、那个圆脸姑娘搜魂。我知道点儿真相！”

第10章

强忍着疼痛，一鼓作气地说完，猪脸妖大汗淋漓地偷偷看了眼常清静的反应。

那道剑光缓缓地抽了出来，猪脸妖立刻瘫坐在地上。

常清静收了剑，上下唇一碰：“真相。”

“这位仙长……”猪脸妖小心翼翼地觑了一眼常清静，“你和那宁……啊，对，宁姑娘是什么关系？”

话音刚落，猪脸妖敏锐地察觉到了点儿不对劲，面前这位仙长的神情不怎么好看——怎么？他说错什么话了？

顿了半秒，常清静这才开口：“她是我的朋友。”

事到如今，甚至连常清静自己也不知道他与宁桃算不算得上朋友了，他辜负了他这个朋友，或许他们曾经是的，但他配不上她。

“朋友？”猪脸妖一愣，“倒不像朋友啊。”

常清静眉心一跳，又要运动剑光，猪脸妖自知说错话，大叫一声，赶紧又跪了下来：“仙长饶命！仙长饶命！”

猪脸妖战战兢兢地带着常清静、吴芳咏和苏甜甜，一瘸一拐地终于在目的地停下了脚步：“就、就是这儿了。

“当初我从妖市带走了那位姑娘，走的就是这条路，一直到了扃月牢。”

吴芳咏沉默不语地从储物袋里摸出搜魂镜。

老实说，他们也没把握这回能发现什么。

搜魂镜闪烁了两秒，镜面荡起水波纹般的光芒，终于有了反应，目光落在这面搜魂镜前，常清静和吴芳咏齐齐一怔，瞳仁骤然紧缩——这搜魂镜中倒映出的正是之前妖市那场拍卖会。

苏甜甜惊声道："这不是我吗？！"

看着这镜子里的一幕，苏甜甜惊愕地张大了嘴，这正是之前常清静拍下她的那一幕！小妖怪们嬉笑欢呼，不怀好意地看着台上的少男与少女。

"抱一个！抱一个！"

"哟，小狐狸迫不及待了。"

"这是要洞房啊。"

"小道士，小狐狸，倒也算天生一对！"

"桃子，"吴芳咏突然缓缓开口，嗓音听起来尤为沙哑，"桃子，桃子在那儿……"

吴芳咏眼里泛着血丝，指着搜魂镜上那小小的一个隐秘的角落，他们又看到了好朋友"宁桃"了。然而，这一幕，无异于响亮的一耳光打在吴芳咏脸上。

吴芳咏讽刺地笑起来，他们有什么资格被宁桃称为"朋友"？

宁桃就站在后台，愣愣地看着这一幕，看着自己朋友放弃了自己，拍下了苏甜甜，而后又被那猪脸妖狠狠拽着头发拽了回来。

"羡慕不成？！

"羡慕人家有人一掷千金，你也得有这个命。"

常清静喉结上下滚了滚。

琉璃般的眼，清楚倒映出面前这遍体鳞伤的圆脸姑娘，被猪脸妖鞭打，驱赶，打得鲜血淋漓还要挤出讨好的笑。

"他他，他是我朋友！"

"这小道士是你好朋友，不拍下你，反倒拍下那只小狐狸？"

"猪大哥，我想上厕所！"

猪脸妖有点儿心虚，偷偷觑了一眼面前这少年，和一年多前相比，这少年好像更加冷淡了点儿。

少年看上去依然没有多大波动，但太阳穴青筋暴起，颊侧肌肉也在微微抽搐，掌心里有血滴滴答答地落了下来，心如大火燎原，几乎将骨肉都烧成了灰烬。

看着这鞭子落在宁桃身上，吴芳咏恨不得杀了这猪脸妖！

"还有呢！快带我们去！扁月牢里呢！"

一行人跌跌撞撞地来到了扃月牢，猪脸妖赔笑：“就是这儿了。”

搜魂镜中倒映出的宁桃，依然在赔笑。她在洞口待了整整三天，等到实在等不下去了，鼓起勇气一瘸一拐地往山洞深处走去。

而他们这个时候在干些什么？

苏甜甜的脸色也僵硬了，常清静脑子里空白了一瞬——当时、当时他在客栈里，正为苏甜甜的事辗转反侧。

搜魂镜中又倒映出宁桃喜笑颜开地给楚昊苍编辫子，苏甜甜忍不住小声地啜泣起来，痛苦和愧疚几乎像潮水一般淹没了她。她不知道，她不知道宁桃与楚昊苍关系这么好！

楚昊苍之于这时候的宁桃，就是一束唯一的光，而他们亲手把这束光熄灭了。

吴芳咏浑身上下都颤抖起来，伸出手看了一眼自己的掌心。

他怎么，怎么有资格叫桃子原谅苏甜甜？

搜魂镜感受不到三人这起起伏伏的骇然的情绪，依然在尽职尽责地回溯。

突然，常清静的目光顿住了，身形也僵硬了，死死地盯紧了搜魂镜中的那一幕，呼吸骤然急促了起来，那是……那是——

猪脸妖瑟瑟地倒先说出了口：“那是，那是之前扃月牢坍塌的时候。当时，诸位少侠不是来扃月牢里探路吗？我当时害怕查到我头上，就在这扃月牢附近躲了起来。”

猪脸妖目光一瞥，落在了搜魂镜上，镜子里倒映出个遍体鳞伤、跌跌撞撞、号啕大哭的姑娘。

那是，宁桃。

她哭得上气不接下气，腿上鲜血淋漓，露出森白的骨骼，走走停停，摔倒又爬起来。

“啊，对，这就是那姑娘！”猪脸妖惊叫道，“我之前看到了，那姑娘背着少侠你走了好久才走出来，一直在哭。”

“那姑娘背着你走了好久，一直在哭。”

“苏姑娘背了你一路……”

常清静难以置信地缓缓转动了一下脖颈，这搜魂镜中的画面恍若一记重锤砸在了心上，砸得他目眦欲裂，死死地盯紧了搜魂镜上的这一幕：背他的人，是宁桃。

苏甜甜也一副被雷劈中的模样，恐惧地连连倒退了几步；猪脸妖未有所觉，他有意表现出心疼宁桃的模样给自己多留几分退路，啧啧感叹。

“还有那剑！那剑！也是她自己拔出来的。”

搜魂镜中，宁桃默不吭声地将手往后缩的一幕，终于刺痛了吴芳咏。吴芳咏抱着脑袋，呜咽了一声。

当时他在说什么？

他在怪桃子到处乱跑，给他们添麻烦；他们围着苏甜甜争相安慰夸赞她，却根本没有施舍半个眼神给宁桃！

突然，苏甜甜感到了一阵强烈的不安，下意识地往前走了几步，想和之前一样扯常清静的袖口，然而，迎来了这冷冽的一剑！只差一寸，这一剑就能将她手腕砍断！

常清静半垂着眼，眼睛是红的，眼里却冷得像冰：“滚开。”

太阳穴突突直跳，心魔好像又在扭曲地狂笑。

“哈哈哈哈哈……你配做朋友吗？你的自负害死了你这所谓的朋友！看看，看看你朋友受苦受难的时候，你究竟在做些什么！你怎么有脸说出‘朋友’这个词？你的存在就玷污了‘朋友’这两个字的意义！宁桃她已经死了！她死了！”

她死了。

常清静如遭雷击，浑身抖如筛糠，面如金纸。

一连十多天的粉饰太平统统在这一夕之间被撕碎了，露出了血淋淋而狰狞的现实，宛如猫儿被扯下了用于防御的尖利的指甲，常清静痛苦地颤抖着，几乎快干呕出来。

对，他想起来了，宁桃死了。

他再也不能欺骗自己。

宁桃已经死了，是他间接害死了她，不，是他亲手杀死了她，一点一点摧毁了她眼里的希望。

“连自己爱的对象都搞错了，你又蠢又自私，简直蠢得令人发指！痛苦吗？那就杀吧，把挡在自己面前的全都杀死！杀！杀！快杀！”

苏甜甜忍不住哭出来：“敛之，对不起，我也没有想到。”

这时候，她还是抱了点儿侥幸的意思的，颤颤巍巍地，又想去扯常清静的袖口。她笃定，常清静不会伤害她。他喜欢她、爱她，就算之前她骗了他，他也不会伤害她啊。

别逼他了，别逼他了，别逼他了！狂笑声不绝于耳，闭上了眼，常清静太阳穴突突直跳，双目猩红："滚开！"

苏甜甜拽着他袖口，泪流满面。

她到底高估了她在常清静心目中的地位。

一开始，苏甜甜只看到了飞溅上半空的血珠，那血珠落到了她脸上，温热；然后，又是一只白嫩俏丽的手掌，那手掌还紧紧攥着半截衣角，固执地不肯松开，一阵钻心的疼痛猛然袭来。

"啊啊啊！"苏甜甜惨叫了一声，大口喘着粗气，泪盈于睫难以置信地看着眼前这一幕。

她、她的手，常清静这一剑，当真砍下了她的手。

苏甜甜怔在原地，呆呆地看着地上的半只手，又看向自己那半截空荡荡的手腕，鲜血如注喷涌而出。

她惊恐得几乎忘了哭。

强烈的疼痛终于唤醒了苏甜甜，被这铺天盖地的杀气所慑，苏甜甜抖如筛糠地往后倒退了几步，浑身上下如坠冰窟，通体深寒。

就在这一瞬间，她好像察觉到，有什么东西不一样了，再也挽不回了。

苏甜甜无力地跌坐在地上，眼里露出了显而易见的恐惧，眼泪夺眶而出，刚刚，小牛鼻子是真想杀了她的。

常清静那冷峻至极的面孔终于露出了点儿癫狂之色，眼里泛着点儿血丝，唇瓣抖个不停，近乎狼狈地抱住了脑袋。

别说了！别说了！

一道剑气倏然旋出，刹住了猪脸妖的话头。

猪脸妖被吓了一跳，哆哆嗦嗦地直接跪了下来："小……小仙长？"

然而这道剑气攻速不减，宛如飞扬的桃花，一剑揻下了猪脸妖的脑袋。

他以为背她的人是苏甜甜。

一开始，他只觉得无所适从，觉得无措，因为他误会了她是恶妖，因为苏甜甜的步步紧逼。可是后来，常清静动了动唇，他发现自己错了。

真正的苏甜甜，毫不计较他在山洞内主动放弃了她，踉踉跄跄地背起他，温暖活跃大方得令他心悸。在她身上，他好像看到了他一直渴求，却又始终无法触碰的——爱。

可是现在搜魂镜告诉他，一切都是假的。

建立爱的基础是假的，他喜欢上的究竟是苏甜甜，还是他想象中的一个温暖的“影子”？

常清静的目光，让苏甜甜如坠冰窟。

苏甜甜浑身是血地跌坐在地上，不敢再看自己那半只手，疯了一般地号啕大哭：“敛、敛之，你去哪儿？你、你别走。”

常清静跌跌撞撞地跑了出去。

原来，自始至终，他都搞错了爱的对象。

原来宁桃死了，宁桃已经死了。

她死了，死在了他怀里。

人死不能复生，而他甚至连搜集她的亡魂替她下葬都做不到！

常清静几乎是癫狂地，逃一般地离开了偃月城，直奔杜家村。

常清静的离开，好像也抽走了苏甜甜的灵魂，苏甜甜木然地跌坐在地上，愣了好一会儿，这才惶急地想要去接回她的手。

可是这手怎么也接不回手腕了。

苏甜甜崩溃地大哭，求救般地看向吴芳咏：“芳咏哥哥，芳咏哥哥。”

吴芳咏面色惨白，如幽魂般，目光落不到实处，更落不到她身上。

风仿佛倾倒般从耳畔掠过，常清静披发跣足，神情恍惚地走在人群中，脚掌被地上的碎石划得鲜血淋漓，却不知痛。

从偃月城到杜家村，这一路上要花上十几天的时间，这十几天的时间里，春雷轰隆，春雨下了又停，停了又下，他木然地走着，春雨落在他身上，衣袍湿了又干，干了又湿。

下了雨的地面泥泞湿滑，他神情恍惚，跌了一跤，跌倒在泥潭里，又恍若未觉般地爬起来，继续跌跌撞撞往前走。

杜家村临近凤陵仙家，平常就有不少凤陵弟子走动，过路有人认出来了他，惊讶地低呼了一声：“这不是那个常清静吗？！”又被他这副状若疯癫的神态镇住了。

少年长发散乱，垂落在眼前，唇瓣干裂，眼下青黑，双目充血，泥水顺着袖口滴滴滑落，衣裳上满是干硬的淤泥。那双琉璃般的、恍若天山雪莲般澄澈的眼，渐渐失焦；原本白皙的足弓上青筋暴起，经络触目惊心——渐渐地，这副落魄的模样，任谁也看不出来是之前那个风神秀彻的蜀山小师叔了，除了那把仿佛淬炼了人间烟花的桃花春水般的剑。

动了动干涩的唇，在杜家村站定了，常清静从袖口又摸出了那面搜魂镜。

他不知道接下来又要看到什么，仿佛是等待着行刑的犯人，喉头滚了滚。

杜大娘和杜家叔叔战战兢兢地站在门口，担忧地看着他，做梦也没想到，这好端端的救了女儿命的小仙长怎么就变成这么狼狈邋遢的模样了？！

和王家庵的人一样，杜大娘开口的第一句话也是："宁姑娘呢？桃桃呢？"

她已经死了。

生前，没有人在乎她，尊重她；死后，鲜少有人关心一个无足轻重的小姑娘的生死。

人们欢呼，人们雀跃，度厄道君终于死了。

等到人们开始寻找她，只问一声："那位宁姑娘呢？"

她太柔和也太平凡了，犹如草叶间的萤火，炙热明亮，她刻意地想让他注意到她，可是他却一直未能注意到她，一直到她终于死了。

搜魂镜中又缓缓荡起了涟漪，这回出现的是坐在轿子里的宁桃。

常清静哽咽了，沉默地看着眼前这一切，喉头好像有一捧血在翻涌，胸腔中痛苦的厉鬼在咆哮，勾得他眼睛红了。

这一路走来搜集宁桃的残魂，简直是在折磨他！

轿子里的宁桃，穿着件通红的嫁衣，嫁衣层层铺展开，犹如脆弱的花瓣。

在轿子里，她双手合十努力地握紧了，口干舌燥，忐忑不安地拼命祈祷，希望他，希望"小青椒"，希望她的好朋友来救她。

而他深陷幻境，为了苏甜甜痛苦挣扎。

更可笑的是，建立爱的基础是假的，而这挣扎也显得尤为可笑。

常清静握紧了剑，木然地想——原来，她也是会害怕的。

拍卖会上是会害怕的，被猪脸妖带走是会害怕的，踉踉跄跄地背着他的时候也是会绝望害怕的。

司仪尖厉地在喊——

一拜天地——

二拜高堂——

夫妻对拜——

送入洞房——

常清静抿紧了唇，看了一会儿。

“娘？”杜香露瑟缩一下，害怕地扯了扯杜大娘的袖口。

“嘘，别说话。”虽然也害怕，但杜大娘神情复杂地摇摇头。

“可是——”杜香露张了张嘴。

可是，他哭了啊。那个少年哭了。他面色惨白，嘴唇也是青白的，那一向冷厉的眸光闪烁了两下，两行血泪缓缓地从眼眶里淌了出来。

第 11 章

握紧了细剑，常清静身形摇摇欲坠。或许也是察觉到脸上有什么温热的东西淌了下来，常清静低下眼，伸出手，怔怔地看着指尖上的血色，那原本冷峻又高洁的脸上，泥渍与血泪斑驳，乌发披散在腰际。

转身对上杜大娘一家担忧的视线，常清静嗓音沙哑：“多谢。”

常清静又走出了杜家村。

动了动唇，常清静缓缓地走到月老祠前，走到那棵桃花树下。搜魂镜中倒映出的姑娘，面红耳赤左顾右盼，做贼心虚般地踮起脚尖，努力想把手上的许愿符挂上去。

常清静沉默地看着。他看到了自己。

镜子里的他打扮得一丝不苟，神情冷肃，微皱着眉：“桃桃，我来帮你。”

不知不觉间，他已经长得比她高出一个头了，能轻而易举地环抱住她，宁桃仿佛被火烫到了一般，话都说得有点儿不利索：“不、不用了！”

春风乍起，风吹动了搜魂镜中的桃树，也吹动了面前这棵苍劲的桃树——乱红纷纷，桃花如云。

“起风了！”身旁有少女低呼了一声，“这风好大。”

风吹动少女的罗裳，桃花如雪，吹落满头，枝丫上鲜红的许愿符被风吹得左右欹斜，在风中乱舞。

看着面前这棵桃花树，常清静瞳仁骤然收缩。

四周的行人惊讶地看着这道士打扮的少年，看他突然用手挡住了眼睫，浑身上下抖如筛糠，原本紧攥在掌心的细剑“当啷”一声落在了地上。

桃花落尘。

有好心的姑娘睁着眼，好奇地看着这少年，虽然衣着狼狈，但身形依旧挺拔清俊，挡不住的气度出尘。他是落难了吗？

“你没事吧？”姑娘关切地问，蹲下身，捡起了地上的细剑想要还给他，却被常清静这鲜血淋漓的模样吓得怔在了原地。

“你眼睛流血了！”

常清静的眼神是茫然的，眼里没有焦距，血泪缓缓淌下来，随便接了“行不得哥哥”，跌跌撞撞地下了山。

那高傲的脊背，好像在这一刻被打弯了，打折了。

姑娘愣愣地循着方才他的视线看去，其中一面许愿符被吹得打了个旋儿，于是那灼灼桃花中便露出了一行清俊的字迹——“喜欢小青椒，想嫁给小青椒做新娘子”。

原来，宁桃一直偷偷喜欢着他。

他从来都不知道宁桃竟然对他生出了这种感情。

这是一个少女无法宣之于口的、绝望的爱意。

一开始，常清静并不知道自己失去了什么。此刻，那个高高在上的蜀山小师叔终于彻彻底底地崩溃了、疯魔了。他动了动唇，想说些什么，最后说出口的却是：“桃桃，对不起。求求你回来。”

搜魂镜没有放过他，常清静双目充血，仿佛受虐一般，死死地盯紧了镜子里的那一幕又一幕。

豆大的雨水，陆陆续续砸了下来，她狼狈地站在廊下，愣愣地看着他，眼含担忧。而镜中的他，垂着眼，站在月洞门前，木然地任由雨水落满身。彼时，他孑然一身，思绪纷乱，然而还有一个人在忧心着他。

不过几丈远的距离，他却没有看到她。

冬青树前转夕阳，落了一地桃花残瓣，于是，这些真诚灼热又绝望的感情便在缄默中悄然逝去。

除此之外，他还看到了另一件事。

他看到宁桃一边擦着眼泪一边跑出凤陵仙家，看到被苏妙和柳易烟包围着的苏甜甜，看到苏甜甜垂泪默认了宁桃挖墙脚一事。

常清静浑身发抖，面无表情地看着搜魂镜里的苏甜甜，突然觉得胃里一阵翻涌，感到一阵强烈的恶心，弯下腰剧烈地呕吐起来。

那一晚，那个温暖的影子被撕碎，他对苏甜甜大失所望。

喝下忘情水后一切从头来过，没有苏甜甜，没有那些因缘巧合的误会，他们坐在石阶上，一起看夜雨，看雨打芭蕉，看落了一台阶的海棠花。

而在这之后，他又看到了那场烟花。

常清静指尖微微一动，觉得胸前一阵翻涌，目光仍然死死地落在搜魂镜上，却又呕出一口鲜血来。

镜子里的宁桃，握着伤痕累累的掌心。人群来来往往，欢声笑语，烟花升空又落下，紫的、黄的、红的、绿的、橙的，如流金溅玉，在空中倏然绽放，又如同流星般拖着尾巴急速下落，纷纷扬扬地落在了行人的头顶。她逆着人流走在人群中，一边走，一边擦着眼泪哭，眼泪没入袖口。那些人来人往都与她无关，除了这场烟花。

没有人知道，这是她偷来的一场美梦，梦醒了，她也该埋葬自己这场卑微的、无望的暗恋了。

而那一天——常清静缓缓合上眼，心痛欲裂。

那一天，他恢复记忆，终于下定决心与苏甜甜重新来过。他们打算成亲，他忘记了他和宁桃决裂的初衷，忘记了苏甜甜对她的那些诋毁，忘记了阶前的海棠花。

在“恢复”这错乱的记忆后，这些“甜蜜”的日常，都让他一阵接一阵地恶心。

那时，他甚至为了苏甜甜，有意避嫌，与宁桃保持距离。

如果说，前面那些零碎的记忆对常清静而言如同凌迟，而眼下镜子里倒映出的这一幕，却如同锐器般狠狠地捅入了心里，捅得他口中的鲜血近乎浸湿了衣裳。

镜子里，宁桃跌坐在门前，她在哭。

她说——

“小青椒，求求你了——求求你——”

她哭得撕心裂肺，好像被全世界抛弃了，一门之隔，就是她全部的希望了，可是门内的他没有回应。

宁桃终于麻木了，站起身，又回到了雁丘山。

最后，雁丘山，天际一轮夕阳如血，她踉踉跄跄地背着斩雷刀。

她绝望地哭号，眼泪和鼻涕一道淌了下来。

“不要说了不要说了不要说了。”

最后，镜子里的少女死在了他的手上。

女孩胸口被剑洞穿，茫然睁大了眼，看着紧紧相拥的两人，一颗真诚的、通红的心，被鄙弃被伤害。

她只是想让她的朋友回来而已。

夕阳的火舌燎上了她的裙摆，她整个人好像也被这旷野的火烧尽了。

常清静怔在原地，目光狰狞，指甲深深没入血肉，渐渐地，一颗心好像也被这夕阳烧成了灰烬，烧尽了，烧尽了。

昔日的蜀山小师叔，天之骄子的常清静终于疯了。

据说，常清静本来是和心上人苏甜甜、好友吴芳咏一道去为宁桃搜魂的，但到了偃月城的时候突然走火入魔，砍了苏甜甜一只手后，跌跌撞撞地孤身离开偃月城。

等到回到凤陵仙家的时候，常清静这模样，就连孟玉真他们也不敢认。

他披头散发，落魄如乞丐，浑浑噩噩，转身就走，这一走就是三年。

这三年时间，常清静杳无音信。

常清静双目赤红，蓬头垢面地走在街上，那雪白的、包裹着修长小腿的长靴，早已不知散落何处。他赤着脚，缓缓走在这污水四溢的长街上。

临门有妇女在倒水，污水顺着青石板淌开，一直流到了他脚掌下。

这几天连日的阴雨，脚掌没入了烂泥里，踩起来又湿又滑，他精神恍惚，没走几步，就跌倒在泥潭里，又抿着唇，垂着眼爬起来，看了眼鲜血淋漓的手掌与脚趾。

他甚至不知道自己该往何处去，只知道一直走，一直走，走得越远越好。眼睫毛微颤，常清静能感受到过路人或诧异或嫌恶的目光，他已经很久、很久没有感受过这种目光了。

幼年，舅舅一家刚惨死没多久，他孤身一人前往蜀山，一路上饥一顿饱一顿，落魄不安，惶惶不可终日，没处梳洗，身上长虱子，等到蜀山的时候几乎都臭了。

那时候，过路人就用这种目光看着他。

他在蜀山待太久，作为蜀山的小师叔，作为众人眼中高高在上的小神仙，被架得太高了，架上云端，甚至忘记了自己的出身。

一朝跌入泥潭，常清静嘴角猛地一颤，额角青筋暴起，狰狞如鬼。

他本来便是普通人，本来就是从这烂泥里爬出来的，究竟从何而来的傲气？

记忆中那个一丝不苟，总是板着张冷肃脸的小道士，沉声喊出了：“三百万。”

他为情入魔，固执地以为自己是这全天下最痛苦的人；他骄傲自大到理所当然地忽视、伤害了身边最亲近的人。他从哪儿来的傲气、自大，自以为一切尽在掌握中？

然而就是这样高傲自满的小道上，竟然还有个姑娘默默惦念着他，担忧着他，哪怕在生命的最后，想的也依然是——想要把最好的朋友拉回来。

这三年里，他不停地走，走遍这天下，想要找到宁桃的残魂，可是没有，任何地方都没有。

他一次次期待，又一次次被打落谷底。

他无数次蜷着身子睡着，梦里又梦到了她。

他想见她，发了疯一般地想见她，想和她说对不起，想求她回来。

常清静动了动唇。

曾经，他并不懂这些男女情爱，但忽然就明白了。

在王家庵的时候，他是喜欢过她的，当时他不懂，也害怕，更不敢吐露自己的心意，慌乱地、固执地就将这好感当作了“友情”，直到苏甜甜的出现——那红通通的许愿符，好像在嘲讽着他，他究竟错过了什么。

他没有想到，原来宁桃也一直暗恋着他。

常清静缓缓合上眼。

他却一次一次被骗，亲手推开了她，杀死了她，摧毁了她。

这一错过就是一辈子。

从前在王家庵的时候，他若是胆子大一点儿，若是没有那么骄傲、没有那么自负、没有那么愚蠢，若是能主动开口，主动向她表明心迹……

他们或许会继续结伴走下去，牵着手一起走过天南海北，春夏秋冬，一道去除妖，一起去捉泥鳅，一起去行侠仗义；她会教他练字，告诉他那个世界的种种，他会认真地教她蜀山功法；他们能从江南走到漠北，能“泛洞庭，上衡越”；他们会高举着芋头叶子一道躲雨，他点了篝火，她脸红得像是能冒烟，抱膝坐着烘衣服。

直到回到蜀山，他会郑重地向她求亲，想让她做自己的新娘子。

而那时，宁桃肯定会打扮得很漂亮，穿着嫁衣掀起盖头，脸蛋红扑扑的，眼睛像是葡萄。而并非像搜魂镜中倒映的那样，她穿着如血的嫁衣走进墓室。

可是世事变化没有给他这个机会。

曾经在王家庵那隐秘的、无人知晓的双向暗恋，迅速被世事变化的流水冲淡了，一片狼藉，露出狰狞裸露的河床，露出血淋淋的现实。

她已经死了。

天下之大，却根本没有她的残魂。

她的魂魄散落各方，不得安息。

收回视线，常清静继续往前走，身形孤孤单单，衣衫褴褛，偏偏脊背又格外挺拔，在这闹市中显得尤为格格不入。

他走得太入神，一不留神撞到个衣着华贵的胖高个儿男人，对方愣了一下，目光落在这衣衫褴褛的穷酸道士身上，立刻动了怒："你没长眼睛是不是？！"

常清静平静地移开视线，看了一眼，对方立刻被他这如魔似鬼的模样吓了一跳。那脏污的乌发下面，竟然是一双极为漠然好看的琉璃眼，脸俊美得不似人间人，只是眼神泛着点儿红血丝，寒意冷得透彻。

胖高个儿吓了一大跳，但刚刚这一嗓子喊得声音有点儿大，不少人已经将目光投了过来，他要是这时候认屃反倒有点儿不好意思了。顶着众人看热闹的目光，胖高个儿沉下了脸色："说你呢！走路没长眼睛是不是！"

"你看我这衣服！"他又抖了抖衣角，绸面的袍角上的确多出了一团黑乎乎的污渍。

常清静面无表情地看了他一眼，垂着眼又继续往前走。

胖高个儿这回真的火了，一把摁住他的肩膀，又嫌弃地甩甩手。

"撞了人还不道歉？！你这就想走？"

"怎么道歉？"常清静平静地问。

这什么态度？

胖高个儿勃然大怒："怎么道歉还要我教你吗？！看你这样子也不像赔得起的！给爷我跪下来道歉！"

"跪下来道歉"这几个字落入耳畔，常清静脸上并无多大反应。

胖高个儿又推了他一把，这一把推得他一个踉跄。

眼看这少年只是容貌生得俊，气势看着唬人了点儿，实际上是个中看不中用的花架子，胖高个儿眼里立刻多了几分轻蔑之色，心神定了定，更加耀武扬威起来。

"跪下来，听到没有！今天要不跪下来给爷道歉，就别想走了！"

周围的议论声更加助长了胖高个儿的气焰，胖高个儿愈加得意起来。

常清静没有说话，浅淡的眸子在日光下像冰雪一样冷，看得胖高个儿心里无端打了个突。下一秒，常清静的动作却让胖高个儿连同围观的众人一道惊呆了。

围观的过路人抱着的无非是看人倒霉的看好戏的心态，谁也没想到，常清静竟然真的垂下了眼，撩起破损不堪的衣服下摆，直挺挺地跪了下去！

谁能想到这少年竟然真会下跪！

胖高个儿被他吓了一大跳，也没想到常清静竟然真的这么干脆利落，脸色青一阵白一阵的，难免有点儿下不来台。

“就这？！就这样？”

看这人好欺辱，胖高个儿冷笑连连使劲儿伸出脚，往常清静身上踢了一脚，勾着他下巴：“这能看得出什么诚意？要是你能像狗一样给爷擦鞋，爷就饶了你。”

围观众人不由得皱起了眉，又伸长了脖子好奇地看着常清静要做何反应，是真的替这胖子擦鞋，还是勃然大怒，不堪受辱，转身就走。

常清静眼睫微微一颤，伸出了手，从破烂脏污的袖口，探出一只修长如白玉般好看的手。他拎起袖子，不声不响，顺从又细致地将这胖高个儿的鞋从鞋面一直擦到了鞋底。

看到这少年竟然真给这胖子擦了鞋，围观众人大为唏嘘。

都做到这地步，胖高个儿终于觉得舒心了，在常清静将靴子捧在心口擦的时候，突然一脚将他踹翻在了地上，眼里的鄙薄几乎漫了出来：“行了行了，我就大发慈悲饶你一命。没用的孬种。”

被一脚踹翻在地，半张脸都浸在了泥水中，四周或鄙薄或同情的议论声也好像渐渐地远去了，常清静眼睫毛一颤，泥水顺着那张如玉的脸滑落了下来。

可他反而轻松了。

这几天日日夜夜纠缠他的噩梦好像在这一刻散尽了。

这几天，他如腹中、喉口吞炭的饿鬼，心火燎原，仿佛每一秒都被大火焚身，不得安宁，痛到一定地步，便不觉得痛了。

那一刻，他好像也同记忆中的人，和宁桃一样感同身受了。

常清静冷冷地垂着眼，缓缓收紧手指，无动于衷地俯视着泥潭里的倒影。泥水淋漓，又脏又臭，也令他作呕。他的确自私、愚蠢、自大又瞎了眼。

那一刻，常清静从来没有像现在这么厌恶这样的自己。

人们看着这少年宛如一条落水狗趴在泥潭里，乌发遮住了眼，好久都没有动静，终于觉得无趣，渐渐散开。

这几天，他自甘堕落，和野狗争食，自我放逐，终于麻痹自己，终于不再想她，也不再觉得疼了。

常清静缓缓爬起来，又跌跌撞撞地继续往前。

他不知走过了多少地方，也被人认出来，肆意围堵嘲笑过。

他甚至和城里的乞丐相熟了。

“唉，”又瘦又黑的小乞丐，叹了口气，一双大得格外吓人的眼盯着他看，“我说你明明长得就很俊，看着也不像是走投无路的样子，怎么沦落到了这个地步？”

不论他怎么说，说什么，常清静依然无动于衷，沉默地趺坐在墙根下。

小乞丐自觉没趣，嘟囔了两声：“我要是你，我准要好好梳洗打扮一下，利用这副皮囊骗个什么富家大小姐。”

就在对方认为常清静就这样放着自己这大好皮囊不用，一直这么浑浑噩噩下去的时候，突然有一天，有人终于找到了他。

时至元宵，城里大放烟花，有好心人给了小乞丐他们一点儿酒，小乞丐喝了不少，醉醺醺的，就连常清静也就着破瓷碗喝了一点儿。

砰！砰！砰！

破庙外忽然接连响起几声哨声，火树银花漫天坠落，橙色的、黄色的、红色的、紫色的、绿色的光洒落人间，如彩星四散，如惊雷疾雨，旋空飞散。

“看——放烟花啦！”

“好漂亮的烟花！”

这些无家可归的乞丐，从破庙里拥挤着冲了出来，喜笑颜开，神采飞扬地看着天。

常清静被拥挤着冲出了庙门，下意识地抬头看了一眼，烟花飞上夜空，星芒散落在鬓发间。那红的、橙的、黄的、紫的光影落在了不远处一个穿着裙子的姑娘身上，姑娘梳着双髻，穿着绣柿蒂花的襦裙，侧脸柔和，圆圆的脸，挺翘的鼻子。

咻——烟花飞蹿上夜空，越升越高——他这一颗心突然剧烈地跳动起来。

宁桃。

烟花越升越高——

常清静几乎是跌跌撞撞地冲了出去，冲到一半，又仿佛猛然惊醒，刹住脚步，紧抿着唇，看着月色倒映下的自己。

他个子蹿升得飞快，昔日的衣袍已经不合身了，露出半截手腕与脚踝，下颌生着淡青色的胡楂，糙得令他都觉得厌恶。

犹豫了一下，对着倒影，他缓缓地扯了扯袖口，又垂着眼理了理鬓角的发，心剧烈跳动，几乎快要跳出嗓子眼儿，指尖小心翼翼地落在耳畔，像蝴蝶落在一朵花上，蝶翅微颤般轻柔。

烟花越升越高——砰！

蓄力到极致，烟花终于在夜空轰然炸开，层层的花瓣在夜色中铺展开，如银河抖落的星，纷纷扬扬落下，烟花照亮了树底下的影子。

常清静浑身一颤，指尖都忍不住颤抖起来，再往前看时，哪里还有那个穿裙的身影？好像有无数根一指粗细的钢针，密密麻麻、深深地刺入血脉里。

缓缓地，他难堪地闭上了眼。

"桃桃，我——我——"

"所以，所以你一定要尽快想起来，想起来甜甜！"

"这烟花真好看，真希望年年有今日，岁岁有今朝。"

就在绝望几乎将他吞噬的那一刻，耳畔突然又响起了个熟悉的声音，常清静半边身子都好像僵住了，缓缓转动一下脖颈，难以置信地看着这忽而又出现在他面前的，近在咫尺的宁桃。

宁桃闭着眼，双手合十，脸色很认真，一本正经地念念有词，絮絮叨叨："这烟花真好看，真希望年年有今日，岁岁有今朝。"

常清静猛地抬起头，呼吸也忍不住放慢了，心跳如擂鼓，却蓦然看见，那些游光落在她裙裾，如同灵活的游鱼，勾着裙边摆尾倏忽又消失了个无影无踪。

第12章

常清静死死地盯紧了自己的手，烟火的红光洒落了下来，眼前好像浮了层朦朦胧胧的红，像有鲜血从指尖滴滴答答地落下来。

"小师叔！"身后突然传来一个极为惊讶的声音。

孟玉琼张了张嘴，震惊地看着眼前的故人。这副模样，就连他都不敢相认。那确实是常清静没错，头发已经长得很长了，这三年来未曾束发，也鲜少打理，偶尔蘸了冷水以手代梳。

少年，不，男人乌发垂落腰际，眼睫毛依旧很长，半垂着眼。

离去前的那件衣裳已经泛黄，人比之前白了不少，皮肤是一种病态的苍白，整个人像是雾中的花，水中的月，疏淡脆弱。孟玉琼做梦也没想到会在这儿碰上失踪了近三年的故人。这还是小师叔吗？！这还是之前那个高高在上、一尘不染的常清静吗？

孟玉琼怔在原地。

常清静也看到了他，但只是掀起眼皮，淡淡地扫了他一眼，转身又走进破庙里。

孟玉琼猛然回神，抬脚追了上去，迈过这一地的稻草，看见这破庙里的一片狼藉，神情复杂，嗓子眼儿像是被堵住了。

这几年，常清静就是这么过的吗，就靠自贱自弃来安慰自己、放逐自己、麻痹自己吗？

孟玉琼回过神来之后，想要带他走。

少年已经长成了沉稳的青年，轮廓柔和，看着这狼狈的故人，忍不住红了眼。

“小师叔，和我，和我回去吧，掌教很想你，玉真也一直在找你。”

常清静沉默不语，一声不吭，闭上眼，喉结滚了滚。

他终于明白了，不论他怎样去做，都麻痹不了自己。

没有谁能再将故人，将他的朋友，将他的宁桃还给他了。

他们错过了就是这一辈子。

她终于成了他这一辈子的求而不得，成了这天际遥望不可及的月色。

自从苏甜甜捂着断手回到凤陵仙家后，就是谢溅雪一直守在她身边，日夜照顾。

凤陵仙家请来了最好的医修，都说这手接不上去了，这剑气已经深入骨髓，破坏了经脉血肉。

苏甜甜无法接受这个事实，每天死死地盯着自己的手痴痴地看，手腕已经重新长起来了，圆圆的，像一个小馒头——这么丑，这么丑。

她无法忍受自己没了左手，迅速消瘦了下去，几乎瘦得脱了相，眼睛本来就大，如今瘦得像个皮包骨头，那双眼愈加大而幽怨，看着颇瘆人。

谢溅雪一进屋的时候，就看到苏甜甜抱着膝盖坐在床上怔怔出神，不知道在想些什么。

谢溅雪走上前，没有说话，只是摸了摸少女的脑袋。

苏甜甜转过脸来，小声抽噎着，眼眶红红的，咬着嘴唇问：“溅雪，你还会要我吗？”

谢溅雪垂着眼，抚摩着苏甜甜的手微微一顿，“不不不。”说到一半，苏甜甜又急急忙忙摇了摇头，“溅雪，你别说话！”

在苏甜甜愣怔的视线中，谢溅雪的手又重新落在了她乌黑的发顶，眸光温润，笑意温和地摇了摇头：“抱歉，甜甜，我不行。”

谢溅雪表现得太温和了，苏甜甜甚至还以为就像小时候一样在玩闹。

“我是认真的。”苏甜甜觉得委屈极了，又觉得无端松了口气，感到庆幸，撇着嘴，哼了一声，扭过了身子不理他，裙子下面火红的尾巴甩来甩去的，“溅雪，你再骗我！我、我不理你了！”

就像小时候一样，她以为她会等来谢溅雪“噗”地笑起来，拉着她的手安慰，然而，屋里突然安静了下来。

谢溅雪温和地笑着，抽手轻轻将苏甜甜推开，看着苏甜甜惊恐的视线：“甜甜，我是认真的。”

他对于苏甜甜，有青梅竹马之谊，却并无男女情爱。

谢溅雪一直很清楚，他最爱的一直都是他自己，他做梦都想拥有一个健康的、健全的身躯。谢溅雪凝视着灯光下的苏甜甜，这样的苏甜甜，尤为陌生，但这残缺的手腕反倒让他生出了点儿微妙的快意之情来。

要说这么多年下来，他不忌妒苏甜甜这健康的身躯是假的。

苏甜甜呆了半秒，方才那又骄傲又天真的表情消失了个无影无踪，做梦也没想到等来的不是安慰，而是这个。

那一瞬间，她觉得好像天都塌了，忍不住哭了出来：“为什么？为什么？！敛之不要我了，溅雪，你也不要我了吗？”

谢溅雪苦笑。

明知接下来这句话无异于一把残酷的利刃砍向这个已经濒临崩溃的姑娘，但他还是像被诱惑了一般开口，亲手将她推入了地狱。

“对不起，甜甜。”谢溅雪轻声道，“再给我一点儿时间。”

苏甜甜拼命摇着头，推开他，又大哭起来，看着他的眼里闪烁着憎恨：“骗子，你们都是骗子。”

谢溅雪却垂下眼，转身离开了房间，任由苏甜甜在屋里撕心裂肺地哭了很久很久，自始至终他都没有回头。

苏甜甜趴在床上浑身上下都忍不住发抖。

她号啕大哭。

她好后悔，真的好后悔，为什么？为什么会变成这样！敛之不是喜欢她的吗？

苏甜甜的眼泪溢出眼眶，她疯了一般地提着裙子冲出了屋，抓住一个凤陵仙家的弟子就忍不住憔悴地问，是不是她做错了。

那些凤陵弟子你看看我，我看看你，无奈地叹了口气。

苏甜甜坐在廊下，被人团团包围着，抽噎着抹着眼泪："我不知道桃桃喜欢敛之，倘若我知道，我绝不会这样做，我不知道，我真的不知道，事情会发展成这样。"

"唉，你别哭了。"另一个凤陵弟子愁眉苦脸地拍了拍她脊背，轻轻安慰，"这，这也不关你的事啊。"

被众人包围安慰，苏甜甜终于又觉得心里好受了不少，小声地呜咽着，耳朵也耷拉了下来："桃桃应该和我说的，她若是和我说了……"

"现在敛之却因为这事记恨上了我。"苏甜甜哭得上气不接下气，抱着一个凤陵师姐哭道，"我真的不知如何是好了。"

就在这时，突然有个凤陵弟子张大了嘴，站起身，惊讶地说："吴道友？"

"何、何道友？"

只见廊下不远处，沉默地站着一群少男少女，阆邱、蜀山、凤陵的皆有。

其中吴芳咏和何其是最为眼熟的。何其眼神有些复杂，而他身后那三家弟子神情也颇为古怪。他们本来是跟随着师长前来商议度厄道君伏诛之后的收尾工作的，却没想到会撞见廊下这一幕。

吴芳咏木然地站在廊下，眼神漠然，看着苏甜甜的眼神像是在看个什么怪物。

"你刚才在说什么？"缓缓地，吴芳咏终于开了口，死死地盯紧了苏甜甜，嗓音沙哑。

"你在说什么？！"

"芳咏哥哥？"苏甜甜惊愕地抬起头，立时有些慌了神，匆忙站起身。她云鬓散乱，眼角还是红的，眼泪濡湿了眼睫，看着尤为可怜。

可在这一瞬间，吴芳咏突然觉得恶心。

他已经打算告别凤陵，启程回到金乐镇，再也不回来了。

他和常清静都对不起宁桃，无颜再待下去，每在凤陵多待一分钟，吴芳咏就觉得烈火噬心般地难受。

这一辈子，他或许就会做一个平庸普通的凡人，在这负罪忏悔中度过一生。

可是，没想到让他听到了这一席话。

吴芳咏嗓音嘶哑，木然地一字一顿地问：“你知道自己在说些什么吗？”

她竟然、竟然将这些错误全都推脱了个一干二净！

这都是他们的罪，他们的错，他认了！可是苏甜甜呢，苏甜甜竟然还能被人同情、安慰，将这些错误推脱得一干二净。

苏甜甜慌了神，眼泪夺眶而出：“芳咏哥哥，不是这样的，你听我解释。”

没有了敛之，没有了溅雪，她不能再失去吴芳咏了。

“别碰我！”少年突然像头暴怒的狮子一样怒吼出声，“别碰我！”

吴芳咏死死地瞪着眼，几乎快瞪出了血。

他觉得自己真蠢，蠢得无可救药！他明知道苏甜甜有些小心思，却还是一厢情愿地喜欢上了她，觉得这些小心思也无可厚非。

这一段时间，他没有一天是真正睡好的。

几乎每一天，他都能想到……宁桃。

他仿佛被热油烹炸一般愧疚和痛苦。他对苏甜甜的感情，是建立在别人的痛苦之上，他甚至因为这事指责了桃子，指责她挖墙脚。

这十多天下来，吴芳咏茫然地发现，他对苏甜甜的感情似乎淡了。苏甜甜和他印象中那个甜甜妹子不再一样了。这感情的变化无关乎苏甜甜断手不断手。别说她断手，就算是她毁了容，他也会始终如一地爱她。

这细微的感情变化诞生于失望，吴芳咏纤长的眼睫微微一颤，失望于苏甜甜对待常清静、宁桃他们的态度。

吴芳咏脊背挺直，站得远远的，看着廊下的苏甜甜。这样的苏甜甜，尤为陌生，他一时说不上话来。

苏甜甜浑身一颤，茫然地睁大了眼，眼泪顺着尖尖的下颌淌了出来：“芳咏哥哥，你、你听我解释。”

“那你说啊！你倒是说啊！”

吴芳咏眼睛充血，额角青筋狂跳不止：“那你倒是解释啊！说啊！说你为什么大半夜钻到常清静屋里？说你为什么明明在孟玉琼警告之后，却还是去欺骗清静？说你为什么和谢溅雪纠缠不清，却还要散播宁桃挖你墙脚的谣言？”

在这几乎狂风暴雨的怒吼中，苏甜甜步步后退：“我……我只是想救溅雪。”

此话一出，吴芳咏突然安静下来，看着苏甜甜的眼里是浓浓的失望与痛恨：“事到如今，你还在找借口吗？我对桃子做了什么，我认，而你为何还要把自己身上的错处，推个一干二净？别为这些事找借口！想救谢溅雪，和你散播桃子的谣言有关吗？这世上人人都有苦衷，桃子欠了你和谢溅雪吗？清静欠了你和谢溉雪吗？！这就是你作恶而毫无愧疚的理由吗？”

常清静没有带搜魂镜走，搜魂镜最终被他遗落在了凤陵。

他都看到了，看到“宁桃挖人墙脚”的谣言是如何流传出去的。就像现在这样，苏甜甜被众人包围着，将这些自己做的错事全都推脱了个一干二净。

良久，吴芳咏终于颓然合上了眼，往后踉跄了几步。

他真是昏头了。

这一切都是苏甜甜自导自演，他竟然没有看出来，还跑去质问宁桃为什么要撬苏甜甜的墙脚。

苏甜甜青丝垂落在腰后，面色苍白如雪，眉眼显得单薄又剔透，犹豫地又想要伸手去拉住吴芳咏，却没想到被吴芳咏红着眼一把打落了手：“别碰我！”

这个一向孱弱文秀的少年，终于忍无可忍地转身指着何其等人，嘶声怒吼：“要解释就去向他们解释！向他们解释你到底做了什么好事！”说完，竟然反手就丢下手里的包袱，狂奔了出去！

廊下蓦地陷入了一片死寂。

苏甜甜面色惨白，呆呆地看着不远处的三家弟子，浑身上下抖得像是秋风中的枯叶。这些世家弟子远远地看着她，看不清脸上的神情，只能看到他们微微偏头好像在低声交谈议论着什么。

她根本没想到，吴芳咏竟然选择将这些丑事统统都抖落在了人前！

和这世上大奸大恶之人相比，这些恶显得尤为可笑。

这些恶你甚至不能说是多么“狠毒”，与“狠毒”相比，“怨毒”倒更为贴切。

这些恶是软刀子伤人于无形，是像黏腻的鼻涕虫一样恶心。但这些恶，在场众人或多或少都有所经历。那些原本还安慰她的凤陵弟子也都愣住了。

有时候这些安慰，其实就只是单纯的例行公事的“安慰”，他们不了解前因后果，对苏甜甜身上经历的这些并不感同身受，安慰也并非出自真情实意，只是看到苏甜甜难受落泪，身为同门自然要上去关心两句。

也正因为如此，他们在不知不觉中就成了“恶”的推手。

那原本还搂着苏甜甜的凤陵师姐张了张嘴，神情复杂：“甜甜……你……”

她辜负了他们的好意。

凤陵师姐缓缓地松开手，感到了一阵由衷的失望。

“我不是……我没有……”苏甜甜捂住脑袋，脸色青一阵红一阵，哭得如暴风雨般惨烈，拼命地想要逃避。这些失望的、震动的、鄙夷的目光无处不在。

“我、我只是想救溅雪而已——”

半晌，还是何其抿了抿唇，主动开口：“走吧。”

他转身一走，其他弟子脚步一动，也纷纷跟上。他这回前来也有悼唁桃子之意，谁能想到不久前的告别竟然成了和朋友之间的永别。

将目光从苏甜甜身上收回，各家师兄、师姐面色还有些尴尬和震惊，从前以为苏大小姐不过是娇气了点儿，却没想到本性竟然如此……一言难尽。

这事未免弄得也太糗、太可笑了点儿。

这些小心眼儿，这些推诿责任的“小恶”私底下做做也就算了，惹到台面上的还是第一个，实属贻笑大方，只能回去嘱咐自家师弟师妹少与这姑娘接触就是了。

金桂芝正在演武坪上练剑。

扶川谷一役她受了重伤，好不容易伤才痊愈，这一痊愈，又立刻爬起来去了演武坪。

少女累得气喘吁吁，汗湿了发丝，但不能停。

她是凤陵仙家的大师姐，在这个位子上就要有相应的能力。

旁边，有几个练完剑的凤陵弟子在说笑。

“你们不知道，苏大小姐可是疯了，如今没人愿意理她了，她竟然去找了楚沧陵。”

演武场上，几个凤陵弟子提起这事儿就忍不住笑起来，“苏大小姐”这个称号可算是从其他两家弟子嘴里又传到了凤陵弟子间。

“噗！惹谁不好偏偏惹楚沧陵，这下好了，被楚沧陵抽了一顿，抽得血肉模糊，爬都爬不起来。”

那几个凤陵弟子都哈哈大笑起来，一边笑，一边模仿着苏甜甜的语气，模仿得惟妙惟肖的。

凤陵仙家有护着她的，自然也有看不惯她的，苏甜甜此时落难，不少弟子都抱着吃瓜看好戏的心态。比起楚昊苍那种直白的“恶”，对于苏甜甜这种可笑滑稽的“恶”，他们更唾弃些。

金桂芝挑了挑眉，苍白的面色露出了点儿笑意：“都干吗呢！还不快去训练！成天就知道在背后乱嚼舌根。”

待那群凤陵弟子作鸟兽散去后，金桂芝收了剑也正准备离开，突然，腰间的传信双鱼符响了。

“师姐！不好了！你快来吧！”一个凤陵弟子欲哭无泪道，“苏大小姐跑到祠堂去了！”

等金桂芝冷着脸、气喘吁吁地赶来的时候，那报信的凤陵弟子站在门口急得团团转，看到金桂芝，眼睛一亮，宛如看到了救星。

“怎么回事？”金桂芝沉声通知谢迢之之后问道。

凤陵仙家的祠堂，是凤陵仙家的禁地，擅闯祠堂非同小可，的确需要通知谢迢之。

从门外往里看，能看到苏甜甜跪倒在祠堂内，仰着头，无助地盯着祠堂上其中一面牌位，泪如雨下：“姥爷，姥爷……我该怎么办？”

金桂芝心里咯噔一下，皱起了眉，心想苏甜甜真是昏了头，事到如今非但没觉得自己错，反而委屈上了。

她千不该万不该，就不该为了这事闯入凤陵仙家的宗祠，本来她这事就已经让凤陵仙家在各宗门面前名声扫地，仙家的弟子出去都有点儿抬不起头来，如今又平白扰了老祖宗的清净。

谢迢之得到消息后，来得很快。

“家主。”金桂芝侧身行礼。

凤陵仙家的宗祠，是座大殿，众人进屋，正面墙上都摆满牌位，一层一层地垒高了，帐幔垂落，烛火幽微，威严空寂。

谢迢之缓步走进祠堂，一眼就看到了跪倒在宗祠内的苏甜甜。

“谢……谢前辈……”一看到谢迢之，苏甜甜眼睛一酸，嘴一撇，突然觉得泼天的委屈，眼泪夺眶而出，然而谢迢之只是淡淡地扫了她一眼，便吩咐左右的弟子：“拿起来。”

苏甜甜脸上的神情还滑稽地定格在那一秒，又立刻惊慌失措地睁大了那双杏子眼：“谢……谢前辈？！”

谢迢之却并不看她，身边的凤陵弟子迅速走上前，一左一右抄起她就往祠堂外面拖，任由苏甜甜如何号啕大哭，谢迢之依然无动于衷。

或许是被哭得有些烦了，男人长眉微蹙：“不敬祖先，杖一百，以儆效尤。”

杖责就设在了祠堂外面。

苏甜甜跪倒在冰冷的青砖上，张了张嘴，因为恐惧越哭越厉害，情急之下，慌忙攥住了一个凤陵弟子的手腕求情：“求求你，师兄，求求你。”

然而负责杖责的凤陵弟子却看都没看她一眼。

祠堂外传来苏甜甜凄厉的惨叫声，这声音越来越虚弱，越来越虚弱。

谢迢之皱眉上了一炷香，垂下了眼。

人要如何飞升？他时常会想。炼气、凝神、结丹、冲虚、通玄、飞升，这是众所周知的境界排序。他在通玄境已经原地踏步了太久。

一直以来，此间世人都认为，只要修炼到通玄境界，真元既成，便能飞升上天。可是为何这几千年来，无一人能飞升成仙？

后来，他明白了，阴阳交感是天道，是这万物化生的根本条件，若想要飞升，必须以阴阳交感天道，譬如真元与魔核，一正一邪，一阴一阳。然而阴阳彼此相克相抵，无法在一人体内共存。

唯一的办法，或许是将通玄境的道士逼入魔道，修成魔核，他只负责剖开对方丹田取其魔核就够了。

可是楚昊苍死了，临死时特地吩咐宁桃击碎了他的身躯。

谢迢之不太确定楚昊苍是不是看出了自己的真实意图，毕竟他们从小一起长大，没有人比他更了解楚昊苍，也没有人比楚昊苍更了解他。

常清静是七窍玲珑血脉，曾被妖孽附身，血脉至邪至恶。虽然年轻，但他是百年难得一遇的天才，只要给他时间，迟早会踏入通玄境，养出魔核。

楚昊苍死后，他费尽心思地培育常清静，一点一滴，尽心尽力地将常清静往入魔的道路上引。

他在通玄境原地踏步数百年，不过是重新养出一个魔核，其中的时间，他等得起。

常清静也正如他期望的那样，走在了入魔这条路上——忘情水解药，促使他在大爱大恨之下入魔；扶川谷，他亲手为常清静送去一百二十条人命；搜魂镜下崩溃；天下人诋毁、围攻。

谢迢之沉默地细细扫去了面前的香灰。正如当初对待楚昊苍一样，这一切都一步步有条不紊地进行，常清静会在他的安排下成为下一个度厄道君。

可他没想到，常清静竟然受魔气影响这么深，连苏甜甜都险些成了这魔气下的亡魂。由此可见，常清静已经与苏甜甜恩断义绝。

他本以为苏甜甜或许能成为这关键的推手，没想到到头来影响他最深的却还是宁桃。

但这样也好，常清静走火入魔越深，越是偏执就越好。

总归目的已经达成了，苏甜甜之流的，没有用处的人不要也罢。

贰

阆邱城

第13章

在那之后，孟玉琼就带着常清静回到了蜀山。失踪了三年的常清静一朝回到人前，立刻引起了巨大的轰动。

然而，令人意想不到的是，回到蜀山之后的常清静修为一落千丈，或许是在外这三年多的时间懈怠了不少，门内大比，他竟然落败给差了几个辈分的弟子，被对方从论剑台上打落。

在那之后，不论常清静如何努力，日日夜夜勤勉修炼，依然跟不上蜀山一众弟子的进度。

这消息传到其他人耳朵里，难免叫人唏嘘。

如今的常清静好像和曾经的度厄道君楚昊苍相差无几。也就在这时候，众人开始反思，当初他们是不是太过分了？他年纪毕竟小，被人欺骗之后一时间走火入魔也是情有可原。

但不论如何，当初那个天之骄子回不去了，他落入尘埃，落入泥潭，归于平庸。

一开始，众人提到这位曾经惊才绝艳的蜀山小师叔，难免还叹息两声，但江山代有才人出，由于新秀源源不断地涌现，再也没有人提起这个泯然于众人的曾经的天才。

蜀山常年积雪，寒冬腊月的天里，北风正紧，天地缟素。各处山峰初雪方霁，远望明光浮动，崖上万松涛涛，山谷齐鸣。

落日斜阳，夕照孤烟。

吕小鸿是今年刚拜入蜀山的，如今正负责山门里的洒扫工作。

下雪不冷化雪冷，新雪初霁，蜀山山势高，他刚拜入门，还没学会引气入体，这时候冻得正发抖，时不时松开扫帚跺脚呵气取暖。

不远处，钟声响起，震落了簌簌一地的白雪，是蜀山内门弟子下课了。

吕小鸿诚惶诚恐地往道旁退了半步，和同伴眼含羡慕地看着面前有说有笑、身姿清越挺拔的少年们。

就在这时，走在最后面的一个青年，吸引了吕小鸿的目光。

迎面走来的青年，白发如雪，容貌俊美冷峻，更令人惊疑的是他那双眼睛！那双眼睛，如琉璃般冷澈漠然，奇秀深杳，四目相撞的一眼，只觉得凉意瘆人。

更令人惊讶的是他背后那一把细剑，宛如淬炼了人世间的烟火，是淡淡的薄红胭脂色，宛如灼灼的桃花。

这青年周身的气度倒不像个普通的弟子，却远远地缀在队伍后面，沉默无言，步伐缓缓。

而走在前面的诸位师兄都没一个人同这青年说话，哪怕是分去半个目光的。

“这是？”吕小鸿惊讶地问。

“这是常清静。”同伴小声地回答，“你入门比较晚，没见过倒也正常。”

常清静！吕小鸿心里一震。

这个名字他是听说过的，这青年竟然就是常清静。

常清静，是如今蜀山张掌教的关门弟子，曾经惊才绝艳的蜀山小师叔，后来入魔疯了，辗转回到蜀山之后，修为一落千丈，几乎成了门内一个隐形的透明人。

回去之后，吕小鸿躺在床上翻来覆去，夜不成眠，满脑子都是这位曾经的蜀山小师叔的模样。

第二天在斋堂里和同伴说起来的时候，一众蜀山小道士又是一阵唏嘘，吕小鸿握着筷子有些出神。

自从山门前那惊鸿一瞥之后，他就对常清静上了心，总是不自觉地关注这位的动向。

他总觉得不该是这样的，这么好气度的师叔，不该就这样一直泯然众人啊。

第一年，常清静依然默默无闻，被人轻视被人鄙夷也毫无怨怼，沉默寡言，冷峻高寒；第二年、第三年……第五年依然如此。

等到第六年的时候，事情突然发生了转机，常清静突然将门内风头正盛的王师兄打落了论剑台！要知道，那就是昔日在论剑台上打败了常清静，踩着常清静一步一步爬上去的王师兄！

众人皆被这一幕镇住了。

吕小鸿抱着剑，站在拥挤的人群中，越过一个个乌黑的脑袋，往前看。六年过去了，他怀里抱着的扫帚也终于换作了一把旧剑。

那些曾见过常清静剑法的，心神巨震之时，不由得小声交谈，窃窃私语：“常清静的剑气是不是和之前不大一样了？”

要说以前常清静的剑气，那是惊才绝艳，挑不出任何错处来的，金刃一转如雷动，剑气过处，金气肃肃，敛影寒光。但如今的剑气像是收敛了戾气，更加圆融冲和，飘然凌越太清，隐隐有了人剑合一、道剑剑道融会贯通之意，如乘龙奔雷，追云逐电。

就好像，他只剩下了剑，只有剑。

论剑台上万顷云霞，恍若熔金，赤波千里，一轮红日挣脱雾霭，喷薄而出。

小师叔隐忍多年，一剑倾倒蜀山，艳冠天下，这事被传成了一桩美谈。

吕小鸿被这一剑惊艳得彻夜都没睡好，简直比常清静本人还激动！

又半年后，吕小鸿机缘巧合被蜀山指派着去侍候常清静。

那时，常清静已经不叫常清静了，改叫仙华归璘真君。

常清静如今住在蜀山剑冢。第一天去的时候，吕小鸿紧张得心怦怦直跳，虽然理智告诉他眼睛别乱瞟，但在好奇心的驱使之下，还是忍不住伸着脖子悄悄地四下打量了一番。

剑冢上很冷，胡思乱想间，吕小鸿已经走到了常清静的住处，入目是苍劲的雪松，在这风雪间挺立，苍翠欲滴，这座孤馆便矗立在大雪深处。薄暮时分，馆前的竹风灯被风雪吹得直打转，零落了一地瘦而清的灯光。

推开门走进去，吕小鸿只看到一灯如豆，一张榻、一张桌、一把椅子，除此之外就别无他物了。

常清静孑然一身，垂着眼坐在窗前，看一枝病梅，听着风雪深处寥寥的疏钟声，苍苍白发垂落在颊侧，手边搁着杯劣酒。

蜀山苦寒，蜀山的弟子也都爱喝酒暖暖身子，这酒，吕小鸿他们这些外门弟子平常都不爱喝。

他就这样拥雪坐在这儿，对着面前这盏青灯，眉眼间好像也落了风雪的霜寒。或许是为了给年少时的自己赎罪，常清静常常下山除妖，凡有妖孽横生处，必有仙华归璘真君的剑气。

而且常清静手段极为冷酷暴虐，凡是妖邪，都赶尽杀绝，连老病稚弱之辈也不留。

侍候常清静这么多年，吕小鸿发现，常清静生活极为简朴，物质欲望低到了恐怖的地步，简直就是道书中写的“形如槁木，心如死灰”。

又一天早上醒来，雪落了有丈厚，积雪将门堵了个严严实实，吕小鸿一推开门，大块大块的雪团就砸了下来。吕小鸿艰难地对手呵着气，努力清扫着这馆前的积雪。

突然，墙上有几道痕迹吸引了吕小鸿的注意力。他走上前，轻轻拂开积雪和落尘，只看到了几道深浅、高矮不一的刻痕，最高的那一道停留在八尺有余的高度，比之前那几道更深，好像是在这一道的基础上又划了不少次。

不过看这墙上未散的痕迹，好像已经是七八年前的了。或许是自七八年前的某一天，刻下这些剑痕的人突然觉得没有意思，再也没有继续。这些年间的时光转瞬即逝，当初一道牵着手相偕着去除妖，那些少年时的懵懂、悸动、友情、愧疚也挨不过风刀霜剑。

时光向来残酷无情，常清静甚至快记不清和宁桃的回忆了。

他曾经发了疯一般地去想，却猛地意识到，这一路走来，苏甜甜几乎占据了他大部分的心神。自从苏甜甜出现后，宁桃便一点一点地躲到影子里去了。

他甚至想不起他们上一次牵手说话是什么时候，想不到宁桃上次冲他笑又是什么时候。他捧着这残存的回忆，面无表情地一遍遍温习，从角落里努力翻找出少女的身影。

每一次温习，仿佛刻刀一笔又一笔刻在心上，他在这痛苦中清醒，在这痛苦中才能稍微喘口气。他企图从这血淋淋的记忆中获得片刻的温暖，企图从这血淋淋的记忆中重温她的音容笑貌。

自宁桃死的那一刻，她在他心里将永生。

死亡将她升华，她是他少年初始情爱时的悸动，是这辈子永远都无法企及的月色。

她是他想说对不起，却再也找不到听这句抱歉的人。

她是他永恒的愧疚，是深恩尽负。

她成了他日日夜夜折磨自己的心魔，又成了他这疯狂中唯一的慰藉，是唯一能拉回他理智的念想。

常清静终于成了那个仙华归璘真君，而他那个唯一的朋友，却成了永远的小姑娘。

就在这追杀中，在这逃亡中，他身形抽条般地长高了，每天，他都会站到墙前，沉默地拿出剑划出一道刻痕。随着岁月流逝，他长到了宁桃口中的一米八、一米九，长成了高大俊美又清冷高洁的仙华归璘真君。记忆中的那个小姑娘，好像只到他胸口那么高。

那段狼狈的回忆，也成了众人口中津津乐道的逸事。

他重新有了个名号，“仙华归璘真君”，却不再是当初她的那个“小青椒”。

他是高高在上，一剑震烁八荒的剑仙，那“小青椒”的称呼也日渐模糊，最终面目全非，掩埋在风雪深深处了。

“桃桃——”

“桃子！”

“宁桃！”

男男女女不一的嗓音，好像隔着一层雾气一样，从邈远的天际传来，宁桃从一片颠簸中醒来，“啊”地大叫一声，捂着脑袋差点儿跳起来！

一睁眼，她就对上了三张样貌迥异的脸，和十二只炯炯有神的大眼睛。

宁桃大脑还有点儿发蒙，视线茫然地从这三张脸上一一扫过。

“琼思姐姐？”

张琼思没好气地看着她：“还睡！还睡！”

“嗯——”宁桃揉着脑袋，瞪大了眼，“小扬扬扬子？！”

面前站着个样貌清秀的小和尚，皮肤被太阳晒得黝黑，五官端正，穿着件白色的上衣和蓝布裤子。

小和尚宋居扬也一样睁大了眼：“桃子，你做噩梦了吗？”

宁桃的视线最后落在了个姑娘身上：“蛛……蛛娘？！”

小姑娘约莫十五岁的年纪，爱俏，打扮得十分靓丽，梳着双鬟望仙髻，豆豆眉，鹅蛋脸，穿着件宝蓝色的上襦，杏色的石榴花纹下裙，披着件宝蓝色的披帛。

之所以是三张脸，十二只眼，原因就在这儿了，她脸上足足长了八只眼睛，大大的眼睛水汪汪的。

饶是朝夕相处了好几年的时间，宁桃一睁眼看到这一幕，还是忍不住浑身直冒鸡皮疙瘩。

宁桃揉着脑袋，缓缓坐起来。

她刚刚，又做梦了，梦到了她死前的那一幕。

都说人死前会回忆自己的过往，在被万剑归宗阵戳死的那一瞬间，宁桃脑子里想了很多，想到了自己和常清静第一次见面，扶着镜框惶惶不安地跟在他身后。

她想到了曾经一起经历的那些事、见到的那些人，想到了常清静，想到了苏甜甜，想到了吴芳咏，想到了楚昊苍，一想到老头儿就忍不住要哭，但临到头憋住了。

宁桃深深地觉得自己前十六年的人生就是场悲剧，多悲剧呀，喜欢上常清静。

第14章

用力甩了甩头，将这些令人伤心的回忆统统抛之脑后，宁桃一骨碌爬起来看向了面前这样貌迥异的三人，神采飞扬地拍了拍手掌："醒了！醒了！别催！"

"我们到哪儿了？！"刚说出口，脚下的"地面"突然剧烈地晃动了起来。

这其实根本不是"地面"，只是块木板而已，他们如今正在一艘大船上，船舱里挨挨挤挤地坐满了人。

而面前这三个，张琼思、宋居扬、蛛娘，都是她的好朋友！

这事儿还得从她刚醒来那天说起。

老头儿临走时将这一辈子的修为，连同半腔子阴阳双生血脉全灌进了她体内。在"金蝉脱壳秘术"的作用下，宁桃醒了。

一睁眼，眼前是一片黑暗，还没等想明白怎么回事，她就悚然地发现，她快被憋死了！

用尽全身力气，宁桃撬开了棺材板，从坟里硬生生地爬了出来。

天上正下着蒙蒙细雨，远处如黛的青山便氤氲在烟雨中，宁桃躺在地上，大口地喘息了几次，用胳膊挡住眼睛，擦干净眼泪，回头看了眼这黄土包，又动手把自己的坟重新埋上了。

她醒来之后，无处可去。

那天下了场大雨，宁桃淋得就像只落汤鸡，鬼使神差地来到了太初学会门前，窘迫地敲响了门。

王芝英夫人给她开了门，看到她吓了一跳。

宁桃当时就十分没出息地哭了出来。

太初学会的人赶紧把她迎进了门，有的去拿干净的衣服，有的去端姜汤，有的去烧水。

看着男男女女欲言又止又关切的目光，宁桃张张嘴，抽了抽鼻子，擦着眼泪说出的第一个字是："饿。"

她好饿。

众人“轰”的一声炸了，急急忙忙地立刻转身去酒楼点菜。没一会儿，菜就被送到了太初学会，宁桃这个时候根本没心思去顾及别人心里的感受，菜是红烧排骨、清炒豆芽和一盘子酸辣炒藕带，再加一碗蛋花汤，酒是太初学会自己酿的，就埋在离浑天仪不远处的桃花树下——菜一上来，众人就眼睁睁地看着宁桃夹了一筷子红烧排骨塞进嘴里，脸上还没什么表情，但眼里两行热泪顿时滚了下来，看得张琼思呆了呆，看着看着也忍不住红了眼眶，伸出手揉了揉她脑袋。

张琼思这一动，太初学会其他人有样学样，纷纷拥上去揉了宁桃的脑袋，摸了摸脸，理了理头发和衣服。

在大家的包围下，宁桃拿着勺子舀了口汤喝，眼泪啪搭啪嗒地落在了汤碗里，边吃边哭。

这是人间的烟火。

活着的感觉真的太好了，吃了一半，宁桃吃不下去了，搁下勺子号啕大哭。

“夫……夫人，前辈死了。”

王夫人叹息了一声，把她叫到了自己面前，和她说：“我们早就知道了。这有什么过不去的，人生嘛，哪能没坎儿？”

从王夫人的口中，宁桃这才懵懵懂懂地意识到，原来从她被捅死到现在已经过去了几十年了！

怪不得王夫人和琼思姐姐他们好像都成熟了不少，大家都是道士，就算不是道士，太初学会每隔几年也会斥巨资购进一批驻颜益寿的丹药，故而时间并没有在大家身上留下过多的痕迹。

可是，雁丘山、扶川谷那一幕幕还浮现在她眼前，恍若昨日。

“桃桃，你以后打算怎么办？”

宁桃红肿着眼睛，摇了摇头，老老实实地说：“我、我不知道。”

就算死了，她也没能回成家，已经无处可去了。

早就料到了是这个结果，王芝英夫人又揉了揉她脑袋：“那就留下吧，留在太初学会。

“桃桃，我们需要你。”

从那之后，宁桃就在太初学会留了下来。

刚开始那段日子，的确十分难挨，宁桃忙着誊抄翻译那些西洋书，埋头学学学，有意无意地将常清静、苏甜甜他们统统都放下了。

宁桃是真的觉得自己已经把常清静他们都放下了。

但王夫人一直不放心她，总是眼神如水、神情复杂地摸着她脑袋，建议她出去走走，说是读万卷书，行万里路。

于是，宁桃便和张琼思结了个伴，天南海北地到处跑，一边跑一边绘制地图，一路跋涉高山大川，用脚一寸一寸地丈量土地。

在这过程中，她和张琼思又抱着书跑了许多偏僻的村落，帮着“传教”，啊不，教书，努力宣传推广这些新知识新思想。

机缘巧合下，她们碰见了宋居扬和蛛娘。四人志同道合，从那之后，就开始结伴而行。

而现在，他们正在一艘大船上，沿着江水一路往上，最终的目的地是西边的阆邱。

她和琼思姐姐还没去过阆邱，听说最近这段时间阆邱正举办阆邱大比，这是一大盛典，不少道士都会去那边。

傍晚，宁桃抱着膝盖，孤零零地靠边儿坐在船舱里，看着窗外摇摇晃晃的水波，脑子里反反复复地斗争。

她已经很久没有梦到过以前了，这一次这个梦如此清晰，清晰得她龇牙咧嘴，几乎又要有心理阴影。

但她已经决定了，不会再见常清静、苏甜甜、吴芳咏，不会再见任何一个故人。

回忆着自己悲惨的过往，宁桃就想哭。就在想着想着忍不住又要掉金豆豆的时候，小扬子突然走到她身边，在她身边坐了下来。看着这波光粼粼的江水，小和尚张张嘴，若有所思道：“快到了吧？”

“好像是的。”

“桃桃，”宋居扬犹豫了一下，吞吞吐吐地问，“你、你做噩梦了？不要紧吧？”

“没事儿，我现在已经好多了！”

“哦。”

“我听说阆邱里有好多好吃的！”宁桃掰着手指头，笑起来，“我想吃羊肉串！大串的！多放点儿孜然！”

宋居扬一点儿没有小和尚的自觉：“我想吃肉夹馍！多放点儿青椒！”

说是小和尚，实际上小扬子也吃肉，偶尔也会灌点儿酒被憋得脸蛋通红。

他是家贫，家里养不起那么多儿女，才被送到庙里的。

宁桃："油酥饼！"

宋居扬："臊子面！"

两个人齐齐地吞了口口水，不约而同地长长叹了口气。

"唉，怎么还不到呢？"

小扬子好奇地问："桃子你坐在这儿，在想啥？"

"我在想，要是有机会……"宁桃伸手指了指夕阳下的河水，出神地看着河面，"我想躺在冬日结冰的湖水里面。"

此时，暝色已合，河水脉脉流淌，水天一色，极为温柔。

宁桃拍拍身边的位置，示意宋居扬坐近一点儿，张张嘴："小扬子，你看，冬天这水肯定很冷，但我想躺在水里面，和水波一道缓慢沉浮。"

她能看到倒映着阳光的扭曲的水波纹，明明灭灭，能看到幽蓝的冰面，冰面上好看的冰裂；冰絮就像星星，沉静幽美，晶莹剔透，转头能看到身侧漂浮着的一个个气泡，缓慢上升，破裂；能看到有一束光从冰裂的罅隙间射入，照在她身上。

宁桃说着说着，入了神。

宋居扬打了个哆嗦："可是这会溺水的啊，桃桃，你不怕死吗？"

宁桃摇摇头："我觉得死亡不可怕，我常常想死后的世界，死了我就能和宇宙融为一体啦！"

"自满而不恰当地说，我属于宇宙。"宁桃张开双臂，深深地吸了口气，仰面躺在甲板上，从容地说，"我从宇宙中来，终归要回到宇宙中去。我化为星尘参与每一次的轮回，同宇宙共享那一百四十亿年的记忆。我能看见黑暗，看见爆炸后的星光。我就是黑暗，就是爆炸后飘浮着的尘埃，就是多少年后的一束星光。我不再受拘束，多么宏伟，多么让人惊叹呀，我只是要回到自己来时的地方，哪有那么可怕呢？"

两个人并肩躺在甲板上痛痛快快地看了一会儿星星，过了一会儿，小扬子便被蛛娘喊去帮忙了，蛛娘又不小心被蛛丝缠了一身。

宁桃静静地躺了一会儿，看着这天这水，这水云交接处的星河。那些星子好像吊在空中，浸在了水里。

看了一会儿觉得冷，宁桃又一骨碌地爬了起来。

入夜，船舱里点了灯，不少年轻的男女正聚在一块儿小声聊天。

"听说那位仙华归璘真君也要去阆邱山呢。"

"阆邱山？去阆邱山干吗？"

"这不是阆邱大比要到了吗！到时候各家子弟都要去的。"

"那岭梅仙君呢？岭梅仙君也去吗？"

"岭梅仙君好像不去，我听说最近凤陵仙家忙着喜事，仙君肯定抽不出身来呀。"

有时候，故人的音信就是来得如此猝不及防，宁桃怔了一下，提着裙子，小心翼翼地坐了下来，抱着膝盖问："有谁要成亲了吗？"

她认识的凤陵仙家的弟子不多，谢迢之、金师姐他们，还有就是苏甜甜的那位竹马兄谢溅雪了。

众人看了她一眼，并没有排斥她，有个胆子大点儿的小声说："当然是苏甜甜姑娘与谢溅雪郎君了。"

"苏甜甜与谢溅雪？！"宁桃睁大了眼。

她离开凤陵仙乡之前，苏甜甜不是和常清静破镜重圆了吗，怎么要和谢溅雪成亲了？

"你也很惊讶是吧？"对方好像误会了她的意思，叹了口气，"明明我们都以为苏姑娘会和蜀山剑冢那位在一起的。"

宁桃又问："哪一位？"

"那一位啊！仙华归璘真君常清静。"

"她与归璘真君本是情投意合的一对，后来不知怎的，便不联系了，据说那位归璘真君走火入魔的那段时间，好像还砍下了苏甜甜的一只手！若不是苏甜甜受凤陵庇护，指不定常清静还要杀到凤陵去。"

说话的人一个哆嗦："听说归璘真君这回也要来阆邱山，不知道是如何冷酷的一个人。"

一时间，船舱里的男孩女孩们都打了个哆嗦，眼里露出了点儿畏惧之色，好像很怕常清静的样子。

阆邱山？常清静要来阆邱山？

宁桃心里一惊，蒙了半秒，有些慌乱，甚至想马上冲过去找张琼思，和琼思姐姐说不去阆邱山了！

下一秒，宁桃的情绪又平复了下来。

琼思姐姐做梦都想去那儿，她也不好意思因为自己打乱了大家的计划。

她这个冒冒失失的想法明显不大现实。况且阆邱山那么大，她也不一定会碰上常清静，就算碰上又怎么样呢？

他们之间早就过去了。

稍微平复情绪之后，宁桃还是按捺不住好奇，旁敲侧击地打探了不少有关常清静的消息。

“我听说那位仙华归璘真君可凶残了。”

众人唏嘘：“剑下不留一个活口。尤其是对上妖怪，妖怪在百里之外听到了他的名字都闻风丧胆呢。”

其中一个姑娘笑着推了一把同伴，努努嘴：“喏，她可喜欢归璘真君了。”

宁桃磕磕绊绊地问：“那……那吴芳咏？”

“咦？你竟然也知道吴芳咏对苏姑娘有意吗？他如今在忙什么，我们也不知道呢，早在几十年前他就离开凤陵啦。”

宁桃愣了一下，试探性地问：“那宁桃呢？”

“宁桃？”对方惊讶地反问，“谁是宁桃啊？”

刹那间，宁桃欲哭无泪。

常清静、她、苏甜甜和吴芳咏，打怪冒险四人组，最后只有她毫无存在感，她也太悲惨了吧，连个姓名都没有吗？

宁桃正欲再开口，蛛娘突然跑了过来。

由于是个蜘蛛精，平常在外行走的时候，蛛娘都会戴个帷帽，此时帷帽前的白纱被江风吹起，露出恳切的八只大眼睛。

“桃桃，该吃晚饭啦。”

宁桃抛下那些乱七八糟的心思，反手握住了蛛娘的手。

“好、好！”

晚饭不只是他们四个一起吃的，还有宋先生。

宋先生是位须发皆白的耆儒，是王芝英先生的好友，至于名字，宁桃无从知晓，毕竟对方是长辈，太初学会里的师兄师姐们绝不会主动向他们提及长辈的名姓。

老人穿着件鸦青色的直裰，黑绉纱的儒巾，笑起来和蔼可亲。

这回宋先生与他们同路，不过不是去阆邱的，而是要去阆邱下面的一座边陲小镇。老人老了，想要办一座书院安定下来，如今正四处奔波为书院延请先生。

宁桃恭敬有礼地朝宋先生行了一礼，这才落座。

宋先生幼年家贫，一向喜欢一心向学的晚辈，对宁桃几人颇有好感，再加上宁桃身上这些奇妙的知识总能带给他不少启发，对待宁桃更像是对待乖孙女一般可亲。

就这样，这艘满载着人的船在航行三天三夜之后，终于到达了三大仙门之一的阆邱山。

阆邱地处西北，地势险峻，粗犷雄壮，绵延多高山。刚跳下船，宁桃他们就被眼前这一幕震撼到了。

远望，是一望无际的翠绿的平原，而在平原绿洲尽头，则是巍峨的雪山群山，放眼远眺，雪山脚下是一抹隐约的淡绿色。阆邱每隔五里都设有一座高台，建筑大多是黄土夯的，一眼望去苍凉雄伟。

有人在拨弄琵琶，铮铮琵琶声不绝于耳。

“是《阳关曲》！”蛛娘偏头听了半晌，信誓旦旦地说。

张琼思：“喏，阆邱的仙人就住在这雪山上呢！”

宋居扬：“这……这就是阆邱吗？”

宁桃合拢了被震撼的嘴巴：“我们先找个地方住宿吧。然后就能在这阆邱城里自由逛逛了！”

由于大比在即，这几天城里的确有不少人来来往往的，走在街上，都能看到踩着飞剑，背着大葫芦，行色匆匆，各式各样的道士，就是没有妖怪。

听说那位大名鼎鼎的仙华归璘真君、风头正盛的剑道大宗师也会来阆邱之后，没有哪个心大的妖怪敢巴巴地凑上前来送死。

蛛娘是个例外。

宁桃他们在这阆邱城里逛了好几天，将这座城市里里外外游览了个遍，张琼思一边走一边咬着笔在本子上写写画画。

不一会儿，蛛娘觉得累了，娇声娇气地拉着宁桃，八只眼睛水汪汪的：“桃桃，我想去吃面。”伸手一指，指的就是不远处一个面摊。

坐在块大石头上，埋头苦画的张琼思闻言大方地摆摆手：“桃子，你带蛛娘去吧，我叫小扬子帮我打下手就行了。”

宁桃也不客气，拉着蛛娘走到面摊前点了两碗面。

眼看风又要吹起蛛娘的帷帽，宁桃眼疾手快地把她挡脸的白纱往下拉了拉。

“别动，要是被看到了就麻烦啦。”

“好的哦。”蛛娘眨巴眨巴大眼睛，用力地点点头。

宁桃轻轻地松了口气，一转身，突然耳畔传来了一道声音。与此同时，一道冰冷的薄薄的触感，猝不及防地贴上了脖颈。

“别动——要乱动，我这剑可就不认人了。”

感受到脖颈传来的冰凉又危险的触感，宁桃心神巨震，一个哆嗦，猛地抬起眼，就看到面前站了几个蜀山的少年，其中一个少年横剑于她脖颈前，面色冷厉，目光冷冷地落在了宁桃和她身后的蛛娘身上。

“没想到，适逢大比，竟然还有妖怪敢偷偷潜伏入城。”那执剑的少年嫌恶地皱紧了眉，他身后的同伴冷笑了一声，放出一道剑光：“蔺卓，你和妖怪啰唆什么？”

这道剑光快准狠地撩起了蛛娘面前的白纱，将这帷帽掀翻在地！

那同伴扯动了唇角，勾出个讥诮的弧度，看向宁桃：“这是你朋友？

“蜘蛛精？”

第15章

宁桃大脑“嗡”的一声，愤怒地涨红了脸：“你们在做什么？！

“谁说妖怪不能进城了？”

这个世界人、妖、道士生活的边界本来就模糊，只要这妖怪不做什么伤天害理的事，人和道士默认是不会无缘无故对妖怪下手的。妖怪与人、道士做朋友的例子更是比比皆是。那名叫蔺卓的少年面上厌恶之色更深：“妖怪就是妖怪！这世上的妖怪都该死。”

宁桃气不打一处来，袖口却被人猛地拽了一下，扭头一看，竟然是这面摊的老板娘。

老板娘赔着笑拉着宁桃走远了点儿，压低了嗓音，轻声道：“小姑娘，你这是干吗呢？何苦和他们起争执？这可是蜀山弟子呀。”

“蜀山？蜀山弟子怎么了？”宁桃憋着火气问。

面摊的老板娘做这天南海北、迎来送往的生意做多了，看到宁桃懵懵懂懂的模样，叹了口气：“这蜀山弟子都受那位仙华归璘真君影响，对妖怪没什么好脸色呢。”

如今，那位仙华归璘真君常清静，是风头正盛的剑道宗师，无数人的偶像，故而蜀山弟子碰上妖怪时，也大多循了这位真君的态度。

老板娘叹息着拍了拍宁桃的手背：“要我说就别触这霉头了，赶快带着你朋友离开吧。”

宁桃怔了一下，心里有些不是滋味。

没想到这么多年过去了，常清静竟然成了这样不可理喻的存在。

宁桃深吸了一口气，认真地看向老板娘：“谢谢你老板娘，但是他们欺负我朋友，我咽不下这口气。”

等宁桃回到摊位边的时候，那叫蔺卓的少年已然黑了脸：“这不是你们该来的地方，还不快滚——”

“滚”字方落，宁桃想都没想，顺手抄起筷筒里的筷子，一筷子打落了蔺卓手中的剑！这一筷子抽在人手背上生疼，蔺卓面色遽然大变：“你——”

眨眼工夫，其余几个观战的蜀山弟子也都变了脸色，刀剑同时出鞘，将宁桃和蛛娘牢牢围住。

蔺卓捂着手背，唇角绷得铁紧，脸都气绿了，一方面是因为疼的，另一方面是因为惊的。蔺卓做梦也没想到看上去平平无奇的凡人姑娘，这一筷子中暗含的气劲竟然如此恐怖。

宁桃扯动唇角，仰起头冷冷一笑，又抓起筷子全都掷了出去。

伴随着破空之声，这些筷子已朝着蔺卓胸口疾射出去，蔺卓眉心一跳，竟然来不及拔剑抵挡。

这些筷子虽是竹子削制而成的，偏生暗含一股强劲的力道，蔺卓只感到浑身上下像被石头狠狠砸中，疼得胸口发麻，肌肤青紫，几欲吐血。

蔺卓面色变了几变。

他好歹也在蜀山弟子中小有成就，没想到连个凡人姑娘都拿不下，一时间，脸上有点儿挂不住，便改去抓宁桃的胳膊。掌心刚一触碰到宁桃的肌肤，蔺卓立刻察觉出不妙，有股沛然的巨力借机透过掌心，狠狠撞入体内，他半只胳膊顿时麻了。

蔺卓反应也快，反手一扭，丹田里气劲暴涨，想要将这股内劲推回去，然而，这一推，气劲却如同泥牛入海。宁桃面色沉静，眉毛都没动一下。

四目相对的一瞬间，蔺卓睁大了眼。

下一秒，铺天盖地的内劲，连本带利又统统涌了回来，撞得他五脏六腑都快缩成了一团，他痛苦地弯下了腰。

“蔺卓！”

“蔺师兄！”

这批蜀山弟子面色大变！

“我没事。”蔺卓咬紧了泛白的唇，缓缓直起腰，脸上冷汗涔涔，看向宁桃的目光全变了。

刚刚他与她内劲相撞结果十分明了——他惨败。

这人怎么会有这么恐怖的内劲修为？这修为简直不是她这个年纪应有的！

这修为没有几百年根本拿不下来！

蔺卓还想再开口，突然——

一声鹤鸣乍响，周遭诡异地安静了下来，喧闹声、叫卖声全都停止了，四周的蜀山同修全都闭上了嘴，怔怔地抬眼看向了街中央。

“真君？！”

“师叔祖！”

宁桃和蔺卓齐齐抬眼看去，只看到了个简陋的青布鹤车正从街头缓缓驶来。

这车简陋又狭小，看上去就像由几张木板拼合而成，车前挡风的青布帘子都已经破旧，车壁上只简单地绘有苍松图案。

就是这简陋到有点儿可笑的马车，在蜀山弟子心中的地位却是不同的，因为那是仙华归璘真君——常清静的座驾。

仙华归璘真君常清静，物质欲望极低，这一生好像只与剑为伍，以除妖为生，除了剑和妖，就再也没有任何事能引动他的心绪。

这鹤车只是经过长街，并未作停留。

蔺卓唇瓣抖了抖，原本愤怒昏聩的大脑骤然清醒，愣愣地看着这鹤车驶过长街，往阆邱山的方向去了，当下也没心思再对付宁桃和蛛娘，慌忙收剑追了上去。

那几个蜀山弟子看了看宁桃，又看了看那车驾，也纷纷咬牙提步跟上。

唯独宁桃呆在原地，有些丈二和尚摸不着头脑，看这些少年的表情，这是哪位大佬的车驾？

另一边，吕小鸿挺直了脊背，跪坐在蒲草团上，忐忑不安地掀起眼帘去看车里的男人：“真君，我们到了。”

虽然车简陋，但他抬眼的那一瞬间，只觉得整个青幔鹤车都为之一亮，这是个极为高大俊美的男人，有八尺多高。

男人穿着件葛布外袍，并不是蜀山弟子常穿的那黑、金二色的正装。

他容色冷峻，眉眼修长，冷冷地垂着眼帘，尤为引人注目的是那一头白发，长至腰际，简单地用道冠束起，怎么看都是个漠然沉稳的美男子，偏偏生着双琉璃一样的眼，看人的时候有种冷厉坚忍之感。

听到外面传来的那一阵骚动声，吕小鸿惊讶地睁大了眼。

“外面怎么这么吵？这是怎么了？”

一双手白皙如玉，修长似梅骨，打起车帘，他波澜不惊地朝外看了一眼，一眼就落在了街边支起的粗陋的面摊上，只见几个蜀山弟子将两个戴着帷帽的小姑娘团团围住。

这两个小姑娘，一个穿宝蓝色的襦裙，另一个穿鹅黄色的。那个穿宝蓝色襦裙的身影不用多看，常清静立刻察觉到这是个妖怪，是个蜘蛛精。

这个发现让常清静皱紧了眉头，面无表情地沉默了一会儿，袖子里的手张了张，那胭脂水色的剑光轻轻一漾，旋即又化作了星星点点的桃花瓣落入了袖口。

有蜀山弟子在的话，这个蜘蛛精犯不着他出剑，倒不如让蜀山弟子练练手。

就在这时，那道鹅黄的身影突然动了，动作快而利落，抄起手边的筷子就掷了出去。

吕小鸿吓了一跳："真君，要不要我下去看看？"

常清静扫了一眼，漠然地放下了帘子："继续走。"

车轮辚辚，不一会儿就拐过长街，驶到了一处宅院大门前。明天阆邱大比，常清静要出席，今天就暂时在这客舍里歇脚。

这客舍修筑得十分宏伟，远远望去，像是雄踞在平原绿洲上的雄鹰，斗拱飞檐在蓝得近乎透明的天空下，展翅欲飞。

刚下了车，迎面就走来了阆邱剑派的秦长老，吕小鸿暗自咂舌，目光却不是落在秦长老身上，而是落在秦长老身后的一个姑娘身上。

那姑娘穿着件紫色的宫装，云鬓雾鬟，修眉细眼，眼下生着一颗泪痣，容色清绝艳绝，每走一步，甚至还有落花翩翩而降。

女人跟随秦长老款款走来，温顺地弯腰朝常清静行了一礼："拜见真君。"

瞠目结舌地看着眼前的女人，吕小鸿不由得红了脸，心怦怦直跳。

如果他没记错的话，这位秦姑娘就是秦小荷了，秦长老的义女，当之无愧的第一美人儿。

秦长老笑呵呵地介绍："真君，这位是小女秦小荷。小女仰慕真君已久，这回听说真君来了，非要亲自过来看看，我拦都拦不住。"

秦小荷看着常清静，面颊绯红，眼里也好像有流光淡淡。

带义女拜见外人，其中的心思可见一斑，常清静却根本没有多看她一眼，目不斜视冷冷地从她身旁擦肩而过，进了客舍；秦长老面色一滞，那位秦姑娘的笑容也立刻僵在了脸上。

傍晚，秦小荷捧着个食盘，穿过长廊，在客舍前停下脚步，轻轻叩响了门：

“真君歇息了吗？”

是吕小鸿给她开的门，看到秦小荷站在门口，温和地微笑，手里还端着个食盘，吕小鸿疑惑：“秦姑娘来这儿是有什么事吗？”

月光洒落在女人身上，月色下的秦小荷肌莹骨润，气度娴雅，肌肤好像都蒙着柔和的光晕，光彩照人得有些叫人不敢直视。

这位秦姑娘笑了一下，端起食盘：“是父亲叫我来送点儿吃的。我能进去吗？”秦小荷好奇地往里面看了一眼，礼貌地问。

“啊？”吕小鸿猛然回过神，让开半步，“秦姑娘请进。”

秦小荷又扬起唇角笑了一下，拎着食盒飘然而入。

美色惑人，眼看着秦小荷进了屋，吕小鸿又慌忙地加了句：“秦姑娘！真君、真君已经——”

秦小荷一进屋突然怔了一瞬，那位仙华归璘真君已经睡着了。

“真君已经睡着了。”吕小鸿张张嘴。

秦小荷震惊地看着眼前这一幕，男人身材很高大，就算是道士也鲜少有长得这么高大的，偏偏蜷缩在榻上睡。他紧紧皱着眉，眉头几乎快皱成了个“川”字，好像在梦中也不高兴，头枕在胳膊上，雪白的长发滑落在颊侧、淡色的唇前。

不可否认的是，睡梦中的这位真君多了几分懵懂到可爱的柔和，少了几分戾气，那眼合上了，像是一只酣睡的大猫。

秦小荷呼吸猛然顿住。

常清静睡得很浅，或许是屋里的动静惊醒了他，他下一秒就动了动，眼睫毛一颤，缓缓掀起眼皮，睁开了眼。

那寒星似的双眸笔直地扫了过来，落在了秦小荷身上。

被这目光扫视着，秦小荷心口一阵狂跳，忍不住提着食盒挤出个最完美无缺的笑容来：“真、真君——”

“出去。”常清静坐直了身子，眼神肃杀，白发如流水般滑落，眼里爆发出令人战栗的戾气与寒意。

“出去。”

吕小鸿站在一边，心都快提到嗓子眼儿了！

秦小荷浑身一个哆嗦，一阵寒意从脚掌贯穿至天灵盖。

但来都来了，她怎么肯这么轻易地就离开？

秦小荷眨眨眼，眼帘半垂，露出个堪称我见犹怜的神情，将这食盒举起：

“真君误会了，我、我是来给真君送吃食的。”

美人嗔而哀怨地看着自己，常清静无动于衷，沉默了半晌。

这半晌的沉默，又让秦小荷心里燃起了点儿希望，却没想到，常清静上下唇一碰，移开了视线：“吕小鸿，打出去。”

打打打出去？！吕小鸿呆若木鸡，实在想象不出来把这位秦姑娘打出去的画面。

但真君下了令，就算同情这位姑娘，吕小鸿还是硬着头皮走上前。

“秦姑娘，出去吧。”

好心来送吃的，却被这样接二连三地羞辱，秦小荷终于忍无可忍，眼里冒出了点儿泪花，那些矜持和自制在这一刻统统被打破：“真君，真君当真不记得我了吗？！”

是。

秦小荷，其实不是第一次见到常清静。

几年前，她曾见过这位仙华归璘真君一面。

常清静皱紧了眉，眼里是全然的陌生和疏离。

对上这视线，秦小荷好像明白了什么，僵硬的身子一点一点放松了下来，一双美目几乎怨毒地死死盯着常清静：“真君不记得我，那总该记得我妹子！我那妹子！”女人闭上眼，眼泪扑簌簌地落了下来，“我那妹子还年轻，那么小，就被你一剑杀了！”

提起往事，秦小荷终于绷不住了，哭了出来。

她那妹子是只狐妖，在她未被秦长老收养前，姐妹二人相依为命。她自小身体就不好，她那妹子四处为她求药，误入歧途，害了不少人也铸下了不少错，后来竟被常清静一剑击杀。

“她的确错了，可她年纪还小，为了我这才误入歧途。”秦小荷泣不成声，恶狠狠地抬起眼，“而你，你竟然忘了！你就没有心吗？！”

将这一幕尽收眼底，常清静那冷峻清寒的面色依然没有任何变化，就连语调也没有任何细微的起伏：“吕小鸿，打出去。”

秦小荷终于忍无可忍，凄声尖叫起来，一边叫一边往后退，两只手胡乱扑腾：“别碰我别碰我！”

女人泪如雨下，盯着昏黄的灯光下这道清越的身影，忽而动了动唇，大笑出声：“是因为那只狐妖？因为苏甜甜？因为你年少时被骗，故而恼羞成怒，从此之后便把怒气发泄在其他妖怪身上？！”

秦小荷一边笑，一边擦了擦眼角的眼泪："大名鼎鼎的仙华归璘真君，实际上不过是个只会迁怒于他人的懦夫！"

然而，就算她搬出来苏甜甜的名字，常清静依然没什么触动，或许是因为觉得吵，眉头皱得更紧了点儿。

秦小荷看着面前的男人，几乎快崩溃和绝望了。

怎么会有这种人？这等不近人情的人，冷漠得根本不像人，就像是一柄剑，一个死物，在他身上根本就没有人应有的感情！

秦小荷看着看着，脑海中蓦然灵光一现，鬼使神差地盯着常清静，又笑了："不是苏甜甜……

"是那个叫宁桃的……宁姑娘？"

第16章

话音未落，秦小荷就清楚地感受到丹田一凉，视线难以置信地缓缓下移，一柄剑身轻薄、细长动人的剑，没入了她的丹田。

这一剑，击碎了她体内的金丹，这剑招速度太快，剑光太凛冽，秦小荷甚至都没来得及有所反应。剑身攀附着桃花枝，她丹田里的血流出来，染红了剑上的桃花。

男人眼里泛着薄而冷的光，唇瓣一碰，森然地吐出一个字："滚。"

拔出剑的刹那，血花飞溅，秦小荷捂着丹田，骇然地连连往后倒退了几步。

宁桃——原来是宁桃。

捂着丹田，秦小荷盯着面前的男人，愣了半秒后，痛快地大笑出来。

来之前，她就已经做好了一无所获的准备，然而这个意料之外的发现……秦小荷虚弱地笑了笑，擦了擦唇角的血渍，让她突然觉得值了。

赔上一颗金丹得到这个真相，激怒他，看到他竟然也如此痛苦，也有着求而不得的人，值了。

常清静面色极其难看，冷冷地站在榻前看着她。

原来那个传言是真的。

原来真的有个叫宁桃的姑娘，死在了他手上。这个叫宁桃的凡人死后，他自我放逐，堕落了三年多，直到回到蜀山。

吕小鸿已然吓呆了，大脑发蒙。

秦小荷却感到了一阵扭曲的快意，嗓音黏腻："哈哈哈哈……原来你也会痛，也会难受，也会有求而不得的东西。杀了自己心爱人的感受怎么样？”

吕小鸿大脑里嗡嗡直响，只剩下一个念头在心底盘旋——宁桃又是谁？

无怪乎秦小荷误认为那是他的爱人，这世上，知晓“宁桃”这个名字的道士不多，凡人则更少。

但凡是对这个名字略有些了解的都知道，这个名字是那位仙华归璘真君的禁忌。

很少有人知晓，那曾经是仙华归璘真君年少的好友，也是这位真君最对不起的人。

面摊前，宁桃呆在原地，有些丈二和尚摸不着头脑：“这是？”

看这些少年的表情，这是哪位大佬的车驾？

不管这是哪位大佬的车驾，但看到蔺卓他们跑了，宁桃重重地舒了口气，心里十分诚恳地谢了谢这位大佬，内心小人儿一鞠躬二鞠躬三鞠躬，做完这一切，这才走到蛛娘面前，把帷帽重新捡起，摁在了蛛娘脑袋上：“走吧！”

蛛娘可怜巴巴地扯着她袖口，嗫嚅：“桃、桃子，那面……”

刚刚她俩点的那两碗面都被打翻了，宁桃沉痛地想，自己肯定是疯了，竟然觉得那水汪汪的八只眼睛可爱。对上这可怜巴巴的视线，宁桃忍痛翻了翻干瘪的荷包，又看了看蛛娘，大脑发麻，豪气顿生地朝着老板娘举起手：“再、再来两碗！打包！”

“呼啦——”回到客栈，宁桃和蛛娘面对面顶头坐着，不约而同地捧起碗，不约而同地吸溜了最后一根面条，不约而同地喝下最后一口面汤，最后又不约而同地重重放下碗，抹了把嘴。

“吃完啦！”

“嗝——”

“桃子！”吃饱喝足后的小蜘蛛心满意足了，眨巴着眼睛问，“我们、我们还有多少钱？”

宁桃翻了翻钱包——呃，惨不忍睹。

他们这两年天南海北地到处跑，又要忙着花高价买那些西洋传过来的新玩意儿，琼思姐姐要忙着做学术，花钱就如同流水，这才刚到阆邱，钱袋子已经空了大半。

看了看自己面前这空碗，蛛娘十分心虚：“我……我明早去织染坊打个零工好了。”

“不行，你不能去，”想都没想，宁桃立刻拒绝了，严肃地说，“刚刚那蜀山弟子你也看到了，要是又遇到他们就完了。”

她虽然继承了老头儿的修为，但这几个弟子毕竟背靠蜀山。

她教训教训蔺卓他们几个人倒是绰绰有余，可万一他们去搬救兵，去找来师长，这人一多，寡不敌众难免就点儿危险了。

她自己死了倒没多大关系，反正也不怕死，但蛛娘不一样。

就算缺钱，她也不能让朋友以身犯险。

两个人又商量了一会儿，琼思姐姐和小扬子终于回来了，听说缺钱这事儿，四个人相对而坐，愁眉苦脸。

小扬子通红着脸抬起头表示，自己可以去化缘，立刻又被琼思姐姐摁下了脑袋。

一直到半夜都没想到什么快而保险的生钱大计，几人只能先各回各屋睡大觉去。

宁桃这一晚上躺在床上，翻来覆去地一直没睡着，虽然说不在意了，可难免还是会想的——想到苏甜甜、吴芳咏；想到已经成了仙华归璘真君的常清静；想到冬日的湖水，她要是死在这里面该多好啊。

想着想着，一阵困意袭来，宁桃终于沉沉睡去。

第二天，宁桃是被张琼思焦急的嗓音喊醒的：“桃桃！桃子！宁桃！不好啦！出事儿了！”

宁桃猛地睁开眼，张琼思急得就像只热锅上的蚂蚁，嘴唇上面冒出了个大泡：“蛛娘、蛛娘被蜀山那些臭道士抓走了！”

宁桃脑子里“嗡”的一声，立刻开始起床穿衣服，一边穿一边往外走：“琼思姐姐，怎么回事？”

小扬子站在门口等着她俩，也急得团团转：“一大早蛛娘就戴着帷帽出去了，说是桃子你不让她去织染坊打零工，那她就四处逛逛，看看还有什么能打工的地方。”

张琼思着急道：“我和小扬子看蛛娘一直没回来，就出去找她，结果正好看到她被蜀山的臭道士带走了。”

宁桃心里咯噔一下，是昨天的那个“蔺卓”？

努力让自己冷静下来，宁桃快步冲出了客栈：“我去找！”

街上道士很多，宁桃他们三个分开去问，竟然真的问出来了以蔺卓为首的那几个蜀山小道士的下落。

“那几个蜀山道士啊？”面前的女修想了想，伸手指了指远处的阆邱山，“好像往山上去了。”

往山上去了——宁桃看着远处巍峨的雪山，一颗心直直地沉了下去。这个时候上山代表着是赶赴阆邱大比的，他们想找到蛛娘的话，就必须跟着上山。

可是上山的话，说不定就要见到故人了，想到这儿，宁桃摸了摸自己的脸，在张琼思诧异的眼神中，飞一般地冲到了街心：“琼思姐姐等等我。”

一口气买了俩面具、俩面纱，在张琼思和小扬子震惊的视线中，宁桃一口气把这四副面罩全罩在了脸上，最后又戴上帷帽，松了口气，转过身：“走吧。”

张琼思眼角一抽：“有这必要吗？”

那可是太有必要了，影视剧都是这么演的啊，帷帽一掉下来，就要见到故人了。又听说常清静会来这阆邱大比，她必须得做好准备，确保万无一失才行。

宁桃叹了口气：“以防万一。”

整理了一番着装之后，三人开始艰难地往阆邱山上爬。

阆邱山海拔高，宁桃倒还好，有老头儿的修为加持，爬上山顶不在话下。小扬子和琼思姐姐整天在外面跑，体力也比普通人好上一大截。但饶是如此，三人还是一路走走停停，气喘吁吁地爬上了阆邱山。

才爬上阆邱山，饶是这两年来寻访过不少名山大川，三人还是被狠狠地震撼到了。

山上飞雪连绵，悬石错列，山峰嶕峣，在这一片险峻的雪山之中，红墙林立，亭台楼阁矗立在云雾白雪之中，有不少白皙俊俏的阆邱弟子，踩着飞剑来来往往。

宁桃懵懵懂懂地想，如果从这儿跳下去的话，一定会死的吧！不知道会不会痛。

宁桃慢慢回神，看向了面前守山门的弟子。

在山门前他们就被拦住了。

这回大比，阆邱剑派上上下下十分重视，没有请帖不让入内，守山门的俊俏小帅哥，冷冷地出剑拦住了宁桃他们。

宁桃咬牙走上前，企图商量一下：“道友，我们、我们是去找人的。”

“我们有个同伴是个蜘蛛精，被蜀山弟子抓走了。”宁桃放低了身段，望着面前这俊俏的小帅哥，努力赔笑，“道友当真不能通融一下吗？我们找到了她，马上就出来，绝对，绝对，不多耽搁！”

听闻是蜀山弟子，那守山门的弟子也露出个“我懂”的同情眼神：“抱歉，姑娘，没有请帖真的不能入内。”

“怎么样？”

走到一边，张琼思皱紧了眉头问。

宁桃摇摇头：“不行，不让进。”

看向这来来往往的过路人，宁桃喃喃：“再另想个办法吧。”

实在不行，宁桃豁出去了地想，就打晕一个，借某位倒霉仁兄的请帖。

不过这招有风险，宁桃也不敢轻易尝试。

三人在山门前像无头苍蝇般转了一会儿，突然被前面不远处的一阵动静吸引了注意，宋居扬疑惑地问：“那是凤陵仙家的车驾吗？”

凤陵仙家？宁桃猛地抬起眼，远远就看到一辆装饰得十分华美的车驾停靠在了山门前。车身微微倾斜，一只白而修长的手缓缓探出，掀开了帘幔，紧跟着，踏出了一只青色的长靴。

宁桃视线一路往上，顿时睁大了眼，喉头也像是被堵住了，说不出话来——从车里，缓缓步出了一个手捧暖炉的青年。青年眉眼温润，裹着一袭雪白的貂裘，长发用玉簪别在脑后，修眉细眼，唇红齿白。

这是……谢溅雪！谢溅雪怎么会在这儿？

宁桃惊了一瞬之后，又默默在心里打了自己一巴掌。

阆邱大比，谁都可能出现在这儿好吗！

宁桃紧紧地盯着不远处这道青色的身影。按理说，她应该移开视线的，可是乍一看到记忆中熟悉的故人，她就不由得僵在了原地。那些回忆分崩离析，又纷至沓来，全涌入了脑海里。宁桃张了张嘴，傻傻地站在原地，脚步好半天都没能移开半步。

她在这儿看到了谢溅雪，是不是代表着她还有可能见到常清静、苏甜甜和吴芳咏？

宁桃，你真没用，快冷静下来。

在心里又给了自己一巴掌，宁桃连忙移开视线，心狂跳。

可是，太晚了，她慢了半步。

道士是何其敏锐的，只一瞬，谢溅雪就微微偏头，察觉出来了不对，目光落在人群中，略一搜寻，就定格在了宁桃身上。

宁桃：“……”

隐隐察觉出来了点儿不对劲，宋居扬担忧地伸着手指杵了杵宁桃：“桃桃？”

张琼思：“桃子？”

沐浴在那道视线下，宁桃口干舌燥，心跳如擂鼓，大脑好像都麻了。

在这种情况下，她又做了一件错事。宁桃慌乱地避开视线，脚步一转，匆忙地躲进了人群中。

躲进人群中，感觉到谢溅雪看她的目光消失了，宁桃不大放心，踮起脚尖又往前看了一眼，山门前哪还有谢溅雪的身影，看起来已经走了。

宁桃松了口气，摇摇头，正打算提着裙子蹑手蹑脚地走出人群，一道清冽如泉水般的嗓音却猝不及防地自身后响起：“这位道友，是认识我吗？刚刚看我，可是有话要对我说？”

她实在太蠢了。

宁桃悔不当初，悔得肠子都青了。

对于她而言，从睁眼、闭眼到现在也才过了将近两年的时间，谢溅雪他们却不一样。这对他们而言是实打实的几十年，不论是常清静还是谢溅雪，都不是几十年前那尚显生涩懵懂的少年了。

宁桃刚刚这番操作，蒙过几十年前的谢溅雪还行，谢溅雪倒也不会多想，可是几十年后的谢溅雪明显比少年时的谢溅雪沉稳警觉了不少。

宁桃的动作还停留在提着裙子的那一瞬间。

攥紧裙摆，宁桃冷汗涔涔，努力挤出个瓮声瓮气的语调，急匆匆地就想从谢溅雪身边跑过：“道友，我、我刚刚认错人了！”

这简直就差把“心里有鬼”这四个大字写在脑门儿上了，看着这身着一袭襦裙，飞扬跳脱的小姑娘，谢溅雪莞尔，心里有点儿好笑。

他遇到过不少仇家，但没有遇到过像这种毫无经验的。不过好笑归好笑，他也不可能就这样轻而易举地放这个鬼鬼祟祟的小姑娘离开。

“且慢。”青年脚下旋开半步，若有所思地盯着宁桃看了一眼，“道友，能不能掀开帷帽，让我看一眼呢？”

来、来了——早做好了准备的宁桃，心里的警铃丁零零直响，挺胸收腹如临大敌。

看到这小姑娘一本正经，如临大敌的模样，谢溅雪又温和地笑了一下：“不行吗？”

宁桃咽了口唾沫，脑子里灵光一现：“行，倒是行，但是得——”

“得？”

“得加钱。”三个字脱口而出。脱口而出的刹那，宁桃又恨不得给自己一巴掌。

说什么乱七八糟的呢！

谢溅雪："噗。"

第17章

"好啦，不开玩笑了。"宁桃举起手，犹豫一下，玩了个文字游戏，"掀开也行，但是只要我掀开了这帷帽，你就能放我走吗？"

"这帷帽"三个字被宁桃有意地加重音念了出来。

谢溅雪浅笑："好，我答应你。"

颤抖吧，竹马兄——宁桃得意扬扬地掀开了脑袋上的帷帽。

谢溅雪全神贯注地看着她，宁桃也在偷偷留意着谢溅雪的反应。

果不其然，看到这一层帷帽掀开后，下面又有一层面纱，谢溅雪蒙了，呆了。

"我已经掀开这帷帽了！"宁桃把帷帽握在手里，不等谢溅雪反应，就推开他从他身边跑了出去。

"道友该兑现自己的承诺了！道友再见！"

"等等！"谢溅雪一把抓住了她。

宁桃浑身一个哆嗦，半边身子立刻僵住了，好像又有一股熟悉的寒意倒逼入胸口。

谢溅雪根本没有想到她反应会这么大，察觉到指尖下这骤然冰凉的肌肤，谢溅雪又愣了半秒，缓缓松开了手："抱……抱歉，是我失礼了。"

"你不是要进去吗？我带你们进去怎么样？"松开手，谢溅雪缓缓站定了，提出了个交易。

"刚刚是我失礼了，就由我带你们进去作为赔罪吧。

"那是你的同伴吧？道友，你们是想进去找人？"

不管怎么说，竹马兄松开她之后，宁桃终于回神，体温渐渐回升。

她才不信竹马兄的鬼话。

但看着谢溅雪，想到里面生死未卜的蛛娘，宁桃还是犹豫地点了点头："我……我去问问我同伴。"

谢溅雪静静地站在原地，看着那小姑娘提着裙子跑到了同伴身边。

明知是陷阱，但一想到蛛娘，三个小朋友脑袋对着脑袋，嘀嘀咕咕地商量了一阵子，大义凛然地点点头，最后是由张琼思款款走来，拍板，一锤定音：

“好，你带我们进去吧！”

谢溅雪温柔又干净地笑了，点点头：“好。”

这一路上，宁桃还是很警惕，小心翼翼地走在了琼思姐姐身边。

张琼思和小扬子对谢溅雪有所耳闻，也知道宁桃在担心什么，一左一右体贴地帮她挡住了半个身子，充当门神。

张琼思眉眼沉静，十分有做姐姐的风范。

谢溅雪恍若未察觉到这股警惕一般：“不知道友如何称呼？”

宁桃摆摆手：“我姓薛。”这主要是因为宁妈妈姓薛。

“哦，那是薛桃？”

竹马兄好敏锐！宁桃生生打了个哆嗦。

这个和宁桃高度类似的名字，总让宁桃觉得不自在，她又磕磕绊绊地补充了一句：“是、是。但我不叫薛桃，我叫……薛、薛芝桃！叫我芝芝桃桃，不，叫我芝桃就好啦。”

谢溅雪忍俊不禁：“芝桃好。”

做戏要做全套，宁桃状似懵懂好奇地问：“那道友呢？道友叫什么？又是哪里人？”

谢溅雪温声细语地回答：“我叫谢溅雪，出身凤陵仙家。”

“谢溅雪？”宁桃睁大了眼，配合地做出了个十分震惊的表情，“是那个谢溅雪吗？！”

“嗯？哪个谢溅雪？”

“就是凤……凤陵仙家那个，苏甜甜和仙华归璘真君的朋友！”

谢溅雪了然地看了宁桃一眼，笑了笑：“仙华归璘真君？芝桃也喜欢仙华归璘真君吗？”

虽说如今的常清静为人冷酷，不近人情，但样貌实在长得好，有不少姑娘对其心生向往，爱慕这位道君，称他是天上地下绝无仅有的仙君。

“呵呵。”宁桃呵呵一笑，笑而不语。

谢溅雪也只当小姑娘爱慕常清静，宁桃干脆顺坡就驴，点头如捣蒜。

“我这回和朋友到阆邱，”宁桃一脸为难地说，“其实也是想看看仙华归璘真君的，可惜——”

“可惜，没看到？”

“是啊。”宁桃捧着脸，忧愁而夸张地叹了口气。

谢溅雪又“噗”的一声笑出来，忍俊不禁地问：“芝桃姑娘多大了？师承何处？”

宁桃想都没想，利索地一口回答：“十八！无门无派！”

她是永远的十八岁没错了！

这一路上谢溅雪几乎笑弯了眉眼，原本那将她留在自己身边的警惕心也微妙地散去了不少，主要是，这个芝桃小姑娘，未免，太可爱了！

被称作小姑娘的宁桃：“……”

大比就设在阆邱山试剑坪上，要去试剑坪必须经过一条陡峭险峻的栈道，栈道缘山而建，宛若平贴崖上。

走在悬崖峭壁之间，宁桃视线却总是不受控制地往下看，只见其下阴壑森森，万籁萧萧。

“芝桃姑娘？”

宁桃没有多想就脱口而出：“我在看，从上面跳下去，肯定会死吧。不知道痛不痛？”

宁桃看着这下面云雾缭绕的深渊，怔怔出神。

谢溅雪讶然。

一般人只会关注于阆邱奇峰错列的美景，从来没有人看到悬崖美景想的却是跳下去会不会死，痛不痛。

下了栈道，登上石阶，石阶两旁青松苍劲，曲挺纵横，针叶尖扑簌簌地抖落不少积雪，覆压在行人肩头。

走过落满了飞雪的湿滑山道，一路向上，试剑坪上已经有了不少人，这里也是最有可能找到蔺卓那几个蜀山弟子的地方。

一到试剑坪，匆匆忙忙地和谢溅雪道了声谢，不等谢溅雪喊停，宁桃像一条泥鳅一样，迅速滑入人群中，眼神在众人面前扫来扫去。

然而她非但没有找到蔺卓，反而被迫听了一耳朵常清静的消息。

作为如今风头正盛的剑道巅峰，常清静理所应当地也受邀参加了这次大比，不过，主要是起个吉祥物的作用。然而，这大比都快开始了，别说常清静了，连根白毛都没瞧见。

“仙华归璘真君来了吗？”

“这都什么时辰了？”

“这位仙华归璘真君好大的架子。”

这些话，对宁桃而言，基本是左耳朵进右耳朵出，有一搭没一搭地听着，所有的精力还是倾注在了找蔺卓这件事上。

不一会儿的工夫，小扬子忽然神色匆忙地朝她跑了过来："桃子！"

宁桃大老远地看到宋居扬的表情，心里咯噔一下："有消息了？"

小扬子点点头，小心谨慎地拉着宁桃的手，悄悄把她带出了人群，伸手朝某个方向一指。

循着小扬子手指的方向一看，宁桃一颗心登时提到了嗓子眼儿。

她看到了蔺卓和蛛娘的身影！

那帮蜀山弟子正聚在一起和同伴说着话，蔺卓微皱着眉，剑柄压在蛛娘的脖颈前，牢牢限制了她的行动。隔得远远的，宁桃看不到蛛娘的神情。

看到这一幕，宁桃有点儿火大。

"你等等，"反手盖住小扬子的手背，宁桃嗓音铿锵有力地交代，"我这就去把蛛娘救回来！"

小扬子睁着圆溜溜的大眼睛："桃子，你小心。"

"我没事儿。"宁桃摇了摇头。

她如今可是他们这支小分队里面的主要战斗力，就算再来十个蔺卓她也不怕。

"桃子！"

正当宁桃撸起袖子准备往前冲的时候，忽然，蛛娘转个身，好像也看到她了，随着两人距离逐渐缩短，宁桃清楚地看到了蛛娘脸上的惊喜、错愕和显而易见的委屈。

蛛娘是个刚化成人形没多久的妖怪，单纯好骗，撇撇嘴，眼眶里眼泪直打转，看上去就要哭了出来。

宁桃心急如焚地朝她挥了挥胳膊，差点儿跳起来，示意她别过来。然而，"傻白甜"蛛娘根本不管这个，眼里就只剩下宁桃，委屈得直掉金豆豆，用力一把推开蔺卓，朝着宁桃飞奔而来。

蔺卓正和同伴说着话，没想到剑下扣着的蛛娘突然暴起，竟然真被她推了出去，推得一个踉跄。

回过神来之后，蔺卓脸色遽然大变，面色铁青，眼睛眨也没眨，放出一道飞剑直追了上去："妖怪休跑！"

"蔺师兄？！"还在说话的蜀山弟子都被吓了一大跳。

蔺卓恶狠狠咬牙，一双眼冷酷地盯着前方："那蜘蛛精跑了！"

那些蜀山弟子错愕了一瞬之后，纷纷放出飞剑帮着追，于是，画风立刻变了，原本还算祥和的试剑坪上，陡然响起一阵轰隆隆的剑鸣！

宁桃心惊胆战地看着蛛娘屁股后面追了一大堆飞剑，朝着自己狂奔而来！

“等……等等！”

她刚刚想着的救人明明不是这个画风和这个剧本！

试剑坪上的一众听到动静，纷纷侧目，旋即神情呆滞地看着眼前这一幕：这是个什么玩意儿？！

剑气撩动裙摆，蛛娘这时候终于察觉出来屁股后面冷得有点儿瘆人，眼里飞出了泪：“呜呜呜，桃桃，救命啊！”

宁桃：“……”

宁桃差点儿也给跪了，咬咬牙，再度撸起袖子准备上。

“等等！我马上来！你先遛着！”

屁股后面追了一大堆飞剑，蛛娘泪流满面，哇哇大哭：“这、这怎么遛啊？呜呜呜……”

虽然如此，但“傻白甜”小蜘蛛精还是坚强地脚下如踏风火轮一般地穿过人群，轰轰烈烈地在人群中喊了一遍又一遍：“让让！

“麻烦大家让让！”

所过之处，一片鸡飞狗跳。

宁桃深深地吸了口气，追着蛛娘冲上去，眨眼间已掠出去三丈，打算从蛛娘屁股后面把这些飞剑一把一把全打落下来。众人只觉得眼前一花，紧跟着又是一道刀光，刀气上冲斗牛，神光灿烂，如玉虹贯日，秀出半天，忽而间，又如流星坠地，气劲横扫，卷起这玉砖上的飞雪玉花。

在这飞雪连绵中，多出了一道疾若闪电的身影。少女像道小旋风一样直奔飞剑而去，罗裙卷起这细雪，恍若飞蓬飘絮萦绕周身，远远望去，更如风雪中一朵明快的石榴花，其间艳色，伴着刀气，风姿绰约中又清冷不可逼近。

好惊艳的刀光——这试剑坪上的众人不由得暗叹，还有人低声叫了句“好”。但看这姑娘的身形，只不过十多岁的年纪，这一露手，便是如此惊才绝艳，私底下肯定花了不少工夫。

阆邱大比，果真卧虎藏龙。

就在宁桃正准备动手拆剑之际，忽然——蛛娘脚下一个踉跄，直直往前一扑，就要栽倒在地。宁桃睁大了眼，这一切就发生在瞬间，眼看着面前这傻白甜小蜘蛛即将被捅成筛子——一道胭脂水色的剑光陡然从天而降，没有言语能形容这一剑的威力。这一剑与方才那一刀，正好相配。

这一剑，剑身轻薄，像是带着桃花的芬芳与飞雪的冷意，破空之时，还响有细细的剑鸣，如同美妙的歌声与美人的呻吟，桃花花瓣如同流沙般自剑身倾泻而下；这一剑，冲淡圆融，剑光在半空中一绞，竟然把这些蜀山精英弟子的剑光统统绞碎！

蛛娘愣愣地张大了嘴，入目是一双雪白的长靴，素净、一尘不染，顺着这长靴一路往上，是一袭雪白的长袍，劲瘦的腰身——面前站着的是个八尺有余的男人，雪白的长发披散在劲瘦的腰身后，用水苍玉的道冠束起，眉目被风霜浸染，冷冽动人。

男人眼睫微微一扬，一双冷漠的眼不偏不倚地看向了她，眼里像是倒映着浩然清气，仙云星河。

与此同时，整个试剑坪也都安静了下来，匆忙追上来的蔺卓也猛地刹住了脚步，面色陡然一变，唇瓣抖了抖："真、真君。"

宁桃站在原地，飞扬的罗裙垂落下来，脑子里"呼啦"一声，好像试剑坪的风雪一瞬间全都倒灌入四肢百骸，冻得她僵立在原地，遍体生寒。

仙华归璘真君——试剑坪中短暂地寂静之后，随即一片哗然！

然而，对于宁桃而言，面前这风霜冷冽、高大挺拔的男人，有着另一个有些可笑和滑稽的名字——小青椒。

试剑坪上的一众道士，呆了半秒之后，猛然回神，下意识地看向这刚刚扑倒在常清静脚边的小蜘蛛精。她这一栽，正好拽住了常清静的衣摆。

据闻仙华归璘真君常清静平生最厌恶妖精，这只小蜘蛛精竟然扑倒在常清静面前，还揪住了他的衣摆！一时间，试剑坪上下一片鸦雀无声，看着这蜘蛛精的眼里满含同情，因为一般在这种情况下，这只蜘蛛就要变成死蜘蛛了。

常清静漠然地站在原地，冷冽的目光微微一顿，顿在了揪着自己衣摆的那双手上，衣摆下的长靴纤尘不染，他神情不变，苍苍白发垂落颊侧，看起来漠然沉稳至极。

然而——就在下一秒，那道胭脂色的剑光猝不及防地再次划过虚空，以迅雷不及掩耳之势，抽在了少女柔软的手背上！

宁桃这个时候脑子都是蒙的，嗡嗡直响，看到这一幕，想都没多想，更快一步冲了上去，将蛛娘一把拉开，于是，那道胭脂色的剑光，"咻"的一声，狠狠抽在了她小臂上。

多年后久别重逢，竟然就被常清静这狗东西抽了一下，宁桃倒吸一口凉气，帷帽下的脸顿时扭曲。

倒不是疼的，她周身一直有气劲护体，这一道剑光，于她而言无非是挠个痒痒的程度。

没有预想中的大悲大喜，匆匆一瞥间，她只是有些错愕和感慨。

她当务之急是赶快带着蛛娘溜掉！

第18章

这试剑坪中的道士，也被这突如其来的宁桃弄蒙了，旋即倒吸一口冷气，佩服这姑娘胆子恁大！

常清静皱紧眉，面无表情地看了面前这头戴帷帽鬼鬼祟祟的小姑娘一会儿，淡淡道："站住。"

站住才有鬼了——宁桃身形僵了僵，拔腿就走，走得更快。

常清静抬起手，又是一道迅疾的剑光破空而来，这一剑直接抽在了宁桃膝窝。

宁桃一时不察，差点儿瘫倒在地上。

"她，留下。"常清静疾言厉色。

宁桃有些恼怒，抿着唇，又从地上爬起来，一声不吭地走得更快，下一秒，去路被人挡了个严严实实。

一转身的工夫，常清静就已经拦在她面前，神色难看，冷冷地盯着她，手上的剑光闪烁了两下。

宁桃咽了口唾沫，不自觉地往后退了一步，突然感到一阵强烈的压迫感和陌生感，甚至有些恍惚。

原来已经过了这么久，当初那个有些单薄纤瘦的少年，已经长成了个一米九几的男人，这扑面而来的风霜冷冽的男人气息，几乎让宁桃有些无所适从——好、好高。这位肩宽腿长的大兄弟你是哪位?

常清静冷淡地往前迈出一步，宁桃就不自觉往后退一步，心一阵狂跳。宁桃张张嘴，也不太清楚心里这莫名的恐惧是怎么来的，其实，让常清静认出她倒也没什么，总归是之前恋爱脑害死了她。她活生生地站在他面前，该辗转反侧、寝食难安的是常清静才对。

看着眼前这一头白发的常清静，宁桃自嘲般地笑了笑，沉默了片刻，主动瓮声瓮气地认㞞："真君见谅，我只是想带我朋友走。"

常清静拧着眉看着她，眸色淡淡，并没有多大反应。

宁桃又努力心平气和地低着眼继续说下去："我和我朋友来阆邱游玩，被你们蜀山弟子平白无故地捉走了……"

不等她说完，常清静突然拧眉冷冷地打断了她的话，嗓音毫无起伏，就像是在陈述一个事实："妖都该死。"

这话一出口，宁桃立刻火冒三丈，仰起脸，冷冷地看着他——如果妖都该死，那苏甜甜呢？苏甜甜怎么没死？他怎么没杀了他宝贝的苏甜甜？

如今的常清静太高了，大概一米九，而她才一米五八，这个身高差让宁桃有点儿绝望，好像不管怎么样，气势上都先输了一大截。

"那苏甜甜呢？"宁桃反唇相讥冷笑，"众所周知，苏甜甜也是狐妖，还曾经是真君的爱侣，苏甜甜怎么没死？难道真君就是如此双重标准？"

话音未落，围观众人又被震住了——她根本不是胆子大，简直是妥妥地在找死！

常清静紧紧盯着她看了一眼，面色冷冷一变，好像有些泛青。他缓缓垂下眼帘，迅捷得来不及眨眼地，又抽出了一道剑光，这一道剑光又直直抽中了宁桃的膝盖。

虽然并没感觉到有多痛，但宁桃手指微微一动，愤怒地红了脸，想打回去。没想到成年后的常清静长成了这个鬼样子，怪不得所有道士谈到他，都避之唯恐不及呢，活该他孤独一生。

不，倒也不对，至少他还有苏甜甜不是？

在爬出坟墓后狼狈地躺在泥地里的时候，宁桃猛然醒悟了。

她不是这个故事的主角。

常清静看着她，眉头轻轻皱起，可能没想到这个凡人小姑娘这么犟。

男人闭上眼，胸膛微微起伏，眉头皱成了个"川"字，耐心终于被用尽了，握剑的手紧了紧："让开。"

宁桃一动不动地站着，紧紧地握住蛛娘的手，对这明显的警告无动于衷。

在场的其他道士纷纷为这姑娘倒吸口凉气，心都快提到嗓子眼儿，果不其然——又一道凛冽的剑光，破裂空气！而这一次，这道胭脂色的剑光，剑尖对准的方向却是——蛛娘的丹田。

宁桃瞳孔骤缩，站在原地，脑子里闪过很多念头，她不愿在常清静面前动刀，那是因为她的修为、她的刀法能暴露很多，而眼下，宁桃骤然出刀，足尖一点，旋身的工夫，已挡在了蛛娘面前，刀气自刀尖发出，竟然将这道剑气直直挑飞了出去。

这刀气与小姑娘娇小的身躯格外不相称，刚猛又霸道，将这道凛冽的剑气挑飞后，刀气攻势不减，又朝那道剑气斫下去，在众目睽睽之下，竟然将常清静这剑气寸寸击散。剑气在溃散的瞬间，犹如一道白练被从中劈开，脉分线悬，更如星子落地；刀气奔腾欲飞，如聚拢千峰，重若千钧，上摩云霄，劈落星辰。

试剑坪上鸦雀无声，一众道士看着眼前这一幕，不由得心底发寒——这姑娘是谁，竟然能一刀劈开仙华归璘真君的剑气？照理说，这般年纪有这等修为，定当有名号传出才是。

目睹自己这剑气被一刀劈开，常清静神情并没有多少明显的变化，依然沉稳淡然，眉眼冷冽如冰。不过，青年只是单单站在这儿，便让人望而生畏。

此时，一轮红日遥挂山巅。

常清静眼帘微微一颤，忽然，一道剑气自他指尖发出，紧跟着，一道又一道，剑气纵横，交织成绵密的巨网，将少女罩于网下。

宁桃手中的刀是精铁制成的，重达千钧，运使的刀法也是一脉相承的刚猛，偏偏身形格外灵巧，如乳燕翻飞，闪转腾挪间，如飞蝗流星，一点一点逼近至常清静身前。

眨眼的工夫，两人就已经交手了数个回合！

这头戴帷帽的姑娘，一路势如破竹，手腕翻转，竟然刀刀往常清静脸上和身上招呼。

这一刀，割破了常清静的脸颊。常清静眼睑半敛，苍白如玉的脸颊上立时多出了个小口子，血珠渗了出来。

下一刀，割破了常清静的衣襟。

这姑娘的刀实在太过直白利落，没有花哨的招式变化，就只是单纯地砍、斫和劈，简单粗暴得宛如在砍萝卜，偏偏常清静也不在乎自己这容貌。

他的攻势一向是出了名的坦坦荡荡不要命，就算这一刀要砍花他的脸，他也并不多费心力护在脸上，没多时，脸上和长袍上便被刀气割出了许多细小的伤口。

有人嗓音颤抖地开了口："这……这是认识？有仇？"

有仇也不能净往脸上招呼啊。

众人不由得扼腕叹息，这张脸颜色这么好，毁了就划不来了！

几个蜀山弟子眼见这一幕，个个愣在当场。

蔺卓更觉遍体生寒，动了动唇，哑口无言，没想到这姑娘竟然有跟常清静一战之力。

飞雪连绵，试剑坪众人都沉默地看着这场交手。

这场交手来得迅疾，结束得也快，宁桃往后疾掠了数丈，气喘吁吁地站稳，刚刚这一番交手，帷帽下她鬓发散落，裙角和袖口都被剑光切开。

宁桃觉得有些懊恼和沮丧。

她虽然得了老头儿百年修为，但毕竟刚醒过来没多久，满打满算也才练了两年的刀法，在这一点上已经输给练了几十年剑法的常清静。至于常清静，轻敌的下场便是在这场短暂的交手过程中也没落到什么好处，一抬手揩去了脸上的鲜血。

察觉到再继续下去终将不好收场，再强撑下去也没有多大意义，正如王芝英先生同她说的，她总归要面对的，逃避不能解决问题，早晚都要面对常清静与苏甜甜他们，必不可能逃避龟缩一辈子。或许等到她能坦然面对他们的时候，她才能真正地从过往的伤疤中走出来。

宁桃咬了咬牙，豁出去般往前踏出一步，掀开帷帽，叹了口气："小青椒，不，常清静，我有话要和你说。"

被发现又怎么样？反正心虚羞愧的该是常清静，她是因为他死的，她还没找他报仇呢。

试剑坪的风呼啸而过，刹那间，风停了，雪停了。在众目睽睽之下，宁桃清楚地看到，男人那双冷漠坚忍的眼微微睁大了点儿。

常清静只觉得脑子里"嗡"的一声，握剑的手微微一颤，修长的手指不自觉又用上了几分力气，眼前仿佛响起了一阵窸窸窣窣的动静——背着个大书包的小姑娘，身上穿着滑稽的蓝白色衣服，窄窄的袖口上戴着星星手链，手链哗哗作响。那些散落的星星，折射出五颜六色的光芒，小姑娘脸色红扑扑的，用力冲他笑："小青椒！"

这个称呼好像从回忆深处，从幽冥中传来，但是他知道，宁桃不可能回来了。他用无数个绝望的、颓废的日日夜夜，接受宁桃不可能回来了。

短暂失神之后，青年眼里的风雪又归于一片寂静和肃杀，琉璃色的眼睛一片冷澈，凉意瘆人："这个称呼，你从何处听来的？"

宁桃之于常清静，却并非单单止步于"友人"那么简单。

她于他而言，是少年时第一次朦胧的悸动，是初识得的心动，是他一直渴求的真正意义上的第一个朋友。他们一起经历了无数次的冒险，更是彼此信任的默契伙伴。

少女好似一个绚烂文明的缩影，他能从她的身上窥见另一个文明绚烂的星芒。他敬佩她，甚至忌妒她。

少年时他亲手剜了她的心，他的自卑、自负、愚钝，所有的不堪，都在她面前展露无遗。从某种程度而言，宁桃之于他，无可替代。

这几十年来，究竟有多少人扮成宁桃的模样他已经记不清了。这几十年来，他见过“她”许多次，庆幸过很多次，也失望过很多次。

他第一次看到“宁桃”的时候是在蜀山论剑台，那是宁桃死的三年后。当时他正在论剑台上练剑，少女却突然出现在了这大雪中。他难以置信地睁大了眼，看着少女站在论剑台的风雪中，跳起来使劲儿朝他挥手：“小青椒——”

他的呼吸骤然急促。

少女脸蛋红扑扑的，浑然未觉地笑着说：“我找你找了好久，该回家吃饭了！我今天做了昂刺鱼烧莴笋！”

可是转瞬间，常清静这才猛然发觉，这是他练剑入障，生出幻觉了。

蜀山山峰竦峙，天地之间万籁萧萧，唯有风雪呼啸，空谷传响，魔障如影随形。

他收了剑，走下论剑台，走进这风雪中。

小姑娘却不依不饶，愣了一下，加快脚步追了上去：“小青椒等等我！”

他走到松馆，点起了那半盏残灯。她就坐在他对面，灯光落在她发间，朦胧的微光在她眼里跳跃。小姑娘撑着下巴，聚精会神地看着他，有一搭没一搭地和他说着话，忽而又大笑起来，笑得几乎直不起腰。

从那之后，“宁桃”便会常常出现在他身侧，在他练剑的时候、休憩的时候，总会突然出现，脸蛋被蜀山的风雪冻得红扑扑的，使劲儿搓着手呵气跺脚：“好冷！”

他攥紧了剑的手指，握紧又张开，渐渐地放松了绷紧的脊背。

他甚至想，有这个“影子”陪着倒也不坏。

甘愿入障境的后果，就是修为寸步不前，剑术一落千丈，最终还是张浩清找到了他：“敛之，不要忘了我们二人之间的约定。那位宁姑娘已经死了。”

那天，他对着松馆的青灯独坐了很久，她就躺在床上翻来覆去，咋咋呼呼：“啊，好无聊，好无聊好无聊。”

是，宁桃已经死了，常清静垂眸，动了动唇，握紧了这“行不得哥哥”。

而他还有不得不去做的事，这是他与张浩清的约定，待这事做完他早晚都会亲自到地底下与她道歉。

障境中的她穿着那身蓝白色的衣服，可实际上，她已经很久没穿过那套衣服了，眼前这一切只是他入了障。

这只是障影，并非宁桃，是他自己在无意识的情况下，依照回忆一点一点描摹勾画出来的影子。

他勾画不出真正的她，勾画不出她真正的活泼灵动、大方坚忍。

他对着窗一直坐了很久很久，等到霜落白发。

孤馆灯青，月华收练。

耳畔传来蜀山疏阔悠远的晨钟，一轮红日挂上山巅，烘起霞光万丈。他终于起身，出剑，一声剑鸣，一剑刺入了少女柔软的胸脯。天光微明，熹微的晨光照在了她的脸上，好像有桃花自她胸前盛开。

桃花如雪，翩翩落下，临消散时，她睁大了眼，茫然地问："小青椒？"

他拔剑。

障影消散时，是不会流血的，眼前只是浮现出水波纹般扭曲的光晕。可是，好像有鲜血顺着剑刃缓缓淌下，洇湿了剑上的桃花。

他第二次见到"宁桃"，是在十年后，在某个秘境中。

他随蜀山弟子深入秘境，却误入了蜃龙的幻境。他握剑静立，双眼缓缓地盯紧了这虚空中并不存在的一点。

他又看到了她。

蜃龙是上古神怪，这一次幻境中的宁桃，比任何时候都要逼真。

这一次幻境中的宁桃并未喜欢上他，并未留下要嫁给他的许愿符。

她选择留在王家庵。

他们分道扬镳，他继续去寻找解药，两人之间偶有书信往来。

不久之后，宁桃嫁给了王锦辉。结婚的那日，整个王家庵的村民都来了。婚礼有些简陋，甚至有些"上不得台面"，一众村民聚在一起喝酒，喝得脸红脖子粗，大声叫嚷着，将那些鸡骨头、瓜子壳随地乱吐。

而宁桃则忐忑不安地坐在床上，和村里那些"妈妈子"有一搭没一搭地聊天。她穿的嫁衣并非绫罗绸缎制成，袖口的金凤凰绣工粗糙，栗色的长发绾起，鬓发间的发簪与步摇大多是在镇上买来的，水色粗劣，蝙蝠之类的纹样更是直白得艳俗。

第19章

但她笑得很开心，仰着脸看着王锦辉，脸蛋儿红得要滴血，一向温润如玉的青年脸色红得也像个猴子屁股。

常清静也来了，坐在吵闹的村人间喝了杯喜酒。

王锦辉牵着她来敬酒："小青椒，你也来了。"

她眉眼弯弯地笑起来，只是看着他的眼里少了点儿恋慕，多了点儿友人之间的坦然。

常清静面色煞白，怔怔地接过了酒杯，乡野间的酒又辣又呛，劲头十足。

不该是这样的——他被呛得脸色通红，胃里好像有两团火，一团向上燎上了喉头，燎上了眼角，燎得他眼角泛红；另一团火，一路向下，燎到了心脏的部位，烧得他痛苦地弯下了腰，呛咳连连。

他无不茫然地想，宁桃，不是该喜欢他的吗？她、她那么喜欢他。她、她是想嫁给他做新娘子的。

她担忧地冲上前帮忙去拍他的脊背。

"小青椒，你没事吧？

"都是我的错，你是道士，肯定不能喝酒的。"

王锦辉也担忧地皱紧了眉："清静，你要不要喝点儿水缓缓？"

不该是这样的——常清静越想越茫然。他推开了他们，几乎是落荒而逃。不经意间地一瞥，常清静看到了少女在和王锦辉低声交谈着些什么，眉宇间满是忧虑之色。

"小青椒今日怎么了？我有点儿担心他。"

王锦辉苦笑："常道友性格孤僻，连你都不知道是怎么回事，我就更不知道了。"

"啊！"宁桃恍然大悟地合掌，一脸确信地说，"小青椒喜欢清静，肯定是这婚宴太吵啦。不行，我得去看看他。"

"等等，"王锦辉无奈地扯了扯她袖口，"你是新娘子，桃桃，别忘了自己的身份。"

宁桃这才记起这茬来，羞愧地红了脸："我、我忘了，按你们这儿的说法，小青椒是外男了。"

王锦辉越发无奈，成亲当天，新娘子去追个外男像什么话？

“这样吧，桃桃，你在这儿等着，我追上去看看。”

外男。外男。

酒意渐渐散去，常清静面色复归于苍白，握剑的手青筋寸寸凸起。他们挨得如此之近，言谈亲密，从容地谈论起他，虽有关切，话里话外却将他置于“局外人”的地位。

正因为他只是个无关紧要的局外人，王锦辉才会如此从容，因为他对王锦辉毫无威胁。

这幻境是如此逼真，正如梦境。

人在梦境中，往往意识不到这是梦。在那之后，每一年常清静都会去看她，沉默地隐藏着身形，握剑静立在廊下。他的名声越来越响，她的生活也越来越慵懒幸福。

修行之路危机四伏，暗处杀机潜藏，伴随着声名鹊起，他不得不花费更多的时日斩妖除魔，在各处留下几道剑气震慑群妖。

他往往要穿行在瀚海沙漠或是寸草不生的大雪原中，一去就是数月。一边是刀光剑影、日夜杀伐，一边是赌书泼茶的闲趣——岁月将他和她的生活分割出了一条无法逾越的鸿沟。

他们之间的书信往来越来越少，但每年，若得空，常清静都会站在廊下，隐藏身形去看她。

她只是个凡人，伴随着岁月一同成长蜕变。他看着少女渐渐长成少妇，身形窈窕，有些懒散地蹬着腿，躺在摇椅上，打了个大大的哈欠，脸蛋儿又长了点儿肉，笑起来更加可爱，像个长不大的孩子。

王锦辉刚刚下朝，去俯身亲吻她。

他们已经搬离王家庵。就在他们成亲后的第三年，王锦辉进京赶考，中了进士。

他留在京城任职，她便也搬到了京城。

宁桃不愿意这么小就生孩子，王锦辉便由着她，他们一直到她二十八岁才有了第一个女儿，这在王锦辉的同僚中也极为罕见。她的女儿生得很像她。再后来，女儿渐渐长大成人，她又不愿意让自己的孩子那么早成亲。

王锦辉干脆辞了官，他们四处游历。

他去看她的时间间隔越来越长，取而代之的是巡视四方的时间间隔越来越短。

后来，她老了，坐在摇椅前，笑眯眯地看着孙子，鼻梁上的眼镜早就换了崭新的一副。她去世的时候，也是在那方小院子里，在那葡萄架下。她躺在摇椅上，灰白色的头发垂落在鬓角，眼帘低垂，抱着几本西洋书好像恬静地睡着了。

他就这样在幻境中经历了她的一生，也经历了自己的一生。

他的修为止步于通玄境，最终寿元耗尽也未能飞升，只因为剑术在这世上留下了 笔。

至此，他这才从梦境清醒过来。

谁能保证“真实”的人生并非一场大梦？真真假假，庄生梦蝶，孰是孰非，无人能说得清。

常清静微微一怔，好半天才从这一生中回过神来。他看向四周，雾气还未散去，这代表他还在这个幻境之中。

茫茫白雾中仿佛滴入了一滴水，水滴入雾，周身再度漾起水波纹的光，将他一次又一次地拖入了这场幻境中——这一生，重启。

幻境中宁桃的一生不断重复，他握剑静立着，一次又一次不断重复地看着她嫁人生子，洞房花烛，情投意合，看着她画不好眉，仰着脸，不好意思地让王锦辉替她画眉。

想要挣脱幻境而出，唯有一个办法，就是击碎它，击碎这个幻境。可是，他不想再“杀”她，他已经无法忍受再一次亲手杀了她的痛楚。

蜀山那一次，几乎用尽了他全部的勇气。于是，他只能另辟蹊径，换个对象。

下定决心后，常清静飞快地穿梭在人群中。

这幻境太过逼真，就连这过往的行人也有自己的意志。过路人诧异地看着他，好奇地猜测着这个白发童颜的男人，眉目冷然，紧抿着唇究竟要往何处去。

转过一条巷口，他终于找到了他要找的对象。王锦辉彼时刚刚从官署回来，行色匆匆，脸上不掩疲惫却眼含笑意。他正站在卖胡饼的摊子前，笑着让摊主包两个饼，宁桃最爱吃这个。

“多谢。”青年笑了笑，正准备接过这胡饼。

常清静拔剑。

“你是谁？”王锦辉惊愕地看着他。

话音未落，长剑却没入了他的胸口，他睁大了眼。

“清静？”

在认出他的那一刹那，王锦辉的嗓音戛然而止，他的生命停在了这一刻，手上的胡饼掉进血泊中，那是从他胸口涌出的鲜血。

常清静神情漠然地收回手，眨眨眼，将这飞溅进眼里的血滴挤出来，摊主和过路人惊惧至极的叫喊声都离他远去了。

他只是看着这剑尖上的血滴滴滑落，很快在地上又汇聚成一小摊血，直到宁桃听到动静，跌跌撞撞，几乎连滚带爬地从远处跑来。

看到血泊中的王锦辉后，她崩溃了。

常清静无动于衷地站着，面色只有些淡淡的苍白。

虽说是为了挣脱幻境，可他心中当真对这个“王锦辉”没有一丝杀意吗？

恐怕是有的。

她果然看到了他，惊惧地跌坐在原地，茫然地睁大眼。

“小青椒——你怎么在这儿？”

直到这时，常清静才察觉到不安和忐忑，下意识地将剑往身后藏，然而还是被她看到了这柄滴血的长剑。

他垂下眼，犹豫地伸出了沾满血的手，想要扶她起来：“桃桃。”却被她一把推开了。她坐在地上，盯着他，好像明白了什么，很轻地说了声：“滚。”

那一刻——幻境终于崩碎，他神色平静地从浓雾中走出来。

“小师叔！”

“师叔祖，你不要紧吧？”

在蜀山弟子关切的问候声中，他亲手将那蜃兽斩于剑下。

他第三次见到宁桃，是在十五年后。

有一善于化形的妖怪，不知从哪儿听到了有关“宁桃”这个凡人姑娘的传闻，临死时化作“宁桃”的容貌，朝他求饶。他握剑的手顿了顿，迟疑半晌，将手中的剑送入了她的胸膛。

他第四次、第五次、第六次……第二十一次见到她，都来自有心人的假扮。

于是，他杀了她一次、两次、三次……二十一次。

他第三十二次见到她，是即将突破冲虚境之际。突破冲虚境，再到通玄境，他很快就会迎来他与师尊那个约定。

冲虚境的心魔障境，比前几次来得更为激烈，常清静又看到了宁桃。

她与扶川谷那一百二十个道士一道拥上来。

少女赤着脚，一瘸一拐地走着，原本精致的裙摆此时此刻破破烂烂，满是血污，抬头看向他，努力挤出一个比哭还难看的笑。

这么多年来，他总在深夜梦到这一百二十个道士。这一百二十个道士的家眷，是他一个个屈膝赎罪磕过去的。时至今日，仍有不少家眷未曾谅解他，甚至有不少遗孤凭着一腔愤恨跑到蜀山来行刺他。

但他平静地接受了这一切。

伤害既已造成，他无法靠自己赎罪的意愿和行为来决定旁人该不该谅解，无法绑架他们该不该谅解。突破这心魔幻境的方法，也只有一个，将这些心魔一一击碎。

想要突破境界，飞升成仙者，务必是心志坚定之辈，不会为昔日的恩怨情仇所扰。真正强大的人，只会向前看，也只被允许向前看。他杀了整整三天三夜，杀红了眼，杀到最后。

他跪倒在地上，终于承受不住了。

这几十年来，他亲手杀了披着宁桃容貌的人或妖怪有百余次。他在心魔中杀了这些弟子又有数十次。

等到他终于突破冲虚境，吕小鸿推开门走入松馆，震惊地看着这高大俊美的青年跪倒在地，一只手捂住泛着血丝的双眼，苍苍白发垂落，唇瓣微微一动，吐出来的却只有三个字："放过我。"

再到后来，他已经彻底麻木了。

他心中平静，已经不会再为那些假的"宁桃"、那些心魔幻境中的亡人而生出任何波澜。

他只是面无表情地重复着出剑这一个动作。

他忽然明白了——早晚他都会死，他永远不会飞升。

等突破了通玄境，他就会死，到时亲自去向他们赎罪。

他最后一次见到"宁桃"是在闹市，身着柿蒂花襦裙的小姑娘笑着从他身旁跑过。

他似有所觉地微微侧目，又平静至极地移开了视线。这么多年来，他错认了她身影无数次，早已经习以为常。

如今的常清静不再是当初那个优柔寡断的蜀山小道士。

他冷得像一块儿坚冰，再也不会被任何人任何事所打动。

回过神来后，心里翻涌着的只剩下了滔天的冰冷与怒气，常清静眼里爆发出冲天的戾气。

"这个称呼，你从何处听来的？！"

仿佛冰碴子下落一般的嗓音响起，常清静垂下眼帘，那把散落灼灼桃花瓣的长剑，在手中不安地嗡鸣，几欲脱手而出，将面前这不知天高地厚的人一剑击杀。他一把扯开她头上的帷帽，露出来的是一层白纱。

宁桃："……"

常清静面色果然更加不善，眼看着这剑就要刺过来了，宁桃急得差点儿跳起来——"等等！"然后用力一扯，扯开了这一层白纱，白纱后面还是一层白纱。

宁桃："……"

围观众人："……"

不知道是哪个胆子大不怕死的"噗"的一声笑了出来，然后，试剑坪上噗噗噗地笑成了一片。

置身在这片笑声中，常清静视线微微一转，眼帘一颤，唇瓣抿紧了，冷峻清寒的脸上并无任何多余的表情和波动，好像旁人这一切都与他无关。

宁桃绝望了。

不管三七二十一，宁桃胡乱地将挡脸的东西统统扯了下来，深吸了一口气："是我，我是宁桃。"

常清静大脑空白了一瞬，几十年来，无数次梦回的故人，俏生生地站在了他面前。

他直挺挺地僵在原地，那双眼死死地盯紧了面前的少女，脸色骤然泛白。

少女的眼瞳幽黑，脸蛋儿因为激动微微泛红，样貌在这美女如云的道士中并不算多美，胜在清秀可亲，小家碧玉，每一寸肌肤都好像散发着健康的光泽、丰沛的活力，整个人就宛如一轮闪闪发光、温暖却不晒人的小太阳。

随着这姑娘扯下了脸上的遮蔽物，蔺卓浑身一颤，难以置信地转动眼珠，清楚地看到常清静僵立在原地，那挺直的脊背僵硬得好像再也不会动。

他浑身上下还散发着一股冷冽的冰雪寒气，就像是一座冰雕，雪白的长发被夹着雪粒的山风吹起，宽大的袖摆中，手指微不可察地动了动。

宁桃是死在他怀里的，他清楚地看到血浸透了她身上的柿蒂花襦裙，清楚地看到了她的眼神一点一点地失去了焦距。在那之后，他又不知斩杀了与她容貌相同的妖怪多少次。

常清静微微低头，看了眼自己的掌心，在众人震惊的视线中，断然将"行不得哥哥"收起。

他闭上眼，不欲让这样貌搅乱自己的心神，沉声吩咐身后的吕小鸿："带走。"

他并不相信面前的人是宁桃。

这么多年，幽冥中的故人已经成了他的求而不得，成了无法触及，也不敢触及的伤疤。故而当宁桃重新出现在他面前的时候，他不敢相信，也不愿相信。

不管是谁，出于什么目的，扮成宁桃的样子，不可否认的是，对方赢了，这一次的“宁桃”格外逼真、格外熟悉，他出不了剑，他做不到，做不到像从前那样从容地一剑击杀。

常清静心头平静，偏又如鲠在喉。

吕小鸿也惊呆了。

他跟随仙华归璘真君这么长时间，从来没看到过真君这般失态。

“带回蜀山。”常清静上下唇一碰，又强调了一遍。

吕小鸿这才如梦初醒，走上前，忙定了定心神，朝着宁桃行了一礼，迟疑道：“这位道友……”

宁桃大脑也空白了一瞬，蒙了半秒，旋即反应回来：“等等！我不走！”宁桃一边警惕地看着常清静，一边步步往后退，皱着眉道，“你不信我就算——呃！”后背猛然撞上了什么坚硬的东西，手腕旋即一痛，不知什么时候，常清静已经闪身到她身后，牢牢攫住了她手腕。

宁桃抬起眼。

风从两人间呼啸而过，吹动了常清静雪白的发丝。他居高临下地俯视着她，神情冰冷，察觉到落在他脸上的视线，他垂下眼帘挡去了眼里晦暗的情绪。

正因为不会再期待，故而震动之后，他心里再没了任何波动，看着宁桃的眼神漠然地如同在看着一个什么死物。

只这一个动作，宁桃几乎快僵成了一块木头。

这个体形差导致一股强烈的压迫就像玉山倾覆一样压了下来，宁桃有些恼了，眼珠匆忙一转，正好在人群中撞到了个熟悉的身影，那是——谢溅雪！

宁桃眼睛一亮，踮起脚尖，不顾手腕还被常清静抓着，大声叫了出来。

“谢道友！

“谢道友！”

第 20 章

谢溅雪这时候也正在找她，听到这声音，脚步猛地刹住了，目光相撞的刹那间，宁桃清楚地看到了谢溅雪眼里的震动。

“芝桃？”

不，是宁桃。

无怪乎谢溅雪震动——一是没有想到刚刚言谈甚欢的小姑娘竟然是宁桃；二是没想到早就死去的少女竟然活生生地站在了自己面前；三则是震动于宁桃这和记忆中分毫没有改变的容貌了。

宁桃露出个苦笑。

谢溅雪的反应明显冷静许多，心念电转间，方才小姑娘的鬼鬼祟祟、欲语还休都因为“宁桃”这个身份，如同拨开了乌云荫翳，真相大白。短暂的骇然之后，谢溅雪一眼就看清楚了宁桃如今的处境，忙压下眉毛，神色匆匆地拨开人群走了过来。

看到谢溅雪走过来，宁桃差点儿又跳起来，只是一动，察觉到身后这白发男人将自己的手腕攥得更紧了。

谢溅雪终于赶到了两人面前，目光落在她脸上，动了动浅淡的薄唇，却没有开口。青年裹着貂裘，长身玉立，青簪束发，袖口肩头落了些山中潮湿的雪水。

他怎么不说话？宁桃茫然地看着谢溅雪。

谢溅雪看她的眼神有些复杂，宁桃一头雾水地看着谢溅雪：“谢道友？”

谢溅雪移开视线不再看她了，而是看向常清静，抬起眼，目光不躲不避，一字一顿地说：“常道友，你弄疼她了。”

常清静无动于衷地垂着眼，沉默了半晌，手却握得更紧了：“我要带她回蜀山。”

谢溅雪：“宁姑娘不想和你回去。”

常清静置若罔闻，神情冷淡。

眼看这谈话就要进行不下去了，没有办法，宁桃只能努力自救，费力地举起另一只手，那双葡萄一般的眼认认真真地盯紧了常清静：“我和你回去也行，但是，你必须放过蛛娘。”

她的眼神不闪不避，眼里像是有细碎的星芒。

四目相对的刹那间，就算是做好了面前这人是假的的准备，常清静还是猝不及防地仿佛被刺痛了眼，眼前这穿着柿蒂花襦裙的小姑娘缓缓地与记忆中的脸重合了。

他移开视线，看了眼眼前的蛛娘，竟然真的收了剑，叫吕小鸿把她带出去。

这回试剑坪上的众人下巴都快掉地上了，一向最厌恶妖精的仙华归璘真君，竟然为了带一个姑娘回去，而放过一个蜘蛛精。

“这姑娘什么来头？”有人好奇地压低了嗓音问。

"常清静认识她？"有人皱眉。

还有人一脸了悟："呃，原来常清静好这口？"

这些年给常清静送美人的原来是力气都使错了方向，有人恍然大悟——原来仙华归璘真君爱的是娇小可爱的姑娘！

蔺卓张了张嘴："真——真君！"到底是没敢说出口，只能眼睁睁地看着蛛娘被送了出去。

匆忙赶到这儿的张琼思和宋居扬看到这一幕，急得额头直冒汗。擦了把额头上的汗，张琼思赶紧把蛛娘往自己身后一拉，检查了一遍，确定没有太大问题之后，这才心神稍定。

宁桃朝张琼思使了个眼色，示意张琼思不要担心，又抬起脸去看常清静，抿抿唇再度举起手："我饿了，我能先去吃点儿东西吗？"

阆邱城，一处眼熟的破旧面摊，宁桃、常清静、谢溅雪三人相对而坐。另外几张桌子旁分别坐着张琼思、蛛娘、小扬子以及以蜀山蔺卓为首的一干弟子。

在这之前，宁桃经常会想，要是又遇到常清静会是怎么一副光景，但没有想到会是像现在这样，大家坐下来一起吃面。常清静变了很多，光是坐在这儿，就嗖嗖地直放冷气，身形挺拔如山，垂落的白发增添了几分风霜感；谢溅雪明显就温和多了，岁月好像将他打磨成了一块美玉。

坐在这儿，宁桃有点儿想叹气，戳着碗里的鸡蛋面——面是细细的龙须面，加上鸡丝，撒上葱花、晒干的虾米，又盖了个金黄的煎鸡蛋，汤白浓郁，鲜美得让人胃口大开。

可是现在她没多大胃口，扭头看了眼不远处的人来人往，叹了口气。

本来以为再见到常清静，她会逃避，会号啕大哭，然而，她心里平静得有些超出了她的意料。

宁桃不自在地想。

她本来就不是那种能恨人恨三四年还念念不忘的，叫她高贵冷艳地细数常清静种种对不起她的事，她做不到，可是叫她就这样和"杀她的凶手"把酒言欢，她还没那么贱。

宁桃张了张嘴，也觉得自己有点儿没出息，摇摇头，努力把这些乱七八糟的想法甩出了脑子。

看了眼筷子都没动的常清静和谢溅雪，宁桃奇道："你们……都不吃吗？"

常清静没有搭理她。

谢溅雪倒是笑了笑："我不是很饿，桃桃，你不吃吗？你不是说饿了吗？"

宁桃用力点点头，不再啰唆，利落地拿起筷子开始嗍面，附近桌的宋居扬突然捧着面碗跑了过来。小和尚脑袋光秃秃的，长着青色的发楂，眉眼俊秀，跑过来将碗往宁桃面前一伸，夹起自己碗里的蛋就要放到桃桃碗里，凑到宁桃耳朵身边小声地说："桃桃！给！"

"给我干什么？"

"我这是溏心蛋！"

宁桃眼睛噌地一亮，赶忙拿起筷子把自己碗里的蛋换了过去。小扬子不喜欢吃溏心蛋，但她喜欢吃。两人捧着碗不约而同地笑起来，亲密得有些晃眼。

一偏头，却看到谢溅雪与常清静都在看着她，宁桃觉得茫然："看我干吗？"

看着不亦乐乎和宋居扬换蛋吃的宁桃，常清静再度垂下眼帘，不自觉地错开了视线。不管面前这姑娘是不是宁桃，这个打扮和这个样貌的她实在是太像宁桃了，也太小了。她还停留在十几岁的年纪，穿着件柿蒂花的齐胸襦裙，鬓角装点着嫩黄色的迎春花簪子，系着浅绿色的发带，梳着双髻。

少女的头发并不算顶顶乌黑的，泛着些栗色，动起来的时候发尾好像也跟着跳了起来。

都说美食是能舒缓心情的，雾气蒸腾间，宁桃吃得酣畅淋漓，额头和鼻尖都冒出了点儿细密密的汗珠。

当初那个纤细清瘦的小道士已经长大了，小姑娘却没有任何改变。

谢溅雪轻轻皱起眉。

不知道是不是错觉，他总觉得宁桃和从前比，好像过分活泼了点儿，就像河豚，遇到危险时会膨胀，让自己显得更加庞大一般，这样过分活泼的少女好像在掩饰着什么东西，这些飞扬和跳脱好像都成了粉饰太平的一种手段。

至于另外两桌，气氛也一样僵硬。

蔺卓死死地盯着蛛娘那一桌，半天都没缓过神来，脸上青青白白的，明明白白写着"怀疑人生"这四个大字。

所以，他到底是为什么会和一个妖孽坐在一块儿吃面？

"我吃完了，谢谢。"

谢溅雪也有些出神，隔着缭绕的雾气看着吃得脸色潮红的宁桃，他们如今都已经是独当一面的青年，而宁桃还是当初那个眉眼尚显生涩的小姑娘。

谢溅雪定了定心神，看着宁桃空落落的腰侧，随口问道："桃桃，你的刀呢？"

宁桃搁下筷子，摇摇头：“我的刀刚交给琼思姐姐了。”

她是因为情况紧急才带着刀的。一般情况下，不能带刀，不能一个人走在高处，如悬崖边、阁楼上，不能一个人走在河边、湖边，水深的地方——凡是容易被杀的地方，她都不能去。王先生还给她下了死命令。

宁桃无奈地擦了把脸上热出来的汗，还没等谢溅雪开口，常清静忽而又站起身，冷冷道：“走了。”

“啊、啊！”宁桃慌忙站起身，拍了拍热得红通通的脸，扯了扯裙子，又扶正了耳畔的迎春花簪子，慌忙跟上了常清静的脚步。

她答应了他，要和他回蜀山来着。

“要去蜀山也行，但是我想先回客栈打包个行李，上个厕所。”这个要求确实有点儿得寸进尺，对上常清静的视线，宁桃心跳得厉害，又忙告诉自己——怕什么呀？反正是常清静对不起她。

僵持间，让吕小鸿和蔺卓再度震动的是，常清静竟然又让步了！

宁桃磕磕绊绊地说：“你再给我一天的时间。”

她以为常清静会拒绝，因为现在的常清静实在是很陌生。

那双仿佛沾染了风雪的眉眼轻轻皱起，常清静说不出拒绝的话，也不欲说出拒绝的话。

有些习惯是不会骗人的，面前的人太像宁桃了，他们一起生活了将近两年，朝夕相处，甚至比彼此的兄弟姐妹更了解彼此。

常清静迟疑了一瞬，道：“时间、地点。”

她若想跑，总归跑不出阆邱的地界和蜀山的掌控。

宁桃惊喜道：“明天，不不不！后天！后天在这个面摊上我们再见面。”说完，忙飞一般地拽起张琼思和蛛娘，招呼小扬子跑掉了。

快步走在回客栈的路上，张琼思语重心长地杵着宁桃脑门儿：“桃子，你和常清静之间我懂得不多，也不愿意插手，但你确定你真要和他回去？”

“不。”宁桃一路冲进客房，冲到床边，开始动手打包行李，把头摇得像拨浪鼓一样，“我不去。”

宁桃有些焦躁，难得感到心烦。

她只是想直面这段过往，却并不代表着她愿意被常清静硬带回蜀山，被常清静绑架。

“那你？”蛛娘瞪圆了眼。

宁桃已经背着行李，跑到窗边，开始丈量窗户到地面的距离：“当然是跑了。”

张琼思一把拉住宁桃的手，严肃地看向她："桃桃，你说，你是不是还对常清静——"

"也不是。"宁桃果断地摇了摇头，用力地抓了抓头发，把发髻抓得乱七八糟的，"啊啊啊琼思姐姐，我不知道怎么说！"宁桃欲哭无泪，抓狂，伸着手在半空中乱比画。

可能意识到自己的失态，宁桃又闭上了嘴，过了好一会儿，才张张嘴，喃喃地说："我只是，不想再陷入这段感情纠葛了。"

不该是这样的，她想象中的相认该是很体面的。

她和常清静已经有所成长了，能礼貌疏离地谈起往事，而不是像现在这样。再说了，她明明不是常清静的心上人啊，常清静为啥就逮着她不放了？

宁桃走后，谢溅雪便扬起唇角，浅浅淡淡地笑了笑，起身作别。

常清静一个人坐在面摊前，面前的汤面一筷子没动，暖和的白雾逐渐消散在了冰冷的空气中。由于这冷冽的气质实在和周遭环境格格不入，老板娘也没敢赶客。

周围很热闹，不远处有卖花女在当街卖花，菜贩子挑着担子穿梭在大街小巷中，酒肆旌旗猎猎。

吕小鸿哑然，这么多年，蜀山人来人往，唯一不变的，好像就是剑冢里的风雪。他身处繁华喧闹的中心，却面对极端的孤独与死寂。少年的常清静是清冷、纤细的，已经成了真君的他，浑身上下只剩下了料峭的寒意。他已经不像少年时一样渴求朋友，渴求温暖，渴求缺失的爱意。

他什么都不缺，里里外外，都成了一块坚冰。

那冷峻坚忍的面色终于松动了点儿，好半天，这才垂着眼，拿起筷子，吃了一口。吃这一口，他就好像从陡峭险峻的剑冢，落下了，落到了人间，吃进了人间烟火与人世百态。

越想，危机感便越发强烈，收拾好包袱，宁桃拉着张琼思、蛛娘和小扬子立刻就准备跑路，为此四个人还忍痛特地租了一辆车。

"没办法了。"张琼思拍了拍宁桃的肩膀，"为了咱们桃子的幸福，这点儿小钱还是要花的。"

宁桃顿时大为感动："琼思姐姐、小扬子、蛛娘，谢谢你们。"

坐在马车上，看着车窗飞闪而过的景色，宁桃拍了拍脸，努力振作了精神。

虽然之前好像有点儿凄惨，但是后来能碰到琼思姐姐他们，她真的发自内心地感到开心。

蛛娘坐在马车里陪她，张琼思和宋居扬一人戴了一顶帽子，在外面驾车。

马车很快就驶离阆邱城，往城外去了。

坐在颠簸不定的马车上，宁桃的心忍不住扑通扑通直跳，心里几乎纠结成了麻花，就害怕常清静会追来。她不知道他为什么答应了她这一看就是托词和陷阱的请求，姑且认定为，一个死了的人活生生地又站在了他面前，他心神不宁，智商暂时下线吧。

宁桃咽了口唾沫，心急如焚地又朝外看了一眼。

她现在就担心，常清静突然回过神来追上来。

如今真的没有精力再参与这些恩怨纠葛了，宁桃抿了抿唇，身子又绷紧了点儿。

现在的日子很好，她很喜欢。

好在一直到出了阆邱城，常清静都没追来。

倒是他们出城后不久，就下雨了。

冷雨瓢泼而下，宁桃掀开车帘一看，只看到远处雨雾蒙蒙，城外是一片淡青色的残垣，远处天际也是青色晕染的，雪山朦胧在这片黛青色中，渐渐看不分明了。

宁桃心里咯噔一下，突然有种不祥的预感。很快她这不祥的预感就成真了，原本还算平稳行驶的车身突然剧烈地颠簸起来。

“琼思姐姐，怎么回事？”宁桃探出半个身子焦急地问。

张琼思回头喊：“下雨天路太滑，马车陷在泥里，车轮坏了，走不动道了！”

宁桃见状，想都没想赶紧跳下马车，擦了把脸上纵横交错的雨水，着急地问：“琼思姐姐，马车怎么样了？”

张琼思和小扬子一道儿，半个身子都趴在泥水里修车，听到宁桃问，叹了口气，咬牙：“不行。”

宁桃蒙了半秒，心急如焚，马车偏偏在这时候坏了，常清静追上来怎么办？

又看宁桃淋得跟个落汤鸡似的，张琼思眼露淡淡的无奈：“桃桃，你和蛛娘先去避避雨吧。”

她本是长发松松垮垮地垂在胸前，用个红发带缩起，此时干脆学作宁桃的模样，扎了个利落的马尾。做完这一切，张琼思便又捋起袖子专心致志地干活了。

宁桃想都没想直接拒绝了张琼思的提议。琼思姐姐对她很好，对蛛娘、对小扬子都很好，甚至可以说是好得纵容了，纵容得放下了自己的身段，陪着他们嘀嘀咕咕，陪着他们疯玩儿。

琼思姐姐和小扬子在这儿修车，她拉着蛛娘去避雨，那多没义气。

然而这荒郊野外的，也找不到雨伞，宁桃踮起脚尖，伸长脖子，睁大眼搜寻了一圈，很快眼前一亮，不远处的田埂上，生长着挨挨挤挤的芋头叶，大如伞盖。

宁桃抿起唇角，开心地笑了一下："琼思姐姐，小扬子，你们等等，我马上来。"说完嗒嗒就跑了出去。

本来吕小鸿是想陪着常清静一道去的。

一大早，推开窗子，吕小鸿就皱紧了眉，看着远处阴沉沉的天，察觉出来了点儿不对，转头看了眼常清静。男人还在睡，依然是蜷缩着身子，白发散落，将头枕在胳膊上的姿势。

眉头皱成了个"川"字，他这一晚上睡得不是很安稳。

梦里常清静微微睁大了眼，像只猫儿，看着宁桃朝他用力挥挥手，身上换回了那件蓝白色的古怪的衣服，背上背着大大的书包，踩在地上："小青椒，我回家啦！"

紧跟着，常清静就猛然睁开眼，眼神茫然一瞬，又慢慢找到了焦点。

扶着床缓缓坐直了，常清静沉声问："我睡了多久？"

吕小鸿摇摇头："不久。"

常清静皱眉："现在什么时辰了？"

吕小鸿若有所思："快巳时了吧，真君要去赴约了吗？"

老实说，吕小鸿也不认为那姑娘会赴约。少年张张嘴，有点儿迟疑地开口："真君前天为什么要答应？我觉得，我觉得那姑娘可能不会来。"

常清静缄默不言，自顾自地翻身下床。

吕小鸿往前跑几步，眼睁睁地看着常清静推开门走了出去，那道清俊的身影，渐渐地没入了人群中。

就算心里早有预感，可他还是无法自制地升起了淡淡的希望。常清静想，如果对方真是宁桃，桃桃或许不会骗他的，纵使这个念想如今看来更如同自欺欺人，原本已经僵冷的血液好像终于重新脉脉流动。

明明已经过了这么多年，常清静却像少年时一样，抿着唇，小心翼翼，感到了一阵久违的惶恐不安。

他不由得加快了脚步，越走越快。在这步伐之中，他重新变成那个疏淡有礼的小道士，初出茅庐，矜持又青涩地赶赴一个约定。

路上，他又撞见了那天卖花的姑娘，卖花的姑娘抿着唇，含羞带怯地看着他，甜甜地笑了："道长买枝花吧，这可是一大早上新摘的呢。"

从前天起她就注意到这位仙君了，看着真像个冰雪雕成的人，浑身上下是抹不去的寒意。卖花的姑娘脸颊绯红，又好奇地不住打量。

常清静目光落在了这花篮子上，这里面的花的确是一早新摘的，花瓣上还带着点儿露珠。

"这个。"他垂着眼睫，指尖落在了篮子里的一枝荷花上，心剧烈跳动，几乎要蹦出嗓子眼儿。

在约定的面摊，点了一碗面，常清静坐了很久，荷花就搁在了手边。来来往往的路人都好奇地盯着这气度非凡的男人，雪白的发，琉璃似的眼，就像是冰雪玉雕，吐息间也满是寒意。最引人注目的是，他手边那一枝粉色的荷花，清纯可爱。荷瓣美得像霞，两三层含苞待放，拥挤在一起。

不知道要如何将这一枝荷花送出去，常清静下颌绷得紧紧的。

将"她"潜意识里当作宁桃，常清静垂下眼帘想。

他当真是疯了。

正因为期待，所以不安，盯着这碗面也不吃，他一直坐着，看着这碗面上的白色雾气渐渐消散，面条渐渐坨成了一团，手指微微一动，这一动，好像有寒意浸透四肢百骸。

已经过了巳时，宁桃没有出现。

叁

入蜀山

第 21 章

天上渐渐地飘起了雨丝，开始下雨了。

迟疑半秒，常清静缓缓伸出手，指尖碰上了心口的位置，触手是有些粗糙的葛布长袍，心里那点微妙的少年的喜悦和不安也渐渐被瓢泼大雨浇了个透。

他本来便不该抱有期待。

常清静霍然站起身，全身上下戾气如箭般穿透了雨雾，俊秀的脸又一点一点被寒意所覆盖。

前天少女临走时，他在她的袖口留了点儿灵气，他感官一向敏锐，隔着大雨，常清静眉头微微一动，清楚地嗅到了鼻翼间萦绕着的降真香的气息，不用多想，就立刻锁定方位追了上去。

雨还在下。

“琼思姐姐，”宁桃举着手里的芋头叶子，欲哭无泪地问，“还能再快点吗？不然就来不及啦。”

她扭头看了一眼来时的路，雾蒙蒙的一片，然而这心理压力不亚于丧尸片里丧尸要来时的恐怖。

宁桃将芋头叶压得更低了点儿，在风雨飘摇中神色坚决，岿然不动，一只手给自己遮雨，另一只手给琼思姐姐和小扬子挡雨。

小和尚抬起头，看到宁桃那几乎被雨水打湿了的半边身子，皱了皱眉：“桃桃，我不用遮，我是光头。”

“没事没事！”宁桃摆摆手，被冷风吹得打了个哆嗦。

张琼思忙着修车，头也没抬：“小扬子，你帮桃桃打伞吧，我这儿用不上你。”

张琼思手巧，此刻拧着眉，叼着工具趴在地上，目光冷肃。

宁桃和小扬子肩并肩蹲在地上，撑着芋头叶子，叹了口气，百无聊赖地看着这大雨中的万物。

“桃子、桃子你看！那儿有青蛙！”

“欸，那儿还有一只！”

“桃桃，你到我这儿来点儿。”

宁桃动了动手，又把芋头叶子往小扬子脑袋上举了举，关切地说：“你来，你到我这儿来点儿，你都没打到。”

虽说是小光头，但也不能这么造作，宁桃无奈地举起袖子，替小扬子擦了擦青色的头皮：“头皮都湿啦。”

宋居扬扭头看了她一眼，涨红了脸。

常清静站定在不远处，静静地看着这一幕。风吹动袖口，又吹动了他鬓角的白发。

他追逐着大雨中若有若无的芬芳，赶来的时候，看到的就是两个人肩并肩地坐着，小姑娘和小少年脑袋挨着脑袋，嘀嘀咕咕地好像在说些什么。他僵直半边身子，突然意识到，已经过去了这么多年。

常清静袖中的手指抽动两下。雨丝落在他秀挺的鼻梁上，又落在唇瓣上。他呼吸好像都是冰冷的，像是吞了一肚子的冰雪。冰冷的雨水自脸上纵横交错地淌下来，冷得他清醒地意识到，不管面前这姑娘究竟是真是假，他与宁桃已经渐行渐远了。

他与她之间非但隔着当初那些旧事，更隔着岁月。

人生不相见，动如参与商。

她还是当初那个小姑娘，那个宁桃，身旁有了新的朋友，新的伙伴。他已经不再是小青椒了，曾经他潜意识中未曾在意的、弃如敝屣的称呼，如今却成了自己的求而不得。

他与她不再是同龄人，他也已经不再是当初那个初出茅庐的小道士。

说着说着，宁桃抬起眼，冷不防地对上了一道瘆人的视线。

常清静——宁桃心里一惊，手上一个哆嗦，芋头叶跌落在了泥地上。而这个时候根本无暇去管这芋头叶，她提着裙子条件反射一般拔腿就跑！

“桃子？”小扬子惊讶地问。

可是下一秒，宁桃清楚地感觉到自己的手腕又被人攫住了。

雨水顺着衣领滴入了脖子里，宁桃打了个哆嗦。雨下得太大了，她抬起眼，用力眨了一下眼，挤出眼前的雨水，这才看清常清静的脸。常清静那双眼盯着她看了一会儿，旋即，又闭了闭眼，雨滴顺着他纤长的眼睫毛往下滑落。

“你骗我。”常清静一字一顿地重复，“你骗我。”手上的力气好像一把铁锁一样，将她牢牢锁住。

宁桃吃痛地倒吸了一口冷气：“常清静，你先放开我！”

常清静居高临下地看着她，移开视线，眼里无动于衷：“你不回去我就杀了他。”

这个他是指谁，不言而喻。

他早就疯了。

从双目血红地看到搜魂镜的那天起，从与师尊约定的那天起，他早已心魔缠身，偏执得无可救药。

原本他忍耐下来，告诉自己不痛了。然而，这疯狂的，好像看到搜魂镜时的痛楚又铺天盖地地袭来，疼得他面色惨白，嘴唇乌青。

宁桃缓缓地睁大了眼，难以置信地看着他，做梦也没想到这竟然是常清静会说出口的话。虽然从前的常清静情商低到令人发指，但总归是个热血又正义的少年。

“你疯了。”宁桃咬紧了唇，大为光火，“常清静，你有病吧？！”

男人高高地举着把桐油伞，身量高大修长，长发垂落腰际，清瘦的身形好像也要消失在这雨雾中。他面无表情地站着，脸上并没有表现出什么多余的情绪，眼里翻涌着的却是疯狂的忌妒，几乎快淌出血来。

看着眼前这一幕，常清静上下唇微微一动，垂着眼，嗓音生硬，一字一顿地厉声开口，又重复了一遍：“桃桃，你不和我回去，我就杀了他。”

说这话的时候，他甚至看都没看宋居扬一眼。

张琼思和宋居扬胆战心惊地看着这宛如疯狗一样的男人，又急又畏惧于青年这周身的戾气，并不敢轻举妄动，生怕这一动反倒害了宁桃。

大雨倾盆，灰青色的天际积蓄着滚滚的雷云，金蛇蜿蜒，当头劈下！

宁桃在常清静步步紧逼之下，不住往后退，错愕地想：这么多年不见，常清静这是被苏甜甜彻底逼疯了吗？

男人好像撕破了那清俊的仙君的表象，白发垂落在颊侧，动了动苍白的唇，眼里赤红。

雷电亮起的刹那间，常清静能清楚地看到面前宁桃骤然苍白的面色，眼里有错愕，有惊疑不定，更有恐惧。

她在怕他。

这么多年没见，他独坐在剑冢里的时候，任由飞雪落满肩，尝尽了世人冷眼的时候，曾经无数次想，要是能见到她会是怎么一番光景。

他小心翼翼满怀不安地期待，但绝对不是像现在这样。

蓦地，常清静陡然僵住了，他浑身轻颤，眼中旋即露出了迟疑和不安："桃桃，你在怕我？你别怕。"

他、他是小青椒，她的，小青椒。

常清静呆呆地站在原地，冷厉的眸光闪烁了两下，唇瓣青白。

然而这样，宁桃更怕了。

没等开口说些什么，下一秒宁桃只觉得脖子一痛，眼前一黑，失去意识前的最后一个念头：常清静竟然打晕了自己！

眼看着少女身体软绵绵地瘫倒了下去，在这之前，常清静眼疾手快地旋身接住了她，抱在了怀中，饶是泥水飞溅上了整洁的葛布长袍也并不在意，当然，也没在意冲上前的张琼思和宋居扬。

鹤车在云间行驶，车里是一片死一般的寂静，这是去往蜀山的鹤车。宁桃浑身上下湿淋淋的，宛如一只落汤鸡，身上还披着常清静的衣服。她抱着膝盖，缩成一个团儿，躲在角落。

常清静的衣服已经很大了，大得甚至能当裙子穿。宁桃嘴唇有点儿发抖，主要原因是气的，气得她眼睛冒火，根本没想到常清静竟然变成了这样！

而常清静冷着脸将她塞回鹤车里的时候，好像又不愿再看她。

她眼睁睁地看着，他合上了眼睡着了。

男人是蜷着睡的，面色铁青，好像在和谁置气。

他梦到了宁桃，梦到了王家庵的水稻。在稻田里，她捧着泥鳅在朝他笑："小青椒——你看！"

又梦到了她故作大方地唱着山歌："妹妹你坐船头哦，哥哥在岸上走。"

梦里，还是十五六岁年纪的他，他们并肩坐在石阶前看星星，但下一秒，他又梦到了王锦辉，梦见了那个小和尚。

他拔剑杀了他们，最后木然地站在原地，提着沥血长剑，任由泥渍和血水一同流淌，浸湿了长袍。

宁桃咬咬牙，凑上前去看常清静的动静，没想到常清静霍然睁开眼，冷冽如霜的目光正好和宁桃撞了个正着。

现实与梦境交错，他几乎要发疯。看到常清静披着一头白发，双目血红，满身戾气地坐了起来，宁桃猛地往后倒退了一步，差点儿撞到头。

捂着脑袋，宁桃口干舌燥地看着眼前的常清静。

常清静瞳孔收缩成了一线，太阳穴突突直跳，眼里跃动着红光，宁桃硬生生打了个哆嗦，身体先于意识，想要夺门而出，常清静却更快一步！

一具冰冷的身体覆压了上来，宁桃脑袋里“轰”的一声炸响，从指尖到天灵盖，全都麻了个遍。

头皮发麻地被常清静摁住，摁倒在马车上的地毯上，他长得太快了，少女被他轻而易举地就圈在了怀里。

这陌生的降真香和冰雪的气息扑面而来，将她全身上下包裹得滴水不漏。小姑娘的柿蒂花裙摆铺散开，发髻散乱，尤其是刚刚淋了雨，单薄的纱裙紧贴着肌肤。

他屈膝沉腰，单膝压住她的腿，宁桃差点儿就被这陌生的感觉、这扑面而来的异性的气息吓哭了，嗓音也带了点儿哭腔，眼眶通红，哆哆嗦嗦地想要推开他，却发现丹田内灵气滞涩，穴道被人封住。

她只能拼了命地踢腿，伸着胳膊胡乱挥打：“常……常清静你、你真疯了！”

他垂眸看着她。

在那清冷高寒的皮囊下，宁桃清楚地看到，常清静喉头微微一动：“别动。”他松开她，重新坐回了软榻上。

说什么挺拔高寒的、超脱尘世的仙君，早在那天起，他就疯了。在这看似不染人间烟火的皮囊之下，他疯狂又冷厉，漠视所有妖怪的生命。

靠着这一剑又一剑，他才换来了心境的片刻安定。

蜀山剑冢，位于蜀山群峰中，地势极为险峻。本是蜀山弟子弃剑所在地，剑冢剑气凛冽，风霜逼人，平常没多少蜀山弟子愿意去往剑冢。

常清静当初搬到剑冢的时候，还引发了舆论。大家都议论说他是真的彻底废了，张掌教竟然将他从主峰赶到剑冢来了。

后来，剑冢基本已经成了常清静洞府所在，也成了蜀山弟子们仰慕向往的剑道圣地。

此时天寒地冻，银装素裹，远处疏钟寥寥，不少蜀山弟子行走在悬崖峭壁之间的栈道上，好奇地频频往剑冢方向看去。

蜀山本来就是个一门汉子的地方，而现在仙华归璘真君常清静竟然带回来个姑娘，甚至直接把她带回了自己的洞府，这事儿在整个蜀山引起了轩然大波。

宁桃是被冻醒的，打了个哆嗦，刚睁开眼，立刻就被面前的环境震住了，蒙了半秒。大脑嗡嗡了一会儿，宁桃才慢慢地消化了自己被常清静带回了蜀山这个现实。

小心翼翼地翻身下床，宁桃古怪地打量了一眼周围的环境。这屋子装饰得十分简朴，不远处门帘放下，挡去了外面呼啸的风雪，屋里点了灯，烧了炭；床板很硬，青色的被褥没有任何花纹。

没想到过了这么长时间，常清静还是穷得一如既往。就在这时，门突然“吱呀”一声开了，吕小鸿提着食盒走了进来。

前脚将宁桃安置在这儿，后脚常清静就亲自去了张掌教那儿求证了一趟。当然，宁桃不知道的是，在她昏迷的这段时间，常清静已经将她身上凡是能检查的都检查过了，没有任何或是易容，或是术法改换容貌身形的迹象。

“或许在那小姑娘身上只有一个解释，”走出太极宫时，张浩清的叹息犹回荡在耳畔，“楚昊苍临死时将金蝉脱壳的秘术种在了她的身上。敛之，你坚持要带她回蜀山，其实便是不检查，心里也想必早有了定论。”

金蝉脱壳秘术……袖中的手微微一颤，难怪这么多年，他日日夜夜为她搜魂却一无所获。

在离开太极宫去往剑冢的路上，他走到一半又转道下了山，特地去买了包甜食。

看着面前这琳琅满目的小糕点，常清静反倒迟疑了。

他想宁桃可能会喜欢吃这些，便忐忑不安地下了山，然而有个更加窘迫的现实摆在了他面前，宛如一巴掌扇得常清静脸上火辣辣的。

他不知道宁桃喜欢吃什么。

搜魂镜上的那一幕冷不防地又撞入了心底，常清静闭了闭眼，心好像又生生地绞在了一块儿。镜中少女袖子里的指尖微微一动，当初她也饿，也想吃蒿子粑粑。

目光从这些琳琅满目的甜食上一一滑过，最后常清静指尖微动，指着那做成兔子形状的糕点，冷声说：“这个，包起来。”

捧着油布包，白发如雪、身形高挑挺拔的男人，看着手里这玉雪可爱的小兔子，有点儿微微出神。小兔子白糯可爱，眼睛不知道是用什么做的，红通通的两点，雪白的耳朵机敏地竖起。

收敛了心神，拎着油纸包，常清静这才又回到了蜀山。

怦怦怦，胸腔里的心跳动得快而有力，等到了剑冢，站在门前的时候，他反而不知如何是好了。

常清静喉头像是堵住了，垂下了眼。师尊的意思是，里面的那是宁桃，真真正正的宁桃。

因为近乡情怯，他的手都在打战，心跳动得更剧烈了，鼓动得让他胸口好像也微微胀痛起来。

他的目光落在了墙上那深浅不一的剑痕上，他早已长到一米九了，而宁桃，宁桃终于也回来了。

常清静能察觉到四面八方投来的视线，隐秘的、好奇的。

他不想去管，只想推开门。好像推开了门，他就从那个人人避之不及的仙华归璘真君，重新变回当初的常清静，当初的蜀山小师叔，当初的——小青椒。

终于，他的手搁在了门上，屈起了指节——咚咚。

是吕小鸿开的门："真君，你回来了？"吕小鸿惊讶地看着他。

常清静："桃桃醒了吗？"

吕小鸿结巴了："醒倒是醒了，就是——"

常清静皱了一下眉，提着油纸包直接越过吕小鸿，看向了屋里。少女正坐在床上，垂着眼，百无聊赖地踢着腿。她穿着双嫩绿色的绣鞋，鞋上绣着杏花，朝气蓬勃。

听到动静，宁桃抬起脸看向了站在门口的常清静。男人是逆光站着的，垂落腰际的白发好像蒙上了层温暖的微光。只看了一眼，宁桃就移开了视线。蜀山剑冢里，安静得只能听到窗外呼啸的风雪声，沉默得就像暴风雨来之前的安静。

没等他走进屋，宁桃就跳下了床，朝他走来。常清静这才猛然意识到，少女的眼睛红得就像是油布包里的兔子，机敏又愤怒。她静静地看了他一眼，突然扬起手，忍无可忍地"啪"地给了他一巴掌！

他身后是闻风而来的蜀山弟子，他们都小心翼翼地伸长了脖子，想要看看这位被仙华归璘真君带来的宁姑娘，但是——呃，绝对不是像现在这样的。

在这众目睽睽之下，常清静被这响亮的一巴掌打得偏过了头，苍白的脸颊上浮起了个鲜明的红色的指印子，霜白的发倏然垂落。

这一巴掌，好像将他那些私自以为的美梦彻底打碎了——那些自以为是的、重逢后的美梦。尖锐而血淋淋的现实赤裸裸地横陈在他面前，宛如横生的枝丫，深深地刺入了他胸膛中。

吕小鸿的心在这一刻几乎都跳出来了，其他蜀山弟子也都呆立当场，感觉脑瓜子是嗡嗡的。

谁能相信，常清静竟然在众目睽睽之下被打了一巴掌？

宁桃仰起头，恼怒地冷笑："你犯什么病！做这样给谁看！"

油纸包"啪"的一声落在地上，雪白的兔子滚落出来，飞溅了一身的泥点子，常清静盯着地上圆滚滚的兔子看了好几眼，就在众人屏声静气之中，缓缓弯下腰，半蹲下身，将这些兔子一个个捡了起来。

油纸包落在了雪和泥水中，早就不能用了。他脸上还带着那滑稽的指印，垂着眼，将这些小兔子全兜在自己的衣袍里，又偏头看向了吕小鸿。

吕小鸿猛地打了个战，如梦初醒般地慌忙走上前，用衣裳兜过了这些滚圆的糯米兔子。

常清静用袖口随便揩了揩指尖上的淤泥，雪白的袖口上斑驳着鲜明的泥印，他却若无其事般地垂着眼继续道："再去买一份来，各买一份。"

"这兔子脏了，"常清静眼帘低垂，"桃桃，你可是不喜欢这兔子？"

"我们进去说话，你若是有什么喜欢的吃食不妨同我说，我亲自下山去买。"

第 22 章

宁桃其实是真的不会和人吵架，刚刚这一巴掌简直耗光了她所有的勇气。置身于众人视线之下，宁桃觉得自己嗓子又开始抖，大脑又开始空白了，眼泪也不自觉地冒出来。

擦了把眼泪，宁桃飞一般地又跑进了屋子里。

又来了，总是无缘无故地这样，她的情绪就像是在搭积木，努力地，一块一块往上垒，好不容易垒出个有了雏形的精致漂亮的城堡，然而往往在某一天某个时辰，突然间又哗啦啦尽数崩塌，随之涌上的是无法自抑的悲伤。

她并不知道为什么要哭，全身上下好像漏了风，像一个空荡荡的破了洞的布袋，风能轻而易举地穿过她。

就在刚刚，她好像又没控制住情绪，这感觉糟糕透了，光是坐在这儿，身下这把椅子好像在一直往下沉，往下沉，沉入了深海，海水淹没了口鼻，几乎无法呼吸。

这两年里她总是无缘无故会哭，因为老是无缘无故地哭，又不知道为什么哭，给琼思姐姐、小扬子、蛛娘他们添了不少麻烦。

情绪的崩溃，如同山洪一样来势凶猛，又猝不及防，她抱着膝盖，哭得上气不接下气。小扬子担忧地坐在她身边，陪着她。

宁桃不愿让自己变成个一直散发着负能量的怪物，她用力地推开他，努力眨眼睛想把泪水憋回去："走开走开，都说不要陪了。"

可是这一次，身边再没有琼思姐姐和蛛娘他们相陪。

目睹宁桃离开，沐浴在众人或震动或探究的视线之下，常清静恍若未觉异样，还是那个容色冷淡，孤傲磊落的真君，就好像方才被扇了一巴掌的并不是他。

常清静一向就很能忍，少年的时候能忍，成为这所谓的仙华归璘真君之后更能忍。

宁桃进门之后他没有进屋，而是在众人探究的视线下，沉默地去了论剑台。

虽说洞府在剑冢，但常清静最常去的地方还是当属蜀山论剑台。

蜀山弟子也都知晓，常清静无事总爱上那儿去，常常在悬崖前，坐在这论剑台的雪松下，一待就是一整夜，沉默地看着长河渐没，朝阳破雾，万顷云海。

他经常会想到宁桃。

一开始倒觉得冷，但坐久了，于心中一笔一画默默勾勒昔日故友的容颜，便也就不觉得冷了。可是这一次，常清静突然没有力气去挨过论剑台上的风雪。

他动了动几乎已经结出霜花的眼睫毛，站起了身，一直等到半夜，这才披着一肩月光回来。

吕小鸿站在门口迎接他。

"睡了吗？"常清静问。

不用问，吕小鸿也知道常清静指的是谁。在得到了肯定的答复后，常清静推开门走了进去。

宁桃已经睡着了，蜷缩着身子，腿夹着被子。

屋里生了炭火，温暖如春。

或许是觉得热，她嘟囔一下，又翻了个身，衣裳高高地卷起来，露出了白皙柔软的肚皮，脸蛋儿泛着潮红，烫得像个小火炉。

常清静静静地坐在床前看着她，犹豫半刻，伸出手指，轻轻挨了挨她的脸，心神恍惚，猛然记起来，那一年多里他的目光一直被苏甜甜占据，好像已经很久没有仔仔细细看过宁桃了。

等她死后，他开始疯了一般地怀念她，这几十年来，他曾经努力去描摹她的脸。可是这些念想，始终都抵不过岁月风霜的蹉跎。渐渐地，他都快忘记宁桃的样貌了。

直到，她又重新撞到了他面前，鲜活、动人、青春，常清静站起身，看向了窗外的雪色。他想象过无数次宁桃回来会是一幅什么样的光景，想象过他们重新做朋友，他以为她会重新喊他“小青椒”。这一次，他一定会加倍地珍惜“小青椒”这个称呼。

可是当初他习以为常的，甚至没多想的称呼，却成了他可望而不可即的梦。

将常住的松馆让出，常清静掩上门去了剑冢的弟子房，和吕小鸿挤了一晚上。

这一晚上常清静没有睡意，直到后半夜才蜷着身子迷迷糊糊地睡着了。

他起得很早，第二天天光熹微之际，就换上件粗布的短褐，将这一头白发扎起，束了个长长的马尾垂在腰际。

做完这一切后，他径自去了厨房。

吕小鸿眼神复杂地看着他低着头，袖口挽到了小臂上方，冷着脸在厨房里忙忙碌碌。

天知道昨天真君和他挤一个屋睡，对他而言是一件多么令人惊悚、多么挑战心理极限的事儿！

而现在，看到常清静竟然自己下厨，吕小鸿感觉整个人好像都从中间缓缓裂开，世界观疯狂崩坏中。他明显能看出男人不大擅长下厨，拿起厨房里那些油盐酱醋摆弄了半天，也没看出个所以然。

他是真不会这些东西，是当之无愧的情商低，生活技能为零，而从前一直是宁桃照顾他。

常清静凝神盯着手里的盐罐子看了半天，缓缓想起来，从前一直是宁桃做饭，刚开始她也不会，最怕处理那些鱼虾之类会弹跳的活物，但学得很快，没几天便能做出一桌子色、香、味俱全的饭菜。

对着面前这灶台，常清静突然感到一阵荒谬。

就像他不知道宁桃喜欢吃什么糕点一样，他竟然对她喜欢吃的菜也一无所知。

那是因为每次做菜，她烧的永远是他喜欢吃的那些。

“吃鱼好啊。”她刚从厨房出来不久，脸上还带着被热汽蒸出来的汗，红红的，一筷子就把鱼头分离了下来，夹到了他碗里，“小青椒，我妈说吃鱼补脑子的。”

“还有鱼眼睛。”将鱼翻了个身，小姑娘惊喜地睁大了眼，激动地叫起来，“欸，这儿有鱼子，你看到了没？好大一块儿鱼子。”

仙君已经看着他手里这盐罐快有一刻钟了，由于常清静的眼神实在太过复杂，吕小鸿也不敢上前打扰。虽然他心里的疑惑简直就像是烧开了的水壶，咕嘟嘟地直往外冒着泡泡。

又过了半晌，常清静好像终于放弃了和这罐子盐较劲，转身去切菜。想来想去，他还是打算去做一道昂刺鱼烧莴笋。这是从前宁桃常做给他吃的。

宁桃一向起得比较晚，不到日上三竿绝不起身，醒了还要赖床。

他想，等她醒了便能直接用午膳。

事实证明，常清静还是低估了这做饭的难度，他削了不少妖怪，却万万没想到原来莴笋竟然这么难削。

手里握着这莴笋，常清静拧着眉有点儿笨拙地用着手里的菜刀，要是力气小了削不动，要是力气大了，带皮的一大块儿都被他削了下来，这儿番拉锯下来，手一抖，差点儿削下一块儿肉来。

吕小鸿倒吸了一口凉气，看着常清静这血淋淋的手指：“真、真君！”

常清静看都没看：“无妨。”

折腾好半天，他才削干净皮，切成小块儿，之后又陆陆续续准备了点儿葱、姜、蒜。

蜀山常年飞雪，他竟然热得鼻尖都渗出了细细密密的汗珠，窘迫得满头大汗。明明莴笋下锅前，他已经做了充分的准备，然而等到了实战，却还是手忙脚乱地忘记了哪个是盐，哪个是酱。

好不容易将莴笋和昂刺鱼都下了锅，常清静这才微不可察地松了口气，盖上了锅盖慢炖，硬生生地将这厨房折腾得宛如战场。

他还记得，之前他俩对着小饭桌埋头吃饭的时候，她把汤碗里的莴笋几乎全夹到了他碗里。

“快吃莴笋！莴笋我炖了可久啦，很烂的。”她敲着桌面大声地说，“小青椒，我和你说，莴笋最鲜美了，莴笋就是这道菜的灵魂！”

少年当时正值蹿个子的时候，总是饿，胃口大，面不改色地吃了整整一海碗，宁桃经常震惊地看着他，好奇他这纤细清瘦的身板儿，怎么吃得了这么多饭的。

其实那时候，宁桃也正在发育期，只是当着常清静的面不好意思多吃，每次总拘谨地搁下筷子，擦了把嘴，依依不舍地看着面前一桌子菜，还强撑着说：

“我吃饱啦。”

灶膛里的火光在他眼中跳跃，吕小鸿清楚地看到常清静那一向冷淡的眼里好像也沾染了点儿淡淡的暖色。往灶膛里又塞了一把松毛，常清静突然想去看看宁桃，就是站在门外静静地看她一眼。

“看好火。”留下这么一句嘱咐，他走出厨房，一直走到了那座松馆前。

剑冢很安静，通往松馆的是一条松风道，平常鲜少有蜀山弟子跑到这儿来，这蜀山本来就冷了，松风道剑气逼人更是寒冷。

走在松风道上的时候，大雪几乎迷花了常清静的眼，路上只能听到一脚踩在雪面上的轻微咯吱声，除此之外，只剩下涛涛的松声伴随着风雪呼啸。

常清静凝神屏息，一直走到松馆前，袖口几乎都结了冰。抬手擦了擦发丝上的冰花，在门前的时候，他反倒迟疑了。

他不敢进去。

嘴唇被风雪吹得有点儿泛白，常清静就这样沉默地在门前站了半天。

他不知道要如何面对宁桃。

事到如今，他才发现，他对宁桃的了解实在是太少了。

常清静沉默不言，慢慢地又折返回了厨房。

从前，他太在乎苏甜甜，直到现在，他才意识到究竟都错过了什么，风雪吹在肌肤上，这个认知就像有无数根钢针刺入了血脉。

在他带回了宁桃后不久，张浩清问他：“你也不小了，行事有自己的主见，但为师再问你一句，你当真要把这小姑娘留在蜀山？”

常清静顿了半秒：“是。”

张浩清又问：“以何种身份？”

常清静这回顿了足足有半晌，缓缓开口，嗓音微哑：“故友。她与谢溅雪待在一起，谢溅雪是谢迢之的人，我不放心。”

他不知道这样算什么，究竟是真的保护，还是出于一己之私？他只是不想放手。

这愣怔出声的工夫，吕小鸿突然腾地站起身，忙不迭地叫喊道：“仙仙仙君！锅！”

小道童本来也不擅长这厨下的事儿，这一声猛然拉回了常清静的思绪，常清静立刻快步冲到了锅前，丢了个水系法诀，迅速扑灭了灶膛里的火，揭开锅盖一看，心直直地沉了下去——莴笋烧煳了。

拿起锅铲子稍微翻了翻，贴锅的那面黑乎乎的，没贴锅的地方倒还是软烂翠绿。可是这么一锅昂刺鱼烧莴笋，却是无论如何都不能端上饭桌的。不知道为什么，看着这一锅焦煳的莴笋，常清静突然觉得，这一锅莴笋好像是在嘲笑他。

最后，常清静只能闭上眼，把这几乎折腾了一早上才做好的一锅菜倒出去，重新煮了一份鸡蛋挂面。

这一路上，常清静就将这碗鸡蛋挂面拢在袖子里，手上用点儿淡淡的灵力温着，步履匆匆。

走慢了，待到这面坨了便不好吃了。

这一晚上，宁桃睡得也不是很安稳。蜀山太冷，屋里烧了炭又太热，热得她脸色通红，大脑发昏，醒来也浑身上下不舒服，翻身下床给自己倒了杯冷茶，一口气咕嘟嘟地灌了下去，冷茶入肚一个寒战从脚趾一直蹿上了天灵盖。

宁桃过电似的哆嗦了一下，整个人都清醒了。

握着冰冷的瓷杯，宁桃被炭烧得迟钝的大脑，慢慢重启。

一想到昨天，她竟然当着蜀山弟子的面扇了常清静一个耳光，相当于把这位高高在上的仙华归璘真君的脸面揭下来，丢在地上，踩了几脚。这些蜀山弟子看她的眼神，像在看一位英勇无比的……呃……壮士。

一想到这儿，宁桃就有点儿头皮发麻，倒不是畏惧于扇了常清静一巴掌这事儿，其实主要是畏惧这些强烈的爱恨。

她这回上蜀山，说实话基本是怀揣着早死早超生的想法，英勇就义来的。

琼思姐姐、小扬子和蛛娘他们都不在，宁桃伸出胳膊推开窗户，吹了会儿风雪，等脑袋彻底清醒后，回到桌前翻出行李继续整理前几天在阆邱的记录。她和小扬子他们天南海北到处跑，就是为了帮着琼思姐姐写一本《山河社稷考》，在阆邱的这些记录回头写书的时候都用得上。

却没想到她刚静下心来整理了还没过一刻钟，常清静突然到访。

宁桃还没想好要怎么面对常清静，而常清静也没想到宁桃这么快就开了门，打开门，两个人都怔在原地。

宁桃错愕地看着常清静。

他竟然束了个马尾，就和少年时的日常打扮一样。然而这么多年过去了，他的头发已经长得很长了，这马尾顺从地垂在腰后，他身形挺拔清瘦，面色如常，发丝和眼睫上却覆上了层霜花。

宁桃一眼就看到了常清静袖中那没被挡住的一碗面，想都不用想这碗面是送给她的。他冒着风雪……呃，跋山涉水的，用灵力温着给她送来了一碗面？

他这又是在犯什么病？

宁桃犹豫了一下，到底还是没把他关在门外，更准确地说，是没力气折腾这种太强烈的爱恨情仇。

其实，自打出来之后，她好像就变懒了不少。宁桃大脑回忆着，她之前还算勤快的，可经过那一次之后，突然，好像就懒惰了。

昨天那巴掌，那场爆发，几乎已经用了她全部的力气。

熟读各种文学作品的宁桃深知，爱越深，恨越深，剪不断理还乱。总之，她需要先直接掐灭了她和常清静“相爱相杀”的可能性！就这样，抢在“剧情”发展之前，宁桃眼睛眨也没眨，企图杜绝这“相爱相杀”剧本的展开。

“进来吧。”宁桃看了他一眼，让开了半步，说完这句话就留给他个背影，自己主动走进了屋，想了想，倒了两杯茶，分别放在了桌子上。

这样的温和却好像一把软刀子，扎得常清静抿紧了唇，心头莫名地一堵。

两个人谁都没有说话。

常清静走进屋里，将这碗面搁在了桌子上。

不该这样的。

可是，他最后也只是说了句：“尽快吃，不吃就凉了。”

宁桃没说话，也没去碰这碗面。

虽说她不大想去折腾那些大的爱恨情仇，但在细节方面还是能无声地抗议两下。

“屋里的炭烧得太热了。”宁桃皱了皱眉，用手做扇子扇风状，将衣领稍微解开了点儿，“我不想要这炭。”

常清静：“我叫吕小鸿帮忙换了。”

“哦。”宁桃应了，埋着头玩着自己手指，“你吃饭了吗？”

他还没吃饭，却不自觉地道：“吃了。”

于是，屋里又陷入了一片死寂。

再待下去，宁桃觉得自己都快喘不上气来了，觉得他俩之间必须得开诚布公地谈谈。宁桃深吸一口气，抬起眼：“常清静，你觉得有必要吗？”

“这样，这个，”她伸手指了指面，“这面，有必要吗？”

“你不觉得你这样特像绑架我吗？”宁桃语重心长、苦口婆心地说，“不只生理上的那种，还有道德绑架。”

“我真的不在乎你对我做什么了，常清静，你对我好也罢，不好也罢，我不在乎了。”宁桃张张嘴，又低下头，“就这样算了吧，我不计较从前的事了，你也别计较，我们到此为止了。也别扯什么朋友不朋友的，做个陌生人就挺好的，还体面。”

“你真的，你、你凭什么把这所谓的歉疚全都强加在我身上，逼我去接受？就为了让你自己安心吗？”

“你放心。”宁桃本来不气的，越说反倒越有点儿恼，“我不打扰你和苏甜甜两个，你们俩也没必要为了我闹这么多年的矛盾，该成亲成亲，该在一块儿在一块儿。”

宁桃大手一摆，内心觉得自己简直是太大度了。

“陌生人”三个字像是猛地戳进了心里，牵动得常清静四肢百骸也有些痉挛。削莴笋时削出的那道口子，原本是不疼的，但这一路走来，被风雪吹得伤口皲裂，又隐隐作痛。

常清静动了动指尖，下颌绷得紧紧的，面色略微苍白。他不只做了这面，还做了这莴笋，可惜烧煳了。然而，这话他说不出口，即便说出来也没有意义。

“都到了这地步，你还扯朋友不朋友的，不觉得虚伪吗？”宁桃皱皱眉，又深吸了一口气，正打算把这事儿从头至尾好好讲明白，没想到就在这时，又遇到了个意想不到的惊喜——玉琼和玉真回来了！

孟玉真和孟玉琼原本是下山除妖的，一听到宁桃死而复生这个消息，在除完妖后，当即收起拂尘，一路风尘仆仆地赶回了蜀山。

咚咚咚——门口响起敲门声，终于打破了这片死寂。

听到门口的敲门声，本来就和常清静没什么话好说的宁桃瞬间松了口气，飞奔着立刻跑去开门，没想到一开门对上的却是两张熟悉又陌生的脸。门一打开，一股寒冷的新鲜空气倒灌入门内，驱散了门里这近乎令人窒息的烦闷。两个少年，不，或者说俊秀挺拔的青年，身披蓑衣，头戴箬笠站在门前。

宁桃浑身猛地一震，身体已经先于意识一步，脱口而出：“玉真！玉琼！”

孟玉真和孟玉琼见到她的反应，和她见到他们的反应也不遑多让。

孟玉真：“桃桃？！”

孟玉琼微微睁大了眼。

两人都惊讶于面前宁桃这容貌，这么多年过去了，少女的容貌竟然没有任何改变，甚至连个子都没长。

宁桃激动得眼睛都亮起来了，看着孟玉琼和孟玉真那简直就像是看到了最亲近最亲近的老乡，激动坏了：“你们进来说话！”

这么多年没见，好像死亡未曾在宁桃身上留下任何阴霾，她还是那个鲜活的姑娘，孟玉琼莞尔，摘下了头上的斗笠，拿在了手上：“好。”

孟玉真却已经抢先迈步进了屋，一进屋就看到了坐在桌前的常清静，没想到屋里还坐着一个，孟玉真：“呃……小师叔？”

常清静微微蹙眉：“玉真。”

气氛有些微妙的尴尬，孟玉真默默握紧手里的斗笠，倒吸了一口冷气，觉得之前被常清静捅了一剑的胸口都在隐隐作痛。

当初被捅了这一剑之后，他没有责怪常清静，毕竟入魔这种事儿不受控制，而且，自那之后常清静突然就神志不清。他醒来后和玉琼更担心小师叔的精神状态，四处找寻。

等到孟玉琼把常清静带回来后，孟玉真就敏锐地察觉到小师叔变化甚大，当初那个高高在上的小师叔宛如一夜之间脱胎换骨，越发冷硬。不过，常清静对他的态度倒没有多大改变，沉默地将他和玉琼纳入了自己的保护之下，默默为当年的事赎罪。

在这儿看到小师叔倒也算正常，玉真心想，又放松下来，随便在屋里扫了一眼。

目光扫到这碗面的时候，孟玉真心里又是一惊：“这面？”

“这面？”宁桃胳膊上搭着孟玉琼的蓑衣，正踮着脚帮他拍肩膀上的雪，听到这句好奇地反问道。

孟玉真默默抽了抽嘴角，从袖子里变戏法似的也变出了一碗面来：“这……这是我和玉琼给你带的。

“上山前在山下看到了，不少人排队买，好吃得很，想着天寒地冻的，吃点儿热汤面暖暖身子。”

面一被端上桌，香味儿立刻就在不大的屋子里弥散开，宁桃吸了吸鼻子，眼睛一亮，三两步跑了过去：“牛肉面！”

比起那碗清汤寡水的鸡蛋挂面，这碗牛肉面明显更合她心意。

“对！牛肉面！”玉真颇有些被认同的喜悦，“桃子，你喜欢？”

看着这蓝白色海碗装着的分量十足的牛肉面，宁桃口水几乎都要掉下来了，深深地吸了口气。

热气腾腾的牛肉面上堆着满满的小山一样的厚切牛肉，面条筋道爽滑，汤汁是用牛骨头熬的，熬了一晚上，牛骨头的鲜香几乎全熬在汤里了，浇上辣油，那青菜、豆芽、花生米全都浸没在了辣油里。

宁桃的肚子十分应景地“咕咕咕”叫了几声，屋里很安静，反衬得这“咕咕咕”的肚鸣声简直像打雷一样清晰。

眼看屋里这三双眼睛不约而同地都看向了自己，宁桃揉着肚子，涨红了脸，摆着手慌慌张张地解释：“我起得比较晚，没吃早饭，饿了嘛。”

不动声色地看着桌上那碗几乎快坨了的鸡蛋挂面，和被有意置于一个不上不下境地的常清静，孟玉琼决定明智地不发表任何意见。

第23章

“那我吃啦！”一屁股在桌前坐了下来，宁桃拿起筷子，咽了口唾沫。

她吃面的时候，玉真总忍不住捏捏她的手，戳戳她的脸：“怎么那么小？”

“感觉，”孟玉琼诚实地说，“有点儿奇怪。”这感觉，就像养了个小妹妹。

孟玉琼苦笑：“感觉和桃子你相比我们好像老了不少。”

宁桃蓬勃的朝气不但体现在她这脸蛋儿上，更体现在她那不经意间的一举一动中。

“何其呢？”

宁桃努力用面把筷子包起来，眉眼弯弯，开心地问。

要说这两年时间里，她最想念的就是这些朋友了！

老实说，她应该早点儿表明身份嘛，不用为了防着常清静整天戴着顶斗笠，憋上近两年。

“你说何道友？”孟玉琼莞尔，“何道友也算有出息啦，如今已经是阆邱剑派一众弟子的师兄了。”听得宁桃唏嘘不已。

一边听着孟玉琼好脾气地讲述着故人的现状，一边吃完了面，宁桃心满意足地把碗往前一推，真诚地对玉琼和玉真道：“多谢款待！”

“屋里闷死了。”宁桃挠挠头，“要不我们出去走走吧。”

孟玉真不疑有他：“行。”

“你们等等我！”

宁桃说完，开心地又跑到床上，翻出她的行李，披上件火红的小斗篷，又戴起了她自己缝制的手套，是那种能挂在脖子上的粉色的，上面还特地绣了只黄色的小熊。

孟玉琼多看了常清静一眼，要是以前，照宁桃这个性，定不会有意吃一碗，冷落一碗。

孟玉琼："小师叔，我们走了。"

孟玉真："小师叔！我们走啦！"

常清静微微颔首："早去早回。"说到这儿，常清静又猛然想起一件事，皱着眉补充了一句，"我尚有些要事，这几日——"

然而门被打开，又关上，宁桃已经如同一枚炮弹一样冲出了屋，全然不在意他那没说完的后半截话。

常清静扶着桌子的手紧了紧又松开了。

冲出屋之后，宁桃张开双臂，用力地深吸了口屋外的新鲜空气。

老实说，离开常清静之后，她整个人好像都轻松了不少，这才有心思去欣赏蜀山的美景。

蜀山和阆邱又是一种截然不同的美了。

唉，真可惜，宁桃低下头，一想到何其，悔得肠子都青了。

她好不容易去一趟阆邱，竟然因为常清静的事还忘了何其。但很快，宁桃又被这眼前的美景吸引了注意。

阆邱更粗犷，而蜀山则更俊秀，更仙气飘飘一点儿，更有道家的俊逸和冲淡之美。

宁桃使劲儿在雪地上跳几下，兴致勃勃地摘下手套，搓个雪球，迎向了孟玉真和孟玉琼炯炯有神的视线："我们来打雪仗吧！"

她其实可想打雪仗了，可惜一直没那个时间。

常清静低头静静地看了一眼桌上的那碗鸡蛋挂面，没灵力温着早就凉了，坨成一碗黏糊糊的面疙瘩。

常清静指尖一动，拿起筷子，沉默地一口一口吃了起来。

就像从前王锦辉端来的那碗冰镇小圆子一样，他好像从来不知道她想要什么。

直到将这碗面条吃得干干净净，喝完最后一口汤汁，他才收拾收拾碗筷站起身，走出了松馆。

他今天不光是来看看宁桃的，除了这件事，还有一件更重要的事。吃饱了，他才有力气。

"我再问你一遍，你当真要这么做？"

杏林堂内，蜀山杏林长老薛素皱着眉看着面前的常清静："做药人可不是件容易的事，你也知道——”

常清静不欲多说，难得颇为无礼地低着眼打断了薛素的话，径自掀起了深蓝色的布帘子，走进了内室：“烦请长老为清静费心了。”

屋里云雾缭绕，正中央竟然有方不大的温泉，空气中弥漫着股潮湿的草药气息。

薛素一边叹气，一边走了进来，看着常清静的眼神不可谓不复杂，本来常清静就是被张浩清当作药人养着的。

那些蜀山弟子只当是张浩清偏心他，各种丹药供着，因此更加排挤这个不人不妖的小师叔。张浩清花了十几年的时间，用了上千种草药，终于喂出了能对付楚昊苍的七窍玲珑血脉。

就因为这一腔七窍玲珑血脉，常清静被折腾得遍体鳞伤，又是被凤陵仙家那狐狸骗，又是入魔的。可就在昨天，他竟然主动找到薛素，为了宁桃要求再做药人。

那天，常清静抱着宁桃，大步踏入蜀山的山门，不顾一众蜀山弟子震惊的视线，直接找到薛素，让薛素帮忙检查他怀里的宁桃究竟是不是有人假扮的。

他检查半天，查出来怀里的宁桃的确没有旁人易容假扮的迹象，又查出来，这姑娘身子骨非常虚，隐隐有点儿死人的脉象，后来才知道这是“金蝉脱壳秘术”带来的后遗症。毕竟那半腔子“阴阳双生血脉”是楚昊苍硬生生地灌进去的，并非宁桃天生。她虽然因为“金蝉脱壳秘术”起死回生，却也受不住这秘术的烈性，伤了元气。

也是在这种情况下，常清静主动提出了重新做药人。

要知道这些药，有的温和，有的是虎狼之药，足够烈性，光是沾上皮肤，都不亚于岩浆浸身，烈火灼心；又或者，如冰冻十尺，钻心剜骨。

薛素微微出神的工夫，常清静已经在解他的腰带了。目光对上这一桶药浴，青年琉璃色的眼里并无多少波动，平静地解开衣襟，褪去长袍，自己抬脚走进了温泉里。

甫一入水，常清静不由得皱了皱眉，疼得眉心一跳，但还是坐了下去，闭着眼，任由温泉浸没了全身。

薛素看了常清静一眼，常清静背对着他已经泡上了。

白发披散在流畅结实的后背上，一道脊柱沟往下延伸，白得像雪一样的肌肤在灯光下泛着点儿冷凝的色泽来。在这脊背上，却布满了道道伤痕。这些伤痕简直汇集了百家兵器。

刀枪剑戟无一不足，除却兵器造成的伤口外，蝴蝶骨、脊椎等地方还有着令人头皮发麻的爪痕、恶咒，看着倒像是怨鬼和恶妖干的好事，这还只是脊背。顺着脊柱沟往下，腰腹、大腿，又或者是上半身的胸膛、手臂，新伤叠着旧伤。

光看这些伤痕，也能明白这几十年常清静究竟有多不要命。

薛素默不作声地帮着整理好待会儿要用的一切东西，也知道常清静这是在赎罪。他甚至有点儿捉摸不清常清静对于宁桃究竟是什么感情。常清静虽然不是他的亲传弟子，但薛素很喜欢常清静，常清静过来找他，他也就帮常清静这个忙。

“你慢慢泡，反正也不急在一时。”

温泉里的常清静开了口，嗓音泠泠的像松风：“有劳长老。”

每一寸的肌肤如同浸泡在滚烫的铁水中，皮肉骨髓好像都被烧成了灰烬，常清静默默闭上眼，感受着这一寸寸肌肤上传来的痛苦。

这么多年，他一直生活在热闹的孤独里。

舅父舅母同情他，蜀山的弟子畏惧他厌恶他，苏甜甜欺骗他，在这种成长环境下，他日渐扭曲偏执。

但是，有一个姑娘一直陪在他身边，照顾他，爱他，关心他，踮起脚尖为他擦去脸上的污血。

真诚热烈。

可偏偏就这么一个宁桃，他推开了她，摧折了她，甚至亲手杀了她。

一想到这儿，常清静心口像被什么东西猛地揪了一下，疼得心都皱缩在了一起，比这肌肤上的痛楚更加剧烈，更加清晰，疼得要命。

常清静在这温泉里泡了足足三个日夜，就算如今修为深厚，重新站起身的时候眼前也有点儿发黑。这三个日夜，简直是恍若隔世。

薛素一只手拿着把银色的小匕首，另一只手拿着个玉碗，用匕首在他胳膊上划了一道，接了点儿血：“过几天你想办法让那小姑娘喝下就是了，然后你记得每隔一旬都到我这儿来继续泡着。”

常清静：“多谢长老。”

“不费事不费事。”薛素大手一摆，“你快去吧。”

“我和你说，你心头血的药效虽然最好，但是其他血也能用，你要是光取心头血，那可是要命的。”

常清静捡起石头上的长袍，一一穿戴整齐：“弟子谨记长老教诲。”

常清静穿好这一身葛布衣服之后，又绾起一头华发，重新梳了马尾，这才起身告辞。

出去的时候，天色是黑的，三天了，常清静皱着眉忍不住地想，也不知道宁桃如何了。

没有立即回自己的住处，常清静直接去了松馆。

松馆大门紧闭，站在门前，常清静心跳突然加快了几分，宁桃她会不会已经走了，离开了？

不可能。

这个念头一冒起，常清静就立刻冷然地掐灭了这个想法。他前往杏林堂前，曾经嘱咐吕小鸿照顾好宁桃，名为照顾，实为监视。

常清静也有一瞬的茫然，茫然于自己怎么变成了这副样子，丑恶得令他自己都恶心，可是他还是不愿放她走，只是固执地将她紧紧地攥在了手掌心里。

目光落在松馆竹窗前的灯光上，常清静微不可察地松了口气。

他好像能看到宁桃坐在桌前埋头写东西——那些西洋的算筹，读着那些他看不懂的书。

她的天地太过广阔，他却像是只常年坐在蜀山的井底之蛙，触目所及的只有这一寸见方的天空。

常清静站在门前，任由风雪落满了衣袖。他站了很久，冷到他也有些受不了的时候，这才上前敲响了门。

“来了来了！”

门内传来女孩子活泼的声音，宁桃从床上跳下来，将脚伸进床下香芋紫的绣鞋里面，趿拉着鞋子跑到了门前，打开了门：“来了来——”

门打开，露出门外青年孤冷的身影来，宁桃愣愣地张了张嘴：“常、常清静？”

宁桃根本没有想到会在门口，在深夜时分看到常清静！

她那次和玉琼、玉真打了半天的雪仗，回来的时候衣服都湿了，干脆换了身温暖干燥的衣服，洗了个热水澡，钻进被子里。

昏昏沉沉地睡去后，醒来她才发现桌子上那碗鸡蛋挂面已经不见了。

可能是被常清静带走了吧，宁桃揉揉脑袋，默默地想。

没想到自那之后，她就再也没见到常清静，常清静也没到她这儿来，宁桃还以为他想通了；倒是玉真怕她在蜀山待得无聊，特地跑到山下买了好几本山下姑娘喜欢看的话本上来。

于是，宁桃的夜生活顿时充实了不少，每天例行就是点着一盏“床头灯”，趴在床上看小说，感觉又像是找到了之前窝在被子里看网络小说的回忆。

这些话本，在饱读网文的宁桃看来，实在有点儿没新意，但毕竟无聊，便一边翻着一边吐槽，在被子里蹬着腿，自得其乐。

呃——宁桃定了定心神，眨着眼睛，面色古怪又局促地看着他："你、你怎么来了？"

少女的眼里没有任何多余的神色，只是有些古怪、诧异和局促不安。

就算这几天没有看见他，她也没有多问一句，没有问他为什么不来了，为什么不到松馆来，甚至没有他的打扰，她活得反而更加滋润和自在。

她好像当真不在乎他了。

第24章

常清静手垂在袖口，松馆前寒风呼啸，冷风如刀刮在脸上，身体好像在这一刻突然结了冰，血液冻成了冰碴子，喉头好像有股寒气阵阵地往上冒。

常清静沉默了一会儿，开口却是一声低低的："嗯。"

看到常清静丝毫没有要离开的意思，宁桃内心疯狂吐槽。

常清静他到底要在这儿待多久？她小说还没看完，不上不下的，啊啊啊！

小说看到一半被打断实在是太难熬了，就算像以前一样她还喜欢那个"小青椒"，他大半夜到访，她也会礼貌地请他出门。常清静好像浑然未觉，没有办法，宁桃不能再装傻了，只好默默让开半步。

"屋里有点儿乱，你随便坐吧。"

看了眼屋子，宁桃有些脸红，这才住了几天，她就原形毕露了，匆匆忙忙将桌上的东西一扫而空，倒了杯茶给常清静。宁桃飞一般地冲到床前，掀起被子，又把床上的东西全塞进了被子里，这一系列动作一气呵成地做下来。

常清静顿了顿。

他记得宁桃一向手脚麻利，很勤快，可是好像从来没见过这样的宁桃，慵懒俏皮。

他好像从未了解她，少年时所谓的"了解"实在自负得可笑。

对于宁桃而言，她从前喜欢常清静，便拼尽全力努力想在常清静面前表现得最好，屋子也收拾得干干净净、整整齐齐的，但实际上哪个青春期的姑娘房间里不是乱糟糟的？

宁桃长舒了口气，发现她已经没有在常清静面前掩饰的必要了。

两人又沉默了一会儿，常清静目光落在摊开在枕头上的话本书页上。

这么多年过去了，他好像也比从前更加沉默寡言了，明明心紧张得几乎快收缩成了一团，却还是状似无意地开口：“桃桃，你在看书？”

呃——这个还是有伪装必要的！见常清静提到自己的话本，宁桃脑子里警铃丁零零直响，立刻扑到床前，一把抄起了话本，往枕头下一塞：“没什么，随便看看。”转身看向常清静时，却有些意外地看到青年身子又是微微一僵。

宁桃这副畏惧他如猛虎的神色，看得常清静静默了良久。

就算是自欺欺人，他也骗不了自己。

宁桃这时候不愿见到他，他消失了整整三天，她反而更加轻松自在，面对他，只剩下了可以称得上“温和”的敷衍与尴尬。

在这种情况下，再多待叫她为难也没有任何意思，常清静直起身：“你好好休息。”也不等宁桃说什么，径自走出了松馆。

皮肤上似乎还残留着药性的折磨，一时间让常清静如坠冰窟，饱受皮开肉绽之苦，一时间又让他恍若身在烈火地狱，身受烈火焚身之痛。

这股痛楚被寒风一吹便愈加清晰，常清静不自觉地皱起了眉头，加快了脚步。

他还需折回住处取心头血，不好多作耽搁。

不远处有几个蜀山弟子在练剑，远远看到他走来，纷纷收了剑，吓得面如土色，两股战战。

“仙……仙君……”

出乎意料的是，这一次常清静没有走，一动不动地站在原地，垂着眼：“剑练得怎么样了？”语气难得地温和。

几个蜀山弟子震惊地对视了一眼，就差把“夭寿啦”这三个大字写在眼里了！

仙华归璘真君竟然好脾气地过问他们的课业？这位仙华归璘真君不是说从少年时，还是蜀山小师叔的时候就独来独往的，不欲多和人接触吗？

几个蜀山弟子互相使了个眼色，战战兢兢，硬着头皮。

“呃——还、还行。”

他们脸上震惊、畏惧、挣扎的神色无一例外全落在了常清静眼里，常清静本来还想说些什么的，话到嘴边却成了句有些冷淡的：“好好练习，若有不懂之处，不妨来问我。”

真君今天是转性了还是怎的？几个蜀山弟子苦着脸，就差给常清静磕头了。

真君你别这样，这样我们怕。

“多谢真君关心，弟子愚笨，不、不、不敢让真君费心。”

常清静看着眼前这几个蜀山弟子，胸口蓦地一滞，又语气稍缓默默提点了两句，转身走了。

风雪将这几个蜀山小弟子的交谈声送来。

“真君今日怎么了？怎么好端端地突然问我们剑术？”

“不知道，许是转性了吧哈哈哈。”

“哈哈哈哈……刚刚真是吓死我了。”

他已经习惯了。

就像少年时一样，一个人上课、修炼、吃饭，独来独往，将众人的视线和议论抛之脑后。

在这几十年的时光中，唯独宁桃是个例外。她尤其喜欢他这副少年老成的模样，拉着不善交际的他在王家庵没日没夜地疯玩。

如果没有宁桃，他迟早会变成一个冰冷的怪物。

可惜他从来没有意识到这一点。

如今的他，已经不在意，也无须在意别人的目光。

自从那天常清静深夜到访之后，一连几天宁桃没再看到他的身影。

伸个懒腰，宁桃跑出去打了盆水，洗了把脸。洗完脸后，宁桃却没立即倒水，而是看着面前这只脸盆怔怔出神，这脸盆里好像渐渐有血水涌了出来。

“备战！”

“安静！”

“跑！快跑！”

刘慎梁目眦欲裂：“给我上！杀了她！都给我杀了她听见没有？！”

“我不！我不去！”柳易烟慌乱惊恐地大喊出声，四肢拼命地扑腾。

渐渐地，脸盆里的水波纹好像也变成了大海的浪潮，如潮拍海岸，朝她涌来，她仿佛能感受到水花已经没上了脚踝，只要再靠近一点，稍微再靠近一点——

“桃子！”玉真的呼喊猛地将宁桃拉回了现实，“你在干什么？！”

宁桃一个哆嗦，匆忙一把收回思绪，循着声音的方向去看站在门前的孟玉真：“玉真，你怎么来了？”

“我来看你。”孟玉真十分坦然地走进了屋里，“看你好几天没出来了。”

宁桃心虚：“我、我熬夜看话本呢。”

每次看小说，她都刹不住，熬夜也得看完。

孟玉真仔细地端详着她脸上那两个黑眼圈："今天论剑台上有蜀山弟子小比，你去不去？"

老实说，比起去看小比，她更愿意看话本。

比起看话本，她更愿意躺在床上。

就像刚刚洗脸的时候一样，她身后好像跟着个无处不在的黑洞，一闭上眼便是当初雁丘山的尸横遍野，便是那些被她暴走的灵力杀死的罚罪司道士。

一个不慎，行差踏错，她就将被这黑洞缓缓吞噬。

宁桃也知道自己的状态不对劲，不爱动弹了，不爱做家务了，对什么事儿都兴趣缺缺。

但因为这样，她反倒要更加多出去走走，多给自己找点儿事做做。

"去，去！"宁桃飞快地端起脸盆倒掉了盆里的污水，又跑到桌前，翻出个小瓷坛子，"你等等我，我擦个护肤霜。"

这霜还是她和蛛娘她们一道做的，来到蜀山之后，宁桃就十分重视皮肤保养工作了。

蜀山常年风雪，终年苦寒，处于这种环境之下太伤皮肤，每次不擦上一层厚厚的护肤霜，把自己裹得像只熊，宁桃都不敢出门。

她和玉真来到论剑台的时候，论剑台上已有不少早起的蜀山弟子。

道士虽然能靠周身灵力抵御严寒，但宁桃还是更喜欢物理手段，手里捧着个小暖炉，乖巧地坐在石头上看着蜀山弟子切磋。

这个世界没有什么打发时间的娱乐手段，光是看着这些蜀山弟子切磋，就足够赏心悦目。

这些蜀山弟子，个个身着黑、金二色的衣袍，束着高冠，肩宽腿长，小腿包裹着黑色的长靴，手上戴着黑色的皮革手套，十分俊俏。

之前宁桃英勇地在剑冢扇了常清静这一巴掌的事儿，传播范围并不算广，再加上这段时间宁桃又总爱宅在松馆里不常外出，大多数蜀山弟子不认得她。有些年纪小的，好奇地频频往她这儿张望，却被宁桃回以一个礼貌又灿烂的笑。

没过一会儿，栈道上突然走来了道白衣身影，这抹白，在这一片黑金中显得尤为——简陋朴素，或者说，穷得男默女泪。

常清静束着马尾，穿着件葛布衣袍，走到论剑台上这些弟子中间，手里提着的还是那把"行不得哥哥"。他左手提剑，胸口似乎是受了些伤，长袍下，隐隐透出胡乱缠绕的纱布，手上、面色和唇瓣都有些泛白。

玉真坐在她身边替她讲解：“小师叔每旬都要来论剑台亲自教授弟子剑术的。”

似乎没想到会在这儿看到宁桃，常清静眼睫毛微颤，看了她一眼。

众目睽睽之下，空气中细微的交流与波动，只有当事人才知道——宁桃率先移开了视线，摸了摸手上的小暖炉。

看完全程之后，宁桃忍不住在心里感叹。

原来，常清静是真的没有朋友，虽说也有诸如蔺卓之类憧憬羡慕他的，但更多的弟子都畏惧于这位仙君身上的孤寒。

今日由他负责指导的这些蜀山弟子明显和他保持了半丈多远的距离，等他一走开，便又像是死里逃生一般不约而同地笑起来，互相递了个揶揄的眼色，私下里传音交谈。

“吓死我了，下一个轮到谁了？”

“我还以为要被像对待妖怪一样砍了呢。”

“嘘，真君他精神不大稳定，你们就少说两句吧，免得——”

“免得真被砍哈哈哈哈。”

明明周围都是人，他身边这一圈就好像是真空地带一样，孤独得突兀又显眼。

这得多孤僻，才能将人际关系处成这样啊？能处成这样这一大半的原因肯定在常清静身上。

又摸了把小火炉，宁桃深深地觉得，当初替他烧的鱼肉鱼眼睛还是白烧了。

第 25 章

然而，她刚在心里这么想，突然论剑台上又有一人站了出来，对方俊脸冰寒，面色难看，正是之前看到的蔺卓无疑。

“你们这些人不好好练剑，在这儿窃窃私语什么？”

原本几个私下里小声交流着的蜀山弟子，都是一愣。

蔺卓目光如刀地扫了过去，那几个蜀山弟子个个闭上了嘴，露出了点儿不甘之色。

宁桃目光一顿，目光落在蔺卓身上，好歹这世上还是有在乎常清静的人的，就比如眼前这位常清静的“蔺小迷弟”。少年虽然也是穿一身黑、金二色的衣袍，背负乌金剑匣，但黑色的皮质手套包裹的指尖上却缠绕着一圈红线，意味着指尖有血。

这正是蜀山执剑弟子的打扮。

宁桃恍然想起，这位常清静的“小迷弟”好像是蜀山新一批的执剑弟子？她又忍不住低下头，悄悄地腹诽：这指尖缠绕红线的操作好色哦。

她的目光正巧与蔺卓撞了个正着，蔺卓神情冷淡，以一副公事公办的态度走到了她面前，皱起了眉：“这是论剑台，非蜀山弟子还请到别处去。”

宁桃眉眼弯弯地笑：“可我听说，蜀山论剑台是供任何门派弟子与蜀山弟子切磋比武的地方。”

蔺卓冷冷道：“话是没错，但你在这儿看着并不算切磋。”

“那你要和我切磋吗？”宁桃问。

蔺卓一愣：“你——”

不只蔺卓愣住，周围几个还在练剑的弟子都愣住了，难以置信地扭头看向这貌似温柔活泼的小姑娘。

宁桃很有耐心地又问了一遍：“你要和我切磋吗？”

她还没忘记之前这位小迷弟是如何对待蛛娘的，身为蛛娘的好朋友，她肯定是要想办法帮蛛娘找回场子的！

蔺卓一愣，他见识过这姑娘的修为，在她手下跌过跟头，但他年轻气盛，不愿服输，之前丢了脸，也有心想扳回一局。

闻言少年面无表情：“你有心，我应战。”

宁桃于是从石凳上跳下来，活动了一会儿筋骨。

常清静留意到这儿的动静，也走了过来，看了蔺卓一眼，知晓他心高气傲，也知晓蔺卓对自己的仰慕之情，更知晓如今的他是打不过宁桃的。他心气儿高，输了这场难免下不了台来，常清静便垂眸放缓了语气：“蔺卓，退下，你如今不是桃桃的对手。”

常清静只想到这一茬，却没想到他这一开口，在蔺卓听来，无异于是被自己憧憬的剑仙真君看轻，当下面色白了，更不肯服气了。

“真君，论剑台本是蜀山弟子彼此切磋喂招的地方，焉有技不如人便退却的道理？这样下来，可还有进步的余地？”

“说得好！”宁桃没忍住插了一嘴，但见蜀山弟子的目光全都落在自己脸上，又有点儿不好意思地指了指蔺卓，“呃，我是说这位蔺道友觉悟很高。”

常清静：“……”

青年轻轻地蹙起了眉头。其实蔺卓这话说得也算有些道理，蔺卓像当年的他，自负又孤僻。祸福相依，阴阳两面。

或许吃个苦头磋磨磋磨他也无妨。

事已至此，他不好再拦，动了动唇，什么都没再多说。

倒是其他蜀山弟子见状，你看看我，我看看你，一头雾水。

这位姑娘究竟是何方神圣，看着就是个普普通通的凡间小妹妹，既是孟玉真师叔亲自带来的，又得真君亲口说蔺卓不如她？

揣着一肚子疑惑，论剑台的这些蜀山弟子都好奇地收起了剑，看向了宁桃。

宁桃走到玉真面前，小声问：“玉真，能借你的剑用用吗？”

孟玉真：“啊，行啊！给！”

宁桃大方地接过了他腰间的佩剑，孟玉真欲言又止：“桃桃，你……没问题吧？”

宁桃自信满满，悄悄说：“玉真，你就放心吧，三招，三招我就能结束战斗。”说完，便拿了剑走到了论剑台中央。

此时风雪初停。

互相见过礼之后，宁桃以剑作刀式，论剑台上的蜀山弟子不由得凝神屏息，目光炯炯地看向了场中相对的二人。

“这位宁姑娘是不是、是不是就像变了个人一样？”

论剑台中央的小姑娘，乌黑的眉头紧拧，眼睛大而有神，琥珀色的眸光映入了明晃晃的雪景，剑光倾斜，如白虹贯日。

蔺卓知道宁桃的深浅，倒也不硬撑着，率先出招。

三招，只要撑过三招，蔺卓紧紧抿唇。只要撑过三招，他就算赢了一半。

宁桃向后踏出半步，迎面便是一道无比明亮的剑气，破空飞雪，从天而降，裹挟惊雷之威势，剑气如星芒急坠，在风雪中凝实了一道曳尾的剑轨。

“咦？”有人讶声道，“蔺卓的剑气似是更上一层了。”

众蜀山弟子更好奇的是，宁桃要如何应对这风急雪骤的一剑。

常清静抬眸。

然而，宁桃只用了一招。

虽说是三招结束战斗，但她彻头彻尾也只用了一招。这一招，剑气气冲斗牛，上摩云霄，并概青云。此时，晨曦欲上，远山衔一轮红日，剑气如虹气可吞日。风急雪骤，剑气搅动论剑台四周流云飞聚又飞散，转瞬之间，万壑松涛齐鸣。

轰然一声巨响，论剑台崖壁上的松树竟然被一线溢出的刀气拦腰断去，而蔺卓那道剑气更是在这万丈金光下寸寸崩碎成了齑粉。

一剑罢，论剑台上鸦雀无声。

以剑运动刀式，本就不易。这刀法能运用到这个境界的，除了日日夜夜的苦练还不够，尚需要极其灵慧的天资。谁都没想到这个看上去温和又活泼的小姑娘，竟然能使出这么宏伟壮阔、气象万千的一剑。

有的人的剑法诡谲多变，有的人的剑法清丽飘逸，有的人的剑法刚正凛然，而这小姑娘的剑法——比起这剑招的威力，更叫这些蜀山弟子震动的是这剑中的意象。心中吞吐有山河，御剑自然也秉承了山川壮阔的意象。

常清静看着天际这未散去的万丈金光，袖口里的手不由得捏紧了点儿。

这样的宁桃太过于耀眼，耀眼得令他觉得狼狈，觉得不堪。

那一瞬间不可否认的是，他害怕了。

这一次又一次的伤害、背叛、打压足以摧毁一个正直的人，冰冷她心头的热血。然而，这些伤害反倒磨砺了她的本心，使她更为坚忍强大，百折不挠。

他空拥有一颗“七窍玲珑心”，宁桃却真正是拥有一颗琉璃心肠，晶莹剔透、流光溢彩。

过了很久很久，常清静喉头动了动，这才知晓自己错过了什么。

知好色则慕少艾，少年时往往被美貌的皮囊，被精心修饰的谎言，被温香软玉所迷惑。

他有一双好眼睛、一对好耳朵，五感敏锐，然而眼不盲，心盲。他丢掉了一颗星星，将它抛弃，掷于荒野，弃于污淖。他宁愿宁桃恨他、打他、骂他，像当初那样给自己一巴掌，她恨他，或许他会好受一些。

可是这样的宁桃，到了这种地步，依然妥帖地顾及他的面子、里子。

这样的宁桃，让常清静觉得自己卑劣，让他觉得无地自容。

其实这何尝不是一种冷淡和逼迫？

她用最周全的礼数和他划开了一道泾渭分明的界限，太礼貌，也太疏远。不该是这样的，就如同人们往往会伤害到最亲近的家人朋友，这样的妥帖和尊重，代表的是疏离，他不想要，也不愿意要。

玉真也不由得一愣，心绪复杂。

这样的宁桃，本不该被掩藏在苏甜甜的光芒之下。

蔺卓僵立在论剑台上，宛如一盆冷水兜头浇下，对上这道疏朗开阔的剑气，几乎连反抗的力气都没了。

他输了。

沉默许久，风雪中才传来蔺卓的嗓音：“我输了。”输得心甘情愿，心服口服。

看到面前的蔺卓一脸大受打击的模样，宁桃深深地吐出了一口浊气，虽然这么说的确有点儿幸灾乐祸的意思，但是这种打脸的感觉真的太爽了，她总算是给蛛娘找回场子了！

“人外有人，天外有天。蔺道友，你太傲气了，”宁桃抬起眼，一字一顿地认真纠正，“你要明白，有时候，优越感是能摧毁一个人的。”

蔺卓动动唇：“所以你是故意的？”

“是也不是吧，我今天这一招其实是为我朋友出气的，就是之前那个小蜘蛛。”宁桃坦率地说，“你不该因为她是个妖怪就看轻她。”

优越感能摧毁一个人，优越感遮蔽了他的眼。

心知宁桃这话根本不是对他说的，常清静却还是强撑着，绷紧脸，听了下去，哪怕膝盖都快被戳烂了。

此刻的宁桃对他足够周全足够有礼，却不会主动对他吐露真意。

宁桃斟酌着说：“蔺道友，你是蜀山的执剑弟子，我听说你自小便拜入了蜀山，蜀山是三大仙门之一。可你要知道，有些人的出身不如你，他们的起点比你低。妖怪也是一样，他们生来修行路便比你们艰难许多。总而言之，”宁桃轻声说，“‘尊重’两个字听着容易，能做到却很难。你能尊重一个举止粗俗，爱听那些下流的乡野小曲儿的人吗？其实他是好几个孩子的父亲，每日辛苦养家，不懂那些阳春白雪，只爱听些乡野小曲儿放松自己。”

这是喜欢听歌的宁爸爸。

宁桃笑起来：“你能尊重一个大嗓门儿，扭着肥胖的身躯推挤着你的妇人吗？其实她是个付出自己的青春，辛勤养育了自己孩子的母亲。”

这是风风火火的宁妈妈。

“能意识到人与人之间教育、经历所造就的差距与不同，做到包容和尊重，是很难的。我想，每个人都想活得优雅又体面。每个枉死于剑下的妖怪，若给他们机会，他们也愿意做人。”

话音刚落，论剑台蜀山弟子都沉默了下来——字字诛心。

她都知道，他身上的自负的优越感，她都一清二楚。

无人能再阻拦这颗星星的光芒。

这颗被他弄丢的星星，从荒野泥淖中升空，他们成了她的枷锁，她的束缚，是她的毒泷恶雾，终将被她远远地抛在身后。

常清静攥紧的手掌松开又捏紧了，淡色的唇瓣一动，嗓音微哑：“桃桃，对不起。”

宁桃愣了一下，笑道：“都过去啦。”

将手里的剑还给了孟玉真，宁桃真心实意地道了声谢。

不可否认的是，使出这一剑之后，她心境也开阔了许多。

眼睁睁地看着这位小姑娘使出这一剑之后，又重新坐回石凳上，眉眼弯弯地捧着个小暖炉，简直就像个再普通不过的邻家小妹妹。

一众蜀山弟子：“……”

“感觉怎么样？”孟玉真笑着问。

“好！

“我喜欢。

“我感觉特别高兴！”

宁桃一口气连说了三句话，气色红润，笑意盈盈地大声说：“玉真，谢谢你！”

是啊，这个世界上还有这么多瑰丽的景色，那么多名山大川，她都还没走过、踏过。

宁桃这么想着，一抬眼的工夫，却未曾想到撞上了几个蜀山弟子亮晶晶的目光。

“宁姑娘！”

“宁姑娘！”

这些蜀山弟子看她的眼神已经大变了样，激动地拉着她左问问，右问问。

“宁姑娘，你这剑，不对，你这刀法师承何处？”

“宁姑娘，你没受伤吧？”

这些问题宁桃硬着头皮一一回答了。

“宁姑娘，你与真君是什么关系？”

“是道侣吗？”

“我来蜀山这么多年，还没见过真君身边有女修呢。”

宁桃愣了一下，忙不迭地摆着手，矢口否认：“谁说的，我可不是，我没有，你别瞎说啊。”

其情态犹如直面蛇蝎猛虎。

这笑意吟吟，浑不在意的语调，却让常清静浑身发冷。他沉默下去，渐渐觉得五脏六腑好像也被搅动得生疼。

第 26 章

论剑台这场比试结束后，宁桃隐隐察觉到，这些蜀山弟子对她的态度好像产生了一百八十度的大转弯。

倘若是从前提到她，言必称“真君带回来的凡人小姑娘”，如今提到她，却都是毕恭毕敬的“刀法惊艳的宁姑娘”。

在蜀山时日不多，宁桃却也和这些蜀山弟子打成了一片。

这位宁姑娘年纪不大，性子活泼纯善，刀法又惊才绝艳，最重要的是分外接地气，好相处，不像仙华归璘真君那般孤冷，这些蜀山弟子也都愿意与宁桃整天混在一起。

从论剑台上回来之后，宁桃和玉真开始琢磨着接下来这几天玩什么了。

“要不我们放风筝吧。”宁桃转头问，“蜀山有什么适合放风筝的地方吗？”

“山上不合适，想要放风筝得去山下。”

“那行，”宁桃兴致勃勃地说，“我们就去山下放风筝！”

玉真也同样高兴：“那我叫上大哥和其他人一起。”

叫来孟玉琼和几个相熟的蜀山小道士之后，第二天一大早宁桃一行人就去了山下。

蜀山山脚下有个不大的村落，山下还有条河，正值春天，草长莺飞的季节，不少村童手里都捧着个纸扎的风筝，在河岸上跑来跑去。

在蜀山待了不过十几天，宁桃觉得自己都快冻僵了，这时候来到河岸，才觉得浑身上下解了冻。天上悠悠的白云，地上水稻新绿，不远处有老黄牛甩着尾巴，俯首吃草，杨柳依依，荞麦青青。

“我拿着，桃子你来放。”孟玉真兴高采烈地捧着风筝，一边倒走一边喊。

宁桃用力地点点头。

孟玉琼在一边直笑：“你们小心点儿。”

等孟玉真松开了手里的风筝，将线轴一抖，风筝就歪歪扭扭地飞上了天。这风筝，为了贴合春景，特地选的燕子形状，剪刀似的尾巴，借着风力，越升越高，越升越高。

孟玉真和孟玉琼都是家里穷，养了七八个孩子，再养不起了，兄弟俩才上了蜀山。小时候家里农活儿重，也没时间捣鼓这些，上了蜀山后，更是每天上课修炼，渐渐地，也就歇了放风筝的心思。

这还是孟玉真第一次放风筝。

宁桃看出来了蹊跷，把线轴往孟玉真手里一塞："你来放！"

孟玉真手忙脚乱地接了："欸，这怎么放？我放不好啊。这风筝怎么掉下来了！"

"跑啊！快点儿跑！"

孟玉琼对这些兴趣倒不大，就眉眼弯弯地笑看着。

"桃桃，你渴吗？"偶然瞥见这河岸上有个引车卖浆的老翁，孟玉琼莞尔问。

桃桃听了，立刻从衣襟里摸出个小荷包，煞有介事地倒出一堆铜板出来，攥着这些铜板道："好啊，多谢玉琼大哥！这些浆水我请大家喝！"

人群中顿时笑起来。

"桃桃爽快！"

"听着啊！桃桃请大家喝浆水了！"

孟玉琼笑起来，也不客气推辞："那我去了。"

接过宁桃递来的铜板，孟玉琼走到了卖浆的老翁面前："老人家，你这些浆水怎么卖？"却没想到耳畔突然响起个熟悉的冷然的嗓音："玉琼？"

孟玉琼循声抬起眼一看，愣了半秒："小师叔？"

常清静站在他面前，眉峰半敛："你怎么在这儿？"

不等孟玉琼回答，常清静的目光已经落在不远处的河岸上，有了答案。

宁桃和孟玉真手里捧着风筝，跑得气喘吁吁。

孟玉琼接过这些浆水，随口问："小师叔下山了？"

常清静："除妖。"

蜀山脚下能有什么妖精，就算有，也都是些小妖。孟玉琼却不觉得意外，不论大小妖怪，常清静都会亲自去剿灭铲除，这事儿蜀山几乎人人皆知。

常清静却没说，这是因为不日之后，凤陵仙家的弟子会来蜀山一趟与蜀山弟子切磋交流，肃清山下的妖氛也成了接待同修前所必做的一件事。

孟玉琼微微颔首，好脾气地问："小师叔要一起来放风筝吗？"

风筝。

常清静的视线在这天空上停顿了半秒，蓝得沉酣的天空下，燕子、蝴蝶等各色各样的风筝飞得高高的。

过了半晌，他才开口："不必。"

"孟大哥，你还好吗？我来帮你拿！"宁桃提着裙子跑来关切地问，却在几步之外，刹住了脚步，她惊讶地看了眼常清静：“常清静？”

常清静低下眼：“桃桃。”

“好了。”孟玉琼将怀里的浆饮分了一半给桃桃，“拿去喝吧。”

“哦。”宁桃捧着浆饮，脚步却没动，而是若有所思地观察着常清静。

他今天还是穿着一件葛布衣袍，梳着马尾。

不知道是不是错觉，常清静看着天上的风筝时，那冷淡又高寒的神色好像微微动容了点儿。

这明显是想玩的嘛。

宁桃叹了口气，仰起脸主动发起了邀约：“要去玩吗？”

常清静眼睛睁大了点儿，瞳仁细细的，像是不安的猫。

宁桃带头走在前面：“走吧走吧走吧。”

孟玉琼也莞尔：“小师叔，走吧。”

在原地犹豫一会儿，常清静终于提起脚步跟上，瞥见宁桃抱着一堆浆饮回来，以孟玉真为首的一群少年，互相推搡着冲上来。

“桃子（桃桃）！”

“买来了吗？！买来了——”

他们却在看到常清静的刹那间，纷纷噤声。

“真、真君？”

“师叔。”

“小师叔（师叔祖）。”

看到这群少年个个如临大敌、战战兢兢的模样，常清静面色有点儿僵硬，开始怀疑自己到这儿来是件错事了。

“你们玩。”抛下这句话后，常清静径直走到堤岸下面去了。

他一直就不合群，与其待在那儿打搅他们的兴致，徒惹尴尬，倒不如自己一个人待着。

胸前隐隐有些作痛，常清静眉头拧了拧，看了眼胸口的位置，葛布衣衫隐隐透出了点儿淡色的血迹，这是昨日取了心头血炼药的后遗症。

手指探入袖中，摸上了个冰凉的瓷瓶，常清静迟疑地想，他暂时还不清楚要怎么把这瓶药交给宁桃。

“桃桃？桃桃？”有蜀山弟子好奇地问。

“站这儿发什么呆？来放风筝啊。”

“没什么。”宁桃摇摇头，猛然回神，将视线从堤坝上收回，露出个笑，“来了！等等我！”

常清静站在堤岸下，指尖摩挲着袖中的瓷瓶，抿了抿唇，脑子里做着剧烈的斗争，头顶忽然响起个熟悉的嗓音。

常清静倏忽抬起眼，就看到堤岸上站着个少女。

少女穿着件香芋紫的对襟襦裙，头发上扎着大红的缯绳，抱着个浆饮，手里还拿了个小碗，站在高高的堤岸上看着他。

四目相对的瞬间，宁桃走下堤岸，倒了碗乳白色的浆饮给他，镇定自若地说：“给你。”

“这是？”

“杏仁豆腐浆。”宁桃笑起来，好像有阳光跳跃在她栗色的发丝上，“你尝尝看。”

她的头发并不是那种乌黑的，反而泛着点儿黄，在阳光下看，有几根发丝看起来就像是金子。

常清静盯着宁桃看了半晌，低头喝了一口，豆腐浆入喉，柔滑爽口，豆腐的清香扑鼻而来。

常清静也不说话，两扇纤长乌黑的眼睫毛垂落下来。

许久没见，常清静反而更加自闭了。这几天过去，宁桃已经想开了，与其这样纠缠下去，他们倒不如重新做朋友。

常清静现在的模样和当初他们刚到王家庵时的模样相差无几，她恨不了常清静。宁桃低着头默默地想。

他曾救过她的命，愿意接纳她、包容她，听她胡言乱语，听她说些他不懂的话。

从前，少年愿意走街串巷，替人看风水测字，省吃俭用为她买花衣裳、买绢花；她帮他洗过亵裤，而他也清楚地知道她的月事什么时候来。

她第一次来到异世界，将裙子弄得通红，还是他面红耳赤地带她去找人询问怎么做月事带。

“小青椒——”宁桃欲哭无泪，僵直地走在他前面，羞耻得额头冒汗，“到……到了吗？”

宁桃来月事的那一次，他们的行李刚好被妖怪撕碎了，没有换洗的衣服。

他本来是要动手脱身上长袍的，却被宁桃拦住了。

“算了。”宁桃压低了嗓子小声地说，“我拉拉裙子，应该能挡住。”她可不想看到常清静长袍上沾上她的血，那还不如杀了她呢。

于是，由宁桃走在前面，常清静走在后面，帮她挡住裙子。他们像做贼一样，小心翼翼，却浑然不觉这副样子更像是在招摇过市。

磨磨蹭蹭往前走的时候，一想到常清静能看到她后面裙子上的血迹，宁桃羞耻得咬紧了下唇，就觉得还不如当场死了算了。

常清静体贴她，垂着眼不多看，可是这感觉怎么都如芒在背。

常清静手巧，宁桃做不好月事带，她的月事带基本都是常清静一手承包的。

少年在膝盖上垫了块干净的布，又把月事带放在膝盖上，动手自己做。

每当这个时候，宁桃脸色就爆红得像个番茄。看着少年修长白皙的手指灵活地做着月事带，宁桃绝望地抓着头发，羞窘得快哭了："我……我自己做也行……"

里面的填充物，宁桃不敢用草木灰，他就用棉花。用一次丢一次实在太过奢侈，小道士就铆足了劲儿努力赚钱，争取让宁桃月月都能用得上棉花。

可以说，他们的青春期、发育期是在彼此的陪伴下，跌跌撞撞走过来的。

即便他最后走火入魔，失去理智亲手杀了她，可她还是恨不起来常清静，更准确地说，是恨不起来当初那个一心一意对她好的少年。这一来二往，就算是扯平了吧，都过去了。

"好喝吧？"宁桃又笑着给他倒了一碗，给自己倒了一碗。

就这样，两个人一起分完了这罐子杏仁豆腐浆。宁桃将这些碗碟又重新揽入了怀里，长舒了一口气："走吧！喝完了去放风筝，我带你放。

"这个，你把线轴拿着。"

常清静指尖微微一动，侧目看向了宁桃。少女刚刚在河岸上跑得太久，累得气喘吁吁，额头、鼻尖全是细密的汗珠，脸颊红扑扑的。

宁桃严肃地说："待会儿我帮你拿风筝，你来放，听到没有？"

常清静："好。"

他抿着唇，小心翼翼地学得很认真，周围几个小孩好奇地看着他放风筝。青年满头华发，眉眼间风霜冷然，仿佛落了耿耿的星河，却搞不定手里这只小小的风筝。

"快！快跑！放线！"宁桃在远处气势十足地发号施令，这些蜀山少年全都震惊地看着这姑娘气定神闲地指挥常清静。

而常清静竟然真的照宁桃说的，咬着牙根，漠然的脸色上露出了点儿慌乱之色，急急忙忙地抖动了线轴，燕子形状的风筝便高高地飞上了天。

宁桃站在那山坡上，红的、黄的、蓝的、紫的，各色的山花好像开上了她的裙摆，她激动得脸都红了，指着风筝说：“你看！我就说很简单吧！”

这一番折腾下来，常清静额头上也冒出了点儿汗，仰头看着这天上的风筝，眼里含着点儿迷茫——原来这就是放风筝的感觉。

从前看着舅父舅母和表哥表妹放风筝时，他便也想，后来舅父给了他一个风筝，他就将这风筝放在了桌案前，常常伸手摸摸那蜻蜓的翅膀。

没有人陪他放，舅父也从来没想过这一茬，他也不愿意一个人在人前放风筝。

将风筝放上天便是这样的。

那一瞬间，他好像又活了过来，听到血液在血脉中汩汩流动，和那个少年渐渐重合，仙华归璘真君，重新褪去了身上的枷锁和光环，变回了那个初出茅庐的小道士。

“我就说很简单吧。”宁桃提着裙子跑过来，在他面前停住，端详了他一眼，“想放就直说。想和大家玩就直说。你不主动放低姿态和人接触，板着张脸，不爱搭理人，人家当然以为你不好相处了。”宁桃无奈地叹了口气，“之前在王家庵教你的都忘了吗？你之前不是和小虎子他们玩得挺好的。这都过了这么多年，就个子长了，情商没跟着长？”

“还有胸前的伤，”宁桃伸手指了指，没好气地问，“怎么回事？”

少女襦裙的裙角垂落在地上，河风吹动了她栗色的长发，那些开在她裙角上的花，灿烂得刺目。对上宁桃恨铁不成钢的目光，常清静猛然怔住，原来自始至终宁桃都知道。

一股强烈的悔恨伴随着痛楚猛地撞上心扉，撞得他眼前发黑，喉头像是被什么东西梗住，常清静低声道：“除妖时受了点儿伤，已经无大碍了。”

“哦，那你注意点儿。”宁桃点点头。

就像随口一问一样，随口表达了自己的关切，在这之后，宁桃和孟玉真又一起兴致勃勃地去江边抓鱼，高高地挽起了裤腿，踩在水里。

初春的江水冷得有些刺骨，宁桃却浑然未觉，依然脸色红润，活力满满：“欸！这边！”

“不行，你得往那边来点儿，你没抓过鱼吗？”宁桃无奈地握住了常清静的手腕，“光有折射，你看到的鱼比实际上要低一点儿。”

他的确没抓过鱼，之前两人同行的那一路，少年都是抓些兔子之类的，要不就是去村落里用钱换些米和鱼肉，而宁桃这一路跟着张琼思他们走南闯北，早就练出了一手野外生存的技巧。

这些江边的游鱼个头儿很大，动作却并不迟缓，瞧着在河水里呆呆地发着愣，但见有水波漾起，忽而就甩着尾巴四处游弋散开。

手腕被少女轻轻抓住，微凉，常清静仿若过电一般，再度僵直在了原地。也就是在这一瞬，他才猛然发现，原来宁桃的手这么小。

这么多年过去，她没有任何改变，眉眼、个子没有任何变化，依然是当初那个小姑娘宁桃。

这个认知，却让常清静感到煎熬，这个“毫无改变”并不好，那是他想都不敢想的痛楚和绝望。

常清静忍不住侧目去看宁桃，少女唇瓣一张一合的，还在认真地絮絮叨叨说些什么。他既煎熬和痛悔，偏偏又为两人的接触而忐忑。尤其是宁桃眉眼弯弯地捧着他的手，手把手教他怎么叉鱼。

可惜好端端的仙华归璘真君常清静此刻浑身都不自在，一向漠然冷淡的目光落在少女柔软的唇瓣上，早就神游天外去了。

她将所有的精力都放在了抓鱼这件事上。他却觉得手不知道该往哪儿放，明明是在抓鱼，可小姑娘的手太小了，宁桃握着他的手纠正，他好像手上就捧了条活蹦乱跳的活鱼，滑溜溜的，手指紧张得都蜷缩了起来，耳郭也漫起了火烧云般的薄红。

终于在不知几次失败后，“扑哧”一声，尖刃刺进血肉的声音在耳畔清晰地炸响，常清静指尖一动，倏忽回神，忙又用了点力气把鱼插在了河底，不敢举起剑。

一只手握住剑柄，他慢慢蹲下身子，潜入水中，伸手去摸剑尖上的游鱼，鱼还在挣扎，鱼鳍拍打在手上湿滑。

常清静犹豫一秒，果断地牢牢抓住。抓到鱼之后，宁桃就捧着鱼，和玉真他们一道儿把这些鱼烤了打牙祭去了。

他们一直等到太阳落山才回到蜀山，又是捉鱼烤鱼，又是放风筝的，沐浴着暮风，回去的时候，每个人都一脸狼狈，袍角还在往下滴滴答答地滴着水，却在嘻嘻哈哈地笑。

“我觉得，其实真君也没那么可怕嘛。”有少年看着常清静，那眼神活脱脱像是发现了新大陆，“真君就是看着冷了点儿、闷了点儿。”

“是啊，没想到小师叔竟然和我们玩得这么开。”

“桃桃，”在即将分别前，常清静叫住了她，“这个你拿着。”

宁桃疑惑地接过了常清静递来的瓷瓶：“这是什么？”

常清静不敢看她，语气中甚至带了点儿自己都没察觉到的期许：“上次我替你检查过，你虽然死而复生，但身子虚，这药能帮你固本培元。”

宁桃有些始料未及，虽然如此，但还是看着常清静，攥紧了手里的瓷瓶，定定地笑起来：“好。”

常清静稍微放松了下来，想开口说些什么，却是无话，最终只是略一颔首。

还是宁桃眨着眼，大声地发出了邀约：“明天接着一起玩吧！”

他并不知道要对宁桃说些什么，心里慌乱得几近空白，有些涨、有些痒。

常清静抿唇，胡乱地点了一下头，转身匆匆离去。

挥挥手和孟玉真、孟玉琼几人告别之后，宁桃长舒了口气，回到松馆瘫在床上。

过了好一会儿，宁桃这才举起手里的瓷瓶看了一眼，一眼又一眼，纠结了好半天，最终还是翻身下床，将瓷瓶里的丹药倒了出来。

三颗莹润鲜红的丹药，她一颗没吃，蹲在松树下，全埋在了泥里。

又几日，谢溅雪伴随苏甜甜等凤陵弟子终于来到了蜀山。

第27章

蜀山山脚。

日暮时分，远望蜀山，奇峰错列；夕阳下，雪色映照着落日的霞光，五色缤纷，彩光绮丽。

一队衣着打扮不俗的道士，正坐在山脚下的茶摊内歇脚。

这一队道士都身着杏色衣裙，正是凤陵仙家弟子的打扮。为首的是个面容俊秀苍白的青年，貂裘锦衣，看上去活脱脱一个贵气的小公子，目光落在不远处的雪山上，不知在想些什么。

“溅雪？”苏甜甜脸颊上泛着桃红的色泽，咬着唇，将手里的馒头递到了谢溅雪手上，“马上就要上山了，山上冷，吃点儿馒头垫垫肚子吧。”

谢溅雪转过脸来，与她目光相接，温和地牵起唇角笑了笑：“好。”眼神却是清醒的。

与外界传言不同，谢溅雪与苏甜甜之间并无婚约，外界传言的成亲也不过是凤陵仙家另一对佳侣。

苏甜甜微不可察地松了口气，又绞紧手指，不安地循着谢溅雪的视线看去，看着这远处的雪山，这云雾间影影绰绰的宫殿，心里像打鼓一样，怦怦怦直响。

马上、马上又要见到敛之了——苏甜甜抿紧了唇，唇瓣抖得厉害，心里翻来覆去地念叨：敛之敛之。

然而不论她念上多少遍，都冲淡不了她心中的绝望与希望。

这几十年里，她也曾自己一个人跑到蜀山门前求见常清静，却无缘得见常清静一面。

这几十年来，常清静就像是把她忘了一样，杳无音信。

这一次，还是她央求因公前去蜀山的凤陵弟子捎带上她。想到马上就要见到常清静，苏甜甜紧张得呼吸急促，脸色潮红，不由得摸上了自己袖口，空荡荡的袖口。

她不恨他，是她骗了他，都是她的错，这一来一往算是扯平了。

她笃定他还爱着她。

如果不爱她，他又怎么会因她而入魔啊？

苏甜甜忍不住想，一边想一边回味着两人之间一点一滴的过往。他只是性子高傲，还没想通。这一次她来蜀山，见他的第一面定要抱住他，认错，好好诉说她有多后悔，有多爱他。

她周围的凤陵弟子忍不住问："苏师姐，你在想什么呀，想得这么入神？"

一个凤陵师妹睁着眼睛好奇地问。

苏甜甜抿紧了唇，低声说："我在想待会儿上山之后，见到敛……见到真君要怎么做。"

这些都是新拜入凤陵的弟子，这一路走来，与苏甜甜关系还算不错，也听苏甜甜提起过她与常清静之间的往事。

当下，这个凤陵师妹面露揶揄与艳羡之色："都到蜀山脚下了，师姐还装模作样说什么'真君'，难道不是该称呼'敛之'吗？"

"是呀。"另一个凤陵师妹笑嘻嘻道，"谁不知道仙华归璘真君爱师姐爱得入骨呢。"

这几个凤陵小弟子，你一言我一语的，立刻就哄得苏甜甜红了脸。

那位如今的剑道宗师，仙华归璘真君的爱意，哪里是随便一个姑娘都能占有都能独享的。

"敛之"这个称呼，与"真君"这个称呼相比，便多出了显而易见的亲密来，也让苏甜甜觉得甜蜜。

一想到常清静，想到敛之，想到小牛鼻子，苏甜甜便忍不住放缓了呼吸，目光也柔和了不少。

她已经迫不及待去见他了。

眼看着苏甜甜撑着下巴怔怔出神，那几个凤陵弟子对视了一眼，又避着苏甜甜，偷偷互相使着眼色，“嘻嘻”地笑开了。

说什么爱之入骨，她们还是半信半疑的，这要是爱之入骨，至于砍了她的手？

半夜。

吕小鸿端着烛台从内室走了出来，困倦地打了个哈欠，惊讶地看着屋里的常清静：“真君，你还不睡吗？”

说实话，常清静这屋和宁桃那屋半斤对八两，生活技能基本为零，要不是吕小鸿跟着收拾，这屋可能连个落脚的地方都没有，到处都被乱七八糟的道书卷轴堆满了。

常清静就坐在这一地的道书中间，葛布衣袍垂落在地上，白发束成高高的马尾，皱着眉，专注地盯着手里的一本书看——“这么晚了，真君什么时候看书不成，偏偏在这时候看？”吕小鸿不大赞同地指责道，“眼下不是看书的时辰，真君还是去歇息吧。”

其实和大多数蜀山弟子想象的那位高冷如冰的仙华归璘真君不一样，在和常清静接触之后，吕小鸿才发现，其实常清静真的很好相处。

只要你不是妖怪，常清静就真的很好说话，甚至有时候有点儿呆。

故而，相处得时间长了，吕小鸿也能镇定自若地管起这位仙君来。

常清静纤长的眼睫毛轻轻一颤，手上已经翻了一页：“不是。”

吕小鸿“啊”了一声，茫然：“什么不是？”

端着烛台走近了，吕小鸿这才看清了常清静手里捧着的是个什么东西。

那一瞬间，吕小鸿彻底石化了，这竟然是一本食谱！

原来真君半夜是在钻研食谱吗？谁能想到这高冷又戾气重的真君在大半夜贤惠地研究一本食谱？

常清静拧着眉，迟疑地指着食谱上的文字，不顾吕小鸿的惊恐，问道：“盐，少许，究竟是多少？糖，适量，又究竟是多少？”

吕小鸿木然：“真君，你究竟要干什么？”

常清静低下眼，继续皱着眉埋头研究：“做糕点。”

说者无心，听者有意。“明天接着一起玩吧。”这句话，他记住了。

半夜，他不知为何没有困意，干脆起身翻出一本落了灰的食谱。

常清静想试着自己动手做一盒糕点带去给宁桃，而这一次绝不能再像上次那般弄得一团乱。

没有人教过他要如何做菜、洗衣，如何照顾好自己，自他幼时拜入蜀山起，身边只有剑，练剑练到一身汗，湿了衣服，就随便往水里一浸，大冬天穿着半湿的衣服，冻到唇瓣发紫几乎成了他幼时的常态。

首先，在糕点的选择上他就犯了难。食谱上这些糕点五花八门，挑得常清静眼睛都快花了。

那一秒，他突然想到了蒿子粑粑。

这四个字关联着搜魂镜上的影像，常清静心头猛地一跳，好像又立刻泛起了细细密密的疼，不敢再细想，唇抿得紧紧的，胡乱捺下了这个选项，之后又陆陆续续选了几个。

吕小鸿："那真君最后选定的是哪个？"

"这个。"常清静犹豫着伸出手，在书页上一指。

吕小鸿凑过来一看："嗯，牛乳红豆糕？

"这个好，就这个了！我觉得宁姑娘肯定会喜欢的！"

等好不容易选定了，天边也渐亮了，吕小鸿困得眼睛都快睁不开了，本以为常清静选定了糕点之后，会去闭目养神一会儿，却没想到男人拿起食谱就往外走。

吕小鸿又打了个哈欠，眼泪汪汪地跟上："仙君，等等！你去哪儿？！"

站在厨房门口，吕小鸿眼角抽搐地看着常清静皱着眉忙忙碌碌。吸取了上次的教训，这一次常清静对这些食材表现得明显更为慎重。吕小鸿感叹地看着，常清静低着眼照着食谱上的内容，动手去搓面团，将这些面团搓成了一个个兔子形状，又煞有介事地点上眼睛，放到蒸笼里去蒸。

就这样忙活了小半天，等到旭日初升之时，常清静这才提着食盒打了把伞去了松馆。但走了一半，他觉得有些不安，又麻烦吕小鸿去买了点儿如今山下小孩时兴的玩具。将一只草编的蚂蚱拢入袖口，常清静这才撑着伞一路走到松馆前。然而，等走到门前时，他才发现，门户却是紧闭的。

宁桃还没起床？

宁桃起得一向都比较晚。

常清静犹豫了半晌，站在门口没有上前敲门打扰。

远处，一轮朝阳自群峰中东升，霞光万丈。

他已经很久没有这么煎熬过了，提着食盒的手指攥得紧紧的，忍不住去想等宁桃早上醒来打开门，看到他时她会做何反应？他们今天要做什么？要去玩什么？

和宁桃在一起时，他好像不自觉地就变成了当初那个初出茅庐的小道士，变成了那个小青椒，重新将少年时的心动全都一一找了回来——忐忑、局促又慌乱。

常清静在这思绪里沉浸了很久。他不懂这些感情，没人教过他，蜀山虽然并不阻挠弟子成家，但讲究的也是绝情断欲，在这么个环境中长大，他非但没吃过猪肉，甚至都没看过猪跑。

在等候宁桃起床的这段时间里，他蹙眉沉思，一样一样回忆着从前的旧事。

他不知道自己如今对宁桃是什么感情，他曾喜欢过她。

可是在王家庵比试书法那次，他突然明白了，她是另一个世界的姑娘，身上凝聚了另一个世界文明的缩影，在那个世界，她能学习诗文、算术，能学习别的国家的语言。

她对许多事情都有着自己独特的见解和看法，她耀眼又灼目，身边总围绕着许许多多的朋友，当初是小虎子、小柱子，再后来是何其、楚沧陵、玉真、玉琼。她一向不缺朋友，他除了占据“她遇到的第一个异世朋友”这个身份之外，是他们之中最不起眼、最笨拙、最阴暗的。

她说，“小青椒，你是我最好的朋友”。

可是，他这个朋友用欲望玷污了她。

他想象中她的每一根发丝，身上淡淡的牛乳味道，笑起来弯弯的眉眼。

屋外传来她的脚步声，她刚洗完澡，趿拉着绣鞋跑来跑去。彼时，常清静根本不懂这是怎么回事，察觉异样，绷紧了下颌，不由得一个激灵。

和对方朝夕相处了这么多年，他还是第一次发现原来看见对方也能如此……热烈和激动。

就在这时，门口突然响起了敲门声，少女清脆的嗓音从门外传来：“小青椒！你睡了吗？！”

常清静脸色煞白，颤颤巍巍地发现门是虚掩着的，一门之隔，少女局促地站在门口。她刚洗完澡，披散着微潮的头发，小脸被水汽蒸腾得微红，一截细细的红色肚兜带子，湿漉漉地贴在脖颈上，脚上未着袜子，莹润的脚趾有些邋遢地胡乱套在绣鞋里，半个脚后跟都露了出来。

少年眼前发黑，大脑空白，如同一尾鱼一般涨红了脸，慌乱地从床上一跃而起，一向清冽端方的嗓音中含着淡淡的慌乱和局促："睡……睡了。"

门口的宁桃："……"

睡了还能应声，这是什么毛病？

将自己像摊煎饼一样摊在床上，常清静翻了个身，又翻回来，闭上眼，又睁开眼。

每每看到宁桃，看到少女嘻嘻哈哈的笑，他都沉默了下来，错开视线。

从未像现在这般发自内心地厌恶自己。

他的友情掺杂了许多私心，他喜欢她，仰慕她，却又忌妒她，畏惧她，害怕她。

他抓不住她。

他玷污了他的朋友，不敢再索求更多。

她说他是她最好的朋友时，定然想不到，面前这个看上去冷淡端方的小道士，内心是有多丑陋。

他始终无法像小虎子他们一般坦坦荡荡。她身上的光芒与温热，落在他身上的同时，也均等地照耀着每一个人。

其实在她身前，他从未真正抬起头来，站起来过。

正因为羞愧，他再也不敢往下深入地去想，就让这一切都止步于"朋友"这个位置上便够了。

他从来不曾想到过，她竟然喜欢自己，喜欢他，想要嫁给他做新娘子。

现在他还喜欢宁桃吗？

他挣扎了很久，开不了口，不敢多想。

常清静安静了下来。

不管他是否还喜欢她，停留在愧疚这一层面就够了，她说她还愿意和他再做朋友，这一切都在往好的方向发展。

再往下深入地想，他害怕他会走火入魔，他会疯，他害怕她和他之间再也没有了转圜的余地。

常清静等了很久，却一直没等到这扇门打开。等到日头高悬在头顶的时候，常清静猛然察觉到了点儿不对劲，举起手正欲敲门，然而面前这扇门，是锁着的。他的手顿在了半空，收紧，又放下了，也就是说，宁桃一大早就出了门。

昨天傍晚少女笑着说"明天接着一起玩吧"的那一幕还历历在目。

雪花落在伞面，沙沙作响，握着伞柄的手在这一刻好像也冻得结了冰，却在这时，身后传来个有些怯弱和犹豫的嗓音：“敛……敛之，是你吗？”

“你们怎么来了？！”

蜀山山脚下某处茶馆内，环境简陋却还算整洁，竹棚下面摆着整整齐齐的长桌长凳。

宁桃睁大了眼，惊喜地看着面前的少男少女们。张琼思无奈地笑了一下：“当然是来看你啊。”风吹动她头上的红发带，唇角下的痣被太阳一照好像都剔透了不少。

蛛娘提着裙子，大眼睛眼泪汪汪：“桃桃，我好想你啊！”

常清静自从把宁桃带回蜀山之后，又将张琼思他们在山脚安置了下来。起初，张琼思和小扬子倒也想上山，奈何蜀山门规森严，连封书信都递不上去。

小扬子挠挠头，伸手往后一指：“其实是那位道友带我们来的。”

宁桃循着小扬子的视线往后一看，日光下，站着个裹着白色貂裘的青年，青年面色苍白，眉眼温润地笑起来：“芝桃。”

宁桃手里的茶碗没拿稳，猛然站起身，茶水从碗沿飞溅了出来：“谢道友？！”

谢溅雪莞尔：“好久不见。”

宁桃都快晕了，立刻有点儿蒙：“谢道友，你怎么在这儿？”

谢溅雪十分从容地走到桌子前坐下，点了壶茶：“上次在阆邱分别之后，宁姑娘你就没了踪迹，我想着或许是常清静将你带回了蜀山，我心中担忧，这才跟着来到了这儿。”谢溅雪眉眼弯弯地指着张琼思等人道，“却没想到正好撞见了张姑娘等人，我便帮他们送了封信上来了。”

这就要将时间拨回今天早上了。

今天一大早，宁桃就在松馆收到了张琼思的来信，约定在茶馆见面，这才急急忙忙地偷偷下了山。

五个人围坐在缺了个角的桌子前，说了会儿话，张琼思突然神色严肃：“桃桃，你想待在蜀山吗？不想待在蜀山的话，谢道友会帮我们离开。”

第28章

谢溅雪沉默了一瞬：“宁姑娘，从前的事，甜甜对你做的那些事，我很抱歉。”

宁桃撑着下巴，垂着眼用筷子去戳盘子里的馒头，并不开口说话。奈何谢溅雪认真地看着她，眉眼温和，表现得十分有诚意，看得宁桃浑身上下都不自在了起来。

“宁姑娘，不，桃子，”谢溅雪柔声问，“我能这么称呼你吗？”

宁桃点点头：“随意。”

“桃子，只要你想离开，我定竭尽全力帮你。”

宁桃有点儿动摇：“可我眼镜还在山上。”

她当然也想跑路，可行李和家当都在山上。虽说“金蝉脱壳”死而复生之后相当于改换了个躯体，她已经用不着戴眼镜了，但这毕竟是个念想，书包里的那些就是她和原来的世界唯一的联结。

“不行，时间到了。”又商讨了一阵子之后，宁桃站起身，严肃了眉眼，“说实在的，常清静派人盯着我呢，我得先回去了，再不回去，他该起疑心了。”

如今的常清静，宁桃心里很清楚，虽然看上去漠然又冷淡，但已经疯了。她忘不了鹤车上那一幕，那一次走火入魔终究是给他留下了后遗症。现在的他，就像个不安定的不定时炸弹，不知道什么时候会爆炸。

而他们两个之间，更像是有一根紧绷的弦，随时都有可能崩断。各大仙门都有自己的情报网，她如今身处蜀山地界，说不定面前这些过路的行人都是蜀山的眼线。

谢溅雪颔首：“过两日我去找你。”

宁桃用力点点头，挥了挥手：“那我先走了！谢道友、琼思姐姐、蛛娘、小扬子再见！”

这一路，宁桃几乎是气喘吁吁跑上山的，一路跑，大脑一路飞速运转，想着待会儿要是碰到了常清静要怎么解释。

或许是上天眷顾，她竟然在半路上又碰到了孟玉琼。

“桃桃？”

“玉琼大哥！”宁桃擦了把汗，忙不迭地跑到了孟玉琼身边。

孟玉琼笑了笑：“你去哪儿了？怎么弄得这么多汗？”

宁桃露出个苦笑：“我下山去逛了，玉琼大哥，待会儿看到了常清静，你能不能帮我，”她比了个手势，哀求道，“帮我打个掩护？”

几乎不用她多说，孟玉琼秒懂，爽快地点点头：“行。”

宁桃松了口气，安心地跟在孟玉琼身后上了山。

孟玉琼体贴地一直把她送到了剑冢松馆前。

“多谢孟大哥，多谢孟大哥。”宁桃长舒了口气，真诚无比地说。

和孟玉琼告别后，一阵寒风吹来，宁桃哆嗦了一下，加快脚步走在松风道上，往松馆去。

刚刚跑的这一路，身上的汗水被风吹干了，冻得她直打喷嚏，眼泪都快冒出来了。

好不容易走到松馆前，宁桃脚步却猛地刹住了，主要是松馆前这挺拔又冷淡的身影分外眼熟。

常清静？另一道身影却让宁桃愣住了。这道杏色的身影与常清静的身影相重叠，明显能看出来是个姑娘。

她紧紧环抱住了青年的腰身，将头埋在常清静身上。

风雪吹动两人的衣摆，两人在风雪中沉默地相拥。

一炷香前，一上山，得知常清静如今正居住在蜀山剑冢后，苏甜甜咬着唇，心里七上八下的一路摸了过去，身边还陪着几个凤陵弟子。

事关楚昊苍与常清静，当初那些旧事，俱被几大宗门默契地压了下来，坊间流传的消息真假参半。这几十年过去，知晓当初这些人和事的仙门弟子就更少了。但这一路走来，几乎所有凤陵弟子都知道了这位苏帅姐与山上那位仙华归璘真君关系匪浅。

就算本来是不相信的，这时候他们也半信半疑，想要看看常清静见到苏甜甜时做何反应，是不是当真像话本里演的那样？

踩在松风道上，苏甜甜脚步飞快，脑子里反复演绎着待会儿见到常清静她要说些什么。

他们耽搁这么多年，闹了这么多年的别扭，苏甜甜眼里泛着水光，忍不住想，也是时候该和解了。

如那些蜀山弟子说的那般，她果然在松馆前看到了他。

一看到那道熟悉的身影，苏甜甜眼睛便不由得热了，痴痴地看着他。

这几十年不见，少年已经大变样了。少年身形抽条，已经长成了个真正的男人。他执伞静立在松馆前，白发垂落，眉眼淡淡，半低着眼像是在思索着什么，唯一不变的，是那双眼，微微吊起，大而冷冽。

他五感一向敏锐，察觉到了来人，抬起了眼，目光落在苏甜甜身上。

苏甜甜呼吸一滞：“敛、敛之？”

然而，青年只是看了她一眼，便又收回了视线，眼里甚至没有惊讶，看着她的目光一如看着一个死物，和这世上的花草树木并无任何分别。

苏甜甜蒙了，眼里掠过了一抹惊诧，心想不该是这样的。

这和她一路上所想象的完全不一样，她想过他或许还不愿看到她，冷冰冰地对待她，然而没想到常清静的反应是如此平淡。

苏甜甜不由得往前走了几步，眼里迅速起了一层水雾，飞一般地冲到了常清静面前，伸出手环抱住了他的腰身：“敛、敛之。”

那些凤陵弟子都惊讶地顿在了原地，止步不前。

这……难不成还真如苏甜甜所说的那般？

可是，就在她扑进常清静怀里，牵上他衣角的刹那，一道绯色的剑气却骤然割裂了虚空，抽在了她膝盖上！

苏甜甜被这道剑气抽得一个踉跄，跌跪在地，杏色的裙摆迅速被鲜血洇湿，染红了洁白的雪地。

此时此刻，因为膝盖上传来的这剧烈的疼痛，苏甜甜大脑都是发蒙的。常清静看了她一眼，平静地错开了视线，提步欲走，目光和教训一个不知死活冒犯他的妖怪毫无区别，不掺杂多余的感情，也并无明显的恨意。就好像一个妖怪突然扑到他跟前来，他以剑气逐之，只这么简单。

与世人所猜测的，他是因为苏甜甜而痛恨妖怪，对妖怪赶尽杀绝却独留苏甜甜一条性命不同。与其说恨苏甜甜，倒不如说他一开始恨的是自己，那个曾在舅父舅母坟前立下誓言，却又喜欢上妖怪的自己。而杀妖，又是他与张浩清的承诺。

苏甜甜跪倒在地上，膝盖一阵钻心地疼，然而这疼抵不过心中的茫然。

原本远观的凤陵弟子俱被吓了一跳，瞠目结舌地看着常清静，面前这白发青年就是仙华归璘真君吗？

这两人的重逢，怎么和苏甜甜说的不一样？

似乎是意识到了还有凤陵弟子在围观，苏甜甜涨红了脸，眼泪落了下来，强撑着哽咽道：“敛之，你是不是，是不是还在恨我？！”

常清静脚步一顿。

苏甜甜一喜，心中又不由得生了几分甜蜜。

看呀，他还是在乎我的。

常清静的目光却不是落在她身上，他的目光往前，落在这一片松雪深深处。在这松雪深深处，站着一个小姑娘，身上披着红色的斗篷，斗篷上一圈洁白的毛领，簇拥着圆圆的脸蛋，唇红齿白，明艳绮丽。

对上常清静陡然睁大的眼，宁桃不自在地扯了扯身上的红斗篷：“呃……不好意思，打扰你们了？你们继续？”

在这儿能碰上常清静与苏甜甜是她没有想到的，也是苏甜甜没有想到的。

苏甜甜跪倒在雪地里，狼狈地看着站在风雪中的宁桃，缓缓地张大了嘴，惊愕地问：“桃桃？”

面前这披着火红斗篷、明艳又活泼的姑娘的的确确是宁桃。可是，宁桃不是死了吗？为什么又会出现在这儿？难不成是她看错了？

本来还担心自己下山时间太久，被常清静发现不好交代的宁桃，此刻深深地觉得自己就是个傻瓜。虽然她明确了自己的定位，明白了自己是个女配角人设，但根本没想到女主角苏甜甜，竟然会来得这么快！

想到刚刚撞见的男女主角久别重逢，雪后深情相拥，宁桃脸都麻了半边。

“桃桃，”他叫她，撑着把桐油伞，垂着眼，眉眼在风雪中有些模糊，语气缓和又专注，“你去哪儿了？”

“我……”宁桃顿了顿，搬出了之前早就准备好的说辞，“玉琼大哥带我去了山下。”

“说起来，”宁桃皱起眉，“你怎么在这儿？”

宁桃的确没搞懂常清静怎么会出现在这儿。

他和苏甜甜重逢，在她门前搞什么？

而她这一问，常清静反倒沉默不言，隔了好一会儿，才道：“赴约。”

宁桃彻底迷糊了。

昨天，她有说什么吗？

常清静忍不住抬起眼看她。

“明天接着一起玩吧。”他甚至还能回想出宁桃说这话时的表情、语气。常清静喉头动了动，好像被什么东西堵住了，半晌才移开视线，拿出了手里的食盒：“我来为你送吃食。”

食盒是温热的，但他心里好像有万千云气呼啸而过，冻得心口都结了冰，隔了好半天，宁桃这才从昨天繁杂的回忆中翻拣出了一句，可能会让常清静误会的话——“明天接着一起玩吧。”

等等！他、他该不会当真了吧？！

宁桃愣了半秒，只感觉一个晴天霹雳当头罩下。这就和应付卖东西的推销员说“我回头就看”一个道理，说实话，她转头就忘了这事儿。这只是宁桃的一句无心之言，只有他一人当了真。

宁桃立刻察觉出来了点儿不对劲，为了表示自己的歉意，忙手忙脚乱地主动接过食盒。接过了食盒，宁桃又看了一眼跌倒在雪地中神情狼狈、一直愣愣地看着他俩的苏甜甜，诚恳地说："谢谢。但是你和苏姑娘应该还有话说，我就不打扰你们了。"

苏甜甜眼眶已经红了，唇瓣微动："桃、桃桃。"少女惶急地往前走了两步，泪如雨下，"桃桃，你没死？"

宁桃一时间也不知道该回答些什么，只好"嗯"了一声，于是，凤陵弟子上上下下又都愣住了。

这是个什么情况？

苏甜甜号啕大哭，想上前来抱住她，宁桃却不自觉地往后倒退了一步。苏甜甜面上顿失血色。

"你没死，桃桃，你没死真的太好了。"苏甜甜那双杏子眼痴痴地看着她，一边看，一边眼泪掉得更凶了。

"我后悔了，桃桃，"苏甜甜唇瓣哆嗦着，一边有眼泪落下来，一边颠三倒四地重复道，"从前的事，是我对不起你，桃桃，你没死真的太好了。"

她后悔了，再也没有一个姑娘能这么对她了，再也没有一个姑娘能和她坐在一起看星星说着悄悄话，再也没有人关心她，甚至为她揉腿，再也没有人愿意拍着她的脊背，轻轻抱着她安慰她。

宁桃静静地看着苏甜甜，低下了头。

她愿意与常清静和解，并不代表愿意与苏甜甜和解。虽然苏甜甜表现得后悔又痛苦，但宁桃看在眼里，心情十分平静，并不会选择原谅。

大多数人心中有一柄尺，一杆秤，在感情中审慎地做着加减法，宁桃也是一样。当失望逐步累积，"苏甜甜"已经被她从心中彻底抹去了。

最重要的是，常清静的所作所为是来自入魔之后的神志不清，她能理解他，却无法原谅苏甜甜，尤其无法原谅她在头脑清晰的情况下参与了雁丘山围杀，用老头儿的命来成全她的私心。

"呃，你们慢慢聊。"宁桃立正站好，迅速抄起食盒，将常清静往苏甜甜面前一推，麻溜地冲进了屋里，刚掠出两步远，手腕忽然一沉，宁桃诧异地看着常清静突然攥住了她的手。

眼看着宁桃立正站好，飞也般地将他推到了苏甜甜面前，自己钻进屋里，常清静僵在原地。他没想到宁桃会把他推给苏甜甜，愣了好久都没说话，身体已经快于意识一步，攥住了她的手腕："桃桃，你、你没什么要说的吗？"

袍袖一动，有什么东西从袖中掉落在了地上，是个草编的蚂蚱。

宁桃惊讶地看着他说："我有什么要说的？"

常清静面色有点儿难看。

宁桃想了想，又看了眼苏甜甜，笑了一下："那……祝你们早点儿解开误会？"

常清静目光与她短暂相触了一瞬，不知道为什么，这个时候无比渴望着面前的少女能给他点儿其他的反应。

他紧张得一寸一寸绷紧了肌肉，哪怕她冷嘲热讽，这好歹也是证明她对他尚存旧情的，然而，没有，宁桃只是云淡风轻地笑起来，像任何一个关系好的朋友，促狭地笑道："折腾那么久，也该安定啦。"

察觉到常清静还未松手，宁桃茫然地睁大了眼，又试探着补充了一句："呃……加、加油？祝你们早日解开相爱相杀的砍手挖心误会，有情人终成眷属？"

第 29 章

说完这句，宁桃长舒一口气，又钻进了屋子里。

少女的脚步很轻快，踩在雪地里的时候咯吱作响。她没有留意到地上的东西，小巧精致的蚂蚱被一脚踩进雪地里，深陷于泥泞的雪水中。常清静缓缓地松开攥紧宁桃的手，闭上了眼一声不吭。

他曾以为宁桃原谅了他，这一切都在往好的方向发展，然而未曾想到，一句"做朋友"比做陌生人来得更无情。

苏甜甜一边哭，一边朝他走近了："敛之。"

"我找了你很久，"她憋红了脸，眼里泪花闪烁，"我很害怕，害怕你不要我了。"

苏甜甜嘟起红唇，又像是撒娇一般轻声地说："你们蜀山好冷，太冷了，这一路走来，我脚都走痛了。"

她委屈巴巴地又抬起手给他看："当初你砍我这一剑真的很疼，回去后，我真的恨你，恨你为什么这么对待我。"

常清静抬眼看向她，精致的眼里全是冷漠，这目光像极了在看她一个人的独角戏表演。他毫无反应，没有恨，没有任何情绪，只是平静。

这目光让苏甜甜有些害怕，局促地收回了手，咬紧了唇："敛之，你，你还在恨我吗？"

常清静道："不恨。"

苏甜甜愣住了，没想到常清静竟然开了口。他的嗓音还是一如既往地冷冽动听，听得她心里又荡起了甜蜜的滋味。

敛之还是爱她的呀，这么快就又愿意和她说话，搭理她了。

常清静看着苏甜甜，心中出乎意料地平静，看到她哭、她笑、她撒娇，他无动于衷、毫无波澜；再看她号啕大哭，眼里冷淡中又多了点儿说不清道不明的厌恶情绪。

他的确喜欢过苏甜甜，但对苏甜甜的喜欢，并没有那般深厚。忘情水的解药催动了大爱大恨，如今一切都尘埃落定，在拨去这一切外物影响之后，叩问本心，常清静漠然地发现他对苏甜甜的感情其实并不深厚。

当真相一寸一寸被揭露，他才发现，他只是一厢情愿地喜欢上了想象中那个温暖的“影子”。而苏甜甜为了取他的心头血，又有意表现出落落大方，善良乖巧的个性。

宁桃生前受凤陵弟子排挤鄙弃，死前受柳易烟等人百般折磨，都有苏甜甜在其中散播谣言之故。他性子孤直，最为厌恶这等当面一套背后一套的碎嘴之人。当时他因为这事大失所望，对苏甜甜的喜欢跌至谷底，却因为宁桃与他决裂，从而方寸大乱喝下了忘情水。

没想到，恢复记忆后，错乱的记忆让他忘了这件事，解药的影响使他大爱大恨愈深，入魔也愈深。

他苏醒后，真真假假，爱恨是非，纷乱错杂，现在想想，未尝没有谢迢之的手笔在其中。

回想往事，他只觉得做了一场大梦。

建立爱的基础本来就是假的，自始至终不过是一场骗局套一场骗局，等他终于清醒，苏甜甜于他而言，已经和陌生人无异，无悲无喜，无爱无恨。

看到苏甜甜将这断手举起来给他看，他心中也无愧疚与悔意。她骗了他，取他心头血，他走火入魔之下取她一只手，这一来一往很公平。

苏甜甜却依然沉浸在“他这么快就搭理我了”“他果然不恨我”的喜悦中，忍不住轻声道：“我……我也不恨你，敛之。”

少女的目光润泽，因为激动而面上泛着些潮红，嗓音又软又委屈，水汪汪的眼里在诉说着深情和这些年无尽的委屈。这副小女儿的情态任谁看到都要心软的，常清静的目光落在她脸上，清醒冷淡。

这清醒的眼神，让苏甜甜不由得生出了点儿不祥的预感，浑身发冷，情不自禁往前迈出了一步，像是在寻找一个证明，常清静却只是面无表情地看了她一眼，旋即化光离去。

苏甜甜的手僵在了半空中，扯了个空。

为什么？为什么和她想象中的不一样？

方才站在不远处围观的凤陵弟子，这个时候都犹豫着走上前来。

“师姐？”

“师姐，你没事吧？”

“呃，你与这位真君之间……”一个凤陵师妹古怪地问，“当真？”

“对啊，苏师姐，你不会在骗我们吧？”

这些凤陵弟子面色惊讶又古怪，你一言我一语，七嘴八舌地交谈起来。

那位仙华归璘真君对待苏甜甜的态度完全就像对待一个陌生人嘛！

这些小师妹刚入凤陵没多久，尘缘未断，正是最憧憬这些风花雪月的时候，此刻纷纷大失所望，感到了一阵被愚弄的不满。

说什么破镜重圆，爱她入骨，那个小姑娘又是从哪儿来的？怎么仙华归璘真君对她的态度还不如对那个小姑娘？

苏甜甜猛然回神，想到之前在山脚下说的话，脸色红一阵白一阵：“不、不是的。敛之，敛之他只是一时想不开。”

“算了吧。”又一个小师妹揶揄地笑道，“一时想不开，那反应至少也得激烈点儿，那位真君的反应，分明就是没有反应嘛。”

说实话，看到常清静和苏甜甜，宁桃茫然，茫然中又有几分惊讶、纠结和了然。

男女主角总要重逢的，只是没想到这一天会来得这么快。

男女主角重逢，她这个女配角就不要去瞎掺和了。

将食盒放在桌子上，宁桃舒了一口气。

仔细想想，她拿的完全是女配角剧本嘛，小道士身边毫无存在感的小青梅。曾经以为再见到常清静和苏甜甜，她会失落，会局促会不安。

然而这个状态，宁桃觉得很满意。

将食盒放好后，宁桃趴在桌子上奋笔疾书。

琼思姐姐亲启：

　　我已经决定同你们一起离开蜀山啦！等到谢道友一来，不久我们就又能见面了。不用担心我，我在蜀山过得很好。

宁桃

咬着毛笔，将面前这一张字条拎起来，吹了几口气，宁桃面色肃然地将这封信，或者说字条卷了几卷，卷成了个便于携带的形状。

也不知道竹马兄是怎么安排的，竟然能找到个小道士帮忙传话，通过这种方式来商议出逃计划。

很冷，这一次很冷，据说十八层地狱，分为八寒地狱与八热地狱、游增地狱与孤独地狱。八寒地狱中的“优钵罗”，意为青莲花，“波头摩”，意为红莲花，“摩诃钵特摩”，意思是大红莲花。

八寒地狱越深入，气温越低，人身上的皮肉会被严寒冻得层层绽开，宛如怒放的莲花，由皮自肉，再到白森森的骨。故而，这次药浴用的药材名唤“八寒”，人若置身其中，其切肤之痛于盛放的骨肉莲花无异。

水波间雾气蒸腾，这雾气一落到人的肌肤上，便结成了一层冰霜。

“还能撑得住吗？”薛素蹲在泉水边上皱着眉看着他。

从松馆回来后，常清静便径直来到了杏林堂内。

他眼眸半敛，浸泡在泉水中一动不动。

听到动静，常清静掀开眼，眼睫毛一颤，就有霜花扑簌簌地从眼睫毛上落了下来：“烦请长老继续。”

他欠宁桃的，必须偿还，将自己喂成药人，或许是他目前唯一能做的。

薛素叹了口气，目光落在石头边的衣服上。

就看这沓衣服都叠得整整齐齐的，宛如豆腐块，就能知道常清静这性子是如此坚定，或者说，偏执，但凡他认定了的事绝不会轻易更改。

“敛之，我问你一件事，”杏林长老薛素古怪地盯着常清静看了半天，这才缓缓开口，“你究竟是怎么想的？我是指宁桃。你喜欢她？”

话已出口，池中的青年沉默了半晌。

不回答？那就是——“不喜欢？”

常清静一言不发。

薛素笑了一下：“我知道你性子固执，但要是真的喜欢这姑娘，就娶她，你这样把她禁锢在剑冢上算什么？还是说，你根本不知道自己到底想要什么。或者说，根本没有勇气？”

常清静闻言，沉默地抬手擦了把脸上的薄冰。

他不知道。

他喜欢宁桃，愿意娶她，却不敢再妄谈“爱”。

最重要的是，他早晚会死在谢迢之手上，他已经没有了爱人的资格，将她禁锢在剑冢除却“保护”这个冠冕堂皇的借口，恐怕最重要的还是出自自己的私心。

“还有凤陵那只狐狸……”薛素皱眉道，“你老实交代，你与掌教师兄这几十年来都在弄什么名堂？”

常清静也算是他看着长大的，这孩子虽然固执冷硬，但好歹也是个正道少侠，就算从前厌恶妖怪，也绝计做不出迁怒无辜这事。

那王家庵叫王月瑛的小姑娘，虽有苦衷，但复仇的手段太过毒辣，有损阴德，罚罪司本不应轻饶，还是当初的少年多方写信，上下打点，这才换来这姑娘的生机。

这几十年下来，薛素敏锐地察觉到常清静性情大变，比之前更为冷戾偏执，但人之本心当真是如此轻易便能更改的吗?

闻言，常清静一声不吭，主要是多说无益。

薛素的怀疑并非没有道理，但这是他与掌教的约定，一个自几十年前就开始的约定，更是他目前唯一能赎罪的办法。

几十年前，蜀山小师叔常清静在得知搜魂镜原委之后，彻底入魔，魔念缠身，在外流浪三年，走遍天南海北，只想求得替昔日故友搜魂之法。三年后，孟玉琼找到了他，将其带回蜀山，带到了蜀山掌教张浩清面前。

彼时，蜀山大寒，雪下得有一尺厚，将整个仙家胜地都变作光辉夺目的琉璃世界。

师徒二人穿过松风道，穿过一条芦苇掩映的小径，来到了蜀山最为偏僻的数楹茅屋前交谈。蜀山掌教张浩清同他细细诉说前因后果，这位半步神仙，活了数百年，如今虽已老去，但依然眼明心亮，对世事洞若观火。

他怀疑自己这位小徒弟当初入魔之事另有蹊跷，非但如此，还怀疑楚昊苍入魔一事也另有玄机。

彼时，这位蜀山掌教，站在芦苇丛中，臂弯间搭一柄拂尘，沉默良久，这才开口：“度厄道君楚昊苍，也算是个英雄人物，却落得如此下场，纵观他这一生，我一直倍感疑虑。”

常清静一愣，皱眉道：“师尊。”

张浩清平静地捋了捋胡须，笑道：“你可知晓，人若修行到一定境界，体内会养出什么？”

常清静低声道：“真元。”

“那入魔的道士，修行到一定境界，体内又会养出什么？”

“魔核。”

张浩清道：“我一直怀疑，当初度厄道君入魔，乃是有心人推动的结果。

“你可知晓，这数千年来为何没一人飞升？”

常清静动了动唇，低声道：“据说这百年来，坊间一直有传闻，天地和而万物生，阴阳接而变化起，阴阳交感是天道，是万物化生之根本，若想飞升，需以阴阳交感天道。”

张浩清闻言，看着他的眼神有些欣慰：“他们的确是这般猜测的，若想要飞升，必须以阴阳交感天道。然而，真元与魔核，一正一邪，一阴一阳，彼此相克相抵，无法在一人体内共存。”

常清静何其聪敏，不用张浩清细说，心念一转间，顿时明悟。

既然一人不能同时修炼出真元与魔核，那挖出别人的魔核呢？

这世上早已经没有“纯魔”了，“魔”这个种族早在千年前就已经销声匿迹，虽然没了纯魔，但不妨人为制造出一个，只要人心存魔念，便可化生为魔。将修为臻至大境界的人逼上魔道，使之真元转化为魔核，再找个合适的时机借“大义”之名挖出。

常清静垂下眼，眼睫毛垂落，在眼皮上投下一个弧形的淡色阴影。

师徒二人一时相顾无言。

张浩清又道：“敛之，你年少时受妖气侵染，这一身的血本就是至邪至恶，是再合适不过的人选。没了楚昊苍，不妨他们再去找另一个天资极高，根骨极佳的，将他逼入魔道。”

如此一来，这三年多来的戾气与偏执便也能解释得通了。

常清静抿了抿唇，沉默地低头看了眼掌心。

原来，他是被选中的。

“那师尊以为？”

向来威势迫人的蜀山掌教，此刻心中一沉，看着这眼露茫然、一向尊师重道的小徒弟，又想到这即将说出的话，或许会改变自己这小徒弟的一生，心下不忍：“这几百年来，只为背后这阴谋家一人私欲，已经死了太多人。”

“他们选中了你。”张掌教道，“敛之，我希望你能将计就计，走上魔道。”

在那之后，他改换功法，修习魔道。

功法已有小成的情况下修习魔道，并不容易，头几年他生出宁桃的障影，修为不得寸进，在那之后，日夜清修苦练才终于找到一条平衡原有蜀山功法与魔功的道路。

魔气日益深，杀欲也益重，早晚有一日，他会成为第二个楚昊苍，无法控制自己的心神，无法抑制自己的杀欲。

他与师尊交谈，与其滥杀无辜，倒不如去除妖，杀尽这世上作恶的妖魔，一来免得无辜之辈受这无妄之灾；二来妖魔本就戾气萦身，剑淬妖血，反能促进魔核早日养成。

这几十年来，他有意无意在天下人前表露出因苏甜甜痛恶妖魔，心性偏执的印象，只想打消当年那个一手推动楚昊苍与他入魔的阴谋家的疑心。

世人说他“对妖实行连坐，无正邪之分，一律诛灭，又对苏甜甜旧情未灭，或忌惮于凤陵势力不愿杀她”，多为以讹传讹，他与张浩清也根本未想过要澄清，倒不如说，这些传言愈多便对他愈有利。

不过不可否认的是，手上沾染的妖血越多，再见到精怪之属，他隐隐已经无法控制自己不对那些无辜的精怪动手。

宁桃那位好友蛛娘便是个鲜明的例子，她于众目睽睽之下扑倒在他身前，以他如今在世人眼中的印象，他必须，毋庸置疑地要出手惩戒。好在，他未曾铸下大错杀了宁桃的好友。

自从决心走上入魔这条道路之后，他已做好被全天下唾弃追杀的准备，在这种情况下，更不敢妄谈风月。结实有力的手臂带出水面，飞溅起一阵水花，这水花光是落到地上，落到薛素脚边，薛素就觉得一阵寒气逼人，赶紧往后倒退了一步。

常清静却已经站起身，重新披上了衣服，系上了腰带，戴上黑色的皮革手套，束冠，苍苍白发垂落眼前，发丝微扬间，露出那一双琉璃般浅淡的眼，看着冷若冰霜：“长老，弟子稍有要事，先行告辞。”

几十年前的蜀山，张浩清问道：“你当真想好了？功法逆行，改修魔道，倘若道心不定，根基不稳，就算是丹田尽碎也并无不可能。就算你能侥幸逃过此劫，以道心改修魔功，从此之后，修行之中，将会常出魔障，日日夜夜不得安定，这时平日里的根基练性入定之功也毫无用处，你会永受魔障纠缠，心性愈加偏激，愈加暴戾，最后为这魔障所吞噬。计划最后一步，你会众叛亲离，为天下人鄙弃，被天下人追杀，甚至会被五马分尸，粉身碎骨，受万世之唾骂，永世不得翻身。”

这位昔日以孤直闻名蜀山的小师叔闻言，不知不觉挺直了脊背，垂下眼，郑重地轻声道：“若能以此偿还曾经的罪孽，使四海晏清，玉烛调辰，弟子无悔。”

从当初满怀一腔热血，孤身一人下山历练，愿为天下百姓斩妖除魔的小道士，这一路跌跌撞撞，因自身自负自私愚昧，做下过许多错事，辜负过故友，入魔之后又造诸多杀业。

但所幸魔念尚未动摇本心，本心未变则一切都还来得及补救。

第30章

这回谢溅雪与苏甜甜来到蜀山，实则是为这三大仙门之间的惯例，每隔数年，便互派弟子进行交流和学习。

而蜀山和凤陵，这么多年来都未再因循旧例，直到今年才开始重新走动，其中的原因也很简单，总归是和当初常清静那事儿脱不了干系。

打从论剑台那次比试后，这些天经常有蜀山弟子喊宁桃去论剑台练剑。

想着总闷在松馆里不好，宁桃都一一应了。

其实宁桃也能察觉出来自己心理状态不大对，一会儿神采奕奕、元气满满，一会儿又郁闷得根本懒得动弹，当然大多数时候，这神采奕奕的模样倒更像是画了一个面具戴上，自欺欺人。心理防御机制其中有一类叫“自骗”，骗自己也骗别人。

最重要的是，总闷在松馆里，她总会想到刘慎梁和柳易烟他们，正如同上次洗脸时在脸盆上看到的幻象一般，冤魂无孔不入，如影随形。

宁桃还知道，在心理学上还有个词名叫“反刍”，“反刍”是指经历了负性事件后，总是会不断反复消极地思考着这件事，不断地想，致使人沉溺于这负面情绪中久久不能自拔。

针对“反刍”最好的办法，或许就是转移注意力了，就像她现在做的这样，每天拿着刀去论剑台上和蜀山弟子们切磋刀法，酣畅淋漓地运动出一身汗。宁桃乐观地想，不管怎么说，运动是能分泌多巴胺的嘛！

于是，但凡蜀山弟子主动邀约，宁桃都愿意出来；修炼上若有什么疑惑，她也愿意解答——这浑然没架子的模样，又叫眼前这蜀山弟子分外感慨，更叫玉真心里有点儿不是滋味。

“唉，桃子，你年纪这般小，刀法竟然已臻至如此境界……”

宁桃脸色涨红，不好意思地说道：“我都说过，我这修为其实是一位前辈临终前传授于我的。”

玉真笑道："我知晓是谁传授给你的，但这世上因为幸运得到大机缘的大有人在，却鲜少能做到你这一步。"

修为是修为，与自身刀法战技并无多大干系，这就好比一个孩子不小心翻出了父亲削铁如泥的神兵利器，然而拿着这口神兵他便能成为天下间难有敌手的剑客吗？

这些蜀山弟子也不傻，一眼就能看出，能将刀法练至这个地步，除了灵慧至极之外，这小姑娘定在无人的角落经历了旁人想象不到的艰辛。

两人谈论间就已经走到了论剑台上，原本正在论剑台上修习的其他蜀山弟子看到宁桃与玉真，纷纷围上来。

"桃子！"

"玉真师叔！"

少女在论剑台上站定，如同风雪中一枝亭亭玉立的桃花，肌肤如琼脂，袖口露出的手腕浑似霜雪，脸颊肌肤白中透着些桃花色。如果说，金蝉脱壳之后有什么好处，大概就是不用戴眼镜，皮肤也变好了不少吧。

少女歪着脑袋，此时晨曦欲上，晨光落在少女眉眼间，宁桃笑意盈盈地打招呼："大家早啊！"

在蜀山待久了，本就鲜少能接触到姑娘，宁桃这一笑，又甜又脆犹如春日的碧桃，几个蜀山弟子都有些红了脸，互相推搡着："哈哈哈……桃子你今天一定要和我切磋！"

"呸！别听他的！今天该轮到我了！"

反正宁桃也不是仙华归璘真君的道侣，而且宁桃和他们年纪相仿，与真君之间更是没有任何可能性了，这么一想，几个蜀山弟子越发活跃。

偏在这时，又一道嗓音响起："桃、桃桃？"

宁桃循声看去，只见人群中苏甜甜神情复杂，又惊喜又讶异地看着她。少女眼里闪着光，激动得脸又红了些："桃桃！你也来了！"

宁桃愣了一下，其实不大愿意回复，但毕竟在这论剑台上，不好弄得太尴尬，含糊地"嗯"了一声。苏甜甜像是全然没有察觉到她的冷淡，走上前就要挽她的手，眉眼飞扬地笑起来："桃桃，你来了真的太好啦！"

她刚往前一步，宁桃就谨慎地后退一步，避开了苏甜甜的动作。

苏甜甜立刻僵在了原地，面子有些挂不住："桃，桃桃？"

少女咬咬唇，期期艾艾地问："你……你还在生我的气吗？之前的事是我不好，求求你，你能不能别生气了啊。"

几个蜀山弟子和凤陵弟子都安静下来，讶然地看着眼前这一幕。

宁桃与其说是生气，倒不如说是失望，失望于苏甜甜一次又一次的背叛。这和常清静尤为不同，她能理解常清静杀她时是出于神志全无，暗恋始终只是她一个人的事，曾经的她无法强求常清静回应她的爱意；苏甜甜与她之间，却隔着一个老头儿，她没有办法替老头儿原谅她。

宁桃很冷静，脑子里也很清楚，看着这样的苏甜甜，心想，看吧，她依然不知道自己错在了何处，她想要的从来就不是这段友情，而是一个供她宣泄情绪，纾解负罪感的垃圾桶。

不论是常清静还是苏甜甜，宁桃都不愿意再过多地牵扯其中了。

宁桃摇摇头，诚恳又礼貌地说："苏姑娘，我来论剑台不是叙旧的，是来练剑的。"

"啊……哦哦。"少女闻言面露失落，耳朵也耷拉了下来，"那我不打扰你了，你……你练剑吧。"

苏甜甜走到一边抱着膝盖坐了下来，看着分外可怜，倒显得宁桃有些不近人情。

众人见之也不由得微微意动。

宁桃不甚在意地移开了视线，迎向其他蜀山弟子的目光，深吸一口气，皱着眉毛摆出了架势："来吧！你们谁先上！"

原本安静的论剑台又"嗡"的一声炸开了锅。

"我！"

"桃子换我了！"

论剑台上的凤陵弟子们茫然地交换了个眼色。

这姑娘是谁？蜀山不是不收女弟子吗？怎么又与苏甜甜认识？

"我。"蔺卓从人群中走了出来，四目相对的刹那，少年微微颔首示意，又低下了眼，语气竟然少了几分往日的骄纵，"烦请道友多多指教。"

宁桃面色不变地点点头，也没拒绝，眨眼间，身形已掠出三丈远："那好！蔺道友，我们开始吧。"

伴随着剑光切入风雪，原本还在窃窃私语的凤陵弟子都安静了下来。

考虑到自己身怀百年修为这么个"金手指"作弊器，自那之后，宁桃与蜀山弟子切磋，都有意地压制修为，只以剑招刀法论胜负。

剑招刀法不比先天修为，需得在后天下功夫。

不过是一柄再普通不过的凡铁，又无修为倾注，然而，在小姑娘手中，如同绝世神兵利器，刀气所过之处，凝作星轨，寒光炯炯，拨云推雾。

——“桃子这进步也太快了吧？”

——“不过短短几日，这刀法精进的速度未免有些吓人了。”

在这等疏朗又磅礴的刀气下，原本还微微意动的众人，此刻也无闲心再留意那小狐狸了。

一众弟子都凝神屏息，眼睛一眨也不眨地盯着这风雪中过招的两人，生怕错漏了任何紧要一招。这世上最不缺的便是美人，美人多如牛毛，这等惊艳的刀气与剑气的对撞却不多见。

待到风止雪停，论剑台一片寂然，旋即，又爆发出了一阵惊雷般的欢呼声。

宁桃收了刀，气喘吁吁，小脸微红，擦了把脸上的汗，朝蔺卓颔首示意：“蔺道友指教了。”

虽说已做好了输给宁桃的准备，但没想到这一次还是没能扛住十招，蔺卓脸上五彩缤纷，尤为好看，却不得不承认，这气喘吁吁的小姑娘是个当之无愧的刀剑双绝的天才。

蜀山众人哄然一声，犹如“色中饿鬼”般纷纷扑上前，将宁桃团团围住，眉飞色舞地问：“桃桃！你刚刚那招叫什么？！”

“桃子，你这招一定要教我！我要学这个！”

毕竟，这刀气如同星辉散落，将这位凤陵女修也衬得如同庸脂俗粉般了无生趣。

有这惊艳绝伦的刀气在前，人间颜色又算什么啊！众人纷纷扼腕。

苏甜甜咬紧了下唇，心里一时间五味杂陈。

她倒不至于忌妒到失去理智，只是看着众人将宁桃团团围住，心里失落罢了。

不甘心成为众人视线之外的隐形人，苏甜甜犹豫了片刻，三两步走上前道：“我这些年也修习了剑法。”

苏甜甜嫣然一笑，眸光晶亮，言语活泼又俏皮：“桃桃，你能指点指点我吗？！”

众人面面相觑，一时无言；而其他凤陵弟子面色则有点儿异样，欲言又止。

一个凤陵师妹更是忍不住拽着苏甜甜袖口，悄悄传音：“师姐！你做什么要和这位姑娘比剑？”

这、这根本就没法比嘛！

苏甜甜不为所动地咬咬唇，不甘心道：“桃桃，你还在生我气吗？”

她虽断了一臂，但这几十年来也算潜心修炼，自觉剑术并不输宁桃，便不肯放弃。

宁桃看了苏甜甜一眼，摇摇头："我不和你比。"

苏甜甜心里有些慌乱，却还是眨着纤长的睫毛，竭力镇定下来："桃桃，我是认真的。"

"我和你比。"一旁还在整定气息的蔺卓蓦然开口。他能察觉到宁桃面对苏甜甜时的冷淡，鬼使神差地在众人诧异的视线中，面无表情道："我和你比。"

苏甜甜一愣。

"那好。"玉真笑起来打圆场，"那就让蔺师侄同苏姑娘你比剑吧。"

苏甜甜红唇微动，想要说些什么。

相较于自家大哥玉琼，玉真虽然跳脱了些，但眸光一凝，不笑的时候也颇有几分威慑力："苏姑娘，难道是看不上我们蜀山的剑术？"

话已至此，苏甜甜也不好再勉强，忙慌乱地摇摇头："我不是这个意思。"

两人走到论剑台上，引刃待发。

蔺卓道："公平起见，我也以单手执剑。"

于是，众人又呼啦围了上去。

说实话，凤陵与蜀山的弟子都还是颇为好奇这位苏姑娘能比画出什么来的。

苏甜甜率先出剑，剑鸣如凤鸣，剑光清越，化作一道白虹直奔蔺卓。

少女身侧剑光绕身，犹如绸带翻飞，与其说是舞剑，倒不如说是剑舞；蔺卓面色不变，发出剑气迎敌，剑气汇作一柄气剑，来势汹汹，与之对冲。

轰然一声巨响——

有凤陵师妹惊呼了一声："师姐！"

烟尘与飞雪散去，苏甜甜竟然被这道剑气打飞出去数丈远，在地上滚了几圈，灰头土脸地爬了起来。

剑光削去她近乎半截长发，苏甜甜跌坐在地面，牙关不由得轻轻哆嗦起来，面色煞白，几乎吓破了胆。

蔺卓也没想到会是这么一番光景，有些怀疑人生地僵住。他一眼便看出这狐狸修为不深，又思及宁桃当初在论剑台上所说的话，这才耐着性子刻意压制了点儿功法——然而，就这？

其余蜀山弟子微妙地停顿了片刻，没想到之前非要和宁桃比试的这姑娘水准就这般而已。

众人交换了个眼神，面露尴尬之色，凤陵仙家弟子见状忙上前去扶。

“哈哈哈，还是不错的。”

“对对对，苏姑娘，你这剑招可谓是十分……呃呃呃……”

蜀山弟子们憋了半天，思索着要怎么说才能够不伤及这位的自尊心：“漂亮……”

“对对对，漂亮！”

“这剑招翩若惊鸿，婉若游龙啊！”

“惊艳！”

“虽说……虽说实战上弱了点儿，但姑娘有向剑之心这点十分值得人夸赞！”

蔺卓握紧了剑，听着周围这铺天盖地的夸赞，片刻无语。对这狐妖还是抱有了点儿淡淡期待，期待狐妖能为他带来意想不到表现的他，此刻就宛如个傻瓜。

苏甜甜跌坐在地上，浑身上下全是被剑气割出的细小伤口，虽不深，但剑气萦绕切面，却疼得厉害。然而，比起这身体上的痛苦，更让她感到痛苦的是这被忽视又丢尽了颜面的痛。

这些蜀山弟子虽说是在安慰，但言语中的尴尬无语和敷衍几乎不加掩饰地流露而出，她面孔红得快要滴出血来。

苏甜甜眼前一阵发黑，身子晃了晃，竟然栽倒于地。

玉真盯着这羞窘交加、脸色几乎涨成了猪肝色又昏倒于地的苏甜甜，忍不住“噗”地笑出声来，毫不掩饰自己对这欺骗小师叔感情的狐妖的厌恶之情，与看到她吃瘪的幸灾乐祸。

“不是喜欢与人比吗?

“怎么输了，偏就接受不了了呢？”

第 31 章

雪落蜀山，风雪正紧，正在阶前洒扫的小道士，被这呼呼的寒风吹得打了个寒战，抱紧扫帚，胡乱地扫两下，跺着脚就要离开，却在即将转身离开之际，被人拦住了去路。

“剑冢？”

小道士困惑地看着这位拦住自己的凤陵弟子。

面前的青年面色苍白，温润如玉，周身气度一看就知道不是常人，至少在凤陵仙家中地位卓越。

“是。”谢溅雪拢了拢貂裘，咳嗽了两声，彬彬有礼地问，“敢问剑冢在何处？”

“就在那儿，”小道士伸手遥遥一指，“顺着松风道一直走就是了。”

这一路上，谢溅雪拢着貂裘，颇有些好奇地打量着这沿途的景色。

这还是他第一次上蜀山，他身子骨一向不好，就算当初饮下那半碗心头血，也只是保住了命，不至于早早病逝，然而，身体还是不如普通人。

蜀山比阆邱更冷，这类地方一向与他无缘。本来前往蜀山的凤陵仙家队伍中也没有他的名额，还是他厚着脸皮主动请求领队加上的。

虽然冷，但他兴致不错，一路走，一路停，拾级而上，终于走到松馆前。

腾出抱着暖炉的一只手，谢溅雪叩响了门。

过了一会儿，门内传来了一阵清晰的脚步声，门开了，宁桃从门内探出个头来。

她刚从论剑台上回来。

苏甜甜晕倒之后便由凤陵弟子搬到了杏林堂内。回到松馆之后，宁桃此刻没有了出门的打算，胡乱地穿着件白色的上襦，披着件藕粉色的无袖褙子，露出白皙光洁的小臂，柔软的栗色长发披散下来，双眼明亮。

谢溅雪歪着脑袋笑起来。

宁桃眼睛睁大了点儿，紧跟着越来越亮，越来越亮：“谢道友？！”

谢溅雪眼里有几分俏皮：“桃子？好久不见。”

宁桃扶着门框，看着近在咫尺的谢溅雪，突然觉得一阵口干舌燥。

这就像是个从天而降的惊喜一样，把她彻底砸蒙了。

谢溅雪出现在这儿意味着什么，意味着她马上就能离开蜀山了！

“不请我进去坐坐吗？”

“啊啊哦！”宁桃这才猛然回神，忙退开半步，将人迎了进来，自己将一双绣鞋踩得嗒嗒直响，跑去倒茶。

“给。”将一杯茶递给谢溅雪，宁桃自己捧着另一杯茶在谢溅雪面前坐了下来，咽了口唾沫，磕磕绊绊地开口，“道友，你是来接我的？”

她已经很注意收敛情绪了，但这情绪好像收不住，表现得略狂放了点儿，不好意思地干咳了一声，想想觉得不大好。

竹马兄身体不好，大老远特地为她跑一趟，她一上来就问这个，未免太势利了些。

“对了，谢道友，你饿了吗？我这里有糕点，你要不要吃点儿？”

宁桃关切地说："我看你脸色好像不大好，我再去把炭火拨暖和一点儿。"

谢溅雪愣愣地看着小姑娘像一阵旋风一样，飞到柜子前，翻出个食盒，抱着两双碗筷走了过来。

愣了半秒之后，谢溅雪又"噗"地笑得乐不可支。

这狗腿子的气息几乎快从宁桃身上溢出来了。

青年笑意盈盈地看着宁桃，少女脚步轻快，好像每天都是兴高采烈的，四肢柔软，栗色的头发像是熔金的太阳光，温暖得不可思议。

听说她是来自另一个世界，就连谢溅雪也不由得好奇，究竟是什么样的世界才能教养出像她这样的姑娘。

宁桃：……故作热情，虚与委蛇好累。

知道少女心急，谢溅雪也不虚伪地客套了，喝口茶，缓过来劲儿，便开门见山地直接说："桃子，我是来带你走的。"

"没关系，我不急。"宁桃心里都快急死了，还是严肃地摇摇头，认认真真地伸出筷子，夹住小兔子圆滚滚的屁股，把它放到了谢溅雪碗里，"你先尝尝这个，红豆沙的，应该很甜。"

这是常清静之前送来的还没动过的小兔子，用灵力保存着，再加上蜀山天寒地冻，宛如个天然的大冰箱，能保存十多天。

谢溅雪没有拒绝，煞有介事地咬了口小兔子耳朵，立刻笑起来："嗯，好吃。"

那一瞬间，宁桃看到他的表情变幻莫测。

"这么看我做什么？"谢溅雪失笑，"我是觉得真的挺不错的。"

"可能这味道对你们来说甜了点儿，但我从小喝药喝得多，每次喝药的时候就期盼着能吃点儿甜的，久而久之，也就养成了这么一根舌头。"

宁桃同情地看了谢溅雪一眼，果断将这食盒往谢溅雪面前一推："给你，谢道友你都拿走吧。"

谢溅雪也不客气："那多谢桃桃了。"

一口没动眼前的小兔子，宁桃撑着下巴问："已经决定了吗？这么快？"

谢溅雪咬了口兔子，想了想："嗯……必须早做打算。"

"那什么时候？"

"明天。"

宁桃犹豫地问："你打算怎么带我走？"

逃跑这种事，必须得有个完善的计划才行。

谢溅雪闻言搁下了筷子："桃桃，我能保证带你走出蜀山，但是有件事必须你自己去做。"

"什么事？"宁桃问。

"给常清静下药。"

给常清静下药？

"是。"谢溅雪无奈地笑了，"说实话，这蜀山拦着你的也只有他一人，我这儿有一帖药。"说着青年从袖中摸出个小瓷瓶来，搁在了桌面上，"这药是我自己亲自炼制的。"

他身子骨不好，近身搏击一向是他的短板，故而只能走药毒这一条路。

垂眸看着桌上的小瓷瓶，谢溅雪咳嗽了两声，缓缓地说："你想办法把这帖药让他服下，能保证让他昏睡足足六个时辰。到时候，你直接来凤陵弟子这儿找我便是，凤陵弟子这几日都在蜀山的迎客堂内。"

谢溅雪抬起眼，一字一顿，缓慢却坚决，一向温和的青年眼里闪烁着有些侵略性的光芒："有我护着你，你可以与凤陵弟子一道儿大摇大摆地下山离开，没有人敢拦着。"

宁桃握着药瓶，被这股王霸之气震蒙了一瞬，正欲开口说些什么，就在这时，松馆外突然传来了一阵脚步声。

宁桃的心几乎跳出了嗓子眼儿——有人来了！

她忙把瓷瓶往袖子里一塞，果断拉起了谢溅雪。

"桃子？"谢溅雪惊讶。

"有可能是常清静。"宁桃严肃地说，"不行，现在不能让他看到你。"否则这逃跑计划就功亏一篑了！

伴随着脚步声越来越近，宁桃急得浑身上下直冒汗，抓着谢溅雪的手急得团团转。

常清静也太穷了，这松馆竟然连个能藏人的内室都没有。

眼看着这脚步声在门口停住，敲门声响起来，宁桃一咬牙，一不做，二不休，拉着谢溅雪往床上一推。

"桃桃？！"这回谢溅雪是彻底蒙了。

桃子抱着被子羞愧地看着他："对不住，委屈你了！"说完，就把谢溅雪塞到床里面，盖上被子，拉下了床幔。

做完这一切，正准备收拾房间清理现场的时候，门却"吱呀"一声被人从外推开，宁桃瞬间僵在原地，看着那扇被推开的门，杀了自己的心都有了。

她、她是猪脑子吧！！

刚刚看到谢溅雪到访太过震惊，她竟然忘记了锁门！

虚掩着的门没费什么力气就被常清静从外面推开。

“桃桃。”常清静从风雪中走进来，他才出杏林堂，炼得丹药之后，便马不停蹄地来到了松馆。

青年身姿清越，腰肩的线条匀称清瘦，不知为何，面色好似比以往更加苍白，周身萦绕着淡淡的血腥味儿和微苦的药香。

目光落在宁桃身上，常清静那双眼愣了半秒，修长如梅骨的手轻轻合拢了桐油伞，蹙着眉迟疑地问：“你刚刚在做什么？怎么迟迟没有动静？”

他刚刚在外面敲了半天门，还以为是宁桃出去时忘记带上门，这才进来看看，没想到宁桃非但没走，反倒还直挺挺地站在屋子里。

对上常清静的视线，宁桃摇了摇头，平静自若地说：“我刚刚在看话本呢，看得入了迷没听见。”

常清静并没有起疑，只是抿了抿唇，小心翼翼地又从袖口中摸出了一个瓷瓶：“这个，给你。

“这是上次的药。”

“啊？啊多谢。”宁桃眨眨眼，赶紧伸手接过他手中的药瓶，转身就要放到柜子里。

反正她也不会吃的，到时候全都倒掉就是了。

她手倒是伸出来了，常清静却突然像被点了定身术一样，纹丝不动地僵在原地，身形凝滞了——桌上有两副碗筷。联想到方才宁桃的一举一动，这意味着松馆里还有别人，碗里装着的却是他送出去的那份兔子糕。

所谓的“刚刚看话本看到入迷”都是骗人的，那一瞬间，常清静面无表情地将视线从那两副碗筷上移开，无数负面的压抑的情绪，排山倒海般地疯狂涌入了胸膛，在心口挤压咆哮，呼之欲出。

常清静表面上却没有任何反应，几乎是迅速平静了下来，虚伪地再度颔首：“好。”

留了个心眼儿之后，这屋里每一个角落好像都值得怀疑，他下意识地将目光投向了那个最有可能藏人的角落——床帐内。

青色的布幔遮挡着，影影绰绰的，依稀可见床上胡乱堆叠着的被褥。

第 32 章

常清静一皱眉，缓缓走到了床帐前，宁桃呼吸猛然一滞："常清静，等等！"

常清静抬眼注视了她一瞬："这松馆有别人的味道，或许是有刺客偷溜入了松馆内。"复又低下眼，拉起了床帐。

宁桃眼睁睁地看着，常清静以一种毋庸置疑的态度，眉梢冷意萦绕地动手"唰"地拉开了床帐。伴随着床帐被拉开，床上的谢溅雪也暴露在了他的视线之下。青年被狼狈地塞到床帐里，乌发散乱，衣襟大开，露出光滑如玉的紧绷的胸口。

听闻动静，谢溅雪瞳孔微睁抬起了眼。四目相触的刹那，空气有一瞬的凝滞。

宁桃身形猛地一晃，立时僵在原地。

谢溅雪也有些尴尬，怔了怔，复又颔首，扯出个温和的微笑："常道友，许久不见了。"

饶是做足了心理准备，看到谢溅雪的那一刹那间，常清静整个人还是蒙的。

尽量压抑住心底涌动的情绪，常清静眉眼淡淡："谢道友。"

那双眼又不经意间扫过了面前这方不大的床榻，床榻上被褥凌乱，暧昧至极。宁桃轻轻地"啊"了一声，僵在原地，脸蛋涨红。

这个场景，怎么，怎么像偷情被发现呢？

常清静会不会以为，谢溅雪是她的小情人？

谢溅雪上回便同她解释过他与苏甜甜之间的婚约，这也让宁桃松了口气。

就算真是小情人，她交个男朋友，对他而言也不算什么大事吧？大概？毕竟常清静喜欢苏甜甜，如今把她困在这儿，根据宁桃自己的推测，他完全是已经疯掉，执念太深。

师尊、蜀山的同门欺骗了他，苏甜甜欺骗了他。

对于常清静的身世，宁桃也算有几分了解。在这种渴求关爱，大家都欺骗他的情况下，常清静很有可能把她当成了唯一的浮木，紧紧攥着不愿放手。可是她并不想当什么浮木，拯救失足的一米九男子汉大丈夫。

就在宁桃脑子里警铃大作，被震得鸡皮疙瘩四起的时候，谢溅雪已经漫不经心地从床上坐起来，还能笑。

常清静面上冷淡，眼里更冷淡，面无表情道："你怎么在这儿？"

谢溅雪苦笑："我来看看桃子。"

谢溅雪天生便有一把好嗓音，温润低沉，"桃子"这两个字由他说出口，偏生多了点儿说不清道不明的旖旎和缱绻。

"桃子"这两个字，不论如何都不该出自谢溅雪之口。常清静又是一阵沉默，手心还攥着床帐，攥得越来越紧。他不是"傻子"，不是看不出来这两副碗筷意味着什么，如今又在宁桃床上看到了谢溅雪。

他觉得被背叛了，却又没有任何立场去指责她。

他有什么立场？朋友吗？

哪怕心里的恶念和戾气蠢蠢欲动，几乎快忌妒得发疯。

常清静喉头动了动。

比起这个，更让他畏惧的是，如今这还算和谐，实则单薄如蝉翼的关系被打破。

少年时不甚在意的东西，好不容易失而复得，费尽心力地一点一点粘好。哪怕稍微轻轻一碰，就有可能在一瞬间四分五裂、分崩离析，他也不敢尝试。

于是，常清静松开攥紧了床帐的手，垂着眼粉饰太平："此地是蜀山禁地，又是异性闺阁，还请谢道友移步。"

谢溅雪置若罔闻地站起身，走到宁桃面前，突然伸手拉住了宁桃的手腕："桃子，你过来些。"

"什么？"宁桃一时不察，竟然真被谢溅雪拽了过去，脚下一个踉跄，直直地撞入青年怀中，鼻尖重重磕上谢溅雪的胸膛，一股若有若无的药香味儿迎面扑来。

宁桃紧张得一个激灵，后腰却被人托住。

"小心点儿。"谢溅雪悄悄在她耳畔传音，嗓音有几分严肃，"桃子，常清静既然发现了你我，那你我二人再遮遮掩掩也没什么意思了。倒不如，让我光明正大地带我的'道侣'走。"

两人便在常清静面前亲密无间地相拥。

各种阴暗的情绪在胸腔中疯狂翻涌交织，阆邱试剑坪上宁桃向谢溅雪求救的那一幕幕还历历在目，常清静缓缓闭上眼，呼吸不由得急促了几分："请谢道友移步。"

谢溅雪扶着小姑娘的腰身，莞尔抬眼看向常清静："常道友误会了，其实我与桃桃之间——"

话音未落，一道剑气倏忽自常清静指尖发出，常清静面色难看，死死地看着谢溅雪。

好在谢溅雪眼疾手快，一偏头的工夫，剑气贴着脸颊擦过，否则定要被削掉半个脑袋下来。

察觉到这一点，谢溅雪往后踉跄了两步，也白了脸。

他身子骨本来就不好，此时此刻，面色惨白如纸，心神一受惊扰，不由得弯下腰呛咳连连。

“谢道友！”宁桃急忙上前去查看对方的伤势，“你没事吧？”

确定谢溅雪无恙之后，宁桃大脑里“嗡”的一声炸开了，偏偏在这时，常清静又抿着唇去拽她，宁桃愤怒地反手推了他一把，骂了一句：“常清静，你又在犯什么病！”

方从杏林堂内回来不久，宁桃这一推，竟然推得常清静一个踉跄，大脑空白，脊背重重撞上了桌角。泡完药浴的身体正处于最敏感的时候，常清静疼得皱紧了眉，眼前好像有大片大片空白铺陈开，一时半会儿竟然说不出话来。

动了动唇，半晌，这才固执地喃喃道：“你不能和他在一起。”

宁桃差点儿被气笑了：“我和不和谢道友在一起关你什么事？你是我什么人？你是我爹吗？”

宁桃气急败坏地深吸了一口气，努力保持镇定，看向谢溅雪：“谢道友，你先离开，让我和他说会儿话。”

小姑娘气得脸色发红，但说话依然冷静有条理：“道友方才说的话就算了吧。”

她压根就不喜欢谢溅雪，“道侣”什么的还是算了。

谢溅雪静静地看了她一眼，小姑娘看都没多看他一眼，眉眼冷淡。他眼里迅速掠过了一抹转瞬即逝的讶然，未曾想到他这几天来有意撩拨她，却是半点都未撩动。又想到之前宁桃这显而易见的狗腿子和热情，谢溅雪不禁失笑，小姑娘在这儿与他演戏呢。

她被困蜀山脱身不得，好不容易有个脱身之法，只好走一步算一步，与他步步斡旋。

半晌，谢溅雪这才道：“好，桃子，我等你。”

等谢溅雪离开后，宁桃又深吸了一口气：“你不顾我意愿把我带回蜀山也就算了，让吕小鸿监视我也就算了。你自己和苏甜甜的事儿还没理清，凭什么来插手我的事？”

“我都看到了。”常清静面色苍白地扶着桌角，固执己见地喃喃道，仿佛一个脸色煞白，在渴求什么东西的孩子，“月老祠……”

宁桃忽然安静了下来——月老祠，许愿符。

“想要嫁给小青椒，做小青椒的新娘子。”

尘封的旧事纷至沓来，所扬起的岁月尘灰熏得宁桃眼前微酸。

可是到了这地步，她看开之后反而浑不在意了。

他以为她会有所触动，然而少女神情并无任何变化，她低头像是思索了片刻，又抬起眼：“我之前是喜欢你，但现在不喜欢了。”

因为愤怒，眼中晶亮，语气冷淡得却好像刻刀在心上用力地划了过去，划得常清静呼吸又急促了几分，紧紧绷紧了脸。

“只因为我之前喜欢你，便要阻挠我正常交往吗？”宁桃嗓音干涩，缓缓地说，“说实话，我喜欢的是当初那个常清静，那个小青椒，不是现在的你。如果是当初那个常清静，我或许会很开心，毕竟喜欢的人不论说什么都是有道理的。而现在，不喜欢的人不论说什么，我都觉得是在指手画脚，令人生厌。”

“常清静，我是真的很重视我们从前的那段友情，想和你重新做朋友的，”宁桃摇摇头，笑了起来，“不要让我厌恶你，让我们两人连朋友都做不成了。”

常清静面无表情地看着她，身形微不可察地晃了晃，手心几乎快攥出血来。

他错开目光，视线落在桌上的兔子糕点上。这些兔子糕点，她一枚未吃，全都用来招待了谢溅雪。

两副碗筷，凌乱的床榻，两人亲密无间地相拥……闭上眼，无数景象和画面在眼前一一凝聚，又一一分崩离析。

——“不喜欢的人不论说什么，我都觉得是在指手画脚，令人生厌。”

——“不要让我厌恶你，让我们两人之间连朋友都做不成了。”

常清静想，他应该说些什么的，可是一句话都说不出口。

他害怕他一开口，又将这些事弄得一团糟。

“你走吧。”宁桃道。

心知自己如今说什么，不过徒增人厌恶，常清静动了动唇，低下了眼：“记得把药吃了。”动了动，留下这么一句，他转身离开。

等常清静离开之后，宁桃看了眼这一屋子的狼藉，蹲在地上收拾干净了，又将药丸照样全埋在树下。

她担心会有蜀山弟子每日搜她房间，将这些丹药深埋树下，留着空瓶一一放于柜中，这是她对常清静最后客气的交代，也是两人最后的体面。

做完这一切，宁桃手里拿着谢溅雪交代给她的这瓶药，又抛出通讯玉符。

“喂，是孟玉真大哥吗？我有件事想请你过来，嗯，对，当面说。”

得知这药的确无毒之后，宁桃盯着这瓷瓶默默纠结许久，悔得肠子都青了。

糟糕，她不该一时口快拧常清静的。

现在问题来了，她要如何将这瓶药神不知鬼不觉地倒进常清静的茶水里？

离开松馆后，常清静那面无表情，看似无动于衷的脸才有了些许崩坏，脚步越来越快，越来越快。

他想起来，当初他入魔不久后，宁桃端来了一碗药，当时他看都没看，发出一道剑气，一剑击碎了她手中的碗，滚烫的药汁浇在了她肌肤上，碎瓷片贴着脸颊飞出，划下一道深深的血痕。

可他看都未看她一眼。

想到这儿，常清静又停下了脚步，静静地站在一棵雪松前，雪落肩头，他却感到被一阵难以言喻无法言说的绝望包围。伤害既已造成，伤口永远无法弥合，无法抹去。它永远在这儿提醒着他，哪怕他做得再多，也失去了天然的竞争力。哪怕她愿意不计前嫌与他和平共处，他也失去了她的信任。

他后悔了。

他明明可以视而不见。

倘若时光能倒流，他定会装作未看见谢溅雪。

她喜欢谁，又与谁亲密无间，他都能全盘接受，视而不见，只要，宁桃不再离开他，只要她还愿意给他一个机会，在心里还愿意留给他一个方寸的角落，他便能再努力争取一些，争取一些。

第 33 章

宁桃没想到的是，过了几天，常清静又来了，面色比之之前更加苍白，神情却平静自若，还是来送药的，仿若之前的冲突并未发生过一样。

踮起脚尖，将这瓶药塞到柜子里后，宁桃又看向了常清静，试探着地抿了抿唇：“之前的事，抱歉，要不要一起喝杯茶？”

常清静绷紧了身子，哪怕紧张得一颗心几乎快跳出了嗓子眼儿，却还是镇定道：“也好。”

刚刚走来这一路，寒意冷彻入骨，如今手里握着杯茶，这样暖，暖得常清静精神一瞬的恍惚。

就在这时，宁桃突然皱了皱眉凑近了点儿：“你在发什么呆？”

少女那白皙的娃娃脸猛地凑到了他面前，眼睫毛微微一扬，好像快触碰到了他的脸颊，眼睛像蜜糖一样流转着琥珀色的光辉，常清静不自在地、下意识地皱起了眉，这几乎已经成了他一个下意识的防御性动作。

察觉到自己的反应之后，他又慌忙瞥下眼："抱歉。"

宁桃也意识到刚刚自己猛然站起时，好像离常清静确实有点儿近了，有些讪讪的，也没追问他在道什么歉，反倒是有些不安地站起身："是我要和你道歉，上次是我太冲动了。"

尤其是想到下药这事儿，宁桃心里就越发忐忑。

毕竟苏甜甜曾欺骗过他，而如今，她又要欺骗他一次。揭开别人血淋淋的创伤，又给对方一刀，这让宁桃觉得愧疚。

就算是报复，她也不该用这种手段。

伸了个懒腰，宁桃一边往床边走，背对着常清静，一边胡思乱想着，待会儿要不要下药，怎么把这药下到他茶水里？

常清静这么敏锐，想下药的话，要不支开他，要不就是找个隐秘的角落背对着他。

不过宁桃现在并不着急。

总而言之，宁桃定了定心神，默默下定了决心，现在是要用怀柔政策默默打消他的疑虑，疯子只能顺毛撸。

一边想着，宁桃一边走到了床边。

常清静微微侧目，就看到她从枕头底下翻出了一堆话本子。

"这个！"宁桃扬了扬手上的话本，神采飞扬地问，"你看不看？要一起看吗？"

就料到常清静没有拒绝，一米九的大男人，伸出手接过了她手里的话本，竟然真的凝神开始看。

宁桃撑着下巴端详了他一会儿。

其实主要还是她自己想看来着，她心里还巴巴地念着之前没看完的小说，前几天玉真又给她送来了一批话本，这一批话本比之前那一批质量好上不少。讲的是个女伶与高门大户的世家子之间的爱情故事，隐隐约约间，已经有了点儿现代言情小说的影子，但这故事又透着股侠气，更像是唐传奇《李娃传》的翻版。

大致讲的就是女伶在某个大雪纷飞的冬日，捡到了个落魄的青年，没想到这位青年竟然是豪门世家的公子……

宁桃一边翻着，一边感叹，果然不能轻视古代人民的智慧，古代人民的智慧是无穷的。

看到激动之处，和大多数热爱看网络小说的女孩子一样，宁桃脸蛋红扑扑的，激动得扭成一条兴奋的虫子，脸上挂着嘿嘿嘿的姨母笑。

可能是她这反应太过激烈，常清静不由得多看了她一眼。

宁桃“啪”地合上了书，挡住常清静的视线，一本正经地严肃了眉眼，咳嗽了一声：“不用看我不用看我，你看你的。”

常清静动了动唇，又低下了眼，什么都没说，心绪却有些纷乱涌动。

他并不了解宁桃，在他一贯的印象中，他认识的宁桃，当初万妖窟初见的少女，有些内向胆怯和懦弱。甫一见面，他就高高在上自大地给她打上了若干标签，可是直到她死后，直到搜魂镜上的那一幕幕。

他自认为是朋友却从未真正了解过她，她不胆怯也不懦弱，更不内向。真正的她，他了解得太晚。

少女的一颦一笑在眼前交织，心绪纷乱间，他胡乱翻过了书页，不由得僵住了。

宁桃察觉出来不对，疑惑地伸长了脖子：“常清静？”却没想到常清静也浑身一震猛然合了书丢了出去，动作之大，吓了宁桃一大跳。

然而宁桃没有说什么，非但没有说什么，反而张了张嘴，脸红了。

虽然只是匆匆忙忙一瞥，但她还是清清楚楚地看到了这书页上的内容。

这书页上……

崔生忙抱过美娘，一口含住那樱桃小口……羞得美娘嘤咛一声，眼儿媚，鞋儿颤……

似是察觉到被宁桃看到了这书页的内容，常清静又僵住了。

两个人像坐了弹簧一样，齐齐从椅子上弹了起来，又“咚”的一声掉了下去。

不约而同地想要查看对方的反应，四目相撞的刹那间，无声地对视了一秒，默默地看着对方红得像个番茄的脸。

正如从前那般，青年冷冷淡淡的神情，变了个色，脸上温度默默飙升。

不知是不是错觉，宁桃总感觉常清静脸红得脑袋上都要冒烟了。

都过了几十年，早就成了所谓的仙华归璘真君，怎么、怎么好像比她还纯情啊?

宁桃张了张嘴，心怦怦直跳，没忍住又瞥了一眼书封想要再确认一遍。

虽然这本书刚拿回来，她也没看过，但这书名明明叫《登龙门》，一看就是个古代小爽文，宁桃自暴自弃地想。

“算了算了，不看这个了。我们，我们再出去走走吧。”

殊不知“纯情”的对象往往因人而异，常清静眼睫毛一颤，松了口气，浑身脱力，白皙的脸如染云霞：“好。”

这回出去，就是单纯地看月亮了。

常清静静静地看着宁桃将自己全副武装，包裹得严严实实的。

“你不冷吗？”宁桃看着常清静惊讶地问。

自从回来之后，她就发现常清静好像更沉默寡言，更冷淡了。

男人站在这儿，霜白的长发蒙了月色，秋霜切玉剑般地孤冷，浑身上下好像都要隐没在这溶溶的月色中了。

“我已然习惯。”常清静答。

宁桃“哦”了一声，突然伸出手一圈又一圈地解下了自己脖子上的围巾，耐心地说，“你低下来一点儿。”

常清静目光一顿，那是条围巾，一时间竟然忘了动作。

眼看常清静没有动作，宁桃无奈地笑了：“你低下来一点儿啊，你看你长得这么高了，我早就够不到你了。”

常清静僵硬地俯下身子。

他们走在松风道上，此时正值傍晚日暮，疏钟袅袅，有不少蜀山的弟子下了晚课路过此处。

“那不是归璘仙君吗？”蜀山的小道士停下脚步诧异地看着眼前这一幕。

那是归璘仙君，那归璘仙君身边的姑娘是？

“那是……宁桃？”

几个小道士面露震惊之色，看着那位素日高高在上的仙华归璘仙君，竟然向那小姑娘俯身弯腰。

归璘仙君从不向人低头，对待诸家长老也是一向不假辞色。除却当年，那扶川谷一百二十个道士的家眷，是他一个个屈膝赎罪磕过去的。时至今日，仍有不少家眷未曾谅解他，甚至有不少遗孤凭着一腔愤恨跑到蜀山来行刺他。但他只是打落对方手里的剑，垂下眼吩咐蜀山弟子将对方小心带出去。

而此刻，这位一向独来独往，身姿挺拔的剑仙弯下了腰，霜白的发垂落在颊侧，几乎是纵容地，任由她踮起脚尖将围巾一圈一圈耐心地围在了他脖子上。

几个蜀山弟子抿紧了唇，简直就像是撞到了什么惊天大秘密一般心跳如擂鼓。

这一路上，或许是为了缓解尴尬，宁桃都是蹦蹦跳跳地走过去的，定睛瞧了石阶中央的砖缝，宛如走独木桥一般盯着这砖缝走。

当初万妖窟初见好像近在眼前，宁桃走在少年后面，看着少年挺拔匀称的脊背，偷偷比画着两人之间的身高差距。

那时候的常清静好像只有一米六几吧，现在竟然都有这么高了。

光顾着瞧常清静的背影，宁桃脚下一滑，一个踉跄，差点儿从石砖上跌落下来，就在这千钧一发之际，身旁突然掠过了一阵霜风，紧跟着一个微凉的手掌拉住了她。

“当心。”

宁桃愣愣地抬起头，看着常清静攥着她的手掌，眉头几乎拧成个“川”字。

“没事吧？”

“没没没。”宁桃猛然回神。

两人手掌还紧紧交握着，常清静的眉心猛地跳了一下，低眼去看。

宁桃戴的是那种她自己做的并指手套，他拉着她的手，就像是拉着个小动物的手掌，温暖绵软得他几乎不愿放开。但在下一秒，小姑娘如同惊弓之鸟般猛地甩开了他的手。

“多谢你，常清静。”

常清静沉默了一瞬：“慢点儿走。”

好不容易走到剑冢的最高处，两人终于坐了下来。

此时，一轮圆月，月色如霜，洒落蜀山群峰，极目远眺之下，夜雾中山影绰绰，一重又一重，云雾滔滔，气象万千，亭台轩榭直切入云海月色之中。

神仙红尘外，不外如是了。

看到最后，宁桃困得眼睛都快睁不开了。

是常清静背着她走下山，走在了松风道上。

这是他第一次背她。

少女虽然看着娇小了点儿，却重得很。她趴在他脊背上，觉得常清静的脊背真凉，单单是肌肤的触碰就感到一阵寒气逼人。

常清静走得很慢，也很稳。

宁桃趴在他背上渐渐地睡着了，将头靠在他肩膀上睡得安详。

他从来没有背过宁桃，从前宁桃为他做得多，他为她做得却少。

少年时因为骄傲，他厌恶别人的目光，若非不得已，更不会在众目睽睽之下主动背着异性行进。

这些曾经被忽视被打碎的细节，每一次回忆，每一次察觉，仿佛都是一次煎熬，如同软刀子扎心，扎得他鲜血淋漓，又如同一帖慢慢煨着的苦涩的药，咕嘟嘟地煮烂了，煮化了，入口苦得常清静哑口无言。

回到松馆后，宁桃还是没有醒，他抱着她将她放在床上，替她盖上了被子，垂着眼，目光仔细地去描摹她的眉眼，看着她脸上细小的茸毛。

他不知道如今他对宁桃究竟抱着一种什么样的感情。

所谓的“友情”深深地伤害了她，所谓的爱情，更像一种他想都不愿深入去想的玷污。

她像是宇宙中的一颗星星，骤然降落在他污淖般的人生中。

宁桃从梦境中缓缓转醒，睁开眼打了个哈欠，一眼看到了坐在床边的常清静时愣了一下：“我睡了多久？”

常清静道：“不久。”

不久是多久？宁桃摸上了脑袋，慢慢地琢磨，感觉是时候进入正题了。

“你要走了吗？”

常清静低眼：“嗯。”

宁桃深吸了一口气，盯着常清静看了很久：“常清静，我、我想下山，我想见琼思姐姐。”

如果他愿意的话，宁桃想，她立马就把这药丢了，看都不看一眼。

一阵死一般的沉默，宁桃一颗心直直地沉入了谷底，嗓音干涩：“当真不行吗？”

常清静动了动唇，半合的眼依然清冷，态度却毋庸置疑：“山下危险，留在蜀山我能保护你。”

宁桃低下了头：“我明白了。

“你等等，我去为你倒杯茶，你喝了暖暖身子再走吧。”

常清静道：“好。”

宁桃掀开被子爬起来，能感觉到常清静的目光还落在她身上。

背对着他，宁桃口干舌燥，心跳如擂鼓，悄悄把袖子里的药粉全都撒了进去，再若无其事地端着茶走了过来，仰起脸笑了一下：“趁热喝，凉了就不能喝了。”

这镇定自若的表情，就连宁桃自己也不由得佩服自己这能拿奥斯卡的演技。

虽说如此，还是紧张的，捧着茶杯的手好像都在不自觉地微微颤抖，宁桃鼓起勇气攥紧了点儿。

这一幕近乎和当初重合。

察觉到常清静身形凝滞，宁桃口干舌燥地催促道：“常清静？”

常清静这才好像回过神来，眉眼低垂地接过茶杯，送入口中时，又迟疑了一瞬，这才一口气饮下，将空杯还给宁桃：“我走了，你早些休息。”

走出松馆，将这一馆昏黄的灯光远远地甩在身后，他又要迎向严峻的风雪，迎向这风刀霜剑，然而胃里淡淡的暖意，这样的暖，暖得他不愿再放开，虽然明知这样无异于引火烧身，却还是不愿再放开。

常清静不自觉地仰起头，淡淡地看了眼这夜空，心里涌出了股古怪又温暖的错觉，星光落在了他指尖，他指尖微微一动，好像就能轻而易举地拢入掌心，攥紧了。

这几十年来，他好像从来没有像现在这般平静，也未曾像这段时间般鲜活。

回到自己住处后，困意袭来，常清静也没做多想，蜷缩着身子睡着了。

这一夜，他又梦到了宁桃，梦到了少女宛如小动物手掌般温暖的掌心，梦到了她脸上细小的茸毛，梦到了那个他不敢宣之于口的称呼——“小青椒”。

而他这一睡，竟然睡到了第二天下午薄暮时分，才堪堪醒来。

一睁眼，就看到吕小鸿张着嘴，呆呆地看着他：“仙……仙君？？”

常清静心里猛地一跳，眉头已经先皱紧了，似有所觉地直起身：“怎么了？发生何事？”

吕小鸿的表情那叫一个欲哭无泪：“宁、宁姑娘被凤陵仙家那位谢小仙君带走了。”

第 34 章

带走了？常清静双眼瞳孔微缩，扶着床沿的手缓缓地攥住了。

吕小鸿犹豫：“仙君。”

常清静说：“出去。”

吕小鸿着急地追问：“仙君？！要不要我们这就去追回来。”

常清静闭上了眼，这时吕小鸿这才猛然意识到，他眼里红得就像是在滴血，那又是隐隐约约有魔气入体的倾向了。

“让我一个人静静，你出去。”

吕小鸿这下再也不敢多说什么，只好沉默地行了一礼，走出去带上了门，心里却沉甸甸的。

自从扶川谷那一战入魔后，常清静这几十年来总是有入魔的倾向。

侍候常清静这么久，没人比吕小鸿更清楚，他侍候的其实是一捧火，一捧压抑在了冰面下的岩浆，有毁天灭地的戾气和疯癫。

当初那个清俊寂寞的小师叔早就疯了。

他的疯就体现在，凡妖皆杀，凡妖皆斩。他周身百里、千里之外，哪怕是一只再小的妖作恶，这位仙华归璘仙君也会亲自赶到一剑杀之。

哪怕这些妖妖鬼鬼逃到天涯海角，他也会不眠不休，日日夜夜，千里奔袭追杀。

这就是他对妖的态度。

吕小鸿这么多年曾经跟着常清静去了几次，眼睁睁地看着，那把桃花细剑从恶妖胸膛中拔出，鲜血淋漓，飞溅了他一脸。

而在这种情况下，吕小鸿骇然地发现，常清静的目光根本没落在这只恶妖身上！

他竟然在出神，指尖微微一动，愣愣地摸上了自己的脸，而后，过了很久很久，这才揩去了脸上的血渍转身离开。自始至终，他都对面前这妖的惨相无动于衷。

世人也有责骂他残忍嗜杀的。

也就是那一瞬间，吕小鸿牙关齐齐地哆嗦了一下，猛然意识到，自己是在侍候一个疯子，一个体面、冷若冰霜、不折不扣的疯子。只能说这疯子还维持着最后的一线理智，哪怕这一线理智已经如同悬崖边上岌岌可危的巨石，一个不慎，便会坠入山中粉身碎骨。

他们都说常清静是为苏甜甜入魔的，一对神仙眷侣最后却成了怨侣，这事一直让众道士唏嘘，然而真相当真如此吗？

想不通，也不愿多想了，吕小鸿蹲在门外，重重地叹了口气。

也不知过了多久，门突然“吱呀”一声开了，吕小鸿站起身，看到男人披发跣足，一向漠然坚忍的眼里泛着红血丝，身影一闪，踉踉跄跄地直掠了出去。蜀山苦寒，松风道上积雪成冰。

常清静便赤着一双脚，足弓青筋暴起，一路掠至松馆前，看到的却是松馆门户紧闭。

从前，他每每来到松馆，总有一盏孤灯点着，昏黄的灯光照着他，就像是当年在王家庵。那是唯一的守候，唯一的家，唯一的光。

常清静喉头滚了几滚，眼神狰狞，面无表情地盯着松馆大门，从指间发出一道剑气，轰然轰开了门扉。

杏林长老薛素闻讯后，急急忙忙赶来，翻身下了灵鹿坐骑，摸摸梅花鹿的脑袋："乖乖，在这儿待着别乱跑听到没。"这才走到了常清静身后，他断然沉声厉喝："常清静！你疯了不成？！"

她骗了他。

为什么又要骗他？

为什么？

为什么人人都要骗他？

师尊骗他，苏甜甜骗他，这蜀山无数人都在骗他！

他以为，这世上唯有宁桃，唯有她不会骗他。当初追着他跑的少女，全心全意地对他好。而他，眼里只有所谓的"道"，只有苏甜甜。

他将她那颗真心踩得稀巴烂。

如今，她还是和从前一样，眼睛像葡萄一样，闪烁着蜜糖般的光泽。

兔子糕、豆腐杏仁浆、放风筝、话本、围巾、看月亮，这些点点滴滴疯狂地涌入胸口；那些温暖的点点滴滴的过往回忆在这一刻，尽数化为刀子，疯狂地啃噬着他的血肉，深深地扎入心里。

她还是像从前那样温暖，还是像从前那样，像个无忧无虑活泼的小太阳，但不同的是，他已经不再是她心中的唯一，她愿意同情他、怜悯他，愿意施舍些光给他，却也能在任何时刻毫不留情地抽身就走。

也就在这个时候，常清静浑身上下跟着抖了起来，双眼圆睁，掠过了点儿深深的惧怕和痛楚。他这才意识到，这样的宁桃究竟有多冷漠，从少年到现在，这几十年来，他究竟都错过了什么。

薛素："你看你现在这副样子！人一个小姑娘愿意和你待在一块儿也是有鬼了！"

他现在这副样子？

常清静抿紧了唇，面无表情地掀起袖口，将桌前的铜镜直卷来一看，这披头散发，形容癫狂的模样，哪里还有之前那个清瘦毓秀的少年的影子？

"是谁？是谁放她走的？"

薛素听了这话，更加暴跳如雷："谁放她走的？我放她走的行不行？要是其他蜀山弟子放她走的，你难道还要杀了他们不成？！"

眼看常清静背对着他，山风吹动他霜白的发，背影孤寂又冷寒。

薛素反倒又心软了，叹了口气："那姑娘要走，我们还能拦着不成？敛之，你这样扣着人家姑娘，可曾想过人家姑娘的感受。"试探性地往前走了一步，伸出手，薛素深深地叹了口气，"常清静，我问你，你对那姑娘到底是什么感情？我不知道你和张掌教整天在谋划什么！也不知道你这几十年来为何性子变得如此偏执暴虐，你要是喜欢她，那就娶她，我保管没有异议！可是现在，你这样算什么？不说喜欢她，也不说不喜欢她，就将她困在蜀山！这算什么？！你养的禁脔吗？！我知道你痛苦，也知道这姑娘对你而言意义非凡。"

是他痛苦中唯一的良药。

"但你可曾考虑过宁桃的感受？你看看你现在这样子！"薛素怒吼道，"你以为折磨自己就能补偿这姑娘吗？！你捅了那姑娘一刀，再捅自己一刀，就能补偿人家的伤痕了吗！常清静，我再问你一遍，你究竟喜不喜欢她？"

"我……"

山风好像冻结了亘古的时空，常清静浑身巨震，眼里掠过了深深的迷茫和恐惧："我不知道。"

他不知道，他不知道对宁桃这感受，究竟是溺水之人的浮木，或者只是愧疚，或者是重新拾得了年少时的心动。

他已经不敢用"爱"这一字来玷污她。

"你这畜生！"薛素突然沉下脸大骂了一声，指着不远处的梅花鹿，指桑骂槐，破口大骂，"你这畜生！叫你好好在这儿待着，你瞎动什么动？！"

梅花鹿低着头，在这松树下拱来拱去，看上去好像是在翻找些什么。

很快，薛素就察觉到不对，脸上迅速地掠过了点儿狐疑之色，脚尖一点，掠至那松树下面一看，顿时愣住，这梅花树下，竟然埋着个白色的小瓷瓶，这样式赫然是药堂的东西。

药堂的东西怎么会被埋在这松树下？

怪不得这畜生在这树下嗅个不停，这梅花鹿是他一手调教出来用以采药的，对这些草药味道最为敏感不过。

薛素忙蹲下身，拔开瓶塞，倒出两三粒在掌心，一看到掌心这通红的药丸，似有所觉，心里一沉。饶是如此，为了确保自己猜得没错，他还是凑到鼻子下面细细地闻了闻。

这一闻，一颗心可算是直直地沉了下去。

这是——

薛素却突然看到常清静一闪身，劈头盖脸地将这瓶丹药抢了过来。薛素缓缓站起身，张了张嘴，这下也不好再说什么了：“清静，你早该明白的，那姑娘不是你的所有物，她有自己的主张。”

常清静双目血红，死死地盯紧了手里这个瓷瓶。

在你本来以为这就是痛到极致的时候，却没想到，老天爷还会给你足以摧毁你的神志、你的心的最后一击。

他甘愿重新将自己喂成药人，饱受炼药之苦，用心头血炼成的药，宁桃她一粒都没碰。

原来，原来她竟然决绝到了这个地步。

薛素喉头微哑，痛心地看着常清静死死地攥着那瓷瓶站在了原地。

男人袖中露出的手指，用力到指节泛白。

咔——一声细微的轻响，刻有寥寥数枝黄梅的瓷瓶终于不堪承受，瓶身绽开了一条细细的裂缝，伴随着裂缝扩大，这瓷瓶和瓶中的丹药终于在常清静手中化为齑粉，如同流沙一般从掌心洒落，然而，掌心也被这碎瓷片割得血肉模糊，鲜血淋漓。

薛素静静地站了一会儿，摸着梅花鹿的脑袋离开了，留给常清静一个人独处的场地。

常清静站了很久很久，久到太阳缓缓地落下，久到雪花落满肩头、发丝、眼睫毛，久到从痛苦崩溃疯癫，到一片麻木和死寂，痛到一定地步好像就不会再痛了。

常清静漠然地松开了手。

从原先的疯狂，再到如今的木然和死寂，只有一步之遥。

夜深了，松下落雪深深。

常清静没有回去，而是合上了眼，与这松树相对而坐，如雪般的长发散落，心里平静无比——身如槁木，心如死灰。

平静地对着这山巅，入耳听着这松涛翻涌，如滔天巨浪般似要将他淹没，他又想到了宁桃，鲜血淋漓的指尖微微一动。

那一天，话本、围巾、看月亮，他便觉得这是现实了。

故人从幽冥中折返，却未曾想到，他困不住她，他一直不了解她，她的身上有蓬勃的生命力。

她属于这天下，这山河。

冰冷的现实如同山风般呼啸而来，他一直坐到天际长河渐没，雪落寒山。

第35章

一步，两步，三步。

走下蜀山的时候，宁桃还有点儿不在状态，睁大了眼，蒙蒙地想——她就、就这样，就下来了？还是那位杏林长老亲自送下山的？

此时此刻，等在山下接应的张琼思早就急得团团转了，这几天她睡也没睡好，急得唇角冒了个大泡，还是蛛娘用粉帮她盖住了。

就在这时，宋居扬和蛛娘蓦然出声，异口同声道："琼思姐，桃子！"

张琼思猛然抬起眼，就看到宁桃紧紧地跟在谢溅雪身后走了下来。

"桃桃！"张琼思想都没多想，飞奔上去。

宁桃只感觉一阵湖笔、宣墨、木头的清香扑面而来，张琼思长舒了口气："没事就好，没事就好。"她又宛如个当家大姐一样，煞有介事地牵着宁桃向谢溅雪道谢："多谢谢道友多番周旋。"

谢溅雪莞尔："不必将我想的这么好，我也是为了自己罢了。"

为了自己？

张琼思一愣：难不成还有什么别的意思？

谢溅雪见状，温言解释道："从前的事，不便多说，从前是我对不起桃子，我这回带桃子下山，也只是为了让自己心安。"

张琼思心中一颗大石头这才落下，但转念一想，这毕竟是蜀山脚下，常清静不定什么时候会追来，正准备牵着宁桃先行告辞离开的时候，却没想到谢溅雪伸出手又拦住了她。

"且慢。"谢溅雪秀眉微蹙，"张姑娘让桃子和我待几天吧。"

蛛娘轻轻地"啊"了一声。

小扬子也茫然地抬起眼："谢道友，你这意思？"

谢溅雪严肃了神情，耐心地说："常清静早晚会追来，单凭你们三人挡不住他，不如让桃子先跟着我几天避避风头，到时候我再将桃子原原本本地交到张姑娘你手中。"

这话说得的确很有道理，张琼思犹豫了一瞬："先回客栈吧，这儿毕竟不安全，我们先回客栈再说。"

回到凤陵弟子下榻的客栈后，宁桃这才长舒一口气，感觉好像脚也踩在了实地上。

这是凤陵弟子下榻的客栈，下山前又有薛长老的叮嘱，如果药效够强，宁桃坐在桌前犹豫地想，常清静这个时候可能还在睡呢。

他们五个人，围着张桌子，再度团团而坐。

路上张琼思顺手买了点儿橘子，张琼思剥着橘子抬眼问："那谢道友的意思是桃子要和你待多久？"

谢溅雪嗓音温和却坚定有力："待到这阵子风头过去，到时候桃子便能继续与张姑娘一道儿游历四方了。"

张琼思已经在剥橘络了，摇摇头："这事儿我觉得还是得听取桃子的意见。"

蛛娘可怜巴巴地拽了拽宁桃的袖口："桃桃，你怎么看？"

宁桃静静地看了一眼谢溅雪，他若有所图必定不会轻易放弃。倘若她执意跟着琼思姐姐他们，未尝不会给他们带来负担。认真地想，照她的意思，反正也不急在这一时了，要解决就得把事情解决个彻底，当然是要避免夜长梦多了。

想了想，宁桃故作轻松地吐出一口气："既然如此，那我就先和谢道友待一段时间吧。"

晚上，客舍内一灯如豆，宁桃正在忙着收拾行李，刚刚他们五个商讨了片刻，最终决定由谢溅雪带她先行离开。

谢溅雪没有带她回凤陵，而是打算带她自蜀山南下，去往洞庭湖。

眼镜要带，望远镜也要带，门外突然响起了一阵敲门声。

宁桃咬着支湖笔，对照着床上放着的备忘录，手上动作不停地往包裹里塞东西，往门口张望了一眼："请进！"

门开了，从门外走进来个如月华般温润的青年，谢溅雪手上拎着个食盒，微笑着走了进来："桃子，我看你没吃饭，给你端了点儿吃食来。"

目光落在宁桃身上时，谢溅雪微微一怔，面前的小姑娘，嘴里叼着湖笔，歪歪扭扭地扎了个马尾，只穿了件白色的长裤，天蓝色的上襦，外罩着一件鹅黄色的无袖褙子，那一瞬间，就好像天空、水波与鹅黄色烂漫的山花，裹挟着春风迎面扑来，铺天盖地的生机。

谢溅雪自小接触的姑娘，都出身凤陵仙家，凤陵仙家的规矩虽然不如蜀山森严，却也是清简恭素，大方得体。

这还是他第一次碰上这种姑娘，不修边幅，却又像路边肆意生长的野草一样蓬勃动人。

他对于宁桃的第一印象，其实也是路边的野草。不起眼，他一眼掠过，心中并无多大起伏波动，也不甚在意。

他性子一向冷淡，温柔仿佛只是他习以为常的面具和伪装，他的眼里一向装不下太多人，就连苏甜甜也是如此。他对于宁桃的印象便是“那个小心翼翼爱慕常清静的”有些可怜的卑微姑娘而已。

宁桃可没谢溅雪那一瞬间想的这么多，看到谢溅雪手里的食盒，这才猛然感到饿，饿得胃好像都疼了。

从今天一大早开始她就没吃什么东西，看到这食盒，宁桃连声道谢，看着谢溅雪的眼神简直就像是看救世主。

谢溅雪“噗”地又笑起来，伸出手摸了摸她脑袋。

宁桃身子一僵，觉得有些别扭。

如果她没记错的话，谢溅雪是苏甜甜的竹马兄吧？这个动作未免太过亲密，但又唯恐自己想多了，贸然躲开不礼貌，宁桃强忍着没动。

谢溅雪或许也是察觉到了，收了手，指着那食盒笑道：“我也不知道桃子你的口味，就顺手挑了几个。”

照着他的口味？宁桃表示怀疑。

做好了即将面临清淡菜色的准备，宁桃鼓起勇气打开了食盒，却在看到食盒中食物的那一瞬间亮了眼睛，对于这位竹马兄的好感度，立刻噌噌疯狂上涨，达到峰值！

这食盒里面装着的竟然不是什么清粥小菜，也不是什么碧螺虾仁之类的清淡菜色，宁桃以为谢溅雪出自凤陵仙家，口味会偏向苏锡常，偏甜一点儿。

宁桃虽然也是南方人，可是口味更偏川湘，无辣不欢。

“我想，”谢溅雪忍俊不禁道，“你们小姑娘总爱吃这些味道重一点的。”

宁桃有些脸红，拘谨地伸着筷子小心翼翼地夹了一只鸡腿进碗里。

肉！她喜欢吃肉！还有鸡腿！

她这个年纪，毕竟也不大好意思在男生面前表现出来喜欢吃肉，尤其是不熟的男生面前。

谢溅雪看着她吃，目光好像有些黯淡：“其实我很好奇，这是什么滋味。”

宁桃愣了一下，下意识地搁下了筷子，突然意识到，谢溅雪的这副身体，好像确实吃不了这种重口味的菜，想必这么多年来，吃的都是些清淡的菜系。

光这么想一想，宁桃就忍不住对谢溅雪投来同情的目光。

“这个，这个应该是可以吃的。”拿起公筷又夹了一只鸡翅放在没用过的空碗里，宁桃端起茶杯用茶水稍微洗了一下，推到谢溅雪面前，小心翼翼地问，

“要不，你试试看？”

谢溅雪抬起眼看了她一眼，有些迟疑地夹起鸡翅咬了一口。

宁桃有些紧张地留意着谢溅雪的神情。

面前的青年倏忽笑开了，嘴角漾开了点儿温柔的笑意：“嗯，好吃。桃子，多谢你。”

等到吕小鸿遵照薛素的吩咐，匆忙赶到松馆前时，常清静已经睡着了。

男人蜷缩在松雪深深的树下，宛如一只不安的猫儿，眉头紧皱着，眼睫毛与发丝都落了一层薄雪。

那些雪花，从天而降，飘飘洒洒，落在了肌肤，好像渗入骨血，漫开深入骨髓的冷意。山巅风如吼，松雪震落在瓦片上，天际透出些微蓝，云外好像有玉箫声吹落，蜀山上的铜制大钟，钟声疏疏。

天已经亮了。

吕小鸿叹了口气，走上前，将带来的锦被盖在了常清静身上。

第二天一早，常清静好像又恢复了从前冷淡漠然的神情，照常去学舍中授课。

青烟袅袅，上达上苍。

学舍内挂着三清像，一众蜀山弟子面面相觑了片刻，终于有个小弟子大着胆子举起了手：“仙君，我想问，出世或入世究竟有何区别呢？”

常清静：“出世或入世，在心不在迹。大隐居尘，丹基未成之前不妨下山走一遭，等到丹基已成，需要大静，不妨再入山林。”

散课后，常清静独自走在松风道上，昨夜风急雪骤，洒落一阶的积雪，今早，山林间雾气袅袅，撑着伞走过时，葛布长袍也被雾水打湿了大半。

《悟真篇》有言——“未炼还丹莫入山，山中内外尽非铅”。

这大半个月中，他尽量不做他想，照常修行练剑，沉默不言，可是很快发现他做不到，他无时无刻不在想。

常清静脸色苍白，心中是一片近乎麻木的绝望和死寂。

一直到一道温和的声音好像穿透薄雾找到他。张浩清远远地站在山道上，眉眼温和慈爱地看着自己这个小徒弟：“清静。”

闭关数月之后，这位蜀山掌教终于出关。

望着风雪中眉眼可亲的张浩清，常清静微微一怔，旋即又好像明白了什么。

张浩清的出现，犹如压死骆驼的最后一根稻草，常清静身子剧烈地颤抖起来，却还是惨白着一张脸，走上前行礼：“弟子拜见师尊。”

留给他的时间不多了，看到张浩清，常清静如梦初醒，如坠冰窟，意识到了自己如今已经没有再想念宁桃的余地，留给他任性的时间不多了。

张浩清顿了半秒，又细细地打量一眼面前白发清俊的青年，像是想从中找到昔日那个模糊的少年的身影。

细细地看了半晌，张浩清莞尔：“许久不见，敛之，你修为已臻至通玄境了。”

常清静嗓音暗哑：“是。”

他苍白着脸，不敢看，却还是近乎贪婪地看着张浩清：“师尊。”

张浩清笑着赞了他一句，像是极为欣慰的模样：“那可做好准备了？”

常清静只觉得喉咙里像吞了颗珠子，不上不下，说不出话来。

“准备好了便同我来吧。”

常清静浑身上下抖得更加厉害。

师徒二人一路无言，行走在山道上。

云里诸峰，渐渐透出，渐渐落于鞋履之下。

张浩清却恍若没察觉到小徒弟的异样，依然温和地询问着自己这弟子的课业，一个问一个答，倘若有人经过，定会诧异地发现，这位素来冷傲的仙华归璘真君，此刻面色苍白又恭敬地跟在张浩清身后，僵硬得宛如一棵行走的松木，浅色的眼眸失了焦距，仿佛下一秒就要哭了。

肆

洞庭湖

第 36 章

两人一路走向太极宫，等走到殿门前时，常清静却停下了脚步，张浩清没有催促，站在殿内侧身莞尔等待。

常清静闭了闭眼，虽说身子不再抖了，指尖又微微颤抖起来，半晌，这才攥紧手指，又下定了决心般地提步跟上。

太极宫前，玉兰绕砌，雪松拂檐，这是蜀山的正殿，殿宇嵯峨。三清圣祖位列其中，宝相庄严，受足了供奉。

青烟袅袅。

张浩清转头看他，眼神和蔼如同慈父："敛之，动手吧。你当初是如何答应我的？"

常清静慢慢地恢复了镇静，嗓音干涩："待弟子到通玄境后，就亲手杀了师尊，挖出师尊真元。"

这是计划的最后一步，也是这一切的开始，只是常清静未曾想到这一天会来得这么快。

张浩清如同闲话家常的慈父一般，有一搭没一搭地与他说着些什么："那位宁姑娘离开了？"

常清静闭眼，掣出了那把胭脂色的细剑："是。"

"敛之，那位宁小姑娘人不错，但命中有时终须有，命里无时莫强求，你不要勉强人家。"

常清静攥紧了剑柄，指节青白，几乎用尽了全身的力气。

自从他在剑阁觅得这把多情的本命剑之后，"行不得哥哥"一词，好像为他这一生下了判文。这剑，虽说柔媚多情，但削铁如泥，锋锐得可劈金断玉，无须倾注灵气，单凭剑刃之力，便可将成年男人坚硬的颅骨如同划破一张纸般，流畅地切开。

花了数天的时间，宁桃和谢溅雪终于赶到了洞庭湖。

八百里的洞庭湖，浩浩汤汤，气势磅礴，远望桃花如云霞，水汽歊烝，雾气如云。

“此处是儒门宝地。”一边穿梭在闹市中，谢溅雪一边耐着性子，柔声和她解释，“不少儒修在此地开宗立派。”

“我记得，三月三，上巳节当日，大儒宋淏会在此地开设一场学会，桃子，你想去看看吗？”

其实自从醒过来之后，好像就懒了许多，宁桃忍不住挠挠头，叹了口气，就好像没有精力，也不爱动弹了，但这种盛会去看看也无妨，就权当是散心了。

谢溅雪或许是看出来了她的心不在焉，主动带她四处逛了逛，专门把她往卖珠钗首饰的摊子前带。

看到这些琳琅满目，亮晶晶的发簪什么的，宁桃终于重新振作了点儿精神，脸色也红润了不少。

“谢道友，你看这个好看吗？”这个有点儿像学校门口两元店里卖的那种蝴蝶发夹。

“这个绢花也好看。”修长苍白的手拈起摊位上一朵鹅黄色的绢花，谢溅雪温和地说，“桃桃，你低下头来，我来帮你戴上。”

宁桃有些不大自在地半低下了头，谢溅雪神情自若，垂着眼，眼神专注地帮她簪在了鬓角。

剑芒倒映在太极宫朱粉涂饰的墙上，三清圣祖前的供香，被这剑风掠过，烛火摇曳了两下，宛如被撷下的落花般，坠地。

常清静低着眉眼，胳膊僵硬得几乎不可屈伸，眼里倒映着摇曳不定的烛火，倒映着漫天的血红，鲜血濡湿了紧握着剑柄的掌心，湿滑得几乎快脱手而去，他定在了原地，剑尖再也不能往里推动半分。

“怎么不动了？”张浩清笑着问，“我当初怎么说的？”

常清静：“挖出真元。”

“那便继续。”

此时这位蜀山掌教，霜白的须发尽数被自己身体内喷涌而出的鲜血染作了血红，每说一句话，每吐出一个字，都会有源源不断的血沫自唇角溢出。

青年双眼空茫地睁大了，唇瓣哆嗦着，呜咽了一声。

下一秒——剑刃又往丹田中推进了几寸，剑刃朝上，轻轻一捌，便将张浩清自丹田到前胸尽数划开！

终于摆脱了常清静，宁桃长长地舒了口气。

金蝉脱壳醒来之后，她皮肤状态完全大变样，从一个清秀的小姑娘，变成了个小美女。人气色好了，就连逛街的热情也高涨了不少。

和谢溅雪的相处，又让宁桃对谢溅雪内心噌噌升了不少好感度，会挑首饰，会和女孩子相处的，这是多么合适的一个男闺密啊！

少女年纪小，最适合这些五颜六色亮晶晶的东西，仿佛那璀璨耀眼的光全落在了她身上。

谢溅雪好像从帮宁桃打扮这件事中找到了莫大的乐趣。

老实说，宁桃其实对逛街热情不大，谢溅雪脸上却带着笑，好像很高兴的样子。

跟在谢溅雪身后，宁桃走得脚底都有些疼了，只好默默安慰自己：嗯，谢道友身体比较弱，生活也比较乏味，难得找到了乐趣，还是体谅一下顺着来比较好。

谢溅雪很喜欢她，宁桃这个感受不是自恋。

宁桃能感觉出来这个“喜欢”，无关乎男女情爱，而是单纯的“喜爱”，有点儿像喜欢个活泼可爱的小动物。他喜欢她柔软的、健康的四肢，喜欢她红扑扑的脸蛋儿，喜欢她娇小的身体里好像蓄积着的蓬勃的生命力。

两个人顺着洞庭湖一路慢慢地逛，去买衣服、买首饰，去洞庭湖前坐了一会儿，又在洞庭湖附近的酒楼内点了一桌子菜。

这还是宁桃第一次和一个陌生的异性“约会”。

坐在洞庭湖的湖岸前，身下是如茵的绿草，宁桃深深地感叹道：“谢道友，如果没有之前那些事，说不定我们真的能成为很好的朋友。”

谢溅雪笑着摸了摸小姑娘的发顶：“那我们现在就不是朋友了吗？未曾想到，我将桃子你当作朋友，桃子你却宁愿和常道友做朋友，都不愿做我的好友。”

“那不一样。”宁桃扭头看向谢溅雪。

她对常清静没有多少真情，当初那个少年已经死在了王家庵，现在不过是虚与委蛇更多一些。

谢溅雪沉默了一瞬：“冒昧地问，桃子，你是如何看待常清静的？为何愿意同我下山？”

她暗恋常清静这事儿，在当年几乎是尽人皆知。或许是因为真的没感觉了，心里的小鹿啪叽死了，宁桃撑着下巴，看着不远处的湖光山色，平静地说："说实话，我喜欢的是当初那个常清静，那个小青椒，不是现在的仙华归璘真君。如果是当初那个常清静，我或许会很开心，毕竟喜欢的人不论说什么，做什么都是有道理的。而现在，不喜欢的人不论说什么做什么，我都觉得是在指手画脚，令人生厌。"

太极宫，三清殿中安静极了，是独属于死亡的宁静。

突然，一声尖叫打破了这片宁静，每日例行前往太极宫清扫的蜀山小道士，握紧了扫帚，哆哆嗦嗦地看着眼前这一幕，神情惊骇至极——血，好多的血！满目都是血！

那位仙华归璘真君，跪倒在血泊中，长发染血，手上还握着一柄胭脂色的细剑，在这血色中，这柄细剑也显得分外妖冶了起来。

而在常清静不远处，躺着的是被开膛破肚的蜀山掌教——张浩清。

等看清躺在地板上的人后，小道士更是双眼一翻，差点儿昏死过去。

"掌掌掌教……"小道士面色煞白，抱着扫帚一步一步往后退。

似乎听到了殿外的动静，常清静淡淡地转过了脸，脸上还有血珠顺着眼睫毛滑落，宛如琉璃世界中盛开的红梅，眼眸中是令人心悸的淡漠与空茫。

就在常清静目光扫过来的这一瞬间，小道士双腿一软，想都没想，丢了扫帚转身夺路狂奔——疯疯疯了！仙华归璘真君疯了！

小道士一边跑，一边挥舞着胳膊大声哭。

"死了！掌教死了！疯了！归璘真君疯了！归璘真君入魔杀了掌教！掌教死了！归璘真君杀了掌教！掌教死了！归璘真君杀了掌教！"

小道士吓得胆丧魂飞，疾走大呼，没一会儿，便吸引了执剑弟子的注意。

"你在胡说什么！"一个面色冷峻的蜀山师兄，飞身上前，一把揪住他的衣领，将这小道士高高提起，面色难看地问。

一看到这师兄的脸，小道士哭得反而更大声了："蔺、蔺卓师兄！掌教死了！归璘真君杀了掌教，就、就在太极宫三清殿里。"

蔺卓面色愈加难看了点儿："休得胡言乱语。"

小道士哭道："师兄，我没说谎，掌教，掌教——"

蔺卓已听不下去这小道士颠三倒四的话了，随手将这小道士往身后一丢，虽说如此，但还是叫上了几个执剑弟子随他去正殿看看。

或许是撞上什么邪祟，生出了什么障境也未可知，蔺卓想。

然而，还未靠近太极宫，蔺卓的脚步却蓦然顿住，神情凝固在了脸上。

这股血腥味儿——蔺卓面色大变，拂开其他人，掠出数丈远。

大殿里空无一人，三清圣祖染血，待看清这殿里的情况，蔺卓一个踉跄，惊得胆丧魂飞，同时又不由得弯下腰剧烈地吐了出来。

“是……是掌教……”蜀山执剑小弟子颤颤巍巍地跪倒在地，嗓音因为恐惧已经变了声，“归璘真君，当真——”

“放肆！”蔺卓面色扭曲地厉声呵斥道，“与其在这胡乱猜测，还不快去请长老来！你们几个去剑冢看看真君在不在！”

压抑住胃里这一阵翻涌，蔺卓一步一步踏入了正殿，在张浩清尸身前跪了下来，眼前一阵发晕。昔日仙风道骨的蜀山掌教，不怒自威的半步神仙，此刻却宛如一条被开膛剖腹的鱼，被胡乱丢弃在了殿内。

他能看出来，看出来搠开掌教丹田与前胸的剑气是归璘真君的。

他憧憬常清静数年，没有人比他更熟悉常清静的剑气。

长老来得很快，基本上凡是蜀山没有闭关的长老，一刻钟之内全都赶到了太极宫内，看到这殿内情形后相继变了脸色。

“掌教师兄！”

“是何人下此狠手！如此毒辣！”

薛素双目充血，得了消息，连灵兽也忘了骑，一路发足狂奔而来。

他年轻时与张浩清关系最好，乍见师兄惨死，死得如此惨烈，一时间心神巨震，踉跄了几步，扶住了香案，怒吼道：“常清静呢！去剑冢把常清静给我叫过来！”

“回、回长老的话，”一个执剑弟子哭着站出来，“蔺卓师兄已经派人去了，归璘真君不在剑冢。”

不在剑冢？蜀山众人一怔，还未开口，突闻寒山寂寂之处，传来疏阔遥远的钟声，浑厚的钟声，穿破云层，于雪峰上回荡不绝。

另一个执剑弟子倒吸了一口冷气：“这钟声，是有人私闯山门！”

一言未了，诸位长老皆已化光离去。

巍然直插云霄的蜀山山门前，此刻万籁萧萧，血流成河。

守山门的蜀山弟子众人，靠拢成一个圈，步步往后倒退，既惊又惧地看着面前的青年。青年眼眸半垂，提着胭脂色的长剑，染血破损的长袍于风雪中飘摇不定，发丝上的鲜血已然凝固，一步一步，缓缓逼近。

琉璃般的眼眸微微一动，信手便劈出了一道剑气。这剑气掠过地面，便在地面劈开了一道绵延丈远的巨大裂缝。而这剑气所指之处，对准的已然是自己的同门。

这些守山门的弟子，茫然地看着这道逼近的剑气，做梦也想不出，为何仙华归璘真君会对自己的小师弟、师侄下手。毋庸置疑的是，他们将会被这道剑气碾成一摊血肉。

就在这剑气即将覆压下来之际，轰然一声巨响，无数剑光自云外坠落，与之对冲。

常清静木然的神色终于略微一动，沉默地直面这数道沛然的剑光。

每一道剑光身后都代表着一位曾经可亲的师长，剑光如流星坠地，刺痛了人眼，常清静眼里却干涩得流不出一滴眼泪，而随之到来的是——薛素一记响亮的耳光！

这一记耳光用了十足的力气，常清静一个踉跄，大脑空白，脊背重重地撞上了身后嶙峋的乱石。

眼前好像又有大片大片血色铺陈开，常清静身子晃了一下，对上了薛素的视线："长老。"

薛素像头暴怒的狮子，咬紧了牙根，眼里杀欲蓬发："畜生！你这畜生！你说，可是你杀了掌教师兄？！"

常清静的目光从薛素和其他诸位师长眼前一一掠过，昔日和蔼可亲的师长，目光沉郁，眼里交织着怀疑失望以及杀意。

倘若常清静真的杀了张浩清，那他们自然留他不得。

常清静虽是他们看着长大的，然而蜀山弟子何止百千，被他们亲眼看着长大，甚至于亲手抚养长大的孩子又何止常清静一人。

常清静不言不语，提步欲走。

偏在这时，一道身影远远地奔来，吕小鸿气喘吁吁，不顾自己修为低微，硬是拂开了几个执剑弟子的阻拦，冲入了人群中。

小道士面色惨白，眼睛一眨不眨地死死盯着常清静，眼泪淌了下来："真君，你真的杀了掌教吗？"

山门前寂然无声。

考虑到这小道士与常清静朝夕相处已有数十年，诸位长老也都默然。

常清静平静地看着吕小鸿，不说话不辩驳，周身魔气缭绕，眼神冰冷，望着他的目光宛如在看一个随时都有可能出剑的陌生人。

对上常清静的视线，吕小鸿垂下头，涕泪如雨，转瞬又被蜀山的寒风冻成了冰。

“我、我知道了。”胡乱擦了擦眼泪，吕小鸿吸了吸鼻子，一步两步，步步退回了人群中，哑声道，“真君，是我认错了你。”

他个头儿矮，退回人群之后，执剑弟子如分开又合拢的潮水般，将吕小鸿护在了身后。

人群中，沉默片刻，陡然传来了小道士一声悲恸的大哭，哭声穿透风雪，几位长老面上微露不忍之色。

这是场近乎惨烈的战役。

蜀山那位曾经入了魔的仙华归璘真君，在几十年后，无法控制自身魔念，修炼时走火入魔，亲手杀了自己师尊，将其开膛破肚，手段之狠辣令人不寒而栗，又在山门前力战蜀山诸位长老，自蜀山叛逃。

“所以说啊，”宁桃伸了个懒腰，如释重负地叹了口气，真切地说，“老实说，能摆脱常清静，我还要多谢道友相助。”

谢溅雪凝视她半晌，唇角漾起了点儿笑意，眉眼弯弯地又摸了把小姑娘的发顶：“桃子，你不必言谢，能帮到你这是我的荣幸，那现在我们可算是朋友了？”

宁桃：“马马虎虎吧。”

看着小姑娘这故作严肃的表情，谢溅雪扑哧一声，哈哈大笑，直笑弯了腰。

他们就像是两个相熟多年的好友一般，又在这洞庭城中逛了许久，这才回到客栈，各自告别后进屋休息。

距离上巳节还有几天的时间，这几天，宁桃戴着帷帽，走路如风，像个小旋风一样，跟着谢溅雪在繁华的集市中穿梭来往，几乎快把洞庭湖附近的店家摊位逛了个遍。

当然一开始，宁桃也有点儿担心常清静会找来，好在蜀山那边好像一直没有什么动静。

常清静就好像将她彻彻底底地遗忘了一般，而宁桃也不甚在意，一边趁着这个难得的机会走遍洞庭，一边给琼思姐姐他们写信。

正如她对谢溅雪所说的那般，喜欢的人分开时会想念，会觉得分别的日子度日如年，而不喜欢的人，不论他做什么，说什么，身在何方，都与她无关。

第 37 章

往日巍峨肃穆的蜀山山门前，此刻疮痍累累，颓垣断壁，狼藉不堪。

一轮斜阳西坠，照着染血的山门，附着在山门前的剑气尚未消散，不少蜀山弟子都缄默不言地清扫着山门前的乱石与血迹。

就在这时，又一道身影追了出去，苏甜甜樱唇几乎咬得快滴血，不顾其他蜀山弟子的阻拦，循着剑气的方向，一路追了上去。

为了“唤回”常清静，她并未同其他凤陵弟子离开，却没想到，等来的竟然又是常清静走火入魔的消息。而这一次，他竟然杀了蜀山掌教张浩清，他的师尊。

此时此刻，苏甜甜心乱如麻，心中又急又愧。思及当初敛之是为她入魔，今日之变故，与她脱不了干系，便又羞愧得几乎抬不起头来。或许，她不该这样贸然上蜀山的。

苏甜甜心中煎熬，急得汗如雨下。

若非她贸然上蜀山，又怎会勾动小牛鼻子的魔念，害得小牛鼻子一时想不开，又重蹈覆辙？

然而，蜀山派人追出，都未能找到常清静，遑论她一人。

宛如无头苍蝇一般在山上转悠了三天，苏甜甜就算不甘心也不得不承认，单凭她一人之力，是找不到常清静的。

苏甜甜站定了，两眼迷惘地看着眼前这寂寂的寒山。

过了好一会儿，她才眼睛一亮，心又怦怦直跳。

对啊！她、她能去找溅雪！请溅雪帮忙！

宁桃和谢溅雪在洞庭城待了没多久，便迎来了三月三上巳节。

洞庭湖畔的酒楼内，早在三天前就被人包了场。

此刻，酒楼内会聚着不少儒修门生。

这些儒修门生都是为了同一个目的而来——洞庭学典。

宁桃撑着下巴，喝了口茶，好奇地听着谢溅雪温文尔雅地替她介绍着这次学会的种种，眼里好像落了点儿远处洞庭湖的波光。

“这次学典的主讲人是宋淏。”

宁桃兴致勃勃地举起手：“这我知道！”

他们太初学会并不属于哪个宗门，但硬要说，应该属于儒修。宋淏作为当世著名的大儒，宁桃虽然没见过，但也听闻过这位大儒的传奇。

这位大儒年少成名，以儒入道，在天下儒修中享有极高的声望，儒家讲求入世，宋淏也不例外，曾经受凡人界皇帝的邀请，入朝为官。

入朝为官的这几年，宋淏不受重用，又受朝中党争排挤，干脆辞官回到老家洞庭湖，著书立说。

儒家俗话说得好："为天地立心，为生民立命，为往圣继绝学，为万世开太平。"

这自古以来就是儒修们的奋斗目标。

宋淏辞官回乡之后，继承孔孟之道统，著述甚丰，将儒学拓展到了一个新的阶段，天下人称之为"宋学"。

这回洞庭学典尚未开办，听说宋淏会在这儿宴请宾客，不少读书人，不惜从天南海北而来，就是为了能一见这位当世大儒的真面目。

而现在，通往二楼的楼梯口却被一面垂下来的白色帛布所遮挡。帛布前聚集着浩浩荡荡的青衫学子，他们皱着眉看着帛布上所书的内容百思不得其解。这面帛布就是宋淏给这些读书人出的试题，宋淏本人就在二楼，谁要是能答上来，谁就能上二楼亲自拜见这位大儒。

能与当今的儒学宗师宋淏把酒言欢、共赏洞庭湖光的诱惑力是巨大的。

然而自从书童把这面帛布挂出来到现在，已过了约莫半个时辰，楼梯口前还是拥挤着这么多人，竟然无一人回答得出。

宁桃刚看到那帛布的第一眼，就被震住了，呆了半秒。

"怎么？"谢溅雪好奇地侧目问，"桃子，你有思路？"

宁桃支支吾吾地涨红了脸，不好说"会"，也不好说"不会"。

她没想到的是，这面帛布上挂着的竟然是道几何题！

说是几何题倒也不准确，准确地说是有两道题，一道属文，一道属数。属文的那道，宁桃看了一眼就放弃了，她语文其实学得不错，但论古文释义远远不如这些儒修，甚至都没看懂这道文题是什么意思。

这道几何题她却看懂了。

这道题其实就是高中数学的水准，并不算难，但对于这些儒修来说的确有些不大友好了。

谢溅雪倒是很好奇，这个问题要解释起来比较麻烦，宁桃招招手，问过路的跑堂要了一副纸笔，正冥思苦想着要怎么讲解能比较通俗易懂的时候——身后突然响起了个熟悉的，有些清糯的嗓音——“溅雪？”

这道嗓音又轻又软，像是被春风托着，轻轻吹落。

倏忽间，宁桃顿住了，浑身上下不由得一个哆嗦。

对这道声音她简直再熟悉不过了，做梦也不会忘记，在她认识的所有人中只有一个人的声音是这样的，也只有一个人会这么称呼谢溅雪，这道声音正来自苏甜甜。

由于宁桃是背对着她的，苏甜甜只能看到谢溅雪的正脸。

少女面色苍白，杏子样的大眼痴痴地盯紧面前的青年，眼里好像有泪水涌了出来：“溅雪，这么多天，你去哪儿了？我终于找到你了。”

宁桃攥紧了手里的毛笔，虽然僵硬，可是到底没有震惊到失神。

其实，她早就料到了。

这个时候宁桃不由得轻轻松了口气，无比庆幸自己为了躲常清静，整天戴着帷帽了。

故作镇定地扭过半个身子，宁桃忍不住抬起眼看了一眼这睽违已久的故人。

目光相撞的刹那间，宁桃不由得又是一愣，苏甜甜变了。

不过短短数日未见，苏甜甜好像瘦了不少，下巴尖尖的，穿着件淡紫色的襦裙，左手的袖管看上去有些空空荡荡的，整个人弱不禁风，好像下一秒就能被这春风吹倒。

她憔悴了很多，少了之前的活泼与甜蜜，反而多了点儿哀怨。

谢溅雪好像也没想到会在这儿碰上苏甜甜，微睁大了眼，惊讶地问：“甜甜，你怎么在这儿？”

看到谢溅雪的那一刹那，想到不知所终的常清静，苏甜甜委屈得差点儿哭了出来：“溅雪，我好想你。”这么多天，她一直没睡好，总会梦到常清静。梦到全是血，到处是血，眼前漫开一片血红，当初那个少年，站在尸山血海中，提着剑冷冷地看着她。

她不知道多少次从梦里哭着喊着醒来。

小牛鼻子，敛之，对不起。

如今看到谢溅雪，苏甜甜宛如看到了唯一的浮木，将全部的希望都寄托在他身上，急切地道：“溅雪，我有话同你说。”

谢溅雪愣了愣，摇了摇头，态度温和却毋庸置疑：“甜甜，抱歉，我如今正有要事，有什么事，等到回客栈再说吧。”

苏甜甜心里着急，眼泪滚滚而下：“溅雪——我——”

谢溅雪轻声道："甜甜。"

苏甜甜喉咙一时间像被什么东西堵住了，再也说不出话来，讪讪地站在了原地。

苏甜甜总觉得谢溅雪变了。一想到这几十年来谢溅雪的变化，苏甜甜一时又是难受，一时又是发自内心地恐惧。

自从溅雪饮下那半碗心头血之后，身体好了，就变了。从前的他温温和和一向没什么脾气，而如今的他，虽然一样温和，却总让她有点儿害怕，明明还是在笑的，却好像悠悠的，捉摸不透，什么都没放在心上，什么都不在意。

"那……溅雪，"苏甜甜惴惴不安，双眼迷茫地看着他，"你是要做什么？"

谢溅雪道："拜见宋淏宋先生。"

宋淏？宋先生？

苏甜甜觉得这名字有点儿耳熟，埋头思索了许久，猛然抬起眼，眼里发出灼灼的光芒。

她想起来了。

凤陵仙家的长老一直很担心她的状态，这回宋淏在洞庭湖开设学典，便想叫她过去，希望她能拜入宋淏门下修习儒家这浩然正气，修身养性。为此长老还特地亲写了一封推荐信。

只是她到了蜀山，看到小牛鼻子之后，将这事全抛在了脑后。

想到这儿，苏甜甜也自觉心虚，支支吾吾地有些说不上话来。但看着谢溅雪的目光中，情不自禁地又多了些甜蜜，方才的惴惴不安和失望一扫而空。

溅雪也在意她呢，还惦记着之前长老交代的事，难怪溅雪要等这事儿处理完了之后再同她说话，他对她的课业一向上心，见不得她这不学无术的样子。

扭头看了眼楼梯口前的帛布和被挡在帛布前浩浩荡荡的一众儒生，苏甜甜翘起红唇，胜券在握地笑起来："溅雪，你等着！宋先生马上就会下来见你我啦。"

她嗓音有些大了，很快便吸引了不少还在苦思冥想的儒生的目光。就在这时，有几个儒生你看看我，我看看你，面色不善地走上前来："这位姑娘，此地肃穆，请安静。"

苏甜甜羞愧地抿着唇角笑道："抱歉，是我太过激动，冒犯诸位道友了。"

这些儒修看着苏甜甜，不由得皱紧了眉，又看到谢溅雪身边那打扮得像个花蝴蝶一样的宁桃，眉头便皱得更紧了，心里已经涌出了几分不喜。

这种场合，带两个打扮得花花绿绿、咋咋呼呼的女修像什么样子！

"阁下便是谢溅雪谢道友了吧？"这群儒生中，一个名叫邵康的儒生朝谢溅雪拱了拱手，彬彬有礼地问，又将目光落在了宁桃身上：“这位是？”

谢溅雪道：“这位是薛芝桃薛姑娘。”

苏甜甜好似想到了什么，看了宁桃一眼，愣愣地“啊”了一声。

“薛姑娘也是来拜见宋先生的？”邵康轻轻皱起了眉。

穿得花花绿绿也就算了，这好歹是来拜见宋先生的，竟然还遮头盖面。

和打扮得偏素净的苏甜甜相比，穿成这样的宁桃确实显得轻浮了点儿，也无怪乎这些读书人心有不满。

邵康道：“帛布上的这两道题谢道友也看到了，我们几人百思不得其解，苏姑娘方才说有办法请宋先生下来，可是已想出了点儿眉目？不知这两道题苏姑娘有什么高见？”

苏甜甜眼里浮起了点儿尴尬之色。

她从小不学无术，即便在凤陵的安排下，学了不少东西，但那基本上是不过耳不进脑子的，这帛布上的题她看都看不懂，更何况解了？

以邵康为首的这些青年过来询问宁桃和谢溅雪的意思，其实也是真心实意地想要一道讨论。

谢溅雪摇了摇头，脸不红心不跳地苦笑了一声：“并无头绪。”

将心中那些乱七八糟的心思捺下，苏甜甜信誓旦旦道：“我虽无头绪，但我另有办法面见宋先生！”

在这一众儒修的注目之下，苏甜甜深吸了一口气，理了理微乱的发髻和衣衫，走到了帛布前，朝帛布前守着的小书童，绽放出一个自认为最无懈可击的笑容：“小弟弟，请问能不能帮我将这封信转交给先生？”

小书童一怔，上下打量了苏甜甜一眼，苏甜甜眉眼弯弯：“麻烦小弟弟你行个方便。”

小书童又看了她一眼，犹豫着接过苏甜甜手中的推荐信，转身走上了楼。

看着苏甜甜自信又乐观的模样，邵康心中惊疑不定地想，难道这姑娘当真有办法面见宋先生？

这小书童下来得很快。

苏甜甜急切地迎上前：“怎么样？”却没想到换来的却是小书童一个鄙夷又轻蔑的眼神。

“先生说了，”小书童眼里掠过了一丝厌恶，又无奈碍于礼节，只得彬彬有礼地复述宋先生方才交代的话，模仿着宋先生的语气，淡淡道，“‘我收学生只看天赋、学识、向学之心，不看人情。’心存侥幸、投机取巧之辈不是先生想要的学生，还请从何处来，到何处去。”

这老头儿性子高傲又倔，未曾把凤陵仙家这些长老的面子放在心上。

苏甜甜愣在原地，没想到竟会是这么一番答复，一张脸涨得通红。

至于邵康众人也未曾想到所谓的“有办法”，不过是塞“推荐信”，对其所作所为很是不齿。

那书童又抬起眼，环顾了一圈堂中众儒生，冷淡地道：“先生说了，若再有下次，那他便谁都不见了。”

此话一出，牵扯到自身利益，原本还冷眼旁观的众儒生，纷纷急了。

察觉到众人目光之不善，苏甜甜手足无措，嗫嚅着道：“抱、抱歉。”

这一帮青衣的少年儒修眉头纷纷皱成了个“川”字，冷眼移开视线，看也不看苏甜甜一眼，自顾自地埋头去解题，酒楼内宣纸与演算纸几乎洒落了一地。

邵康张了张嘴，不甘心地盯着那帛布看了一眼。

谁能想到，本来是抱着拜见宋先生的心思来的，却反倒被拦在了这第一关，这算数解不出来就算了，这文题竟然也答不出个叫人满意的答案。

有不少少年一闭眼，干脆自暴自弃了，大笔一挥，随便写了点儿什么交了上去，自然得了个“不予通过”的答案。

看着这些少年抓耳挠腮的模样，宁桃内心也有点儿意动，趴在桌子上，咬着湖笔，开始奋力演算起来。

其实这里数学水准非常高，这几年，都是太初学会的大家帮着辅导她算数。

这道题对于宁桃而言有些难度，但她好像隐隐在哪里看到过，好像是在太初学会里？

这有点儿像做试卷做到的最后一道大题，她能做出来，但是也要花上不少时间，尤其是这种几何题，演算过程烦琐，数字又多，最注重细心和耐心程度了，但只要足够耐心和细心，迟早会解出来正确的答案。

这姑娘在干什么？！邵康一脸狐疑，惊愕地睁大了眼，然而看着少女下笔如飞，酣畅淋漓，全神贯注的模样，他心里的狐疑也不由得渐渐地烟消云散了。

她好像确实是有思路了？

“欸，你们看！”

这帮少年倍感惊奇和振奋，纷纷丢了手中的纸笔凑上去。

当然大家全都十分具有诚信意识地离这张桌子远远的，以防一不小心就窥见了个解题思路成了作弊。

当然也有不甘心地伸着脑袋努力张望的，巴不得想要将这张演算纸盯出个洞来。

“这是谁？”有人好奇地问。

“那是谢溅雪吧？这是凤陵仙家的弟子？”

“这姑娘也是来拜访宋先生的？”

还有人嬉笑着推了自己同伴一把：“不是说一定行吗？怎么现在人姑娘解出来了，你还没解出来。”

有人强撑道：“这……这谁知道对不对？”

浑然不觉自己已经被围观的宁桃还在奋笔疾书，写得投入而忘我。

不知过了多久，郑重地在纸上写下了最后一个“=”，宁桃拿起演算纸，搁下笔，长舒了一口气，眉开眼笑道：“好啦！”

邵康拦住了她：“等……等等。”

邵康狐疑地看着她：“你、你当真解出来了？”

另有一个锦衣的儒生恼怒道：“这位道友，你可别像你那位同伴一样又搞什么花样连累大家。”

苏甜甜俏脸又白了一分，望着宁桃的方向，怔怔地想，这位“薛芝桃”姑娘会是她想的那个吗？

宁桃解了出来，她却没解出来，她既难受又茫然，心里有个小小的念头盼着这是错的才好。宁桃没有看对方，将手里的演算纸交给楼梯口前守着的两位小童，诚恳地说：“解是解出来了，但对不对尚且还需宋先生验证。”

小童捧着演算纸打量了宁桃一眼，又将纸转交给了另一个小童，那第二位小童拿了纸之后转身就上去了，一会儿的工夫，就从帛布中钻了出来。

整个酒楼上上下下不由得安静了一瞬，饶是邵康，心也不由得提到了嗓子眼儿。

将众人这或紧张或凝重的神情尽收入眼底，那位小童笑吟吟，且口齿伶俐地答道：“薛姑娘，宋先生有请！”

霎时间，酒楼中一片哗然——解出来了！竟然真让这姑娘解出来了！

一众白衣儒修，一时间脸上神情各异，有钦佩的，有羡慕的，有怀疑的，也有脸上挂不住的。

他们在这儿苦苦思索，被困了将近半个时辰，竟然就让这姑娘不费吹灰之力解出来了？

众人面面相觑间，那小童伸着脖子好奇地问：“薛姑娘呢？谁是薛姑娘？”

“且慢！你们不觉得这事儿有蹊跷吗？”方才那开口说话的锦衣儒生愤愤不

平地大声喊，“我看她从下笔到现在不过就花了一刻钟的工夫。”

“说不定，说不定是早看过这道算数题呢？”

宁桃默默地抗议，一刻钟的工夫，在考试中已经很久了好吗！

邵康闻言，顿时拉下了脸来，看着那儒生的眼神十分不屑——解出来了就是解出来了，解不出来就是解不出来，玩这种把戏算什么君子？

“你这话什么意思？！

“自己解不出来反倒怪罪人家作弊？！”

或许是楼下的喧闹终于引起了楼上的动静，帛布又被人掀起了，但这一次从帘内步出的竟然是个须发皆白的老者——宋淏！

酒楼上下，又是一片哗然！

“先生！”

“宋先生！”

刚刚还趾高气扬的那儒生立刻拜倒在地，神情恭敬。邵康心里又惊又喜，苏甜甜与谢溅雪也一同拜下，邵康还没忘回头去看宁桃，却看到这小姑娘动也不动，愣愣地站在原地。

宁桃惊讶地看着面前这须发皆白，精神矍铄的老者，这老先生好面熟——

这不是宋先生吗？

她与琼思姐姐在去往阆邱前，正与宋先生在船上生活了半个多月。

宁桃睁大了眼：“宋……宋先生？！”

太初学会历经这几十年的发展，门生日益增多，往来的大儒也有不少。宋淏虽然为人亲和，但来拜访他的人太多，难免有点儿不胜其扰。

他幼年家贫，四处求学，又不忍拂了这些一心向学的少年的拳拳之心，便随手出了两道题挂在了楼梯前。

听说竟是个小姑娘解出来的，宋淏心中好奇，又听闻楼下传来动静，这才特地下楼看一眼，却没想到竟然碰上了个熟人：“桃桃，是你？”

苏甜甜和谢溅雪齐齐一愣。

邵康更是瞠目结舌：这……这是认识的意思？

宋淏哈哈大笑，忍不住走上前，挽住宁桃的手叫她一同上楼：“王先生如何了？”

宁桃忍不住眉开眼笑，大声地回答：“先生精神好得很，还常常提起先生您呢！”

图书在版编目（C I P）数据

忽惊春到小桃枝．贰 / 黍宁著．-- 天津：天津人民出版社，2022.9（2023.3 重印）
ISBN 978-7-201-18670-2

Ⅰ．①忽… Ⅱ．①黍… Ⅲ．①长篇小说 – 中国 – 当代
Ⅳ．① I247.5

中国版本图书馆 CIP 数据核字 (2022) 第 144346 号

忽惊春到小桃枝．贰
HU JING CHUN DAO XIAO TAOZHI. ER

出　　版　天津人民出版社
出 版 人　刘　庆
地　　址　天津市和平区西康路 35 号康岳大厦
邮政编码　300051
邮购电话　（022）23332469
电子邮箱　reader@tjrmcbs.com

责任编辑　范　园
特约编辑　曹　岩
装帧设计　纯白设计工作室

印　　刷　嘉业印刷（天津）有限公司
经　　销　新华书店
开　　本　700 毫米 ×980 毫米　1 /16
印　　张　19
插　　页　4
字　　数　321 千字
版次印次　2022 年 9 月第 1 版　2023 年 3 月第 3 次印刷
定　　价　49.80 元